은밀한 생

VIE SECRÈTE
Pascal Quignard

Copyright ⓒ 1998 by Éditions Gallimard
Korean Translation Copyright ⓒ 2001 by Moonji Publishing Co., Ltd.
All rights reserved.

This Korean edition was published by arrangment with
Éditions Gallimard through Imprima Korea Agency.

이 책의 한국어판 저작권은 Imprima Korea Agency를 통해
Éditions Gallimard와 독점 계약한 ㈜문학과지성사에 있습니다.
저작권법에 의해 보호받는 저작물이므로 무단 전재 및 복제를 금합니다.

파스칼 키냐르
은밀한 생
Vie
secrète
송의경 옮김

문학과지성사
2001

은밀한 생

초판 1쇄 발행 2001년 7월 12일
초판 23쇄 발행 2025년 6월 27일

지은이 파스칼 키냐르
옮긴이 송의경
펴낸이 이광호
펴낸곳 ㈜문학과지성사
등록번호 제1993-000098호
주소 04034 서울 마포구 잔다리로7길 18(서교동 377-20)
전화 02) 338-7224
팩스 02) 323-4180(편집) 02) 338-7221(영업)
전자우편 moonji@moonji.com
홈페이지 www.moonji.com

ISBN 89-320-1263-6

차례

제1장 (아트라니) · 11

제2장 (네미) · 17

제3장 소리 없는 피아노 · 56

제4장 사틀레라는 이름에 대하여 · 70

제5장 (소유 불가능에 대하여) · 71

제6장 (침묵) · 72

제7장 (소나타) · 90

제8장 비밀 · 93

제9장 비밀 2 · 95

제10장 (헤어짐) · 100

제11장 가차없는 관계 · 101

제12장 (포기) · 103

제13장 장면 · 107

제14장 밤 · 134

제15장 음경들 · 143

제16장 갈망 · 165

제17장 허난 숲속의 여행 · 183

제18장 (제아미) · 191

제19장 사랑의 금기들 · 193

제20장 베르지 부인 · 195

제21장 (머리빗, 장갑, 포크) · 207

제22장 (종이 자르는 칼) · 212

제23장 외딴 곳으로 유혹하기 · 221

제24장 한부리의 판단 · 235

제25장 (텔레비전) · 246

제26장 유대교회당 그리바 · 251

제27장 클레리아 · 253

제28장 피에르 아벨라르에 대한 엘로이즈의 반론 · 263

제29장 로레다노 · 278

제30장 (연인들의 속삭임에 대하여) · 282

제31장 무기력에 대하여 · 286

제32장 (쓰지 않으면 생각할 수 없고, 읽지 않으면 쓸 수 없다) · 292

제33장 마조히즘 · 293

제34장 한 마디만 말해주소서 · 299

제35장 공모 · 302

제36장 (누카르피아테카크의 실종) · 338

제37장 (연어 인간들) · 342

제38장 (수사슴들) · 353

제39장 (수도승 케이) · 354

제40장 음화(陰畵)의 발에 대하여 · 356

제41장 두 세계 · 370

제42장 상스에 있는 M · 408

제43장 (연인들의 그림자) · 409

제44장 (예루살렘의 Q. 롤리우스) · 410

제45장 노에티카 · 411

제46장 성교 · 416

제47장 (루크레티우스) · 436

제48장 스칼리제로의 여섯번째 감각에 대하여 · 437

제49장 결별의 감정에 대하여 · 445

제50장 (총안들에 대하여) · 471

제51장 사랑의 아름다움 · 473

제52장 (손으로 비비는 눈꺼풀) · 476

제53장 (보이지 않는 손들) · 477

옮긴이의 말 · 478

제1장

모든 강물은 끊임없이 바다로 휩쓸려 들어간다. 나의 삶은 침묵으로 흘러든다. 연기가 하늘로 빨려들 듯 모든 나이는 과거로 흡수된다.

1993년 6월 M과 나는 아트라니에서 살고 있었다. 이 자그마한 항구는 라벨로[1] 남쪽 아말피[2] 해안에 자리잡고 있다. 겨우 항구라고 말할 수 있을 정도다. 그저 작은 만이라고나 할까.

절벽 측면에 있는 137개의 계단을 올라가야만 했다. 몰타 기사단[3]에 의해 건립된 오래된 예배당 안으로 들어서면 모퉁이에 테라스 두 개가 바다를 향해 있다. 바다 외에는 아무것도 보이지 않았다. 어디를 바라보나 온통 하얗게 빛나고, 물결치고, 살아서 움직이는 봄날의 차가운 바다뿐이었다.

일직선으로 맞은편에 있는 새벽빛에 잠긴 만의 저쪽에는 이따금 아

---

1 라벨로Ravello. 이탈리아 남부의 도시.
2 아말피Amalfi. 이탈리아 남부 캄파니아 자치주 살레르노 현에 있는 작은 도시. 소렌토 반도 남쪽 연안에 있으며 해수욕장과 관광 도시로 알려져 있다. 노르만 양식의 아름다운 대성당과 종루가 있다.
3 몰타 기사단L'ordre de Malte. 요한 기사단의 후신. 1309년 이후에 로도스 기사단이 되어, 1503년 신성 로마 황제 카를 5세로부터 몰타 섬을 양도받은 후 지금의 명칭으로 바뀌어, 1798년 나폴레옹 1세에게 이 섬을 빼앗긴 후에도 오늘날까지 이 명칭으로 존속하고 있다.

주 드물게나마 패스툼[4] 갑[岬]의 뾰족한 끝 부분이 보이고, 수평선이라는 허구의 선 위로 솟아오르려는 사원의 기둥들이 안개에 싸인 막연한 형태로 모습을 드러내곤 하였다.

1993년, M은 말이 없었다.

M은 로마인보다 더 로마인다웠다(그녀는 카르타고 태생이다). 그녀는 매우 아름다웠다. 그녀가 구사하는 이탈리아어는 훌륭했다. M은 곧 서른세 살이 될 참이었고, 그녀가 과묵해졌다는 기억이 난다.

모든 열정에는 진저리쳐지는 포만의 정점이 있다.

이 시점에 이르면 우리는 문득 우리의 삶을 지탱시키는 이 열기를 증가시킬 능력이 없다는 사실을, 혹은 열기를 지속시킬 수조차 없어서 그것이 곧 소멸하리라는 사실을 알게 된다. 자신에게 닥칠 불행에 대한 걱정에 사로잡혀서뿐만 아니라 운명을 변경시키거나 지연시켜보려는 희망 때문에, 우리는 그 예방책으로 미리, 갑작스럽게, 은밀히, 길모퉁이에서, 서둘러 눈물을 흘린다.

논증이란 새벽의 박명을 의미하는 고어이다. 그것은 잠깐 동안에 들이닥치는 희미한 빛 속에서 밝아지고 지각되는 모든 것이다. 논증이란 단호하기 그지없다. 하천이 범람하는 바로 그 순간에 강물의 흐름을 바꾸기란 절대로 불가능하다.

새벽에 동이 트는 것을 멈추게 할 수 없는 것과 마찬가지다.

우리는 기다린다.

갑자기 불행으로 변해버린 응시 속에서 우리는 무력하게 기다릴 뿐이다.

---

[4] 패스톰 Paestum. 이탈리아 남부 살레르노 만 연안 루카니아에 있는 고대 도시 유적지. 도리아식 신전 등의 유적이 많으며, 1696년에는 초기 고전주의 양식인 프레스코 화법의 석회암 무덤 지붕이 발견되었다.

사랑은 열정으로부터 솟아나든가, 그렇지 않으면 결코 생겨나지 않든가, 둘 중 하나일 것이다.
　화석으로 굳어진 이 순간을 마술에서 풀어내기가 용이하지 않다는 것은 사실이다. 우리는 저마다 이 야릇한 길목을 넘어서야만 한다. 그곳에서는, 영혼 깊숙이서 발견된 모든 것이 스스로가 더 이상은 찾아낼 수 없으리라는 사실을 깨닫는다.
　그곳에서는 모든 것이 알아보기 시작한다.

*

　최초의 의존 상태에서 눈금이 새겨진 모든 것은 끊임없이 자신을 끌어당기는 각인을 향해 역류하려는 경향이 있다. 우리는 우리의 어머니들로부터 절대로 멀어지지 못한다. 우리는 시간, 유아기 언어, 그때 맛본 음식물, 우리들 안에 있는 원초적 순간에 얻어진 얼굴 표정과 신체 형태들, 이런 것들의 치마폭에 머물러 있다. 우리는 거북이들과도 흡사하다—그러나 태평양의 섬들이라는 점에서가 아니라 소프라노 목소리라는 점에서 그렇다. 우리는 또한 연어들과도 같다. 우리의 삶은 그것을 태어나게 한 행위에 매혹된다. 삶의 근원에 홀린다. 여명에 홀린다. 우리에게 빛을 알게 하고 우리를 눈부시게 한 최초의 여명에 홀린다. 몹시 축축하고 매우 오래된 몸으로 우리가 최초의 여명 앞에 이르렀음은 사실이다.

*

　우리는 단 한 번만 사랑한다. 그리고 이 단 한 번의 사랑을 우리가 알지 못하는 까닭은 우리 스스로가 그것을 찾아내야 하기 때문이다.

*

'발견하다'와 '알아보다'라는 두 동사는 하천의 비슷한 유황(流況)을 규정하고 있지 않다. '발견하다'와 '알아보다'는 '태어나다'와 '늙다'의 차이와 마찬가지다. 내가 강물의 범람이라고 말한 (하상(河床)의 밖으로 벗어나는 것) 극대의 순간부터, 바야흐로 엄습해오는 모든 것은 아무것도 드러내지 못하지만 그러나 그것은 모든 것을 기억한다.

'알아보다'라는 동사는 낙뢰의 섬광만큼 충격적이면서도 그보다 훨씬 더 매혹된, 그보다 훨씬 더 횡포한 물의 움직임이다.

열정에서 사랑으로 넘어가는 것은 신명(神明) 재판[5]이다.

넘어가기 위한 필연적인 선택은 행운이 따르든 치명적이든 간에 극단적이기 때문에, 이 넘어가기는 위험 천만이다. 맞은편―테라스의 정면, 아말피 만의 저쪽 해안에서―2,800년 전에 패스톰 곶의 잠수부가 두 손을 모아 앞으로 쭉 뻗고는 죽음 속으로 뛰어들었다. 초록빛 바닷물에 약간의 파문이 일었을 뿐이었다. 나는 극히 사소한 동요만 있어도 다른 세계 속으로 잠수한다. 나는 다른 세계 속에 잠긴 채 살고 있었다. 나는 전날 밤의 꿈들과 자동차 드라이브의 기억을 떠올리면서 새벽녘에 글을 쓰곤 했다. 그것은 우리를 에워싸고 있는 오래된 이미지들로부터 나의 욕망들을 낚아내기 위해서이다. 그리고 그것을 통해 사랑 amour이라는 참으로 유치하고 어리석은 라틴어 명사로 모든 남자들과 여자들을 짓누르는 어처구니없는 무게에 점점 더 나를 얽어매는 불안한

---

[5] 물, 불 따위의 시련으로 판결을 내린 중세 시대의 재판.

관계에 질문을 던지기 위해서다.

Amour는 젖가슴을 찾는다는 고어에서 나온 말이다.

이 고대 라틴어 어휘는 희한하게도 태생(胎生) 포유 동물의 특징적 속성을 소리쳐 부르고 있다. 포유 동물은 지질 시대 제3기에 나타났고, 그때 인간의 운명의 가장 독특한 조건들이 형성되었다. 사랑amor은 젖꼭지amma, 유방mamma, 유두mamilla에서 유래된 단어다. '유방의 mammaire'라는 단어와 '엄마maman'라는 단어는 거의 구분하기 어려운 형태이다. 아무르amour는 말을 하는 입이라기보다는, 배가 고파 입술을 앞으로 내밀어 본능적으로 젖을 빠는 입 모양에 더 가까운 단어다.

해안 위쪽으로 만을 따라 산재해 있는 동굴 내벽이나 지하 납골당의 석관 위에 그려진 벽화들——사랑을 꿈꾸는, 겁에 질려 있는, 강렬한 붉은색과 노란색이 칠해진 엄숙한 고대 벽화들——, 그것들도 역시 기다리고 있었다. 요지부동으로 기다리고 있었다. 자신들의 욕망의 형상화를 거부하면서, 그렇게 벽화들은 기다리고 있었다. 모든 벽화는 불가피하게 닥쳐올 사건을 맞이하려고 부동 상태로 버티고 있었다. 빈 벽면들은 이미 화가의 손길에 내맡겨졌건만, 벽화들은 그 사건을 결코 드러내지 않고 있었다.

벽화의 주인공들은 그들 자신의 화가를 영원히 바라보고 있지만, 화가는 그들의 반영을 벽면 위에 투영시키기 전에, 자신의 시선 뒤편에 있는 어둠 속에서 이미 자신 안에 있는 그들의 모습을 보았던 것이다.

우리가 서로 사랑하는 사람들을 만나는 것은 시선 속에서이다.

*

나는 눈을 들었다. M은 책을 읽고 있었다. 우리는 서로 바라보았다. 내가 책들로 뒤덮인 테이블을 밀었다.

우리는 종이들이 날아가지 않도록 발코니 창문들을 닫았다. 우리는 손을 잡고 바다로 이어진 가파른 157개의 돌계단을 내려갔다.

정오에 우리는 바닷가에서 점심을 먹었다.

여러 잔의 커피(M은 열 잔 가량을 마신다)를 마신 후에 우리는 빨간색 소형 피아트를 탔다. 우리는 산악 도로를 따라 달렸다. 우리는 나폴리, 패스톰, 미제노, 스타비, 바이에스, 헤르쿨라눔, 폼페이, 오플론티스에 갔다. 우리는 벽화의 인물들을 하나하나 유심히 바라보았다. 그 주인공들은 오래 전부터 자신들이 수취인이 되어버린 장면에 의해 막 삼켜지려 하고 있었다. 인적이 드문 박물관에서 나는 보잘것없는 흑백 사진들을 찍었다.

제2장

　네미 사틀레라는 이름은 가짜다. 이 세상에 존재했었으나, 이제는 없는, 내가 사랑했던 한 여인을 나는 그렇게 부를 것이다. 그녀의 생각이 그녀의 삶이라 한다면, 그녀의 생각을 말하기란 어렵다. 우리가 과거를 향해 절망적으로 손을 내밀 때 과거로부터 나온 것은 새로운 시간과 맞바꾸어질 뿐만 아니라, 그 시간에서 생겨나는 감동에 사로잡히기도 한다. 그렇지만 우리를 감동시킨 것에서 비롯된, 우리를 부추기는 것은 여전히 과거 그 자체 안에서 감동을 받는다. 때로는 우리의 예전의 삶 전체가 마음속에 떨어져내린 한 움큼의 먼지도 한 덩어리의 진흙도 아닌 것처럼 보인다. 그것은 우리의 몸 깊은 곳에서 안절부절못하는 살아 있는 근육으로 이루어져 있다. 수년 전, 아니 10여 년 전에 내가 사랑했던 그 여자는 이제는 이 세상에—다른 어떤 세상에도—살고 있지 않지만, 그녀의 몸인 어떤 것이 아직도 내 몸 안에서 혈액처럼 순환하고 있다. 살아 있는 (내가 이 문장을 쓰고 있는 순간, 나는 살아 있으므로) 이 흔적은 내 이름을 부르면 대답하는 이 육체 안에 거주하고 있다. 아마도 메아리처럼 육체에서 분리되는 영혼 이상으로, 온전히 그리고 영구히 내 육체에 거주하는 애인의 육체는 그 형태가 나의 지배권에 들어오는 최초의 순간부터, 내 육체 안에서 애타게 기다리고 있던 자기 자리를 되찾았을 따름이다. 내가 생각해내려고 애쓰는 것은 내가 체험했던 것, 특히 내가 체험하는 것, 체험하고자 하는 것과 전혀 구분되지 않는다. 예전에 철학자라고 불리던 사람들은 만인이 주시하는 가운데 공개적으로 성찰을 하는 데서 행복을 느꼈다. 그들은 짐짓 1인칭 단수가 자신들의 입술에 거슬린다고 말하기도 했다. 도시 국가의 안녕을 고려하여 그들의 육체는 그들 자신만의 것이 아니었으며, 그들의 주소 성명이 대중의 조사에서 빠져나올 수도 없었기 때문에, 그들은 경솔한 언행이나 기담의 혐의자가 될 수 없었다. 그들 사생활의 어떤 것도 그들이 가능한 한 가장 멀리 떨어져서 관조한 것에 의해 영향을 받지 않았다. 거리두기는 그들의 테크닉이었고, 언어는 그들의 혀였다. 그들은 그물이나 창(槍)보다는 오히려 속임수나 차폐막 혹은 깃발을 선호했다. 그들은 공동체가 듣고 싶어하는 것을 말하곤 했다. 그전 세대의 사제들처럼. 오늘날의 텔레비전처럼. 명상하는 각 개인의 육체보다는 사람들이 모여 결성한 단체가 훨씬 더 공동체의 미래에 관계된다. 불운하게도 내 책을 읽는 사람이 보기에 가족 계보, 가계를 반영하는 언어, 혹은 가계에 강한 영향력을 행사하는 언어(내 어머니의 가계는 문법학자들로 구성되어 있었다. 마치 내 아버지의 가계에 다섯 세대에 걸쳐 60명 가량의 음악가가 있었던 것처럼), 대부분의 친척들과 가문, 근원에 있는 이런 것들은, 기대에 비추어 지나치게 많은 문제들을 제기하는 거추장스러운 인물인 양 나를 기꺼이 내던져버리고자 했을 때도, 나로 하여금 집단의 영혼 속으로 곤두박질치도록 하지는 않았다. 개인이 그가 태어난 사회로부터 분리되는 데 기쁨을 느끼는 순간부터, 그리고 그 개인이 사회의 열기와 표현에 맞서는 순간부터, 곧 그의 생각은 이상하고 개인적이며 수상하고 본심에서 나왔으며 박해받고 까다롭고 황당한 어떤 것, 그리고 집단적 유용성이라고는 전혀 없는 것이 되어버리고 만다. 마치 내가 한 여인에게서 받은—비록 내가 이야기하려는 것을 네미 사틀레라 부르기로 했던 여인에게 전적으로 빚지고 있다 할지라도—많은 중요성을 지닌 가르침을 이야기하려는 듯이, 내가 현재 느끼는 바를 그대로 다시 옮겨 적는다고 주장한다면 그것은 나로서는 정확한 표현이 아니다. 왜냐하면 나는 단 한 순간도 그녀의 가르침을 배우는 게 아니라 그것을 온몸으로 살고 있기 때문이다. 이 기억은, 수천 날들이 걸려서야 비로소 태우려는 바로 그 떡갈나무를 찾아낸 벼락처럼, 나의 생각 속으로 거슬러 올라간다. 우리는 자주 우리 자신이 원인을 기다리고 있는 결과들이라는 인상을 준다. 다음은 1640년 데후[1]에서 투카람[2]이 깨달은 말이다: "나는 멀리서 왔노라. 나는 끔찍한 고통들로 인해 괴로움을 겪었건만, 나의 과거가 아직도 내게 무엇을 예비하고 있는지 나는 모르고 있도다!" 그 일이 있은 지 30년이 되고 나서야 나는 네미가 내게 무엇인가를 가르치고 있었다는 사실을 의식했지만, 그때 나는 그것이 음악이라고만 생각했었다. 이제야 비로소 나는 그녀가, 내가 지금에야 그토록 고집스럽게 찾으려 하는 것이 무엇인지를 가르쳐주었을 뿐이 아닌가 짐작한다.

*

간통이 가장 강렬한 관계라고 그녀는 생각했던 것일까? 완벽한 비밀이 거짓말 그 자체보다 더 중요하고 더 밀도 높은 것이라고 생각했을까? 부부간의 부정(不貞)이 인간의 언어에 뚫릴 수 있는 어떤 틈새, 나

---

[1] 데후Déhou. 인도의 데칸Deccan 지방에 있는 사히아드리Sahyâdri 산맥 기슭의 마을.
[2] 투카람Toukârâm(1598~1650): 인도 출생의 순례자, 대시인. 마라트족의 언어로 쓴 『순례자의 시편 Psaumes du pèlerin』의 저자임.

날의 인간 관계와 교류 그리고 주어진 약속의 완전한 노예로 만드는 거역할 수 없는 인접성에 뚫릴 수 있는 틈새라고 생각했던 것일까? 그것을 벽에 뚫린 틈새, 엄밀히 말해서 지속되는 모든 것, 즉 식사·밤·업무·질병·낮이라는 매일매일 이루어가는 일상사인 이 산에 뚫린 틈새라고 생각했을까?

*

나는 2장의 제목을 '입술 깨물기에 관한 이야기'라고 붙일 수도 있다.
그녀는, 무슨 일을 하든 간에 자신이 하는 모든 일에 대해서 입술을 깨문다elle s'en mordait les lèvres[3]고 끊임없이 말하곤 했다.

*

식탁에 마주 앉은 여인이 자기 몫의 음식 앞에서 두 눈을 빛내면서, 상대방이 하는 말을 건성으로 들으면서, 그의 얼굴은 쳐다보지도 않으면서, 도저히 참을 수 없어서 포크를 길쭉한 버섯 위로, 검은색 오징어 위로, 멧도요의 간 요리 위로, 수탉의 톱니 같은 회색 벼슬 위로, 새하얀 아귀 요리 위로 가져가는 것을 보는 것은 기쁨이다. 왜냐하면,
그녀는 이미 배고픔에 의해 이끌려간 숲속에, 바다에, 동물들 속에, 사냥이라는 다른 세계에 있기 때문이며;
그녀가 토끼고기를 칼로 발라내고 남은 뼈를 갑자기 손가락으로 집어들고 거기 붙어 있는 얼마 안 되는 검은 살점을 뜯기 때문이며;

---

3 '후회하다'라는 의미.

커피를 마신 후에, 마지막으로 받침 접시에 놓인 찻숟갈을 집어서 식탁의 경사를 따라 접시 가장자리에 남아 있는 소스나 영국식 크림을 긁어먹기 때문이며;

그녀의 두 뺨에 홍조가 감돌고, 두 눈의 안구가 탐내고 있는 것을 반영할 정도로 그리고 그것이 마치 거울의 표면인 양 안구의 각막 위에 반사될 정도로 두 눈을 크게 뜨기 때문이며;

불쑥불쑥 혀를 내밀어 재빨리 입술을 축이기 때문이며;

손에 든 코트드뉘 포도주 잔을 단숨에 비우지 않기 때문이며;

삶은 뱀장어의 가시와 등뼈를 뱉어내기 전에 잠시 그것을 빨아먹기 때문이며;

요리사가 주방에서 나올 때는 그에게 미소를 짓고, 그가 식탁에 다가오면 불쑥 일어나서, 그를 붙잡고 방금 맛본 음식 재료들 하나하나를 자신이 잘 알고 있음을 확인하기 때문이다.

나는 그녀를 묘사하였다.

*

아직은 전혀 알지 못하는 한 여인의 팔에 우연히 팔꿈치가 스칠 때, 영혼은 왜 떨리는 것일까?

*

길에서 보면, 그것은 하나의 밤색 문이었다. 검은색과 흰색의 마름모꼴 바둑무늬 타일이 깔린 현관은 곧장 오른쪽으로 두 개의 음악 홀로 통했다. 맨 구석에 있는 침실의 창문은 뒤뜰과 외호(外濠)를 향해 열려져 있었다. 외호는 노르망디 지방 성벽의 흔적으로 이통 강 혹은 그 지류 중의 하나가 그리로 흐르고 있었다. 첫번째 음악 홀은 꾸밈없이 매우 소박하고 계란 노른자 색으로 칠해져 있었다. 홀에는 수형 피아노 한 대, 악보들과 네미 사틀레가 나에게 전부 다 읽어도 좋다고 허락한 음악가들의 전기가 빼곡이 들어찬 길다란 검은색 책장, 수많은 악보대로 둘러싸인 그랜드 피아노가 한 대 있었다. 두번째 홀은 훨씬 더 화려해서 2미터 높이의 벽에는, 19세기 초엽에 만들어지고 장식이 간소한 쇠시리가 달린 밝은 참나무를 붙였고, 하얗다기보다는 노랗게 변색된 아름다운 벽난로 위로는 거울이 걸린 나무 벽면이 드러나 있었고, 그랜드 피아노가 두 대 있었다.

현관 왼편으로 식당이 있고, 그리고 커다란 주방 — 욕실(흰 자기 수반 두 개, 흰 자기 물병 두 개, 그리고 중앙 난방 장치가 없어 온수가 나오지 않으므로, 가스 레인지 위에서 물을 끓일 때 사용하는 양철통 하나가 거기 있다)이 뒤뜰을 향해 있는데, 주방 개수대의 물을 위시하여 욕실에서 배출되는 물이 외호로 흘러들었기 때문에, 그것이 네미에게 문젯거리였다.

2층에는 침실들만 여럿이었다.

나는 네미의 빌라 2층에는 절대로 올라가지 않았다. 내게는 그럴 권리가 전혀 없었으므로.

*

네미 사틀레가 처음으로 내 바이올린 연주를 들었을 때, 그녀는 내게 말했다:

"과감하게 연주하세요!"[4]

음악에는 맥빠진 손으로 연주하는 경우가 너무 많으니까, 내가 옳다고 그녀가 덧붙였다.

그리고 그녀는 입을 다물었다.

나는 그녀가 한 말의 의미를 잘 이해하지 못했다.

주저하는 맥빠진 손이라는 표현은 내게 두려움을 불러일으킨다.

러시아어에는, 여자가 당신에게 맥빠진 손을 뻗치면 그녀가 당신의 사산아를 낳게 된다는 말이 있다.

*

네미는 단지 "죽은 손으로 연주하지 말라"고만 말한 것이 아니라 "찻숟갈의 등으로 연주하지 말라"[5]고도 말하곤 했다.

내가 잘 사용하지 않는 그러나 흔히 통용되는 이 프랑스어 표현들이 그 당시 내게는 마치 이 세계의 빗장을 푸는 열쇠들인 양 중요하게 여겨졌다.

이 기이한 표현들은 내게는 이루 헤아릴 수 없는 가치를 지닌 것 같았다.

특급 포도주의 가격.

상스러운 말이나 속어의 정확한 의미를 처음 발견했을 때처럼 값진 것.

불행한 사실은 내가 이런 표현들을 발견하자마자 즉시 그 이미지의 구성 방식을 해독하려고 애썼을 뿐, 의미는 꿰뚫어보지 못했다는 점

---

4 글자 그대로 옮기면 "죽은 손으로 연주하지 마세요Vous n'y allez pas de main morte"가 된다.
5 "거침없이 멋대로 연주하다ne pas y aller avec le dos de la petite cuiller"라는 의미.

이다. '찻숟갈의 등'이나 '맥빠진 손'이 거의 같은 의미, 즉 호되게 공격하다, 거침없는 힘으로 소리를 낸다라는 의미를 가지게 된 것은 무슨 까닭일까?

*

우리는 한 곡을 끝냈다. 나는 눈을 내리깔고 있었다.

진정한 음악가는 연주가 끝나면 완강하고 분명한 침묵 속에 빠진다. 그것은 울고 싶은 욕구의 극치이다.

나는 바닷물의 수압이 잠수부를 내리누르는 것과 꼭 마찬가지로 연주자를 짓누르는 게 침묵이라고 생각한다.

바로 이 짓누르는 침묵 속에서 나는 그녀를 향해 시선을 들었다.

마침내 눈을 뜨는 것, 암보로 연주할 때, 그것은 숨을 쉬는 것과 흡사하다. 마치 헤엄쳐나가면서 이따금 얼음 구멍 밖으로 콧잔등을 뾰족이 내미는 물개처럼.

에스키모들은, 물개들이 호흡을 위해서 두터운 얼음층에 뚫어놓는 구멍들을 자신들의 언어로 눈(目)이라 부른다.

이 어두운 구멍들은 흡사 하늘의 검은 바탕 저 뒷면에 박힌 별들처럼 커다란 얼음 덩어리의 흰 바탕 위에 여기저기 뚫려 있다.

네미의 눈에는 전혀 초점이 없었다. 그녀의 눈은 이제 아무것도 보고 있지 않았다. 내가 중얼거렸다:

"당신은 뛰어난 피아니스트요."

그녀는 대답하지 않았다.

내게 음악을 가르친 사람은 그녀였다.

그녀의 목소리는 은근하고 낮았다. 항상 부드럽고, 안정되고, 평온하고, 전혀 유혹적이지 않고, 명료하고, 큰 굴곡이 없으며, 언제나 단호하고, 늘 분별 있고, 설명적인 그녀의 목소리는 간단히 영혼을 열리게 하였고, 그녀 자신의 논리를 설명하거나 내게로 끌어들였으며, 자신의 명령들을 실어서, 명백하게 나의 내부로 파고들기 때문에 나로서는 거역할 수가 없었다.

이 목소리에 나는 복종하곤 했다.

적어도 그 목소리가 들리면 즉시 나는 복종했다.

사랑의 발생은 어떤 목소리에 대한 복종일 수 있다. 어떤 목소리의 억양에 대한 복종.

네미의 목소리는 억양을 붙이려 애쓰지 않으면서 그리고 일체의 수사학을 던져버린 채로 나를 움켜잡았다. 그녀의 목소리는 명령했다. 어떤 선택의 여지도 남겨놓지 않고, 끊임없이 동일한 지점들로, 동일한 약점들로, 혹은 오히려 누락된 부분이라고나 할 동일한 점들로 되돌아오면서 그리고 상대방이 늘 자신의 말을 기대하게 만들면서 — 저음이고, 평화롭고, 초탈하고, 절대적인 이 목소리가 스스로를 마음속에서 미리 느끼면서 반복하리라고 — 그러리라고 상대방이 짐작했던 것에 대한 기억을 유발하곤 하였다. 나는 활을 들자마자, 혹은 팔 아래로 활을 내리면서 곧 이 목소리가 돌아오기를 기다리곤 했다. 나는 이 목소리가 내려줄 지시를, 단 한 번도 어떤 의미를 부여한다고 주장하지 않으면서 음악을 조명해주는 지시를 기다리곤 했다.

피아노 앞에서, 내게 눈길 한번 주지 않은 채 네미가 내쉬던 단 한 번의 한숨도 내 마음에 상처를 입히곤 했다.

나는 이미 그녀가 하려는 말을 알고 있었다.

나는 그럼에도 불안한 마음으로 그녀가 사용하려는 잔인한 형용사들이 어떤 것일지 기다리고 있었다. 마침내 형용사들이 내 안으로, 내가 그것들을 예상했던 한결같은 그곳으로 왔고, 그리고 거기서 그 무겁고, 고통스러운 자리를 찾아내곤 했는데, 그것들은 하나하나가 강철 물방울처럼 가라앉았다. 내게 말을 함으로써, 그녀는 우리의 두 악기와 우리의 두 육체가 구성하고 있는 이 커다란 육체의 집합에게, 회색으로 칠해진 방의 부피에게, 벽면 둘레의 장식에게, 우리가 연주하던 순간부터 우리들 사이에 직통으로 흐르기 시작한 바로 그 전류에게 말을 건네는 것이었다.

*

그녀는 사람이든 사물이든 그 무엇에도 경의를 표하는 여자가 아니었다.

그렇지만 그녀는 가톨릭 신자였고 독실했다. 완고할 정도로 독실했다.

나는 그녀가 과도한 자부심을 지녔으리라 생각하고 있지만—30년도 더 흐른 후에 내가 그렇게 짐작하는 만큼, 그녀가 전적으로 지나친 자부심을 지녔던 것은 분명 아니었으리라.

그러나 그렇게 기억된다. 나는 그녀를 그렇게 상상한다. 그녀는, 어떤 핑계로라도 그래야만 했으리라.

진지함, 교태에 대한 혐오, 교태에 대한 혐오로서, 유혹이 아닌 것으로서 표현된 아름다움, 설명할 수 없는 도취, 항상 무언의 환각, 영감이나 격렬함들의 일체성, 세심하고 오만하여 심지어 불쾌감을 주는 긍

지심에 이를 정도의 진정성, 가차없는 양심의 규명, 가톨릭 정신, 이런 것들이 그녀가 우리 자신보다도 더 고귀하게 놓았던 가치들이었다.

그녀는 성마르고, 지독히도 건조하고, 신랄하다기보다는 훨씬 냉담하고(그건 거의 같은 것이지만), 모든 점에서 집요했다. 네미와의 음악 수업은 정신 집중을 고문으로까지 밀어붙이곤 했다. 특히 그녀의 수업이 요구하는 기억력의 분발에 있어서는, 그 고문과 같은 정신 집중에 완전히 따르지 않는 사람은 당장에, 정중하지만 단호하게 그 집에서 쫓겨났다.

한 곡을 통째로 암기하는 것이 그녀에게는 더없이 쉬운 일이었다.

음악은 분석, 실습, 테크닉과도 관련이 없었다. 그녀의 교육은 연주할 작품에 대한 일종의 자기 최면 상태를 가르치는 것으로, 그 곡이 육체로 전달되어 육체 내부에 새겨져야만 되었다. 그것은 돌아올 수 없는 여행이었다. 나는 "발등에 다시 떨어지다"[6]라는 표현 — 때로는 칭찬으로 들을 수 있는 — 이 연주를 비판하기 위해서 그녀가 찾아낼 수 있었던 가장 지독한 모욕이었음을 기억한다. 그녀의 콧방울이 바르르 떨리고 있었다. 그녀의 섬세하고, 약간 납작하며, 위로 들린 콧구멍이 좌우로 조금 벌어지면서 그녀는 심술궂게 말했다.

"당신이 연주한 것은 노래라고 할 수 없어요. 당신이 아무것도 갈구하지 않기 때문이죠. 당신은 뛰어들지를 않았어요. 당신은…… 언제나 자기 발등 위로 다시 떨어지는군요!"

그녀는 마지막 문장을 비웃음을 띤 입술 사이로 내뱉었다.

---

6 "피해 없이 난관을 잘 타개하다 retomber sur ses pieds"라는 의미.

*

기진맥진하게 만드는 네미 사틀레의 가르침에 힘을 부여했던 것은, 내가 나중에야 알게 되었지만, 모차르트가 로흘리츠[7]에게 했던 속내 이야기 안에 감춰져 있었다. 즉 모든 것이 한 덩어리로, 단 한 번에, 접히지 않고, 거의 전체적으로, 요컨대 '동시적인-리듬'으로 온다는 것이다. 그것은 작곡가의 두뇌와 육체를 엄청나게 지치게 하는데, 그는 바로 그때 악보를 기록할 용기를 가져야만 한다.

그렇지 못할 경우 그는 작곡가가 아니라 단순히 고통을 당했을 뿐이다.

환영의 습격을 받는 것, 여행을 하는 것만이 예술의 본질은 아니다. 되돌아와서 악보를 기록하는 작은 용기가 추가로 필요하다.

*

열려 있고 벌려진 채 있는 내면의 색청(色聽)[8]으로부터 악보를 적어내는 일은 작은 용기, 뒤로 한 발 물러서기, 가늘게 눈을 뜨고 보아야 하는 용기를 전제로 한다. 그것은 믿을 수 없을 만큼 진절머리나는 일이다.

---

[7] 요한 프리드리히 로흘리츠Johann Friedrich Rochlitz(1769~1842): 독일의 비평가, 발행인. 일찍부터 작곡에 뜻을 두었으나, 1789년 라이프니츠에서 모차르트를 만나, 그 영향으로 자신의 음악적 재능이 부족함을 깨닫고 문학으로 돌아섰다.
[8] 음을 색깔로 감지하는 증상으로 공감각의 한 형태.

*

　모차르트가 로흘리츠에게 했던 매우 단순한 말은 생각보다 훨씬 더 명확하다. 그것은 눈에 보이는 것 전체를 동시에 제시하는 것이 중요하다는 의미이다. 요컨대 파노라마를 구성하는 것이 문제다. 양팔로, 단 한 번에 전체를 통째로 끌어안아야만 한다.

　'전체를 한꺼번에' 단번에 기록한다.

　전체를 앞지르는 것은 동일한 시간 내에서 그것을 애도함이다.

　그것을 영원한 결별 안에서 붙잡아야만 한다.

　문의 두 문짝을 활짝 열어젖혀야만 한다. 열어젖혀진 문짝들은 보이지 않는다 해도 연속해서 잇따르는 페이지들이다. 페이지들은 한 공간으로 열려 있고, 기록하는 사람은 그 공간을 보지 못한다. 한 작곡가나 한 작가는 자신이 악보나 글을 적어가는 지면을 결코 보지 못하며, 써내려가는 자신의 기록을 자신의 눈으로는 평생 동안 절대로 만나지 못한다.

　흰 지면은 결코 존재했던 적이 없다.

　흰 지면에 대해서 말하는 교수들과 기자들이 있을 따름이다.

　결코 나는 글을 쓰고 있는 내 손을 본 적이 없다.

*

　배우는 것은 강렬한 쾌락이다. 배우는 것은 태어나는 것에 속한다. 몇 살을 먹었든 간에 배우는 자의 육체는 그때 일종의 확장을 체험한다.

　피가 뇌 속으로, 눈 뒤쪽으로, 손가락 끝으로, 몸통 윗부분으로, 아랫배로, 어디로나 갑자기 훨씬 잘 순환하게 된다.

우주가 확대된다. 즉 문이 없던 곳에서 갑자기 문이 열리고, 문 자체와 함께 육체가 열린다.

예전의 육체가 다른 육체로 변한다. 우리가 전속력으로 전진하는 곳에 미지의 나라가 펼쳐지며 심지어 확대되는 것 속에서 우리 자신도 확대된다. 알고 있었던 일체의 것이 새로운 의미를 지니면서, 새로운 빛을 띠게 된다. 우리가 떠났던 일체의 것은, 예측할 수 없었기 때문에 여전히 설명할 수 없는 새로운 입체감을 띠고서, 갑자기 새로운 땅으로 돌아온다.

이 변모는 옛날이야기마다 나오는 각각의 주인공을 위해 묘사되었고, 바로 그것이 사나흘 저녁마다 이런 짧은 신화를 읽는 내게 저항할 수 없는 매력으로 비친다. 동화 그 자체 안에서처럼 동화의 독서를 통해서도 힘들은 해방된다. 요정이나 짐승들이 속삭인 몇 마디 단어들은 의미를 가진 강력한 동작이나 시선들이 된다. 몽둥이·활·덫·부싯돌·석궁·배·말(馬) 같은 단어들은 아주 새로운 포획 기능 자체를 만들어냄으로써 진짜로 사냥감을 만들어내는 손 같은 것이 된다.

새로운 무기들은 새로운 사냥감을 만들어냄으로써 새로운 술책들을 낳게 되고, 새로운 사냥꾼들을 생기게 한다.

아무에게도 관련되지 않은 도전들이 갑자기 우연에 의해 추구하지 않았던 결과에 속하게 된다. 그게 배운다는 것이다. 장벽이 무너지고 장벽이 무너졌으므로 간격이 사라진다. 그게 배운다는 것이다. 숲이 어둠에서 벗어난다. 여행의 노정이 연장된다.

배울 때 기쁨을 느끼지 않는 자를 가르쳐서는 안 된다.

무언가 다른 것에 열중하는 것, 사랑하는 것, 배우는 것, 그것은 같은 것이다.

　네미의 특이성은 모든 사람들 눈에 띄었다. 그녀의 말없이 강렬한 주의력은 아름다움에 닿아 있다. 가차없는 작고 검은 눈, 말할 때의 느린 어조가 그녀의 학생들뿐만 아니라 식당 종업원들까지도 주눅들게 하였다. 목소리의 부드러움과 느린 말투는 침묵을 필요로 하였다. 말하자면 스위스식인 그녀의 어조 그리고 그녀가 기술한다고 주장하는 주제거나 그녀가 도달하려는 판단을 구성하는 문장들을 끝까지 전개시키려는 욕구는 짜증이 나게 만든다.
　그러한 것이 나를 짜증나게 하는 일이 종종 있었다.

*

　그 시기는 또 하나의 다른 세계였다. 나는 다른 세계에서 살았다. 그런데 진짜 세계는 일체의 공시성을 무시했다. 어느 날인가 커다란 얼음 덩어리들이 배달되었던 기억이 난다. 날씨가 더웠다. 레슨을 받으려고 내가 거기 있었고 왠지 모르지만 그날따라 집 안에는 네미 혼자였다. 배달꾼이 큰 통 안에 얼음 덩어리들을 내려놓았는데, 통은 빨간색 타일이 깔린 주방 바닥에 놓여 있었다. 네미는 내게 얼음 덩어리들을 정리하고 약간 잘라서 냉장고 구실을 하는 찬장의 칸막이 안에 집어넣기 전에 깨끗한 냅킨으로 싸는 것을 도와달라고 부탁했다. 칸막이들은 회색 함석으로 덧씌워진 채, 곰팡이 슨 나무에서 나는 아주 선명한 냄새를 풍기면서 길쭉한 서랍 위에 있었는데, 서랍에서 물이 배어나오고 있었다. 얼음 때문에 내 손가락들은 감각을 잃고 뻣뻣해졌다. 그 때문에 내가 다시 연주를 하기 위해 겪었던 어려움이 아직도 기억나는 듯싶다. 그렇지만 사실은 내가 그렇게 꾸며내고 있는 중이다. 나는 그럴듯하게 여겨지도록 지어내고 있다. 실제로 겪었다는 인상을 주는 사건들을 내가 꾸며내고 있다. 나는 사실이었던 것을 유인하는 술책들로서 사실임직한 것들을 던지고 있다.

*

같은 날이었다고 생각한다.

그렇다고 거의 확신하는 이유는 얼음 덩어리들을 정리하느라 걷어올린 원피스의 긴 소매 밑으로 드러났던 그녀의 하얀 맨팔이 눈앞에 다시 떠오르기 때문이다.

날씨가 더웠다. 그날 그녀는 스타킹을 신지 않았다.

발에는 끈 달린 운동화를 신고 있었다.

손가락들이 땀에 젖어 있어서 악보에서 틈이 생기면, 나는 재빨리 회색 플란넬 바지에 손을 문질렀다. 바이올린을 만지면 미끈거렸다. 바이올린은 일종의 검은색 기름이었다.

수업이 끝나고 우리는 서 있었다.

네미가 내게 책 목록을 내밀었는데 그것은 내가 구입할 수 있도록 나를 위해 적은 것이었다.

나는 연필로 적힌(그녀가 적는 모든 게 그렇듯이) 그 목록을 건네받지 않았다.

내가 잡은 것은 그녀의 손이었다.

나는 그녀의 몸을 내 쪽으로 끌어당겼다. 나는 아주 세게 그녀를 끌어안았다. 갑자기 그녀의 젖가슴, 그녀의 매우 풍만하고 아름다운 젖가슴이 나를 눌러옴이 느껴졌다. 네미의 젖가슴이 내게 닿더니, 내 가슴과 접촉했는데, 그 감각이 내게는 완전히 거짓말같이 여겨졌었다는 기억이 난다. 내 육체는 이 감각을 믿고 있었다. 내가 욕망했던 것을 도저히 믿지 못했던 건 바로 나 자신이다.

나는 그녀의 냄새를, 그녀의 셔츠에서 올라오는 한 번도 맡아본 적 없는 극도로 감미로운 냄새를 맡았다. 바로 그 순간, 이제는 내가 그녀의 집에 찾아오지 말아야 하며, 더 이상 우리가 점심을 먹으러 음식점에서 만나서도 안 된다고 그녀가 말했고, 계속해서 그녀의 나이, 그녀의 생활이……

그러나 나는 그녀가 하는 말에 귀를 기울이고 있지 않았다. 나는 내 가슴 위로 그녀 젖가슴의 온기와 무게를 느끼고 있었으며, 그녀에게서 피어오르는 상상조차 할 수 없는 향기를 맡고 있었다. 그때 나는 그녀의 젖무덤이 시작되는 곳에 입술을 갖다대었다. 그녀는 아무 말도 하지 않았다. 나는 그녀의 셔츠를 벌리고 입술을 가까이 가져갔다. 그러나 그 순간 그녀가 나를 꽉 조이면서, 더 이상 무슨 짓도 할 수 없게 나를 저지하면서 더욱 세게 끌어안았다. 나는 고개를 들었다.

나는 반쯤 벌어진 그녀의 입술에 내 입술을 포갰다. 그녀의 훈훈한 숨결이 새어나왔다. 거의 동시에 그녀가 얼굴을 돌렸다. 우리는 그렇게, 서로 밀착한 상태로, 네미는 내게서 얼굴을 돌린 채로, 터질 듯이 두근거리는 심장의 박동을 느끼고 있었다. 우리는 오로지 크게 뛰는 기이한 박동들만을 감지하고 있었는데, 이 두근거림은 우리들의 것이 아닌 것 같았다. 그토록 우리의 심장 소리는 우리가 느끼고 있던 감미로움에 어울리지 않았다. 이 박동 소리에는 어떤 종류의 조화로움도 없었다. 우리를 결합시키던 그것은 피의 혼란이었을 뿐이다. 그것은 믿어지지 않는 율동으로 고동치는, 몹시도 급작스러운 심장의 리듬이었다. 갑자기 그녀가 내게서 떨어지더니 나에게 나가달라고 애원했다. 내 눈길을 피하는 그녀의 시선이 슬픔에 젖어 있었다. 나는 떠났다. 내가 그날 어떤 방식으로 떠났는지, 이 자발적인 포옹과 시간의 전복에 뒤이은 한나절 동안 내가 무엇을 했는지, 그리고 그녀가 작동시킨 내 삶의 방식을, 나는 이제 전혀 기억하지 못한다.

*

내가 베르뇌유[9]를 건너갔던 방식은 이러하다: 뜨거운 우유가 찰찰 넘치게 담긴 사발을 쥐고 주방을 가로질러 그것을 식당 테이블 위에 놓으러 가는—손가락을 데이지 않을 만큼 가급적 가장 빨리, 엎지르지 않도록 가급적 천천히—어린애처럼 나는 걸었다.

나는 실비안의 집 대문을 밀었다. 회색 돌계단을 올라가서, 식당 안으로, 프랭스 알베르 여송연 냄새가 섞인 스카페를라티 담배 연기 속으로 들어갔다.

나는 그들이 저녁 식사를 하는 모습을 바라보았다. 그들 혹은 나, 그 중에서 대체 누가 이미 다른 세계로 넘어갔는지, 그래서 결코 다시 돌아오지 않을 것인지 나는 알지 못했다.

*

우리가 서로 다시 만났을 때, 그녀가 내게 했던 첫번째 훈계는 앞으로 우리가 만나서는 안 된다는 것을 설명하기 위한 것이었다. 3월 초순 무렵이었다. 3월은 신이 죽은 달이다. 첫번째 꽃들이 피는 달이기도

---

9 베르뇌유 Verneuil-sur-seine. 센 강 좌안 부근의 베르사유 구(區), 센에우아즈Seine-et-Oise의 면.

하다. 봄이 거의 다가와 있었다.

날씨는 화창했다.

베르뇌유에서 꽤 떨어진 곳에 있는 외부의 한 음식점의 정원에서였다.

그녀는 햇빛 속에서 작고 둥근 테이블 앞에 앉아 있었다. 수수한 테이블보가 덮인 작은 테이블에는 꽃 한 다발이 꽂혀 있었다. 꽃병에 꽂혀 있던 꽃들은 기억나지 않는다. 아마도 철 이른 장미였을 것이다. 테이블은 종업원들이 사용하는 계단 옆에 바짝 붙어 있어 눈에 띄지 않았고, 계단은 정원에서 현관 층계로 이어져 있었다.

테이블로 다가가면서, 자갈 위에서 삐걱이는 내 발자국 소리, 무언가가 짓밟히는 기분나쁜 소리가 내 자신에게도 참을 수 없게 느껴졌는데, 그 소리들이 햇빛에 앉아 점심 식사를 하거나 담소를 나누고 있는 다른 손님들의 관심을 우리에게 쏠리게 했기 때문에, 네미의 신경을 자극하고 있음을 그녀의 시선에서 읽을 수 있었다.

그녀는 미소짓지 않았다. 나는 한순간 선 채로 있었다. 나는 네모진 그녀의 커다란 얼굴을 바라보았다. 그녀의 우울한 두 눈에 괴로움이 가득 차 있었다.

"앉으세요, 앉아요." 마침내 그녀가 중얼거렸다.

그녀를 내 품에 끌어안고 싶었던 것 같다. 나는 의자의 하얀 쇠받침 다리를 내렸다올렸다 했는데, 자갈 위에서 의자가 삐걱이지 않도록 하기 위해서였다. 나는 자리에 앉았다. 우리는 거의 침묵 속에서 재빨리 점심 식사를 마쳤다.

"그런데 무슨 일이 있어요?"

"아무 일도 없소. 왜?"

"고통스러운 얼굴을 하고 있네요."

살짝 한 번 그녀가 내 손을 만졌다.

그녀의 집에서 육체적인 사랑을 나누는 일이 처음에는 죄를 짓는 것 같았던 모양이다.

그날 음식점에서의 점심이 우리의 마지막 식사였다. 이 어처구니없는 결정은 그녀로부터 나왔으며, 그것은 돌이킬 수 없는 것이었다.

*

네미는 걸어다니는 음악 사전이었다. 그녀가 나이에 비해 뛰어난 재능을 가진 음악가라 하더라도, 그녀의 박학함은 특별한 것이었다. 그녀가 우리에게 요구하는—물론 그녀가 스스로에게도 부과한 것이지만—수련은 결과적으로 그녀 자신이 악보를 최대한으로 암기하게 만들었다. 그녀는 악보를 외우는 데 소질이 있어서 전혀 노력이 필요치 않다고 내게 고백한 적이 있다. 그녀는 라디오에서 들은 초연 곡들을 외웠다가 음감으로 다시 연주하기도 했다.

*

피아노는 음악의 한 도구가 아니다. 같은 음이 언제나 다르고, 옥타브도 마찬가지로 다르고, 도음(導音)이 늘 다른 곳에서, 음악이란 이름을 가진 어떤 것이 지배할 수는 없다.

피아노 소리가 견딜 만하게 느껴지는 것은 네미의 손가락이 닿을 때뿐이다.

그녀의 왼손에는 전혀 힘이 들어가 있지 않았다. 그것은 영혼을 두드리는 고통스럽지만 엉뚱하게도 효과적인 타법이었다.

*

　피아노 앞에서 그녀는 몸을 뒤로 젖힌 다음, 오리들이 땅 위나 강물 위에 내려앉는 것처럼 우스꽝스럽게 두 팔을 활짝 벌리고 상체를 앞으로 굽히곤 했다. 두 손목은 필요 이상으로 둥글어지고 손가락은 건반과 수직을 이루어서, 마치 그 부동의 지배력이 동시에 총체적으로 보이는 반원과도 같았다. 상반신은 거의 움직이지 않았다. 집중이 지속되어서 연주하는 데 전혀 힘이 들지 않는 것처럼 보였다. 터치는 비길 데 없이 초연하고 다채롭고 격렬하고 담백하며, 도약하는가 하면 꺼질 듯 가냘팠는데, 이러한 터치는 그녀의 몸 전체를 보고 알아채거나 이마나 눈꺼풀을 보고 예측할 수도 없었다. 맨 먼저 나를 매료했던 사실은 그녀의 발이 페달을 거의 사용하지 않으면서도 오르간 주자처럼, 내가 유년기에 배웠던 것처럼, 마치 춤을 추려는 것처럼 발바닥을 앞으로 세우고 있다는 점이었다.

*

　내게 하룻밤을 통째로 허락해달라고 나는 그녀에게 간청했다. 내 요구는 받아들여졌지만, 그날 밤은 끔찍한 실패였다. 우리는 그날 밤을 침대에서 몇 번이고 일어나느라 다 보내버렸다. 몇 모금씩 물을 마시는 데 온 밤을 허비했던 것이다.

*

　잠이 깨었을 때 어슴푸레함 속에서 눈을 뜨자, 늘어뜨린 배 모양의 전기 스위치 가까이에, 예수상의 어깨 위로 늘어진 축성 회양목의 초록색 잎사귀들 밑에 은 십자가가 반짝이는 것이 보였다.

*

네미의 손은 독점적이고 무례하게 줄곧 내 몸 위에 얹혀 있었다.

*

네미는 자신의 사회적 출신 성분을 잊지 못했다. 차마 환기할 수 없을 정도로 유년기는 그녀에게 상처를 입혔다. 나는 언제나 우선 빈곤을 상상하곤 했지만, 그러나 이런 예감을 뒷받침할 아무런 근거도 없었다. 어쨌든 그녀에게는 대중 앞에서 연주할 수 있는 자신감과 배짱이 결여되어 있었다. 실비안의 어머니가 비용을 대주는 기숙생이었던 그녀가 연주 무대에 서는 것은 전적으로 부당한 일이었다.

박물관을 방문할 때마다 예외 없이 느껴지는 거북함 때문에, 그녀는 달음박질은 아닐망정 서두르듯 재빠르게 몸을 움직였다. 값비싼 음식점만이 유일하게 그녀를 당혹스럽게 만들지 않았지만, 그런 음식점들이 있는 고급 동네는 그녀를 주눅들게 하였다. 식도락이 그녀 안의 모든 금지를 해제시키곤 했는데, 바로 그렇기 때문에 우리는 계속해서 함께 음식점에 갔어야 옳았다. 그러나 음식 이외의 다른 모든 것은 그녀를 비사교적으로 만들고 불신감을 강화시켰다. 마치 정체성이 문제인 양, 즉 그 안에 웅크리고서야 그녀 자신을 알아보게 되는 자발적인 속박이 문제인 양 말이다. 그녀는 어떤 비밀을, 유복함, 부유함, 무사태평함, 느긋하고 친절한 안락함과 대립시키고 있었다. 그것은 그녀가 보기에 자신이 살고 싶어하는 세계와는 다른 세계의 특징이었다.

그 세계 안으로 뚫고 들어가려 하지 않았기 때문에, 그것은 그녀가 결코 접근하지 못할 세계였다.

*

사랑하는 사람들에게 있어서 의심의 여지 없이 사랑을 증명해주는 확실한 표지들 중 하나는 자신들의 유년기 — 그것은, 요컨대 꿈에 대한 속내 이야기와 더불어 가장 소화되기 어려운 이야기인데 — 를 환기시킴으로써, 그들의 마음을 사로잡은 사람들의 삶을 즉각적으로 길게 늘이는 데 느끼는 강렬한 기쁨과 관련된다고 읽은 적이 있다.

그건 거짓이다.

그녀에 대해 나는 아무것도 몰랐다. 그녀는 속내 이야기를 하지 않았다. 그렇다기보다는 오히려 그런 이야기들을 추방시켰다. 그녀는 얼굴을 찌푸렸다. 그녀는 재빨리 단숨에 손짓으로 그런 이야기들을 쫓아버렸다. 나는 정말이지 그녀의 삶에 대해 아무것도 모른다. 다시 그녀를 조르면, 유년기에 대해서 네미는 단 한 문장만을 입에 올렸다. 끊임없이 이 문장이 낮은 목소리로 다시 말해졌다: "알겠어요? 나는 입술을 깨물 수밖에 없었어요." 그리고 할 말을 다했다는 듯, 네미는 말을 그쳤다. 어떤 의미에서는 사실 그녀는 할 말을 다 한 것이다. 침묵해야 하는 순간부터는. 나는 이 문장을 몹시 사랑했다. 나는 두 개의 언어로 찢어졌다가, 솔직히 말해서 가벼운 정신착란을 일으킬 정도로 혼동했던 침묵과 음악에 마침내 이르게 되었던 나 자신의 어린 시절을 생각했다.

네미는 입술을 깨물고 눈살을 찌푸리면서 내게 가라는 신호를 했다. 떠남에 앞서는 헛된 리듬의 침묵에 깃들인 강도 높은 공모 속으로 우리는 함께 잠수했다.

소나타가 끝났을 때, 우리는 함께 겁에 질린 채 현실의 강변에 다시 서 있었다.

*

그녀가 감히 승리하지 못한 곳에서 내가 성공하게 될 것인가?

그녀는 나의 재능에 대해서 절대적인 확신을 가지고 있었다.

네미의 희생된 경력에 대해서 나는 다음과 같이 논거를 제시하고 싶다: 예술에는 저주받은 몫이 있다.

나는 예술의 저주받은 몫을 이렇게 정의하려 한다: 물 속으로 뛰어들기. 나는 패스톰으로 그리고 묘석 위에 새겨진 양팔을 앞으로 내민 잠수부에게로 돌아온다. 그것은 신의 심판이다. 모든 예술가는 생명을 잃는 데 동의해야만 한다.

*

네미는, 자신의 재능이 어떤 것이었든 간에 그것을 자기 자신과 바꾸려고 자신을 희생시키지는 않았다. 그녀는 천재가 될 수도 있었을 것이다. 그러나 그녀는 그것을 원하지 않았다.

그 점이 내가 보기엔 설명할 수 없는 것이었고, 그리고 또한—그 당시 내가 생각하기에는 ─ 용서할 수 없는 것이었다.

*

그후에, 네 번을 반복해서(네미 외에도), 내가 베르사유 궁전에서 열리는 바로크 오페라 페스티벌을 창설했을 때는 특히 두 번, 그리고 그 이전에 조르디 사발[10]이 나에게 '콩세르 데 나시옹Concert des Nations'이 유럽의 모든 수도들을 순회하며 연주하는데 지휘를 맡아달라고 제의했을 때 또 한 번 나는 거장들과 대면했는데, 이 거장들이 비길 데 없는 음악적 재능의 소유자들이었는데도 불구하고, 갑자기 악기를 더 이상 만지지도 못하는 것을 목격했다. 그들이 바로 이 악기의 명인이었는데도 말이다.

갑자기 그들이 연주를 포기한다.

사람들은 그 이유를 이해하지 못한다. (나중에 그들은 술을 마시기 시작하고, 마약을 하고, 틀어박히고, 절망하다가 자살을 한다. 마치 그들이 극단적인 행동으로 치달음으로써, 정녕 그 원인에 선행된 결단에 설명을 붙여보려고 애쓰는 듯이 말이다.)

나는 그들에게 거의 단도직입적으로 ─ 물론 네미를 이해하기 위해서였지만 ─ 그 음악적 자살 혹은 최소한 직업적 자살의 이유를 물었다.

그들은 넋 나간 모습으로 쳐다볼 뿐이다. 그들은 무엇인가를 말하려고 애쓴다.

그들은 설명하려고 진지하게 애를 쓰지만 그럼에도 자신들의 삶을

---

10 조르디 사발 Jordi Savall(1941~): 카탈로니아의 음악가. 비올라 다 감바(옛날 첼로의 일종)의 대가. 연주자이며 오케스트라의 지휘자임. 파스칼 키냐르의 소설 『세상의 모든 아침 Tous les matins du monde』이 영화화되었을 때, 키냐르의 친구인 사발이 이 영화의 음악을 담당하였다.

망가뜨리고 — 자신의 의지와는 달리, 적어도 명백한 욕망과는 달리 — 그들의 삶을 거의 강탈하다시피 한 결단을 진정으로 설명하지는 못한다. 그들 중 두 사람은 모른다고 겸허하게 고백하였다. 그들은 의기소침해 있었다. 그들은 두렵다, 어떻게 해볼 도리가 없다고 말했다. 그렇지만 이유는 샘물처럼 분명하고 투명하다. 이것은 페드르를 부당하게 살해한 음모의 결과로 절필했던 라신[11]이 한 말이다. 라신은 구르빌[12]에게 창작의 기쁨은 그에게 쏟아지는 비난의 불쾌감에 비한다면 하찮은 것이라고 말했다. 그는 더 이상 상처 받을 위험에 몸을 내맡기려는 욕망을 키우지 않았다. 어떤 사람들은 죽음을 무릅쓴 경쟁을 견딜 수 없어한다. 겨루고, 대적하고, 자리를 차지하고, 새로운 경쟁자가 나타날 때마다 시련을 겪으며 죽음을 무릅쓰고, 끊임없이 도전하는 것, 그것은 끊임없이 죽이거나 살해당하는 일이다. 그것은 결투다. 나이 든 어린아이 같은 사람들을 두려움에 떨게 만드는 것은 단순한 살인과는 다르다. 그것은 죽음의 가능성이다. 그리고 매번 새롭게 죽을 수 있다는 것이다.

이러한 사실은 상당수의 사람들에게는 고려될 만하지 못한 것일 수 있다.

나는 이 죽을 수 있음이 연주가로서의 그녀를 멈추게 했다고 생각한다.

대중 앞에서 연주하는 것, 창조하는 것, 자신을 드러내는 것, 죽을 수 있는 것은 서로 구분되지 않는다. 그렇기 때문에 재능으로 번뜩이는

---

11 장 라신 Jean Racine(1639~1699) : 17세기 프랑스 고전 비극의 정수를 보여준 극작가. 1677년 의붓자식을 사랑하는 왕비를 주제로 한 비극 「페드르 Phèdre」를 상연했으나, 이 작품에 질투한 반대파의 중상 모략과 공연 방해에 상심한 라신은 절필을 선언하고 은퇴하였다.
12 장 에로 드 구르빌 Jean Hérault de Gourville(1625~1703) : 마담 드 세비녜 Mme de Sévigné, 부알로 Boileau 등, 당대의 저명 인사들과의 교류가 빈번했던 그가 노년에 집필한 『회상록』이 사후 1724년에 출간되었다.

사람들이 살인을 선택할 수 있다. 그런 사람들을 비평가라고 부른다. 비평가란 무엇인가? 죽는 것을 대단히 두려워했던 사람이다. 서양과 북아메리카의 큰 수도에서는 죽어서 부활할 수 있는 사람들과 부활하지 못하면서 죽이기만 하는 사람들이 마주하고 있음을 볼 수 있다. 사람들은 그것을 문화적 삶이라 부른다. 나는 문화라는 단어가 적합하지 않다고 생각한다. 그러나 나는 삶이라는 단어는 이보다 더 부적합하다는 것을 강조하고 싶다.

*

그 당시 그녀는 나의 선생이었다. 그녀가 했던 말은 나에게 절대적인 위력을 지니고 있었다. 나는 그녀가 말해준 지적 사항들을 생각하면서 잠이 들곤 했으며, 머릿속으로 되풀이하곤 했다. 내가 보면대 위에 활을 내려놓는 순간, 손가락들을 주무르는 순간, 그녀가 내 연주에 대해 막 판단을 내리려는 순간 모든 것이 내 안에서 황홀하게 느껴졌다.

*

"당신 내게 약속할 수 있어요? 아무 말도 하지 않겠다고 맹세할 수 있어요?"

"약속하겠소. 정말로."

그녀가 내 앞에서 양탄자 위에 무릎을 꿇고 있었다. 나는 서 있었고 내게서 물방울이 뚝뚝 떨어졌다. 뒤로 묶어 늘어뜨린 그녀의 머리 타래가 내려다보였다. 나는 그녀의 뒤통수에 대고 말하고 있었다. 그녀는 내가 혼자서는 도저히 풀지 못하는, 비에 흠뻑 젖어 부푼 신발끈들을 풀려고 애쓰고 있었다.

"그럼, 이제 가요."

그러면서 그녀는 일어나서 내게 두 손을 내밀었다. 내가 그 손을 잡았다. 그녀의 눈꺼풀은 이미 닫혀 있었다.

*

나는 우리가 만나기 위해 써야만 했던 속임수들을, 하나씩 하나씩 서글픈 심정으로 우스꽝스럽다는 느낌을 가지고 기억에 떠올린다.

*

집은 거기, 강 위에 걸쳐진 작은 다리 오른쪽에 있었는데, 다리는 옛날 브르타뉴의 어부들[13]이 파놓은 외호가 좁았으므로 대부분의 시간에는 불필요했다. 다리에서는, 강을 따라 늘어선 호두나무 거목들의 우거진 잎들에 가려서 집이 보이지 않았다. 나는 강변을 따라 걸었다. 나는 네미네 월계수의 튼튼한 가지에 매달려, 이곳에서는 거의 큰 도랑이었던 이통 강 지류를 뛰어넘었고, 그리고 풀숲이 진흙투성이였으므로 여전히 매달린 채로 토끼장들 앞을 지나서, 마침내 네미네 정원으로 올라섰다.

---

[13] 어부들islandais. 아이슬란드 어장에서 일하는 브르타뉴 지방의 대구잡이 어부들을 가리킨다.

　밖에서는 덧창을 닫을 수 없었기 때문에, 빛이 전혀 새나가지 않도록 신경을 쓰느라, 그녀는 커튼 고리를 끼운 구리 막대기 위로 자신이 직접 커튼을 잡아당겼다. 우리들의 눈이 어둠에 익숙해졌다.
　우리는 피아노 홀 뒤쪽 방에서 사랑을 나누었다.
　어둠이 처음에는 칠흑 같았다. 그러다가 3월 말과 4월에 추위가 다시 찾아올 때면, 운모로 된 난로의 창이 빛을 던져주었기 때문에 섞여 있는 조개탄과 나무토막들을 차츰차츰 알아볼 수 있었다. 그러고 나면 난로에서 나오는 붉은빛이 우리 몸에 반사되는 것을 보았다. 마침내 색조 자체에 익숙해졌다. 우리는 점점 더 선명하게, 조개탄 난로 위쪽의 대리석 벽난로 초석 위에 놓여 있는, 거울의 은박에 비친 우리들의 반영을 볼 수 있었다.
　그건 진짜 침대가 아니었다. 겨우 소파 이상으로, 모서리보다 좀 높게 올라온 나무 테두리로 둘러싸인 소파보다 나을 것도 없는 것이었다. 이 잠자리는 책들, 잡동사니들bubuses, 이상한 물건들이 배열되어 있는 두 개의 검정색 나무 선반 속에 끼워넣어져 있었다. 옛날 접시들과 무늬가 있는 도자기들은 위칸에 있었다.

*

　나는 한순간 창유리를 긁었다. 그러자 겁이 나서 감히 계속하지는 못했다. 나는 어둠 속에서 기다렸다. 내가 여기 있다는 걸, 그녀를 기다리고 있다는 걸, 그녀가 어떻게 알겠는가? 그렇지만 혹시라도 그녀가 혼자가 아니라 학생과 함께, 아이들과 함께, 남편과 함께 있기라도 한다

제2장　45

면 그녀를 위태롭게 할까 봐 걱정이 되었다.

*

나타내지 않고 비밀히 Non manifeste sed in occulto.

그렇게 예수는 초막절 명절을 지내러 예루살렘에 왔었다("나타내지 않고 비밀히,"「요한복음」7장 10절).

그렇게 우리는 사랑을 나누었다.

나타내지 않고 비밀히.

그렇게 가능할지 불가능할지 짐작도 못 하면서 나는 매일 저녁 베르뇌유에서 방황했다. 밤에 찾아가는 것이 금지되었기 때문에, 혹은 만나기 위해서는 미리 약속을 한 다음 그 시간을 기다려야만 했기 때문이었다. 내가 곧장 실비안의 집으로 돌아가지 않는 것은 다시 외출하는 이유를 설명하기 싫었기 때문이다.

*

나타내지 않고 비밀히.

하늘이 희미하게 노란빛을 띠고 있었다. 베르뇌유는 중세풍의 이상한 마을이다.

*

나타내지 않고 비밀히.

네미를 회상하면서 내가 성경 구절을 인용하는 것은 자연스럽다.

네미가 실제로 신을 믿었기 때문만이 아니라 각 곡에 따라 적합한 도입부의 음조 attacca, 태도, 조음, 고려 사항, 철저히 지켜야 할 것 따위의 연주 방식을 가르칠 때는 거의 언제나 성경에 나오는 사건들, 신약 성서의 비유, 예수의 수난의 길, 순교자들의 삶과 그들의 극심한 고통을 이야기했기 때문이다. 네미는 성 요한을(또한 성 바울과 『성인전』을) 대단히 좋아했다. 그녀가 인용한 성인들을 통해 나는 그들의 사상을 알게 되었다. 그때까지 ― 네미가 나타날 때까지 ― 나는 거기서 가증스런 훈계밖에는 보지 못했고, 그리고 그 훈계가 수세기에 걸쳐 명백한 것으로 간주되었고, 사람들을 무릎 꿇게 하였으며, 가공의 죄악들로 인간의 영혼을 가득 채웠기 때문에, 정말로 가소로운 것이라고 생각했을 따름이다.

사실상 나로서는 믿음이라는 것이 무엇인지 이해하지도 못했다.

나는 신앙이 무엇일 수 있을까 애써 생각해보아야만 했다.

내가 어렸을 때는 주변 사람들에게 물어보곤 했었지만, 네미에게만은 이 점에 관해 감히 묻지 못했는데 그녀의 감정을 거스르게 될 것을 알았기 때문이다. 나는 믿는다는 것이 분명히 한 가지 언어만을 사용하는 아이들이 가졌을 느낌과 아주 가까운 경험이라고 생각했다. 내가 얼마나 열렬하게 그들 중에 끼기를 원했는지 모른다. 결단코 그 애들의 집에서는 한 가지 언어만이 울렸을 것이다.

그 애들 엄마는 이해할 수 없는 동음조(同音調)를 가진 말은 한 마디도 입에 올리지 않았을 것이다.

이 애들은 입에 담거나 귀를 울리는 소리의 단일한 연속성에서, 자신들이 알지 못하는 오직 하나의 땅을 소유하고 있다는 인상을 가졌으리라. 그들의 유일한 언어가 하늘 아래 사용 가능한 모든 언어였다.

그들의 영토는 지방이 아니라 땅 전체였다.

그들의 가족은 세상의 중심에 있었다.

나에 관해서 말하자면, 세 가지 언어로 찢겨진 지극히 작은 내면의 유배지부터 시작하여 각 언어는 거기서 말해진 것을 감추기 위해 사용되었으므로, 나는 아무것도 이해할 수가 없었다. 나는 네미의 머릿속 내부로 침투해들어가, 믿음 그 자체로 미끄러져 들어가고 싶었다.

나는 그녀의 비밀스런 삶을 꿰뚫고 들어가고 싶었다. 나는, 우리의 체험에 응답하는 그녀의 영혼의 메아리보다는, 그녀의 육체와 그 반응과 감각을 더 잘 알고 있었다. 나는 그녀의 어린 시절에 대해서는 전혀 아는 것이 없었다. 그녀를 그렇게도 복잡하게, 설명할 수 없을 정도로 내성적이고 겸손하게, 그다지도 강압적으로, 그러면서도 또한 억압된 인간으로 만든 가난의 원인에 대하여 아무것도 몰랐다. 그녀의 청춘기에 대해서 아무것도 몰랐다. 결혼으로 이끈 그녀의 사랑에 대해서도, 아이들에게 기울인 그녀의 애정에 대해서도 아무것도 몰랐다.

나는 그녀의 비밀과 인접한 곳에서 살았다. 나는 그녀의 가르침을 공유했고, 그리고 그녀의 육체를, 그 다음에는 그녀의 침묵을 공유했다. 그러나 나는 그녀의 신앙심을, 솔직하게 말하자면 결코 꿰뚫어볼 수가 없었다. 곁눈으로도 볼 수 없었다.

*

우주 안의 모든 것은 뻗어나와 한 극으로 쏠린다. 하늘에 있는 것이든 지상에 있는 것이든 모든 것은 표출되어 흘러나온다. 뿌리를 내리고 있는 장소 위로 확장되는 침묵, 스스로를 가리는 육체 위로 확장되는 비밀, 이러한 확장과 닫힘, 넓게 퍼져나가는 대양과 극도의 내밀함 속으로 집중되는 고립된 섬은, 다른 누구와도 아닌 오로지 우리 두 사람만이 공유하고 있던 어떤 심층을 깊숙이 파고들었다.

*

그녀는 그 무엇의 그리고 그 누구의 시선 아래에도 있지 않았다. 네미는 말이 없었고 엄격했다. 육감적이라기보다는 노골적이었다. 그녀는 취하면 입을 다물고, 단지 동작만이 대담해지곤 하였다. 사랑이 마치 열쇠처럼 갑자기 소통 불가능한 것을 열어젖히곤 했다. 마찬가지로 책들은, 그것이 아름다운 것들일 경우 영혼의 방어물은 물론 갑자기 허를 찔린 생각의 성벽들을 모두 허물어뜨린다.

마찬가지로 벽에 고정된 유명한 그림들도, 그것이 찬탄할 만한 것들일 경우 문이나 창문, 유리 창구, 성벽의 총안 등등보다 더 벽을 열리게 한다.

음악이 자신을 넘어서 심장을, 호흡을, 최초의 분리를, 그에 수반된 근본적인 괴로움을, 그리고 일생 동안 그 분리에서 생긴 기다림을 뒤흔들어 스스로의 리듬으로 끌어들이는 것처럼.

*

내가 보기에 네미와의 성관계는 단지 인간적인 관계 이상의 것으로 변했다. 다시 말해서 다소간 익명성을 띠었다.

나체가 때때로 본능의 변두리에서 길을 잃곤 하는, 간헐적이고 헤매는 상태이기를 멈추었다. 바지나 원피스 밑으로 아슬아슬하게 모습을 드러내기, 눈에 띄자마자 곧 망각 속으로 밀려난 기원. 나체는 독자적인 것이 되었다. 그리고 단수적인 것이 되었다. 다음에는 다수가 되었다.

이어서 격정적인 것이 되었다. 그런 다음 기상천외한 것이 되었다. 그러고 나면 예측 불능한 것이 되었다. 나체가 내게 깨우쳐주지 않은 것은 무엇일까? 네미가 단언하기를, 물론 세심한 배려에서였겠지만, 내가 발견하는 것을 그녀도 동시에 발견한다고 말했다. 우리가 하는 것을, 그녀 자신도 우리가 그것을 할 때까지 몰랐었다고 했다. 그렇지만 누구나 다 하는 것밖에는 우리도 하지 않았지만 우리는 이 아무것도 아닌 것에 대해 단호하게 문을 열어두었다.

*

나는 내 삶에서 이런 결합은 드물었다고 고백하지 않을 수 없다. 왜 나는 그후 여러 해 동안, 즉 10여 년 동안 더 자주 미련을 느끼지 않았었는지 이해가 되지 않는다. 다른 여자들과 다른 포옹들을 하면서, 존경, 사회적 관계, 내가 그들에게 보내는 찬탄, 의도적인 거리(여러 해 동안 그녀들이 지닌 투시력의 능력에 대한 심한 불안), 단순한 두려움, 관습, 수치심이 자주 내 욕망들을 구속했다. 태도 그 자체, 혹은 충분히 사랑받지 못하지나 않을까 하는 불안감, 혹은 지나친 사랑, 혹은 오히려 지나치게 표현된 사랑, 이런 것들이 욕망에 죄의식을 불어넣었다. 이런 의식에 결국은 익숙해지고, 익숙함을 뒤따르는 반복, 거기서 강화되는 동기나 호감은 매우 한정적인 조언자들이다.

이벨과 함께 나는 억제할 수 없는 육체적 사랑을 나눴지만, 곧 그 사랑의 몸짓들이 서로 간에 부적절하게, 거의 스스로 단조롭게 느껴졌다. 마치 통제되고 인내된 육체적 욕망의 표시가 우리가 서로에게 느끼는 사랑을 의심하게 만들 수도 있었듯 말이다.

*

　사랑의 열정과 대담한 포옹이 얼마나 별개일 수 있는가를 알게 되는 것은 언제나 놀랍다. 그러나 이유가 없는 것은 아니다. 그것들은 동일한 세계에서 오지 않기 때문이다. 그리고 그것들이 같은 어둠 속으로 뚫고 들어가지도 않는다. 때로는 이 두 세계가 동일한 것이지만, 그러나 순전히 우연한 경우에만 그렇다. 거의 두 세계의 본성 자체, 그리고 부인할 수 없는 강렬함을 거슬러야만 두 세계가 서로 합쳐진다. 사실을 말하자면 두 세계는 서로 조우하는 게 아니다. 두 세계가 동시에 생겨난다. 그것은 우연한 사고와도 같다: 참나무 한 그루와 빨간 자동차 한 대가 충돌한다. 그것은 어떤 경우에도 미리 준비될 수 없다는 점에서 예측 불가능하다.

*

　그녀가 갑자기 피아노 걸상에서 몸을 빙그르르 돌려서 나를 마주 보았다.
　그녀는 작고 검은 눈으로 내 얼굴을 뚫어지게 쳐다보았다.
　그녀는 손을 무릎 위에 얹었다. 내가 손으로 그녀의 머리를 감싸쥐고 그녀를 끌어안았다.
　"우린 잘못을 저지르고 있어요" 하고 그녀가 중얼거렸다.
　나는 아니라고 고개를 저었다. 그녀는 보지 못했지만 느꼈음에 틀림없었다. 그녀가 내 이름을 신도송(信徒頌)을 암송하듯 반복하기 시작했다. 아주 나지막한 목소리로.
　이렇게 해서 내 이름은 하나의 탄식이 되었다.

그녀는 회색이거나 연기 빛깔의 스타킹을 신곤 했다. 그녀는 끈 달린 밤색 편상화를 신었다. 별것도 아닌 것에 관해 그녀에게 질문을 해서는 안 되었다.

*

그녀는 레슨이 없을 때면, 자주 집 안에서 브로치로 여민 낡은 흰색 니트 투피스를 입었다.
그녀의 갈색 머리칼, 한가운데 난 가르마, 정확히 뒤통수에, 목덜미 바로 위에 붉은빛이 도는 자개 빗으로 고정된, 틀어올린 쪽머리.

*

방은 침침하고, 가구들은 빈약한 것들이었다. 초록색 침대 하나, 노래하는 사울이 그려진 태피스트리가 덮인 안락의자 하나. 벽난로 위로 기울어진 커다란 전신용 거울 하나. 벽난로 앞에 놓인 초록색의 현대식 난로 하나. 석탄 담는 양동이 한 개, 부삽 한 개, 노랑과 분홍이 섞인 작은 빗자루 한 개.
난롯불이 요란하게 가르랑거리고 있었다. 네미는 추위를 탔다.
불길은 운모창을 널름대며 핥고 있었다.
오른쪽에 두 칸으로 된 찬장 안에는 냅킨이나 행주 같은 리넨 제품들이 쌓여 있었다.
벽지에는 붉은색 무늬가 반복되고 있었지만, 그게 무슨 무늬였는지

지금은 잊어버렸다.

*

주방은 북쪽으로 나 있었다.

주방 문 가까이 있는 철망 우리 속에 그녀는 암탉 네 마리를 기르고 있었다. 그것은 네미가 겪었던 가난과 전쟁이 가져다준 습관들이었다. 이통 강을 바라보고 있는 월계수나무 옆에는 빗물 때문에 완전히 회색으로 변해버린 작은 나무상자 속에 그녀가 기르는 토끼들이 있었다.

음식점에 대한 취향도 마찬가지다. 결핍과 가난과 곤경을 폭로하는 것이 취향이다. 그렇기 때문에 유명한 요리사들이 몹시도 까다롭고, 미식가들은 그렇게도 편집광적이고 거만하다. 진실을 말하지 않을 수 없다: 가장 유명한 고급 음식점에서 식사를 하는 사람들이 보여주는 장면은 음산하다.

*

문에 칠해진 분홍색 페인트는 퇴색했고, 그 문은 열리면서 바닥을 긁는다. 난로 위로, 거울에 비친 모습을 가리지 않도록 급하게 구부러진 아연 파이프 옆으로, 검정과 빨강 자개로 테를 두른 직사각형의 큰 거울이 비스듬히 걸려 있다.

그녀는 죽었지만 노란색 긴 의자에 드러누워 작업하는 그녀의 모습이 떠오른다. 그녀는 항상 거울 앞에서 신발을 벗어버린 두 발을 허벅지 근처로 모았었다.

그녀가 악보에 운지법을 기록하고 있다. 그녀가 악보를 읽고 있다.

이따금 그녀는 비스듬한 거울에 비친 자신의 모습을 쳐다보고, 거기에 복제되는 자신의 모습을 보면서 기쁨을 느낀다.

이제는 정말 그녀의 모습을 볼 수 없지만, 그녀는 자신의 내부에 어떤 원 같은 것 — 그녀의 재생된 모습이 완성시키고, 진정시키고, 확신을 주는 원 — 을 그리며, 더 많이 일한다.

그런 식으로 일을 할 때면 그녀는 손가락 사이로 머리칼을 비틀어 말곤 했다.

주철 난로는 아주 보기 흉하고, 장식이 잔뜩 붙어 있고, 녹황색 초록빛이다. 그렇지만 내 기억의 깊은 곳에서는 이런 외관이 좀처럼 드러나지 않아서, 나는 그 당시 내가 그 난로의 특이한 점과 아마도 아름다운 점들을 느낄 줄 몰랐던 게 아닐까 생각된다.

석류빛이거나 자두빛 벽지는 아무리 애를 써도 그 무늬를 기억해내지 못한다. 새장이든가, 작은 배든가 타원형 형태들도 보았던 듯하다. 그런데 만일 새장이라면, 그곳에 새들은 보이지 않고, 만일 배라고 하더라도 배 안에 사공은 보이지 않는다.

*

그녀는 우연에 의해서건 출생에 의해서건, 자신에게 부여된 성별을 좋아하지 않았다. 지금 생각해보니 우연한 만남들을 통해 나는 여자들밖에는 알지 못했고, 그래서 우연이 그녀들에게 부여한 생식기의 외관을, 증오심에 이를 정도로 평가절하하게 되었던 것 같다. 나는 한 번도 그녀가 유명한 여류 인사를 칭찬하는 것을 본 적이 없다. 그것이 그녀의 결함 중의 하나였다. 나는 어떤 남자라도, 음경의 불안정성과 그 해부학적이고 태고적인 괴상망측한 모양을 보고는, 자신의 성에 그토록 희망을 걸거나 그토록 원한을 품지는 않았을 것이라고 생각한다.

제3장 소리 없는 피아노

뜰이 좁았다. 한가운데 나무는 없었다.

암탉들은 쐐기풀 틈새를 헤집고 다니기를 좋아한다. 나는 우리들 안에 침묵하고 있으며 거의 발굴되지 않은 낙원을 말하는 데 기쁨을 느낀다.

나는 암탉들이 그들의 도주 통로에서 부리로 먹이를 쪼아먹더니 슬그머니 땅바닥에 놓인 우리 안으로 들어가는 것을 보고 있었다. 쐐기풀 숲은 암탉들이 알을 낳기 위해 꿈꾸는 장소인 듯했다.

내가 우리를 쳐들었다. 나는 부화되어 아직도 촉촉한 채로 어미닭 옆에서 비틀거리고 있는 병아리들을 집어들었다. 분홍색과 갈색 껍질들이 병아리들 발 근처에 부서져 있었다. 병아리를 보면 남자들이나 여자들은 야릇한 감동으로 벅차오른다. 그들 자신도 자주 병아리라 불렸던 적이 있었다. 그들은 자신들의 출생의 허약함을 다시 본다고 믿는다. 그들은 허약함에서 모든 오점을 제거한다. 허약함을 연한 깃털들의 부드러움으로 감싼다. 사람들은 자신들의 거짓 환상 속에서 스스로를 포유류라기보다는 병아리라고 느낀다.

부화는, 수태의 소름 끼치는 이미지와 어머니의 성기로부터의 울부짖는 추방이 갖는 훨씬 더 극적인 이미지보다 그들에게 더욱 사실임직한 기원으로 비친다.

그 무렵 드골 장군이 사하라를 알제리에 넘겨주었다.

샬,¹ 주오, 살란, 젤레 장군들은 드골 장군이 타실리나제르²의 구석기 시대 벽화들을 포기하는 것을 보고 반란을 시도했다.

이따금 한 동작 속에, 우리의 취향 속에, 우리 목소리의 음향 속에 깊이 박힌 채 말로 표현할 수 없는 거의 무의식적인 여러 종류의 잔해들이 남아 있다. 그것들은 바닷물이 빠질 때 썰물이 바다로 끌어갈 수 없었던 녹색 게의 작은 발들이나 조가비들의 파편들이다. 바로 그렇게 나는 그 소리 없는 피아노를 생각한다.

네미가 피아노를 치지 않으면서도 피아노를 치고 있다고 믿는 놀라운 경험을 나는 두 번이나 목격했다.

그녀는 눈은 내리깔고 건반을 향해 확실하게 몸을 기울이고, 두 손을 각각 허벅지 위에 대칭으로 얹어 둥글게 구부리거나, 혹은 완전히 건반과 높이가 다른 무릎 위에 놓고 미동도 없이 앉아 있었다. 그것은 그녀가 내게 그렇게 가르쳤던 것처럼, 연주하기 전에 우리가 악보 전체를 마음속으로, 우리 육체의 깊은 곳에서, 다시 읽을 때와 정확히 똑같은 자세인데, 근육들이 팽팽하게 긴장될 때만을 제외하고 그녀의 몸은 좌우로 흔들렸고, 육체는 더욱 현존감을 지녔으며 훨씬 더 힘으로 넘쳤다. 그제야 그녀는 이 힘을 쏟아내었다.

그러나 그런 경우에 단순히, 두번째가 첫번째보다 소리가 더 잘 울렸던 것은 아니다.

---

1 모리스 샬Maurice Challe(1905~1979): 프랑스 장군. 1959년 알제리 주둔 프랑스 군대의 총사령관으로 임명되었고, 1961년 알제리 쿠데타를 모의했던 주역으로서 15년 형을 받았다가 1966년 드골 장군에 의해 사면되었다.
2 타실리나제르Tassili n'Ajjer: 베르베르어로 타실리는 고원을 뜻한다. 알제리의 나제르 고원에 있는 동굴은 암벽에 그려진 구석기 시대 벽화로 유명하다.

나는 그녀의 연주 방식이 땅에 착지하는 느낌을 준다고 말했다.

이렇게 말하면 그녀는 땅에 착지한다고 믿었었다: 그녀는 그때까지 공중에 떠 있었으니까!

그러고 나서 그녀가 단지 꿈속에서 소나타를 연주했을 뿐이라고 말을 하면, 그녀는 내 말을 믿지 않았다. 마치 내가 그녀를 속이고 비웃기라도 하듯 그녀는 웃곤 했다.

*

지금에서야 비로소 나는 그녀를 이해한다. 나는 마침내 네미 사틀레를 이해한다. 적어도 르네상스부터 제2차 세계 대전 사이에 작곡된 대부분의 작품들은 사람들이 너무 자주 들었기 때문에 사실 듣기가 괴로우며, 그래서 그 곡들은 연주회장에서 무성으로만 연주해야 하지 않을까 하는 생각을 종종 하게 된다. 그것은 기이한 미사곡들이 될 것이다. 극장 안에서든 오페라 극장 안에서든 홀 전체가 침묵에 잠길 것이다. 사람들은 두 눈을 감은 채 각자 자신의 내부에서 되풀이되는 곡의 기억을 떠올릴 것이다. 박수 갈채조차도 이 침묵의 음악에 상응하는 망령으로서 생략될 수 있을 것이다. 혹은 희귀하고 유일한, 단 한 번만 행해지는 음악의 소환에 대한 모욕으로서.

*

독자, 작가, 연주자, 번역가, 작곡가 등등 사이에 차이가 있는 것일까? 나는 이 단어들이 대단한 것을 의미한다고는 믿지 않는다.

모든 번역가는 마치 자신이 그 글을 쓰기라도 한 듯이 번역한다. 모든 연주자는 마치 자신이 그 곡의 작곡가인 양 표현한다. 네미는 누구나 자신이 강렬하게 글로 쓰기를 원하지 않았을 것은 연주해서는 안 된다고 말하곤 했다.

오늘날의 많은 거장들이 네미의 이 지적을 명심해야 할 것이다.

왜냐하면 네미의 말에 의하면, 연주되어야 하는 것은, 악보의 음표나 작품의 정신이 아니라 작곡가의 영혼을 움켜쥐고 있던 힘, 그 발굴되어야만 하는 힘이기 때문이다. 발굴하기란 되풀이가 아니다. 발굴이란 파괴하는 것이다. 예술은 항상 파괴한다. 선사학자는 우물이나 무덤을 발굴할 때, 자신이 밝은 곳으로 끌어낸 것을 돌이킬 수 없게 분해한다.

*

그 발음할 수 없는 이름 속에서 솟아오르는 음악, 매번 우리는 그것을 사랑하는 사람의 이름을 부르듯이, 특별한 억양으로 불러야만 했다. 애인의 이름이 애인에게 말해질 때의 억양과 그 이름이 음식점의 종업원에 의해, 활자 케이스 앞에 서 있는 인쇄소의 식자공에 의해, 창구 뒤의 은행원에 의해, 혹은 어떻게든 잔돈을 직접 건네주려는 빵집 종업원에 의해 우연히 불려질 때는 동일한 억양을 가질 수 없듯이 말이다.

*

창조는 솟구침에 닿아야만 했다: 포효 소리; 폭풍우로 캄캄해진 하늘에서 번쩍이는 번개의 섬광; 지하 어둠으로부터의 출구; 뜻하지 않은 출현. 창조하는 모든 것, 생식(生殖)하는 모든 것은 기원의 소리를 낸다.

훌륭한 연주는 최초의 텍스트라는 인상을 준다.

언어 행위에 선행되는 기표라는 인상.

그 기표는 다가오는 별이다.

악보를 읽고 나면 오래 전부터 눈꺼풀이 닫힌 눈 뒤편 꿈속에 밤의 이미지들이 투영되듯, 그것이 육체의 내부에서 울린다. 네미의 음악 속에는 자아도 육체도 악기도 없었다. 작곡가마저도 없었다. 그것은 런던의 골목길에 울리던 음악의 주인공인 퍼셀[3]이 아니다. 배열해놓았다고 믿은 자신의 이름 철자들 안에서 되살아나는 바흐 자신은 더더욱 아니다. 바로 그렇다, 순수한 기호만이 울린다. 비인칭의 그것이 원천에서, 바흐 자신을 급습하는 이 솟구침에서 솟아난다. 독일어로 바흐는 강을 뜻한다. 악보는 스스로에 매혹되면서 자신의 악장을 노래한다. 스스로 음악 그 자체의 기원에 있다고 믿으면서.

*

아름다운 텍스트는 발음되기도 전에 들린다. 그것이 문학이다. 아름다운 악보는 연주되기도 전에 들린다. 그것이 미리 준비된 서양 음악의 찬란함이다. 음악의 원천은 소리의 생산에 있지 않다. 그것은 듣기라는 절대 행위 안에 있다. 창조 행위에서 이 절대 행위는 소리의 생산에 선행한다. 작곡이라는 행위가 이미 그것을 듣고, 그것으로 작곡을 한다. 연주가 이미 들은 것으로서가 아니라, 지금 듣고 있는 것으로서 그것을 솟아오르게 한다. 그것은 의미하기가 아니다. 그것은 스스로 드러내기도 아니다.

---

[3] 헨리 퍼셀Henry Purcell(1659~1695): 런던에서 태어난 영국의 유명한 작곡가.「디도와 아이네아스」「아서 왕」이라는 오페라를 비롯해 종교 음악, 오르간과 클라브생을 위한 작품들을 작곡하였다.

그것은 순수한 듣기이다.

*

소리내지 않고 연주하기.

하나의 언어는 말해진다. 그렇기 때문에 모든 언어를 들을 수 있다. 글로 쓰어지는 언어는 읽혀진다. 그러나 바로 그렇기 때문에 읽혀지기도 전에 읽는 행위에서 언어 그 자체가 들린다.

그런 까닭으로 모든 문학은 옛날 표현들이라고나 불러야 할, 사어(死語)들과 개인적 관계를 유지한다.

소리 없이 악보를 읽는 것, 소리내지 않고(손가락도 활도 쓰지 않고) 연주하기, 실제로 연주하기, 이 모든 것이 자신의 소리를 듣는 동일한 행위이다. 그것은 동일하게 울리는 소리다. 그러나 그것은 악보로 기록되면 영원한 결별로 어긋나버리는 울림이다. 바로 그것이 야릇함, 숭고함, 난해한 음악이라는 다른 세계에 적합한 이타성을 만들어낸다. 기보법에 의해 난해한 음악은 스스로의 숨결에서, 자신의 소리를 듣기에서 이미 어긋나 있다. 소리의 반향에서까지도. 작곡자 자신에게까지도.

*

선행하는 이 자신의 (소리 없는) 소리를 듣기는 본래 소리의 문지방 아래 있다(문지방 limen의 아래 Sub이다). 그것은 즉흥적인 음악에 비해 난해한 음악의 특성인 경계 아래 sub-limitas[4]이다. 동양의 음악가들은

---

4 여기서 파생한 프랑스어 단어 'sublime'은 '숭고한'의 의미를 지닌다.

기호(글자나 음표)의 주위보다는 옛날의 주변을 더 배회한다. 그들은 억제된 것의 주변, 우리가 무언가를 배울 때 육체 안에 기억된 흔적의 주변을 배회하고, 마치 샤먼이 자신의 여행과 꿈의 방향을 바꾸고 불러내는 것처럼, 변주하고 떠돈다. 유럽의 음악가는 꿈을 꾸고 난 후에 잠이 깨서 그 꿈을 이야기하는 샤먼이다. 흡사 신분을 감춘 오디세우스와도 같다. 오디세우스는, 그의 생전에 불가능한 귀향—마치 오디세우스가 죽기라도 한 것처럼 그의 생애를 기리기 위해 쓴—을 음유 시인이 그의 면전에서 읊고 있을 때, 겉옷 자락을 머리에 뒤집어쓰고 페아키아 왕의 궁전에서 흐느낀다.

*

    음악은 육체의(심장의 리듬과는 주기가 다른 호흡 리듬의 이중 분절에 대하여) 용수철을 제동 장치 홈까지 수축시킨다.
    그런 다음 순간적 충동(공기 주입, 잠수부가 수면 위로 머리를 내밀 때처럼 숨 들이쉬기 또는 활기를 불어넣기)을 가한다.

*

    언어 행위에는 목청껏 노래하는 무언가가—하늘에 해가 떠서 밝아질 때, 새들의 노래가 드러내는 것과 같은 무언가가 있다. 이런 현상은 공간 내에서 삶이 모든 방향으로 온통 빛과 소리로 미분화되는 것과 너무나도 긴밀히 관련되어 있기 때문에(식물의 부동성, 동물의 움직임, 색채의 환각, 놀라운 소리들) 결국 어둠이 지키고 있던 연속된 단일성은 사라진다.

우주의 어둠은 얼마나 소멸되기를 원하는지!

*

이미지들이 빛을 위해 만들어진 것은 아니다.

모든 꿈이 그 사실을 알고 있으며, 매일매일의 밤이 그 사실을 증명한다.

이미지들은 빛을 싫어하며, 그래서 네미는 내가 악보를 순식간에 단 하나의 형상으로 인지한 후에야 악보를 연주하기 시작함으로써, 눈을 감고 연주하도록 내게 가르쳤다.

연주하기 전에, 묵묵히 이미지들을 한눈에 통째로 받아들여야만 한다.

*

그녀가 보기에 우리의 사랑은 — 나는 사랑을 형상화하는 이런 방식에 이제는 동의하지 않는다 — 우리의 침묵 지수에 비례했다.

이 침묵 지수는 사회적 맹점[5]과 흡사하다.

우리가 서로 사랑하기 위해서는, 우리는 침묵하기로 결단을 내려야만 했다. 그러면 우리는 모든 이들에게 적대적인 그룹이 될 것이었다. 연인들이란 그런 것이라고 그녀는 생각했다. 나머지 사람들 모두를 배제해야만 했고, 이 배제가 우리를 더욱 결합시킬 것이고, 그 때문에 우

---

[5] 맹점이란 물체의 빛에 반응하지 않는 시신경의 어떤 부분을 말하는 것이므로, 사회적 맹점이란 사회적으로 고려되지 않는, 즉 사회적 주시의 사각 지대를 의미하는 것으로 보인다.

리는 영원토록 변치 않을 것이었다. 내가 그 생각을 하면 할수록—네미를 향한 이 사랑의 탐구는 안간힘에 불과하지만, 그것의 어떤 점이 시간이 흐를수록 점점 더 무겁게 내리누르는 불안감을 주는지를 나는 알지 못한다—더욱더 나는 그녀의 그런 심정은 알고 있었지만, 그녀가 사랑에 의해 모든 타인들을 배제시키려는 것은 잘못이었다고 생각한다. 다른 사람들 모두를 배제시키는 것, 그것은 오직 비밀의 모습을 더욱 분명하게 만들었을 뿐이다.

우리는 침묵에 휩싸인 늘 같은 여인숙에 숙박했다. '금지된 침실'이라는 간판이 붙은 여인숙에.

나는 그곳에 도둑처럼 숨었다.

*

사랑이란 무엇인가? 내가 그녀를 알기 전에, 내 마음에는 음악과 같은 근본적인 체험에 비교될 만한(혹은 책들의 매력에 비교될 만한) 세계, 벌거벗은 인간을 포옹함으로써 다가갈 수 있는 사랑의 세계가 없었다. 한 여인의 벗은 몸을 껴안는 것은, 어느 지방에 사는 사람이 친구에게 그 고장을 둘러보고 발견하게 하는 방식으로, 나로 하여금 이 세계 안으로 침투하게 하였다. 마치 바닷가를 여행하는 한 사람이, 그의 여정이 수개월 간 계속될 때, 자신의 마을 주변의 땅과 나무들과 산들의 훨씬 확고부동하고 훨씬 안정된 지면에서 느껴지던 것과는 판이하게 다른 시간의 단위와 자연에 대한 다른 생각을 받아들이게 되듯이 말이다(우리의 사랑은 단지 석 달 엿새밖에는 지속되지 않았다. 우리의 사랑은 정확히 96일 간 지속되었다).

*

　사랑에 빠진 사람들, 연인들, 부부들이란 동일한 인간들을 지칭하지 않는다. 사랑은 성욕과도 결혼과도 대립된다. 사랑은 도둑질에 속하지 사회적 교환에 속하지 않는다.

　태고의 어둠 이래로 사랑에 빠진 자는 오래 전부터 그의 가족, 친척들, 그리고 집단이 그에게 마련해준 교환에서 빠져나온 여자 혹은 남자를 가리킨다.

　동화들은 도주를 결합에 대립시키는 것과 상당히 유사한 방식으로 사랑과 결혼을 대립시킨다.

　옛날이야기에서 사랑은 언제나 세 가지 특성으로부터 정의된다. 즉 이해하기 어려운 쌍둥이와 같은 사랑(낯선 두 사람이 서로에게서 거의 근친상간적인 화합을 발견한다), 한눈에 반하기(갑작스럽고, 예비되지 않았으며, 말없는, 매개되지 않은 홀림), 끝으로 자살이나 살인 혹은 그를 죽게 하거나 그들을 저주받게 하는 치정 살인이 그것이다. 관습적인 사회 관계에서나 부부 관계에서 대번에 사랑을 제거하는 사랑의 비사회적 특성은 옛날 사랑 이야기에서는 다음과 같은 방식으로 표현된다: 뒤얽혀 있음, 완전히 벌거벗고 있음, 집이 없음, 공기와 신선한 물로 연명함, 날것을 먹음, 새들로 변함.

*

　네미의 피아노 솜씨는 놀라웠다. 시대마다 그 시대의 가장 위대했던 화가들의 그림이 결코 어디에도 전시되지 않았다는 사실을 상상하는 것은 놀라운 일이다. 나는 그런 사람들만을 알고 있다. 몇 년 후, 내가 바뇰레[6]에 있는 장 뤼스탱[7]의 아틀리에에 갈 때마다 늘 그런 느낌을 받았다. 여명 이후로 매 세기가 그렇게 흘러간다. 나는 태고 시대를 여명이라 부른다. 여명 이래로 최고령자는 이전 시기를 더 좋아하는데, 그때는 그의 나이가 적었으므로 그렇다.

가장 위대한 연주가들이 그렇게도 두터운 벽 뒤에 갇혀서, 그리고 정신질환이라 할 정도로 소심함이나 두려움에 마비되어 있어서, 그 누구도 전혀 그들의 연주를 들은 적이 없다는 사실은 놀라운 일이었다.

그래서 심지어 그들의 남편, 아들들조차도 불시에, 말하자면 교묘히 속여서만 그들의 놀라운 연주를 확인할 수 있었다.

그래서 그들의 연주는 소리 없는 것이었다.

하녀가 옆에 있기만 해도, 네미는 자유롭게 연주하지를 못했다.

천재적인 작품을 한 줄도 읽지 않았다면 — 그리고 천재 작가가 가족들로부터 떨어진 작은 중이층(中二層)에서 저녁마다 그를 사로잡곤 하던 열기를 고백하지 않았다면, 아무도 천재 작가가 존재한다는 사실을 믿지 못한다. 그렇지만 그것이 겨울에 수레에 실려왔던 다섯 개의 궤짝을 80년이 지나서야 발견하게 되기 전까지 생 시몽[8] 공작에게 일어났던 일이다. 그 다섯 개의 궤짝은 봉인되어 1760년 12월에 그 당시 센 강 루브르 기슭에 있던 외무성 문서 보관소에 맡겨졌다. 포지오[9]에 의해 발견된 루크레티우스[10]도 마찬가지다. 1941년에 발견된 몽티냐크[11] 위쪽

---

[6] 파리 동부 끝에 위치한 보비니Bobigny 구 센생드니 면 소재지.
[7] 장 뤼스탱Jean Rustin: 파스칼 키냐르의 친구. 키냐르에 의하면 장 뤼스탱(바뇰레 거주)은 알려지지 않은 위대한 화가이다.
[8] 루이 드 루브루아 생 시몽Louis de Rouvroy Saint-Simon(1675~1755): 프랑스 회상록 작가. 수많은 기록들(미발간)과 루이 14세 치하 말기에 관한 회상기(1694~1755)를 집필했다.
[9] 포지오 브라치올리니Poggio Bracciolini(1380~1459): 이탈리아 르네상스 시대의 인문주의 대가.

선사 시대의 동굴도 그렇다.

앙리 코스케에 의해 발견되기 이전의 코스케 동굴이다.

어떤 문명들은 그 본체와 재산, 언어와 유적들 모두가 완전히 말살되었다는 차이를 제외하면 그렇다.

나는 인류가 공들여 만들어낸 대다수의 걸작품들이 영원토록 알려지지 않는다고 생각한다.

그 걸작품들은 소리 없는 음악회와도 같다. 그것들 모두가 봉오리였다. 솟아오르다가 영원히 응결된 순간의 꽃봉오리.

사람들의 기억 속에서 그것들의 부재는 부재로서 현존해야만 한다. 결여된 것으로서. 그것이 나의 신념이다.

*

하나의 이미지가 문제되고 있는 것은 전혀 아니라고 생각한다. 음악의 이 순간은 봄날 스스로에게 달라붙은 채 머리를 내밀고 있는 억누를 수 없는 꽃봉오리 같은 것이라고 나는 생각한다.

자연 안에서 봄은 창조 그 자체이다.

태생 동물에게 있어서의 태어남은 봄에 근원을 두고 있다.

봄을 찾는 것, 봄의 전조들을 기다리는 것이 제일 먼저 나타나는 별자리를 찾는 것이었다.

그 봉오리가 가시 세계 안으로 끈적끈적한 머리를 내민다.

네미 사틀레의 수업에서 논의되었던 것은 테크닉이 아니라 주의력

---

10 티투스 루크레티우스 카루스Titus Lucretius Carus(B.C. 99 ?~55 ?): 로마의 철학 시인. 단 하나의 작품 『사물의 본성에 관하여 De natura Rerum』를 남겼다.
11 프랑스 살라Sarlat 지역 도르도뉴Dordogne의 면 소재지.

그 자체, 집중의 가능성과 침묵 한가운데서 솟아나는 억제할 수 없는 분출의 가능성이었다. 테크닉은 집중으로 수정되었다. 그러나 음악이 펼쳐지는 바탕이었던 침묵이 특히 그로 인해 거의 드라마틱하게, 전적으로 타격을 입었다. 침묵 속에서, 악기의 깊은 곳에서, 마치 태어나는 행위처럼 음이 솟아올랐다. 태어나는 이 끔찍한 행위. 완전한 침묵. 그런 다음에 마치 최초의 울부짖음처럼 음이 솟아올랐다.

마치 돌이킬 수 없는 쾌감의 예측 불가능성처럼.

*

네미의 가르침에 대한 나의 경탄은 맹목적이며, 전적인 것이었다. 내가 미친 듯이 알기를 원했던 네미 사틀레의 진짜 성(姓) 뒤에 무언가가 있다고 나는 느낀다. 나는 결코 진짜 성을 알아내지 못했다. 그녀의 진짜 성을 복원할 수 없었다. 그렇지만 나는 감동의 이 예감, 한 생명체의 이 전율을 다시금 느낀다. 그 생명체는 제 이름 아래 틀어박혀 있을 것이다. 그것이 갑자기 다가와 이름을 들어올리고, 코끝을 뾰족이 내밀고, 피했다가는, 누가 그 이름을 부르면 그 말 속에서 깜짝 놀라 정말로 움직인다.

이 살아 있는 것이 정말로 무언가를 소리쳐 부른다.

처음에는 이 성이 나를 떨리게 했다. 나는 내 정신이 까맣게 잊어버린, 혹은 내가 그녀에게 바친 사랑 안에서 아마도 영원히 헤매고 있던 누군가를 찾았다.

나는 그녀 곁에서 음악을 연주하고 있던 그 당시에도 이런 느낌을 가졌다.

그것은 네미 자신이 내게 가르쳤던 테크닉의 뜻밖의 결과였다. 우리는 소나타 한 곡을 연주하는 것이 아니었다. 우리는 사라진 어떤 생각, 잊혀진 생각, 그리고 곡 자체인 생각을 찾고 있었다. 사실상 그것은 우리가 잊어버렸을 하나의 성, 하나의 이름, 한 얼굴이나 한 사람이 아니라, 언어가 갈라놓았으면서 알아보지 못할 어떤 상태를 찾고 있었다.

제4장 사틀레라는 이름에 대하여

비발디¹라는 이름은, 비록 그 이름이 예전에는 음악가들에게 유명했다 할지라도, 이 작곡가 생존 당시에는 경멸을 받았다. 그 때문에 이 노인은 비탄에 잠겼다. 그러나 설상가상으로, 그가 이전에 작곡한 그리고 두말할 여지 없이 몹시도 아름다운 작품들에 쏟아진 멸시 앞에서 그가 느꼈을 쓰라림 이상으로, 그에게는 그로 인한 금전상의 현실적인 어려움, 곤궁, 이런 것들이 그의 말년을 어둡게 했다.

그는 체념하고 하숙집에 방 하나를 얻어야 했다. 하숙집 주인의 이름은 사틀레였다.

안토니오 비발디는 1741년 7월 말, 빈에 있는 포르트 카렌 시 근처인 사틀레 씨의 집에서 죽었고, 극빈자 묘지에 매장되었다.

그는 기껏해야 빈자들을 위한 조종 소리를 요구할 수 있을 뿐이었다. 작은 종소리 Kleingeläut.

---

1 안토니오 비발디Antonio Vivaldi(1678~1741): 이탈리아 작곡가, 바이올리니스트. 베네치아 출생. 1703년 사제가 되었으나 지병 때문에 미사를 진행할 수 없었던 관계로 음악에 전념하였다. 1738년에는 암스테르담의 왕립 극장 백년제의 음악 감독을 맡는 등 명예와 성공을 얻은 반면에, 성직자답지 않은 생활을 한다는 이유로 평판이 떨어져 1740년 갑자기 고향을 떠나 다음해 7월 빈에서 객사하였다.

제5장

나는 아직도 나 자신에게 말한다: "나는 그녀가 무엇을 느꼈는지 모른다. 나는 그녀의 진짜 본성이 어떤 것인지 모른다. 한 여자를 소유한다 하더라도 결국 아무것도 소유하지는 못하므로 내가 그녀를 소유한 적이 없다는 것을 나는 안다. 한 여자를 꿰뚫는다고 하더라도 아무것도 꿰뚫지 못한다. 내가 그녀를 품에 안았을 때 그녀를 이해하지 못했음을 나는 안다. 그러나 나는 그녀를 사랑했다."

제6장

　우리는 더 이상 음식점에 갈 권리가 없었다. 평방 5미터 안에서 빙빙 돌았다. 칩 바구니와 놀이 케이스가 놓인 카드 테이블에 몰두했다.
　부부 싸움도 또한 카드 게임이다.
　죄책감을 느끼는 상대방이 침묵하는 가운데 남은 패들을 골라잡는다.
　쥐고 있는 패가 보이지 않도록 조심한다. 그런 연후에 적수의 눈 앞에 기습적으로 승리 패를 펼쳐놓으면 상대방이 하얗게 질린다. 몇 년 후에, 깡그리 따버려서, 상대를 거덜내버리면 떠나도 좋다. 이혼이란 이런 놀음이다. 내가 젊었음에도 불구하고, 내게는 이런 놀음들이 이미 지루하기 짝이 없는 게임으로 여겨졌고, 느리게 진행되는 탓으로 게임은 필연적으로 가학적이 되었다. 우리는 2주일 동안 이런 게임을 했다. 우리가 어떻게 종지부를 찍었는가는 다음과 같다.
　사람들 앞에서는, 그녀가 음악을 연주할 때가 아니었는데도, 소심함이거나 분명 두려움 때문에, 혹은 음악 자체가 갑자기 중단된 탓이겠지만, 그녀의 귀는 그다지 섬세하지 않았다. 그래서 그녀는 내가 방금 한 말을 반복하게 하곤 했다.
　내 목소리는 잘 울리지 않는다.

나의 기쁨이었던 두 합창대 모두에서 나를 쫓겨나게 만든 빌어먹을 변성 이후로 내 목소리가 평판을 얻을 수 있는 것이라곤 아무것도 없었다. 변성으로 인하여 나는 어떤 노래도 부를 수 없게 되었을 뿐만 아니라, 콧노래조차 흥얼거릴 수 없었다. 게다가 내게는 겨우 시작된 문장을 길게 늘여 빼는 계제에 맞지 않는 버릇마저 있었는데, 명백함이 아니라 이미 기만으로 가득한 문장으로서, 운명적으로 우스꽝스러운 오류가 이미 작동되기 시작한 문장으로서 말이다. 이 버릇이 네미를 짜증나게 했고, 그녀는 내가 더 이상 하기를 원치 않는 말을 새로 되풀이하도록 종용하곤 했다. 나는 그녀를 죽이고 싶었다. 나는 하찮은 문장의 반복, 실패한 농담의 되풀이, 끝마칠 수 없는 바보 같은 말의 재탕의 재탕의 재탕이 드러내는 내면의 우스꽝스러움을 참을 수 없었다. 되풀이하지 않기 위해서, 오래 전부터 내가 생각해낸 가장 간단한 해결책은 말을 삼가는 것이었다. 그녀 자신의 겁 많은 소심성이 나를 그렇게 하도록 부추겼다. 그렇게 해서 나는 말을 거의 하지 않는 습성을 가지게 되었고, 이 과묵함은 이미 그녀 안에 자리잡고 있던 진정성과 침묵에 대한 진짜 신앙심에 일치하는 것이었다.

　집단적인 언어보다는 더 개인적이고 덜 호전적인 내용으로 이루어진 침묵들이 서로 간에 매혹되었다. 침묵들은 서로 잘 들어맞았다.

　이상한 것은 초기에 나의 침묵들이 그녀를 고통스럽게 했었다는 점이다(이 침묵은 불완전한 문장을 대신했는데, 그 문장의 의미를 완전히 이해할 수 없었던 그녀는 곧 처음부터 다시 말해주기를 종용하곤 했다). 그녀를 화나게 했던 침묵이 나중에는 말없는 집중적인 순간들에 맞춰졌으며, 그녀는 그런 순간들 안에서 움직이며 살아가기를 좋아했다.

*

"당신 어디 있었어요?"

나는 내 입술 위에 한 손가락을 갖다대면서 침묵했다.

"너무 쉽네요."

내가 다가가자, 그녀는 즉시 자신의 입술을 거부하는 것으로 시작했다.

*

우리는 우리 삶의 새로운 방식을 위반하지 않으려고 질문들을 삼켜버리기 시작했다. 형태가 잡힌 문장들, 그것들을 말하고 싶은 욕망은 가득한데, 그리고 그것들을 표현하는 것만이 욕망을 처분할 수 있다고 알려진 유일한 방식인데도, 그 문장들이 자신 안에서 녹아버리도록 내버려두는 것보다 더 고통스러운 일은 없다. 나는 차츰차츰 그 문장들이 내 안에서 망설이다가, 사라질 수 있도록 그것들을 비웃었다. 그렇게 할 수 없을 때면 나는 그 문장들을 글로 기록해두었다가, 나중에 이 허약한 표현 매체를 찢어버렸다. 어떤 대가를 치르더라도 영혼보다 더 강한 언어를 몰아내야만 했다. 나는 일기도 썼다. 일기를 보관하지는 않았다. 이 모든 것 위로 무지막지한 난폭함과 어리석음이 휩쓸고 지나갔으며, 배설 작용을 하던 이 페이지들이 어떻게 되었는지 알지 못한다.

더 이상 서로 설명하기를 거부한다면, 우리는 아마도 언어가 쳐놓은 그물들, 약호화되고 유치하며, 교과서적이고, 투쟁적이고, 수사학적이고, 독선적이고, 논증적인 놀이 규칙들에 말려들지 않을 수 있으리라. 지식들 간의 힘겨루기나 세대 간의 싸움이 감동의 전달, 즉 사유 감각에 대한 느낌의 직접적인 영향보다 더 우위를 점하는 함정으로부터 우리는 빠져나올 수도 있을 것이다.

*

입술까지 올라온 모든 것이 소멸되어야만 했다. 입을 열었더라면 우리는 영혼의 활기를 잃었을 것이다. 의식마저도 거의 모든 것에 집착하지 말아야 했다. 의식은 더 이상 원한의 저장고가 아니며, 특히 무기고는 아니었다.

우리는 차츰차츰 함께 이름이 없는 것들을 지각했다.

더 이상 이름에 정확하게 부합되지 않는 것들.

언어에 낯선 모든 것, 투박하고, 날것이며, 분리할 수 없고, 완강하고, 견실하고, 지각되지 않는 모든 것이 가까이 다가왔고 증가했다. 침묵 안에는 냄새들도 있었는데 훨씬 더 수가 많았다. 전혀 본 적이 없는 빛들, 새로운 색깔들이 몰려들었다.

얼마 안 되어서 우리들의 육체는, 항상 말을 하면서 살아가는 사람들로서는 아마 절대로 상상할 수 없을 정도로 섬세하고 민첩하게 서로를 느끼게 되었다.

언어에 이방인이 됨으로써 무언가를 발견했다. 모래 속에서 무언가를 끌어냈다. 설령 그것이 하나의 새로운 의미처럼 모든 것에 대한 생소함에 지나지 않는다 할지라도. 말없이 푹 찌르는 터치 같은 것에 불과할지라도.

전혀 아무것도 이해하지 못함은 굉장한 전달 수단이다.

*

    기독교인들의 전례에 따라 부활절로 제정된 사흘 동안은 조과(朝課)를 테네브레²라 부른다.
    언어보다 앞서 있었던 어둠이 새겨질 때까지, 언어를 어둠 속에서 소멸시킨다.
    기독교의 부활절은 세 시기로 이루어져 있다: 고뇌의 시간을 보낸 목요일, 십자가에 못박힌 금요일, 무덤에 묻힌 토요일.
    그 근원이 기독교 자체보다 더 오래된 것으로 보이는 제의의 특성 속에는 문학이 통째로 생생하게 들어 있다. 그것은 하나씩 차례로 제물로 바쳐지는 철자들 littera의 희생이다. 그것은 알파벳의 철자들을 하나씩 소멸시키는 사흘이다. 문제의 알파벳은 헤브라이어, 즉 페니키아어다. 알레프 aleph를 없앤다. 베트 bet를 없앤다. 지멜 gimel을 없애고, 그 다음엔 달레트 dalet를…… 목소리가 그 철자들을 길게 장식하고, 어조를 높여 시막히게 아름답게 꾸미고, 충격적인 방식으로 잘라낸 다음 침묵으로 넘겨버린다. 이렇게 해서 사람들의 말뿐만 아니라, 신이 바빌론으로 추방되기 전에 그 모습을 드러냈다고 씌어진, 요컨대 말로 표현할 수 없는 신의 이름이 씌어진 책을 구성하고 있는 글자들도 하나하나 소멸했다.
    그러자 기호가 멈췄다. 기호로부터 나오는 모든 분자들이 멈췄다 (우리들의 이름, 우리들의 족보, 우리들의 재산, 우리들의 도시, 우리들의 사랑은 이제 아무것도 아니다).
    그러자 말씀이 죽었다.

---

2 테네브레 les ténèbres: 어둠, 암흑.

뿐만 아니라 육식 습관, 식인 풍습, 신을 먹는 풍습도 사흘 동안은 멈춘다.

사랑 안에서처럼, 부활절의 사흘 내내 언어와 빛은 동일시되고, 어둠과 침묵은 뒤섞인다.

*

수치심이 제거된 동작을 취할 때는 벌거벗은 육체의 부분들이 마치 분해된 철자들의 숫자만큼이나 훨씬 엄숙한 현실을 솟아오르게 했다. 말없음은 더욱 집중되고 지속적인 관능적 쾌감을 불러일으켰다. 격동 자체는 기쁨이 다가올 때 무의식적인 리듬의 시작인 양 더욱 빈번해지고, 더욱 예측할 수 없게 되었고 그리고 더욱 길어졌다.

단속적인 부정맥, 불규칙성은 바로크 시대 프랑스의 작은 모음곡들과 흡사하다. 이 곡들은 오늘날 전혀 제대로 연주된 적이 없다. 그것은 요즈음 연주되는 것보다 훨씬 더 고통스럽고, 더 혼란스럽고, 생각보다 더 아연하게 만드는, 알려진 것보다는 더 춤에 길들여진 음악이다. 그것은 일어서서 춤추는 기쁨이 본래적이고, 물 흐르는 듯하고, 싹이 돋아나고, 곧추서는, 명백한 음악이다.

녹음이 이 곡들을 마치 앉은 자세로 읽거나 연주하거나 들을 수 있다는 듯이 반복한다.

사랑은 시대착오적이다. 그리고 느림 — 빠르기들 tempi 중에서 가장 시대착오적인, 즉 도약들 중에서 가장 덜 포식(捕食)적인 — 은 비언어로서 사랑에 적합하다. 장 라신은 사랑을 묘사한 작품 속에 어느 정도의 격리, 얼마간의 비사실성, 얼마간의 비장한 슬픔을 주입시킬 필요가 있다고 말하곤 했다. 망연자실은 욕망에 어울린다. 욕망은 놀라움에서 조금씩 자유로워지는 과정을 통해 생겨나는 것이지, 놀라움을 완전히 제거함으로써 생겨나는 것이 아니다.

　욕망이 침묵하면 할수록 언어의 저항은 초가 녹듯 더욱 녹아내리며, 욕망은 더욱 시원적(始原的)이 된다.

*

　연인들은 세상으로부터 단절되어서, 시간 자체에 의해 소멸되고 마지막 남은 미개한 원주민처럼 살아가야만 한다.

　연인들이 서로에게 품고 있는 사랑 때문에 막막해진 것은, 공간에서가 아니라 시간에서였을 것이다. 그들의 육체에서 생식 능력이 입증되면서 혼란을 가져온 것은 바로 유사 이전에, 순수 시간 내에서, 혹은 적어도 아직은 시간에서 벗어난 순간 내에서였던 것과 마찬가지로.

　그러므로 의식이 없었던 이 시기에, 최초의 인간들이 생식 능력을 체험했을 때, 그것은 그들이 생식 능력을 알아차리기 훨씬 전이었다.

*

　언어는 조직적인 수용성의 여과 장치, 족외혼적인 동시에 매우 선별적인 환대이다. 지나치게 강박적인 국경의 경비대원이다. 언어는 이제는 존재하지 않는 것을, 이제는 사라져버린 것의 형태로 말하기 위해 만들어졌다. 혹은 현실이 산출해내기를 우리가 원하는 어떤 것의 모습으로, 그 존재하지 않는 것을 말하기 위해. 언어는 집단의 수집품이다. 언어가 언젠가는 자기 자신이 된다 할지라도, 그 이전에는 항상 모든 사람들에게 속하며, 모두가 사용할 수 있는 것이다.

우리들 내부에 있는 욕망, 미련, 실망, 향수, 비난, 불평이 구성하는 고대의 코러스는 사형(私刑)을 가할 희생물을 가능한 한 외부에서 찾는다.

그것은 항구적으로 인기 있는 코러스다. 젊은이들의 합창은 어머니의 아버지 세대의 말들을 되풀이한다.

그것은 상대방을 비난하는 약호이고, 그 비난을 반박하는 약호이다.

언어는 행복의 도구가 아니며 개인 혹은 개별적인 것의 산물이 아니다.

*

내가 언어를 공기 중의 혐오스러운 파장으로 생각하는 즉시, 언어가 적이 아니었다고 가정한다 해도, 언어는 나의 개인적인 적이 되어버렸다. 우리는 기분에 따라 음악을 그리고 문학을 삶의 열정으로 만들지는 않는다. 살아남기를 꿈꾼다면, 삶의 열정은 수상쩍은, 최근의, 쓸데없는 것들인 개인의 말들이다.

삶이란 무엇보다도 삶의 표현이었다.

삶을 나타내고 삶을 재현하는 육신이야말로 삶의 유일하고 진정한 얼굴이다. 말들이 얼굴을 만들지는 않는다. 언어 없이도 삶은 가능하다. 개인의 말은 그것 없이도 삶이 가능하기 때문에 사치다. 우리가 말을 할 때, 그 말한 것은 근원이 아니다. 우리 자신이 근원을 미화하거나, 혹은 그것을 이용하여 우리 마음의 미로와 마음의 유출에 의해 창조했던 것을 은폐해버린다. 광활하게 펼쳐진 바다는, 바다를 잉태했고 그리고 영원히 간직하고 있는 신선하고 미세한 원천을 숨기고 있다. 우리는 미묘한 몸짓으로 바야흐로 피어나려는 꽃봉오리를 앞당겨 시들게 하고 있었다.

바로 그런 점에서, 개인의 언어는 해롭기보다는 무용하다. 이것은 명백한 사실이다.

*

루이 14세 시대에 장세니스트들[3]은 사막의 수도승들에게 이 말을 되풀이했다: 모든 대화는 위험하다.

우리는 묵상에 잠기지 못하고, 서로의 품안으로 달려들게 만드는 사랑 속으로— 말없는, 마법에 걸린, 향내 나는, 가식 없는, 아연하게 만드는, 우리의 포옹들이 반쯤 열어놓은, 직접적인 의사 소통 속으로— 잠겨들어가지 못하고, 너무나도 많은 말을 했을 뿐이다. 흐트러진 침대 위에서 벗은 몸으로 웅크린 채 서로 마주 보고 앉아, 어둠 속에서, 겨울이 끝나갈 무렵 난로의 붉은빛에 잠겨, 우리 자신에 관한 끝없는 말들이 우리를 고독으로 밀어넣었다. 그것은 우리 마음 속 깊은 곳의 자아에 값하지 못하는 자신에 대한 관심, 진정한 비참함, 가련한 몸짓이었다.

성실하려고 애쓴 무수한 말들이 도리어 우리를 허위로 변질시켰다.

우리는 우리가 입 밖에 낸 말이나 판단에 어처구니없을 정도로 집착했다. 우리는 상대방의 자기 이야기에서 유리한 고지를 끌어내는 데 열중했는데, 그런 짓은 뒤틀린 것이었다.

언어는 자가당착에 빠지기를 좋아한다. 자기 모순에 빠지기를 즐길 뿐만 아니라, 우리로 하여금 말이 하고 싶어 안달이 나게 만든다. 언어는 지배력을 추구한다. 언어의 기능은 대화인데, 대화는 오늘날에는 무

---

[3] 신앙에서 인간의 자유 의지보다는 신의 은총을 중시하는 아우구스티누스의 사상을 실천하기 위해 17~18세기에 프랑스를 중심으로 전개된 종교 운동인 장세니슴 Jansénisme을 신봉하는 자들을 말한다.

슨 말을 하든 간에 전쟁이다. 그건 말로 하는 전쟁이어서 몸으로 하는 결투를 대신한다.

지도자들은 언제나 무엇보다도 언어를 사랑했다.

그들은 언어가 하는 말까지 귀기울여 들을 정도로 언어를 사랑했는데, 그렇게 하려면 눈을 뜨고 있어야만 한다. 즉 가슴깊이 느껴지는 모든 것을 외면해야만 한다.

우리는 공유하지 않은, 함께 체험하지 않은 시간을 발견했고, 그런 시간을 떠올리는 것이 우리 마음에 상처를 입히곤 했다. 내가 네미의 판단을 따지고 싶은 생각이 들었던 것은, 너무 단호한 그녀의 태도 때문에 그것이 틀린 것이 아닌가 하는 느낌이 있었기 때문이다. 복수에 찬 신랄한 말들, 질투로 꼬치꼬치 캐묻는 질문이 섞여들었다. 서로 말없이 참아야만 하는 고백을 했을 경우, 우리는 흥분하고 화를 냈다.

*

누가, 입 밖에 내어서는 안 될 쓸데없는 말의 불행에서 벗어날 수 있는가?

*

언어는 남녀의 성의 차이와 동시대의 것이 아니다.

언어는 사랑에 적합하지 않다.

언어는 남자들과 여자들을 대립시키는 분리보다 훨씬 더 최근에 생겼으며 분리의 본성을 왜곡시켰다. 언어는, 그들을 포옹 속으로 불러모아서 잉태 기간 동안 그들을 성숙시켜, 아이를 낳음으로써 그들을 번식시키는 것보다 훨씬 더 최근에 생긴 것이다.

구석기 시대 동굴 내부에 컴퓨터가 놓여 있다고 생각해보라. 언어와 성sexualité을 갈라놓는 광막함보다 컴퓨터와 동굴을 가르는 거리가 더 가깝다.

언어는, 성이 언어를 난처하게 만들면서 끊임없이 그 속으로 숨어드는 것처럼 사랑을 멀리 쫓아버린다. 성sexe의 차이는 언어의 표현으로 적나라하게 드러나지 않는다.

*

침묵은 젖은 걸레와도 같은 것이다. 젖은 걸레는 먼지가 날리지 않게 하면서 먼지를 제거한다.

침묵 속에서 검은색 선반의 표면이 빛나고 있었다.

거울 표면이 반짝이고, 그녀의 눈이 크게 떠지고, 상반신의 피부에 빛이 스며들고, 모든 것이 기다린다.

*

사랑의 순수성, 그것은 침묵하는 초라한 나체가 맨 앞쪽으로 떠오르는 것이다. 순수성(나는 성의 차이를 순수성이라 부른다)이 필연적으로, 억제할 수 없게, 우스꽝스럽게, 멋지게, 고집불통으로 우뚝 선다.

사랑이란 이미 피할 수 없는 뻔뻔스러움이다. 사랑이란 언어에 선행하는 것의 벌거벗음, 언어가 영향력을 행사할 수 없으며 사회가 망각하고자 하는 — 그토록 나체는 자연스럽고 수치스러우며 비사회적인 근원을 가리킨다 — 벌거벗음이다. 성적인 것은 명명될 수 없는 것이다. 모든 사랑은 이름붙일 수 없는 것의 비밀에 헌신한다.

사랑은 위선적이고 수다스럽고 선명하지 못한bavochissime 인간의 사회에서는 표현할 길이 없는 동물적인 순수성이다. 두 다리 사이에 몸통을 처박고 있던 늙은 은자가 내미는 얼굴이다.

그러나 언어의 수다스러움이 현실을 비틀어서 조금씩 뿌리째 뽑아내고는 잊어버린다.

*

실어증 환자들에게는 거짓말을 할 수가 없다. 실어증 환자들은 말의 의미를 이해하지 않는다. 그들에게 있어서는 상대방의 육체의 진실성에 대한 지각 자체가 분명한 의미이다.

의사들이 이야기하기를, 운 좋게도(불운하게도?) 실어증 환자에게 언어를 되찾게 해줄 경우 그는 단어를 넘어서는, 말의 범주 밖의, 음조의, 음악적인, 감정에 호소하는 의미 작용을 즉각적으로 파악하는 능력을 조금씩조금씩 잃어버린다고 한다.

간호사나 교사가 실어증 환자에게 언어의 기초를 가르쳐감에 따라 (더 정확히 말해서 발음된 단어를 듣고 그 의미를 기다릴 수 있게 됨에 따라), 상대방의 감각 기관의 표현성을 포착하는 자발적이고sponte sua 무의지적인 직접 통로가 와해되어버린다.

*

남녀 사이에 깊은 관계가 짜여지는 것은, 습득된 사회적 언어에 선행하는 가장 자연스러운 말과 감정의 실들을 포착하고, 동물 세계보다 오래된 관례들을 하나씩 거슬러 올라가기 시작할 때이다. 그렇게 되면 아마도 진정 인간적인 것으로 넘어가서 언어로 사고하고, 음악을 하고, 그림을 그리며, 우정 관계를 맺고, 더 깊이 있게 살게 되며, 사랑하기 시작할 수 있다. 이 모든 단계들을 단번에 뛰어넘으려는 자는 넘어지고, 아무 말도 하지 못하면서, 고함을 지르며, 짐승보다 더한 짐승이 되어, 폭력적인 자를 향하여 울부짖으며 그의 얼굴 앞으로 손을 내민다.

훌륭한 음악가는 육체 안에 있는 가장 오래된 집(옛집, 공명기, 배, 자궁의 동굴)이 소리를 내게 만든다.

음악이란 틀림없이 가장 오래된 예술이다. 모든 예술에 선행되는 예술이다. 박동하면서 살에 혈색이 돌게 하는 심장, 말을 하기 위해 입이 호흡한 공기를 들이쉬고 내쉬는 폐, 이것들의 들쭉날쭉한 리듬을 연주하는 예술이다. 그리고 이 리듬을, 박자를 맞추는 다리와 손뼉 치는 손의 리듬에 결합시키는 예술이다.

거북이들이 어미 거북이에 의해서, 그것이 또 제 어미 거북이에 의해서 산란되었던, 바로 그 모래사장에 보금자리를 마련하듯,

연어들이, 자신들을 낳기 위해 그 아비 연어들이 와서 죽었던 바로 그 동일한 수원에 알을 낳듯이,

진정으로 사랑하는 사람들은 그들의 개별적인, 혹은 적어도 자율적인 존재 이전의 오래된 사랑을 찾는 데 부끄러움을 느끼지 않는다.

사랑하는 사람들에게서 찾아볼 수 없는 이 부끄러움은 뻔뻔스러움이라고 불린다.

말없는 뻔뻔스러움은 사랑의 극단적인 정숙함이다.

*

　예전의 사랑은 두 리듬으로 삶에 매달린다. 개별적인 육체가 어머니로부터 떨어져나온 후에, 유형(幼形)의 성숙이 또다시 매혹적인 의존을 증가시키는, 포유류에게 있어서 그것은 어머니에게 의존하는 생존의 예속 상태이다.
　사랑은 인간에게 있어서 오래된 것이다. 왜냐하면 다른 포유 동물보다는 인간의 출산이 더욱 시기상조로 판명되기 때문이다.
　오래된 사랑이, 우리들 안에 있는 언어—이전의 활동적인 저장고 안에서 생명을 길어내게 했다. 우리가 수년 동안 육체 안에 있는, 기억보다 앞서는 것들의 저장고에 그 오래된 사랑의 흔적들을 맡겨놓았기 때문이다. 이 저장고는 우리의 보물이다. 이 비언어적인 영역은 바로 침묵의 공간이다. 우리가 언어들을 배웠다는 것은 우리가 언제나 말을 하지는 않았다는 사실을 의미한다.

*

　침묵은 처음에는 심리적 억압의 놀이, 마비된 성의 놀이였다. 감히 건방진 말 한 마디조차 전혀 꺼내보지 못한 채로 그것은 신비주의로 바뀌었다. 왜 그 말 한 마디가 그토록 거북하게 되어버렸을까? 그리스어로 mystikos란 짤막한 형용사는 '침묵하는'이란 뜻이다. 이 형용사는 역시 매우 단순하고 매우 놀라운 infans(말 못하는)라는 라틴어 단어보다 훨씬 더 심오한 뉘앙스를 가진 것은 아니다.
　침묵이 그저 입다물기는 아니다. 그것은 침묵과의 공모를 통해 피부를 관통하는 감각과 기호를 의미하는 특수 용어가 되었다.

*

　희미한 빛에도 처음에는 눈이 부셨다. 난로의 작은 운모창 네 개밖에 보이지 않았다. 그런 다음 운모창이 붉은빛을 띠더니 빛을 발산하기 시작했고, 그 빛으로 우리는 차차 우리들의 형태를, 다음에는 우리들의 몸짓을, 그 다음에는 거울 표면에 비친 형태와 동작의 반영들을 볼 수 있었다.
　매복 장소는 어둠과 연관된다. 그런 다음 미지의 부유하는 광막함에 태고의 밤이 덮인다. 그 연후에 이 암흑의 바탕 위로, 밤하늘에서 전진하는 별들의 길을 옛날에는 엿볼 수 있었다.
　어둠 속 생각의 밀도는 난처할 때 느끼는 홍분의 강도와 비슷하다.
　어렴풋한 냄새, 그리고 냄새가 그녀에게 배어든다는 강한 느낌 때문에 그녀의 몸을 드러내는 빛, 그런 것들이 그녀를 유령처럼 보이게 했다. 네미의 낯선 육체와 그 침묵 탓으로 그녀는 더 이상 네미가 아니었다.
　나는 다음과 같은 논거를 주장하고 싶다: 나체와 어둠은 나란히 있다. 전등에 의해 비추어진 나체, 혹은 사회적 공간에서 눈길을 끌려는 부자연스러운 알몸의 육체는 나체가 아니다. 자신의 형태를 벗어버린 모든 것은 나체를 향해 간다. 반대로 자신을 노출하는 모든 것은 자신을 뚜렷하게 부각시키고, 시선을 요구하며, 자신을 내보이려는 출현 의지를 입증하는 것이다. 그것은 나체의 정반대이거나, 혹은 적어도 감추는 것을 드러냄과는 정반대되는 의지이다.

*

　우리는 내기를 건 침묵이라는 희한한 노름에서 둘 다 이겼다. 내기에 걸린 판돈은 헤어짐 불가. 환대적인 침묵 게임.

*

　우리는 우연히 침묵의 내벽을 만들어냈다. 이상하게도 발상은 내게서 나온 반면에 그 성공은 전적으로 네미에게로 돌아갔다. 혹은 최소한 이 개념이 그 당시 네미가 내게 준 가르침, 즉 연주하기 전에 악보의 모든 것을 몸 안에 각인시켜야 한다는 것에서 직접 유래했다고 볼 수 있다.
　음악에서는 악보를 유일한 글자, 유일한 숫자처럼 몸에 인쇄하기 위해서 사실상 악보에서 멀어져야만 했다.
　말을 한다는 것이 타자를 포위하여 그의 내면의 집, 내면의 공동(空洞)인 영혼과 사고를 자기가 가진 어떤 비물질적인 것에 의해 점령하는 방식이라고 할지라도, 타인의 귀에 자기 이야기를 속삭임으로써 그에게 접근하지는 못한다.
　침묵은 우리로 하여금 귀를 기울이게 하지만, 침묵에 의해 벌거벗은 공간—타인의 영혼 속의 공간—을 점령하게 하지는 못한다.
　침묵만이 유일하게 타인을 바라볼 수 있게 한다.
　입을 다문다고 해서 둘 중 어느 누구도 자신의 생각 뒤로 몸을 감출 수도, 상대방의 고향에 발을 들여놓을 수도 없다. 침묵 속에서 낯선 사람 앞의 낯선 사람이 됨으로써 그들은 친밀해진다. 이것이 내밀한 낯설음의 상태다. 진짜 포옹에서는 육체가 기이하게도 말하기를 거부하는 어떤 이상한 언어를 말한다는 사실을 우리는 알게 된다. 말을 하면 그 언어를 이해하지 못한다. 그러나 만일 그 언어에 귀를 기울인다면, 다른 언어도 배울 수 있다.

*

그녀는 소리지를 권리가 없었고, 나는 대답할 권리가 없었으며, 둘 다 입술을 깨물었다. 일종의 맹꽁이 자물쇠가 그 당시 우리를 영혼까지 묶어놓았고, 모든 것이 우리들 안에서 역류하였다. 신중함 때문에 혹은 가벼운 죄책감으로, 모든 감각은 자발적이고 기이한 생략으로 바뀌었다. 언어 행위는 기억을 새롭게 만들지 못했고, 어떤 기회도 더 이상 자신의 객쩍은 수다 piata-piata에 적절치 않았으며, 기쁨에도 불구하고 혹은 기쁨 때문에 강하게 그런 기분을 느꼈는데, 왜냐하면 기쁨이 속내 이야기에서 생겨나지도 않았으며, 서로 속삭임으로써 입증될 수도 없었기 때문이며, 점차 상대방의 육체에서 확인보다는 더욱 침묵을 요구하게 되었고, 그것은 안락함이 아니었으며, 그것은 과거가 없었으므로 미래가 없었고, 그러나 그것이 문이었다. 이상한 문이었다. 모든 것이 차츰차츰 자리를 이동했고, 강요되었던 것이 대담함이 되었고, 알 수 없었던 것이 일종의 의미가 되었고, 말로써 우리를 불화하게 했던 것이 사라졌고, 침묵은 하나의 손이 되었다. 그 손은 말과 말의 수줍음, 그리고 영혼 안에서 분열 번식하는 단어들의 적확성, 또 말이 전달하는 사회적 평가를 감추거나 드러냈던 것의 바로 이편에 있는 어떤 것과 접촉했다. 그 손은 나체 뒤에 있는 미지의 것에 닿았다. 그것은 표현하기 어렵고, 나에게 이 페이지들을 쓰도록 부추긴 바로 그 체험이다. 나는 어떤 경건함을 느꼈고, 수업, 아마도 입문 의식이라는 느낌을 가졌는데, 네미가 내게 하고 있던 연주법 강의에 그것이 쓸데없이 추가되었고, 서로 떨어져 있는 탓으로 우리는 포옹 자체에 더 먼저 빠져들었으며, 우리 자신을 더욱 잊었다. 공동의 경험에 대한 우리의 보잘것없는 내면의 논평들을 가슴과 두개골 안에 억눌러둔 나머지 그것들에 대한 의식이 지워졌고, 지워진 의식과 함께 은폐가 생겼으며, 오불관(吾不關)의 태도는 바스러져 버렸는데, 그것은 뒤집어진 집단의 질서일 뿐이며, 정숙함이 추잡해졌다. 침묵의 손이 촉각을 예민하게 만들었다. 모든 판단이 거부되었기 때문에 촉각은 육체적 기쁨에 일종의 빛, 일종의 명료함을 추가했고, 그리고 명료함에는 음란함이 추가되었다. 비밀의 은폐는 무언가를 죽일 수 있지만, 비밀 취향이 죽인 것은 열정이 아니라 우리가 스스로에 대해 품고 있던 이미지였다. 또 그것이 살해한 것이 우리들의 나체는 아니었다. 우리 자신에게 그리고 다른 사람들에게, 우리가 함께 경험한 것에 관한 누설을 거부함은 역할들, 그 당시의 유행, 얻었거나 기대되었던 성실성, 우리들의 나이, 이런 것들을 어둠 속으로 흡수해버렸다. 네미는 더 이상 아이들에 대해, 남편에 대해, 자신의 삶에 대해, 음악에 대해 내게 말하지 않았는데, 그건 중요하지 않다. 나는 다른 것을 찾아냈는데, 그것도 그녀 자신에게는 역시 중요하지 않았다. 언어라는 짐을 내려버린 우리는 성실성이나 우리의 육체를 스스로에게 드러내는 정도에 대하여 점점 더 통찰력이 예리해졌고, 우리는 더 이상 거짓말을 하지 않았고, 우리는 극도로 예민하게 상대방이 느끼는 것을 느꼈다.

제7장

음악은 간통을 떠올리게 한다. 간통이 매번 한 편의 멋진 소나타인 이유는 청취의 본질이 침묵 속에서 태어나는 주의 깊은 망보기와 연관되기 때문이다. 아담은 자신이 죄인이라고 믿은 그 순간부터 에덴 동산의 수풀에서 하느님의 음성을 들었다. 그 다음에서야 그늘에서, 그는 자신이 벌거벗었음을 알아차렸다. 네미와 베르뇌유 마을 이후 오랜 시간이 흐른 다음에야 비로소, 나는 음(音)과 어둠의 관련성을 느꼈다. 해변으로 향한 작은 집의 문 손잡이는 사기로 되어 있었다. 그것은 마치 여름 끝 무렵의 열기 속에서 축축하고 번들거리는 알인 듯싶었다. 손가락의 통통한 부분에 손잡이가 선뜻한 기름처럼 느껴졌다.

조금이라도 소리가 나면 위험했다.

나는 사기로 된 하얀 알을 꽉 움켜잡았다.

나는 살그머니 손잡이를 돌렸고 손잡이가 제자리에서 빙그르르 돌았다.

자물쇠의 빗장이 자물쇠판 속으로 뚫고 들어갔지만, 나 자신의 두려움이 손잡이를 진땀으로 범벅을 해놓고도, 나는 손잡이에서 손을 떼지 않았다.

나는 빗장이 다시 떨어지면서 내는 희미한 소리가 나기를 기다렸다.

그래서 하얀 손잡이가 제자리로 돌아오도록 내버려두었다. 나는 문이 소리 없이 열리도록, 다시 손잡이를 쥐고 문을 내 쪽으로 끌어당기면서 문의 나무 칸막이를 살며시 밀었다.

*

나는 어둠에 잠긴 복도에서 앞으로 걸어간다.

*

나는 바람피우는 남자들이 이 세상에서 가장 좋아하는 소나타들을 떠올린다. 나는 사랑하는 여자를 만나기가 겁이 났다. 모든 남자가 이런 두려움에 대한 욕망을 가지고 있다.
그의 욕망은 그의 두려움이다.

*

아랫배가 조여든다. 나는 어둠 속에서 느끼는, 그리고 어둠이 확장시키는 이 두려움을 좋아한다. 심장이 더 빨리 고동친다. 나는 어둠 속을 걷듯, 비밀 속을 걸어간다.

*

나는 바다로 면한 뜰을 가로질렀다.
문 가까이의 계단 위에서 갑자기 주저앉는다. 마루에 젖은 신발 자국을 남기지 않으려고(혹은 해변의 모래가 흘러내리지 않도록) 신발을 벗는다.

바닥이 젖어 아직도 미적지근한 냄새를 풍기는 신발 한 켤레를 손에 든 채 우스꽝스럽게 앞으로 나아간다. 언어가 우스꽝스러워지는 이런 밤들을 나는 묘사하지 않겠다. 언어는 그래도 여전히 가소로울 것이다. 언어는 항상 그럴 테니까.

*

우리는 허겁지겁 잠에서 깨어나곤 했다. 위험했기 때문에 불을 켤 수도 없었다. 우리는 서로를 거의 보지 못했다. 얼굴도 거의 볼 수 없었다. 처음 사랑에 빠졌던 그때에만 우리는 서로를 보았을 뿐이다. 우리는, 각자의 일로 돌아가려고 제각기 따로 서둘렀다.

*

가까운 주위 사람들에게 우리가 숨기는 것들에 대한 기억을 유지하기는 어렵다.

*

이 세상 그 누구에게도 털어놓지 않을 어두운 황홀경을 맛본 날, 몇 시간 동안은 여자들과 남자들의 눈가에 아직도 거무스레한 무리가 져 있다.

제8장 비밀

영혼을 가진다는 것은 비밀을 가진다는 것을 의미한다.
결론. 영혼을 가지고 있는 사람은 거의 없다.

*

사랑, 타인에 대한 비밀, 이것들은 동일한 것이다. 나체의 가장자리에 있는 사랑은 비밀 같은 것이다: 나체의 가장자리에 있는 비밀.

*

생각, 사랑은 비밀과 관련된다. 그것은 은밀한 것이고 사적인 것이다. 그것은 비-집단적인 것이고 비-공적인 것이다.

비밀은 인간보다 더 오래되었다. 많은 동물들이 죽음을 예감할 때 숨을 곳을 찾는다. 동물들에게서 죽음은 비밀을 만들어낸다. 그리고 무덤. 그리고 고독 역시. 사실 죽음은 일탈의 첫번째 시련이다. 일탈은 일탈을 부른다. 죽음은, 그 고독과 비밀(인간들에게 있어서는 나체의 저장소)이 훨씬 간략한 양상일 뿐인 그룹으로부터의, 최대의 일탈이다.

*

어느 때, 어느 누구와 함께 있어도, 나의 모든 감정에 대뜸 영향을 미치는 고독이라는 일탈을 극복하기는 불가능했다.

일탈을 비밀스런 곳으로 옮겨가면 그곳에 고독이 내려앉는다.

나는 웅크린 침묵의 균열을 결코 메우지 못했다. 침묵의 틈새에서는, 모든 것이 우선 내게로 떨어졌다.

그런데 사랑이란 정확히 이런 것이다: 은밀한 생, 분리된 성스러운 삶, 사회로부터 격리된 삶. 그것이 가족과 사회로부터 격리된 삶인 이유는, 그러한 삶이 가족보다 먼저, 사회보다 먼저, 빛보다 먼저, 언어보다 먼저, 삶을 되살리기 때문이다. 어둠 속, 목소리도 없는, 출생조차도 알지 못하는, 태생(胎生)의 삶.

제9장 비밀 2

저녁이 되기를 기다리면서, 나는 비밀을 품은 채 걸었다.

포플러나무들에 의해 양쪽으로 나뉜 초원을 가로지르며 강이 흘렀다. 아브르 Avre 강¹이었다.

2미터쯤 떨어져 오리나무숲이 강을 따라 이어져 있었다.

거기엔 까마귀들과 연한 밤색의 작은 티티새들이 많았다. 나는 이제는 폐허가 된 기욤 공작²의 성채의 성벽에 등을 기댔다. 풀숲에 있는 무너져내린 돌들 때문에 발을 움직일 수 없었다. 나는 가시덤불과 뽕나무들에 둘러싸여 있었다.

나는 작은 시가지, 석양빛에 반짝이는 편암 지붕들을 물끄러미 바라보았다.

*

생장 광장 가까이 다다를 무렵, 이통 강변 저쪽에서 말없이 걸어오

---

1 파리의 센 강 유역의 강.
2 기욤 Guillaume le conquérant(1028?~1087): 기욤 2세, 정복자 기욤이라고도 불린다. 노르망디의 공작(1035~1087), 영국의 왕(1066~1087)이었다.

던 나는 우선 네미의 정원 안쪽에 있는 토끼장에서 풍겨오는 냄새를 맡았다. 칠흑같이 캄캄한 밤에 토끼들이 발산하는 숨막히는 악취가 나로 하여금 확실하게 방향을 가늠하도록 해주었다.

그런 다음에 나는 월계수나무에 매달렸다.

강변 이쪽으로 넘어왔을 때 조금이라도 달빛이 있는 밤이면, 나는 인광을 발하는 토끼의 빨간 눈을, 그러고 나서 눈부터 시작해서 사자나 스핑크스처럼 뒷다리를 접고 앉아 있는 토끼들의 윤곽, 치켜세워진 귀를 알아보았다. 어둠 속에서 스쳐 지나가는 나를 토끼들은 무척이나 무서워했다. 토끼들은 겁에 질려서 도망치고 싶은 것 같았다.

불안해하면서 창문 뒤에 몸을 숨기고 있던 네미도 종종 토끼들의 소란스러운 소리를 듣기도 했다.

*

테르툴리아누스는 이렇게 말했다. 천국에서조차도 숨겨야만 한다. 심지어 에덴 동산에서도, 최초의 여자는 비밀스러웠어야 했다. 신조차도 비밀스럽다. 우리의 시선으로 신을 헤아려볼 수는 없다. 그 의도를 꿰뚫어볼 수 없다. 신은 자신에게조차도 영원히 침묵한다.

이브는 입을 다물었어야 옳았다. 이것이 카르타고 동방 교회의 분리주의 신학자가 끊임없이 반추하던 명제였다. 나무 그늘에서 뱀이 그녀에게 속삭인 것을 마음속에 묻어두고 있었어야 했다. 아담에게 자신의 욕망을 드러내지도, 메시지의 내용을 전하지도, 그런 메시지가 있었다는 사실조차도 말하지 말았어야 했다.

---

3 셉티무스 플로렌스 테르툴리아누스 Septimus Florens Tertullianus(150?~222?): 로마의 기독교 작가.

나는 테르툴리아누스의 논거가 왜 전혀 후대에 계승되지 못했는지 이해할 수 없다.

이 논거는, 그것을 처음 읽게 된 사람을 당황하게 할 정도로 충격적인 힘을 지니고 있다. 이 논증에 의해 신은 죽는다. (하느님, 태초의 말씀, 언어, 계시된 텍스트, 모든 기독교가 거기서 사멸한다.)

*

신의 진짜 이름은 소라게 Bernat l'ermito이다.

*

소라게들은, 그들이 웅크리고 있는 소라 껍데기 밖으로 빨간 집게발이 삐져나오지 않도록 집게발을 구부린다.

소라게 속(屬)pagure은 한 촌락 pagus 의 족장이다. 이 말은 이런 뜻이다: 그것은 버려진 소라 껍데기의 주인이다.

모든 언어는 버려진 소라 껍데기이다.

소라게들은 점점 안쪽 깊숙이 몸을 밀어넣는다.

그들의 집게발은, 집게발 때문에 그들이 발각될 수도 있다는 생각에 벌벌 떤다.

소라게들은 집게발을 계속해서 더 구부리려 한다. 그들은 자신들이 기생하고 있는 작은 동굴 입구로부터 멀어지려고 한다. 그들은 틀어박혀서 산다. 움츠린다. 닫아걸고 살기는 열어놓고 살기보다 한결 더 강렬한 삶이다. 비밀을 분비하면서, 진주를 만들면서 살아가는 생물들이 있다. 열어놓고 사는 짐승들, 날개를 가진 짐승들, 꽃들, 외향성 생물들,

바람과 흩어짐을 애걸하는 민들레의 희끄무레하고 둥근 씨앗들도 있다.

*

비밀, 그것은 언어-사회에서 벗어나는 것이지, 성-죽음에서 벗어나기가 아니다.

*

어디에서나 영혼은 비밀이다. 드러나는 것은 육체다. 은폐되는 것은 영혼이다. 자신의 비밀스런 이름을 말하는 사람에게는 이제 영혼이 없다.

언어는 침묵할 수 있는, 자신을 표현하기를 거부할 수 있는 가능성을 지니고 있다.

그 기능성이 언어의 신장이다.

그것은 인류가, 그 동물적 본성에 수수께끼로서, 번식의 조건들에 대한 도전으로서 순결을 지녀왔던 것과 마찬가지다. 회화가 형상화가 불가능한 것을 스스로에게 끌어들인 것과 마찬가지다.

*

영혼은 육체의 비밀을 규정한다.

*

오직 사랑의 비밀만이 여섯 개의 감옥의 철문, 즉 주관성, 섹스, 시간, 공간, 수면 그리고 죽음, 이런 것들의 문을 반쯤 혹은 활짝 열어젖힌다.

*

나는 이삿짐 트럭 옆에 쌓여 있는 나무 상자 속의 물건들을 보았다. 침실의 침대는 철책 대문에 기대어 있었다. 돌돌 말려진 양탄자도 보였다.

나는 그녀를 보지 못했다.

남편의 차 안에 탄 그녀의 등이 보였을 뿐이다.

그러자 흰색 심카[4]가 천천히 멀어져가는 것이 보였다. 심카가 이삿짐 트럭을 추월했다. 우회전을 하더니 교회당을 끼고 달렸다. 승용차는 파리로 가는 길로 접어들었다. 그리고 사라졌다. 나는 내 아픔을 아무에게도 말할 수 없었다. 나는 그것을 여기에 표현한다. 아니, 이 페이지들 속에 나는 그것을 감춘다.

---

[4] 1960, 70년대에 프랑스에서 유행했던 자동차. 처음에는 이탈리아제였으나 프랑스에 매각됨.

제10장

"당신 때문이오" 하고 내가 네미에게 소리쳤다. "그건 당신 잘못이라고! 우리의 사랑을 비밀에 내던져서 죽여버린 게 당신이오! 모든 것, 모두에게서 먼 곳에 버렸으니까 말이오. 마치 우리의 사랑이 쓰레기라도 되듯이!"

제11장 가차없는 관계

사랑은 가차없는 관계다. 아무것도 그 요구를 들어주지 못할 것이다. 어떤 평화도 그를 기다리지 않는다. 그러므로 그건 사랑의 잘못도, 두 사람 중 누구의 책임도 아니다. 사랑은 두 사람을 묶어두는 동시에 쫓아내는 것이며,

사랑은, 모른 체하며, 그들 각자를 상대방의 내벽에(상대방의 피부 뒤에) 거주시키는 것이며,

끼워넣고, 그리고 죽이는 것이다.

가공될 수도, 타협될 수도, 극복될 수도, 초월될 수도, 가려질 수도, 승화될 수도 없는 인간 개개인의 원천에 바로 성의 차이가 있다.

그것은 순수하다.

그것은 절대적이다.

그것은 불가해한 것, 부단한 것, 내재적인 것, 번식하는 것, 증식하는 것, 질긴 것, 계절과 무관한 것, 집요한 것이다.

성적 관계는 다음과 같은 불가피한 점을 지니고 있다: 성적 관계는 양면적이다. 그것은 나체가 아니라 노출에 관련된다. 동물적 순수성은 소위 인간의 혐오감 혹은 성적 수치심으로 오염되었다. 나체에 의해서가 아니라 인간의 노출에 의해서. 사랑에 대한 증오가, 사랑의 의식(意

識)으로서, 사랑 안에 있다. 그리고 이 의식은 새의 깃털이 물고기에게 유익한 만큼만 사랑에 유익하다.

제12장

더 이상 사랑받지 못하는 것처럼 품위를 손상시키고 가치를 떨어뜨리는 것은 아무것도 없다.

*

참으로, 결별이란 결코 존재하지 않는다.

여자들과 남자들은 기꺼이 이 문제를 은폐한다.

사랑 — 두 감수성이 접촉하는 야릇한 의사 소통 — 은 결별 후에도 심지어는 장례를 치른 후에도 존속한다. 사라지는 것은 사랑이 아니다. 사랑의 육체들 중 교환에서 떨어져나오는 한 육체가 사라진다. 교환은 번식에 내재적이므로 죽음과 일직선상에 있다. 이상하고, 비슷하고, 소름끼치며, 살아 있는 불멸인 번식은 교환의 결과로 생겨난 사람은 결코 볼 수 없는 교환의 장면이 진행되는 동안 교환하는 사람들의 생김새가 복사된 연후에 그들의 죽음을 거쳐 진행된다.

교환의 결과로 생겨난 사람이 자신의 얼굴에, 손의 형태에, 눈의 색깔에 찍혀진 그 각인을 지울 수는 없다. 설사 그가 쓰거나 선택한다고 믿는 마스크 안에서일지라도.

*

버림받은 사람도 자신의 육체가 되어버린 이 신비한 번식 기관을 버리지는 못한다고 거의 말할 수 있다. 그것은 과거 전체를 해석한다.

*

귀결. 그렇기 때문에 어린아이의 출생은 사랑의 종말과 같다: 한 외양(外樣)이 복제된다. 외양의 섬광을 뒤에 남기며.
초판(初版)의 외양이 제 자신을 떠났다.
그것은 다른 곳으로 재편입되었다.

*

사라지는 것은 전달 통로가 아니며, 재정리되는 것은 혼돈이 아니다. 마치 이 세상에서 질서와 불연속들이 원초적인 상태라도 되는 듯이 말이다. 떠남으로써 사랑에 불성실했던 것은 바로 우리다. 균열을 틀어막고, 드러나던 벌어짐을 메운 것도 우리다. 벌어짐이 끊임없이 필멸하는 인간에게 나타나는 까닭은, 우리가 통과하는 죽음이 바로 그 벌어짐 때문이며, 그것은 우리가 변형되고 부패되어 마침내 녹아버리기 위해서다.
두 연인이 서로 헤어지면, 둘 다 영원히 욕망한다.
욕망은 그들이 갈라선 후에도 그들 안에 존속한다. 이 벌어짐은 영원히 채워지지 않는다. 이 점에 관해서 우리는 항상 우리 자신에게 거짓말을 한다. 욕망이 우리를 버렸다고 비난할 때, 욕망(살아 있는 욕망)을 배척하는 것은 바로 우리다.

*

자신의 욕망을 포기하는 남자나 여자는 모두 자신의 포기를 억압한다.

자신의 출생.

즉 진짜 핵인 심연.

이 심연이야말로 패스톰의 그리스 잠수부가 바다 위로 돌출된 갑(岬)의 끝에 서는 순간부터 그의 발 밑에서 입을 벌리고 있는 심연이다.

*

신비한 나라를 배반하는 것은 우리다. 그러나 이 다른 세계는 출생 자체보다 선행하기 때문에 잊을 수 없는 세계다. 우리를 만들어낸 장면을 우리는 보지 못했다. 계속해서 인간은 그 장면을 보지 못할 것이다. 결여된 이미지가 우리들 머리에서 떠나지 않는다. 그 이미지에 대한 상상이 이미지를 재현할 때까지 우리를 따라다닌다. 우리들 모두가 신비하다. 그리고 만일 우리가 덜 치장되어 있다면 ─ 우리는 희극적으로 차려입고, 질서정연하고, 매수되고, 분리되고, 합성되고, 수다스럽고, 질곡에 매인다 ─ 더욱 신비해질 것이다. 신비한 나라에서는 모든 것이 합류한다 ─ 지구의 자전으로부터 시간까지, 계절의 순환까지, 유성 생식까지, 회춘시키기 위해서 그리고 부활시키기 위해 조여오는 죽음에 이르기까지, 하지와 동지의 반복을 분배하는 천체들까지, 돌들의 무거움으로부터 새들의 노래와 날개까지, 어두운 호수 밑바닥의 아귀의 침묵과 기다림으로부터 대기 중에서 싹트는 나뭇잎들에까지, 태양빛으로부터 별이 총총한 밤에 이르기까지.

그런데 혼돈, 광대함, 혼돈의 폭발, 광대함의 확장, 우리들 모두가 이것들과 합류하게 될 것이다.

제13장 장면

저항할 수 없는 한 시선이 존재한다.
이 시선은 인류 이전에도 존재했었다.
이 시선에 의해 육체들이 육식 동물들의 턱 안에 끼워지는 먹이감처럼 끼여 박히듯이 결합한다.

*

나비들은, 꽃들의 상칭(相稱)인 이것들은, 순전히 매혹에 의해서 꽃들을 잉태시킨다.

*

1993년 6월 초 어느 날 아침 아트라니, 봄날의 지중해 바닷물이 온통 하얗게 거품을 일으키며 부서지는 검은 바위들과 해변 위로 불쑥 나와 있는 빛 밝은 테라스에서 내가 읽고 있던 로마 시대의 오래된 텍스트에는, 단순하면서도 흥미롭게 번역되는 단어 하나가 계속해서 나타나고 있었다. 이상한 이 단어는 다름아닌 음경fascinus이라는 단어였다. 그리스인들이 남근phallos이라 부르는 것을 로마인들은 절대 남근phallus이라고 말하지 않았었다. 그들은 음경fascinus이라고 말했고, 또 곤두선 남성 섹스와 위축된 섹스를 포착하는 시선 사이에 수립되는 관계를 매혹하기fascinatio라 불렀다. 프랑스 번역자들이 말한 섹스sexe란 정확하지 않을뿐더러, 고대인으로서는 특히 생각조차 할 수 없는 혼합된 의미를 드러내고 있다. 그래서 내가 이 텍스트들을 번역할 때, 야성적 단어(음경fascinum, fascinus)를 그대로 사용하는 순간부터, 이 텍스트들이 묘사한 장면들은 텍스트들이 그때까지 드러내보여주던 의미와는 전혀 다른 의미에 접근했다.

나는 내가 번역하려는 텍스트들의 번역본에 라틴어 단어를 그대로 쓰기로 결정했다.

번역하지 않고 원전에 있는 대로 쓰는 단어를 '야성적 단어mot barbare'라 부를 수 있다.

옛 칼데아[1](『칼데아의 신탁』, CL, 103)의 한 승려[2]는 고어들만은 절대로 번역하지 말도록 명했는데, 그렇지 않으면 그 단어들이 힘을 잃어버리기 때문이다. 맹수는 가축으로 길들이지 않는 법이다. 칼데아의 승려가 사용한 동사는 너는 변했다allaxès이다. 원전에서 힘을 지녔던 언어의 질료를 다른allos 것으로 만들지 않는 것이 무엇보다도 중요하다.

*

사랑받는 자 l'aimé는 사랑하는 자 l'amant를 자화(磁化)시킨다 aimante.

---

1 페르시아 만 연안의 티그리스, 유프라테스 두 강이 형성하는 삼각주 및 그 서쪽 남 바빌로니아 일부 지역. 구약 성서에서는 전 바빌로니아를 뜻하였다.

2 그리스, 라틴 사료(史料)에 의하면 칼데아인은 바빌로니아의 제사장 계급 또는 일반적으로 점성술, 주술을 행하는 사람 및 현자를 뜻한다.

매혹은 희생자에게 최면을 걸어서, 그가 완전히 정신을 잃는(그의 얼굴을 탐내는) 순간의 형태로 그를 고정시키는 것이다. 그것은 (매혹이 진행되는 동안 꼼짝도 하지 않고 서로를 지키고 있거나 성교를 하는 동안 서로 껴안고 있는 화석화된 두 형태가 조성한) 최상의 형태를 해치는 자해 행위다. 그것은 (짚신벌레의 게걸스러운 삼킴과도 비슷한) 매혹하고—매혹된 관계의 자해 행위다. 서로 잡아먹는 이 관계는 자신의 시선까지도 삼켜버린다.

매혹된 자는, 예측할 수 없지만 기대된 얼굴, 매복하고 기다리던 최고의 형태인, 거울 퍼즐 안에 불시에 정확하게 끼워맞춰진 조각이다. 망을 보며 기다리던 이 형태는 자물쇠와도 같은 것이다. 가장 작은 형태인 그 자신이 희생자여서, 자물쇠를 여는 열쇠처럼 퍼즐 속에 삼켜진다.

그것이 사랑의 첫번째 특징이다.

작은 보아뱀(쥐)이 돌처럼 굳어진 자신의 형태가 모방하는(쥐는 삼켜졌다) 커다란 왕쥐(보아뱀)가 되는 것과 마찬가지로, 퍼즐의 재단된 조각이 도려내진 제자리, 제 나라, 제 집, 제 입, 제 치열, 그 조각을 기다리는 까다로운 변경을 찾아낸 바로 그 순간부터 매우 어리둥절하게 하는 자신의 형태를 잃는 것과 마찬가지 방식으로, 골족이 로마인이 되고 프랑크족이 갈로로망인이 되는 것과 마찬가지 방식으로, 혹은 범(梵)dhyana이 중국에서 찬(禪)ch'an으로 변하고 일본에서 젠(禪)zen으로 변형되는 등등, 마찬가지 방식으로—매혹된 존재는 누구나 닮아진다.

*

반한 남자가 자신이 반한 여자를 대상으로 사랑에 빠지는 것과 같은 방식으로, 사랑은 매혹에서 발원한다.

*

매혹된 자는 하나의 시선이다. 자신을 고정시키는 시선을 맞바로 쳐다보는 나머지, 바라보는 자가 보여지는 자 안으로 시선을 통해 옮아간다. 매혹된 자는 자신을 제압하는 독선적인 형태 앞에서(계통 발생적인 이전의 형태 앞에서) 느끼는, 황홀경에 빠진 한순간이기 때문이다.

우주의 거대한 소비에서, 삶은 맞대면한 채 서로를 잡아먹는 살아 있는 형태들을 소비하고 부추긴다.

*

두 장면. 여자와 남자 모두에게 보이지 않는 두 장면이 있는데, 최초의 장면과 최후의 장면이다.

그것은 존재가 드러나지 않는 두 장면이다. (현존하는, 다시 말해서 생존하는 각 개인에게는 재현될 수 없는 두 장면이다.)

현존하는 자의 시선에 언제나 결여된 장면은 최초의 장면(우리들 육체의 수태, 수태를 일으킨 욕망의 조건들, 선정된 자세, 어머니의 몸 위에서 성교 중인 남자의 신원 등등)이다.

살아 있는 자가 결코 보지 못할 장면은 죽음과 대면하는 최후의 장면(태아가 경험했던 심장의 박동이 멈추는 상황들, 그리고 갓 태어난 아기가 울부짖는 동안, 울음 소리를 언어로 끌어들이면서, 신생아를 엄습했던 폐의 리듬이 질식되는 상황들)이다.

라틴어로 말하자면, 이런 이미지들은 끔찍스러운 것들이다.

그리스어 단어들을 사용하여 번역하자면, 이 장면들은 공포심을 유발하는 것들이다.

그렇지만 그런 것으로서의 장면들은 꿈이라는 비의도적인 광경에 자주 나타나는 것과 마찬가지로, 빈번이 의도적인 환영에도 등장한다. 과거에 대한 기억, 미래에 대한 상상력이 그것들의 유도적 결여 속에서 섞인다.

우리들의 낯설음의 양극단인 이 두 장면과 접촉하는 것은, 눈꺼풀을 닫지 않고 점액질로 끈적끈적한 안구의 노출 부분을 만지는 것과 마찬가지로 언짢으며 내밀한 일이다.

*

장면skènè. 고대 그리스어로 장면이란 단어는, 가시(可視) 구역의, 바라볼 수 있는 무대 공간(축어적 그리스어: 극장)의 안쪽에 쳐진 천막을 의미하였다. 바로 그곳에서, 천막의 천으로, 혹은 단순한 휘장인 차폐물로, 또는 무대 뒤편에 여기저기서 긁어모은 널빤지들로 만든 일종의 오두막 뒤로 몸을 숨긴 배우들이 이미 사용한 가면들을 내려놓고 다른 가면들을 쓰곤 했다.

게다가 skènè라는 단어는, 가시 공간의 깊숙한 안쪽에 감추어진 부분을 지칭하는 데 사용되었던 단어로서, 가시 공간을 넘어서는 공간 전체로 확장되었다.

사실 성(性)이 구분된 종(種)들에게는 단지 하나의 장면만이 있으며, 원초적 장면이란 표현은 동일한 단어의 중복이다. 가면을 바꿔 쓰는 (모습을 바꾸는, 성교를 통해서 새로운 인간의 용모와 얼굴을 만드는) 이 장소가 원초적 장면이다. 그것은 천막의 그늘에서 일어나는 극중 인물들의 변환이다.

매혹하는 것들fascinatoria. 고대 로마인들은 성기가 드러나면, 그 결과로 곤두서고 뒤집어지고 딱딱해지고 커지며 부풀고 착색하는 변모에 시선을 멈춘 채로, 즉각적으로 야기된 두 눈의 억제할 수 없는 움직임에 놀랐었다.

욕망은 이런 다른 피부, 즉 부어오르고 늘어나며 훨씬 더 섬세하고 부드럽고 훨씬 더 불그레하고 때로는 푸르스름한 빛깔의, 욕망이 형태를 부여하고 평상시의 육체 위로 솟아오르게 한, 회화를 태어나게 한다.

욕망은 육체를 활처럼 휘게 만든다. 그 육체를 욕망이 팽창시키고, 그런 다음에 삼켜진 시선, 익사한 시선(보여지는 자가 되어버린 바라보는 자) 속에서 눈을 크게 뜨게 만들면서, 자세의 변화에 이르기까지 육체를 조각한다.

탐나는 다른 형태에 대해 음경이 행사하는 매혹은 공포에 관련된다. 강박적인 공포증에 관련된다. 극심한 두려움에 관련된다.

*

공포란 무엇인가? 극심한 두려움이란 무엇인가? 그것은 못박힌 채 있는 것이다. 그것은 도주 불가능성에, 접촉 불가능성에 못박히는 것이다.

그 자리에서 굳어진 형태는 후퇴 불가능 l'irrégrédient 에 직면한다. 그것은 뒤돌아가기나 뒷걸음질치기가 금지된 신화나 동화의 모든 주인공들이다.

불가능한 역행과 매혹은 생득적이다.

꿈속이라는 한 경우에서만 제외다. 꿈꾸는 동안 수면은 역행들(공동〔空洞〕인 작은 장롱 안에 놓여진 상상들, 즉 감겨진 두 눈의 뒤편에 솟아오르는 죽은 선조의 머리들)을 이루어내는데, 그때 역행의 심상은 잠든 남자의 음경을 발기시킨다.

코드화되고 형상화된, 인간의 언어 표상이 꿈에서는 이미지 소재로 되돌아간다: 꿈(시선이 아닌)은 순수 상태의 시각적 매혹이다.

그러면 눈이 자신의 이미지 쪽으로 역행하고, 거기서 육체는 추락하는 반면, 이 추락에 의해 포유 동물의 욕망은 일어선다. 꿈을 꾸는 중에, 과거를 (살아 있는 자가 경유하여 온 노정을) 다시 한바퀴 일주하기 때문에, 인간은 다시금 썩은 고기(부패된 형태) 앞에서 그 고기를 먹는 짐승이 된다.

이것이 제2차 세계 대전 초엽에 아이들이 발견했던 몽티냐크 북부 라스코 동굴의 수직 갱도 깊은 곳에 그려져 있었던 장면의 비밀이다.

고양이 앞의 생쥐, 솔개 앞의 참새는 꿈의 상태에 있다(수면 특유의 비운동성 상태에 있다; 이 비운동성, 그것은 저지된 도주이다; 그것은 후퇴 불가능이다).

*

위기감은 언어를 침묵시키고 움직임을 유예시킨다.

그것은 틀림없이 사랑에 있어서 언어를 금기시하는 매우 중대한 원천이다.

사냥꾼들은 갑자기 말을 멈추고, 곧 튀어오를 능동적 죽음을 자신들 안에 준비한다.

성(性)을 넘어서서, 포식 동물들의 침묵(독수리류의 침묵)은, 진정한 사랑이 규정하고 있는 근본적으로 비사회적인 관계 안에서, 집단 언어의 금기의 원천을 예견한다.

진정한 사랑, 그것은 준비되지 않고 협상되지 않은 관계이다. 그것은, 의사 소통이 가족들의 의견과 사회의 조정에 도전적인 방식으로 위배되지 않을 때에도, 그러한 것들이 불필요한 두 개인 간의 억제할 수 없는 의사 소통이다. (마치 당장 범람할 듯 불어나고 있는 강이, 강 연안이라는 것이 아직은 의미를 지니고 있을 때, 여전히 시선에 외형을 제공하고 있듯이, 즉 최후의 불연속을 손에 내밀어주듯이.)

*

고대 로마인들이 매혹이라고 명명한 것을 온갖 방식으로 고려해본다 하더라도, 이미지를 친숙하게 만들기 위하여, 이미지를 감추기 위하여, 포식(捕食)이 행해지기 이전에 소리 없는 위기감에 휩싸인 가시적인 것을 길들이기 위하여, 야성적이든 아니든 간에 단어들을 찾는 것은 부질없는 일이다.

이에 관해 내가 제시해야 할 논거는 간단하다: 이미지는 단어들보다 훨씬 더 오래된 것이다. 포식 행위는 인류보다 훨씬 더 오래된 것이다. 꿈에 나타나는 이미지들은 인간들만의 특성이 아니다. 새들도 꿈을 꾼다.

인간 이외의 다른 포유 동물들도 꿈을 꾼다.

인간은 하루에 90분 꿈을 꾸고 호랑이는 고양이나 마찬가지로 200분이나 꿈을 꾼다.

　갑작스러운 음경: 우리는 우리를 음경의 기본 요소로 만드는 연출과 서로 코를 맞대게 된다. 코에 코를 맞대고란 표현은 진짜 이미지들의 매혹이 정면으로 맞대어 유착하는 특징을 지니고 있음을 잘 말해준다. 매혹적인 모든 회화는 우리로 하여금 그것을 정면으로 마주 보게 만든다. 눈에 맞댄 눈, 코에 맞댄 코, 이빨에 맞댄 이빨, 입에 맞댄 입, 성기에 맞댄 성기, 한쪽 극에 치우치거나 혹은 짝을 이루는 육체의 상징적 기관들(뿔에 맞선 뿔, 사슴뿔에 맞선 사슴뿔)은 그리 중요하지 않다: 바로 맞대면한 상황이야말로 우리가 추락하는 심연이다.
　붉은 천─혹은 투창기─앞에서 몸을 돌려서 그것과 맞서는 것은 황소─혹은 들소─이다.
　(비대칭으로는 매혹되지 않는다: 그렇기 때문에 그리스 로마 시대의 프레스코 회화 특유의 미신적인 고정관념이 성화상〔聖畵像〕으로 귀착하는 데에는 오랜 시간이 걸렸다.)
　일련의 이런 등가(等價)들을 받아들여야만 한다: 우리를 고통스럽게 하는 이미지: 성교의 정상 체위: 입과 입을 맞댄 포식 행위.
　동물적 매혹은 언제나 일거에 완전한 형태, 전신상이 되는 클로즈업이다.
　혹은 어린아이가 되는.

*

　가장 오래된 동굴들에 벽화가 그려진 이후로, 화가들은 자신이 속한 이 세계에 아무것도 제시하지 못하고 있다. 그들은 매혹하는 모습을 재현한다. 그들은 각자에게, 개별적으로, 보이지 않는 장면을 재현한다. 매혹하는 모습은 우리들 안에서 삶이 시작되게 했고, 우리들을 현존하게 만들었다. 사랑은, 회화가 그렇듯이, 이미지의 결과인 시선에는 보이지 않는 유일한 이미지에 근원을 두고 있다.

그러므로 이 장면을 우리가 어떻게 판단하든 간에, 또한 그것이 우리에게 어떤 혐오감을 불러일으키든 간에, 이 장면을 되풀이함으로써 재표현된 re-présentés 것, 재생산된 re-produits 것은 우리들 자신이다.

인간의 유성 생식은 우리를 성의 복제품으로 만든다.

image란 프랑스어 단어는 로마 시대의 오래된 장례 의식으로 거슬러 올라간다. imago는 애초에 화덕 밑에 놓인 죽은 자의 잘린 머리를 의미했었다가, 그후에 장대 끝에 꽂힌 빗어서 만든 머리를, 다음에는 지붕 위에 얹어놓은 머리를, 그리고는 죽은 자의 얼굴을 찍어 만든 밀랍 마스크를, 나중에는 미라의 머리를 감은 천에 나타난 얼굴 모습을 재현한 밀랍 회화를 의미했다.

화가 각자에게 고유한 길은 매혹된 것이다. 진정한 화가는 자신이 무엇을 하는지 모른다. 때때로 화가는 스스로를 이미지들인 작은 들토끼들 위에서 발톱을 세우고 날으는 독수리와 같다고 믿지만, 화가들은 모두가 어린 들토끼들, 쥐들, 작은 참새들이어서, 그들 위로 밤마다 그들의 음경을 몇 번이고 곤두서게 만드는 밤의 이미지들인 커다란 독수리의 부리와 발톱이 열린다.

*

우리에 관한 것, 우리를 위해 만들어진 것, 우리에게 부합하는 것, 우리 자신보다 더욱 우리 자신인 것은 우리를 만들어낸 사람들에게 있으며, 그들이 우리를 만들 때 응했던 형상에 있다. 다시 말해서 형상화의 근본에서부터 우리와 관련되는 사람들에게 있다.

우리의 형상화가 우리의 육체였다—그것은 우리가 존재하지 않으며, 앞으로도 존재하지 않을 교합의 결과인 육체이고, 그 교합 안에서 우리는 존재하지 않았던 채로 존재하기 시작했다.

호기심의 터부가 바로 그런 데 있다.

첫눈에 반하기는 보이지 않는 이미지에서 발원한다. 그 이미지는 바라보기의 저변에 붙어다니면서, 우리가 그 이미지에 넋을 잃고 우리를 생겨나게 한 교합을 되풀이하게 만든다. 그것이 최초의 매혹이다.

*

스탕달이 결정 작용[3]이라 부른 것은 육체를 즉시 꼼짝 못하게 만들고 망연자실한 영혼을 사로잡는 과정을 의미한다. 동물의 매혹은 죽음도 불사하는 절대적인 신뢰다. 스탕달은 결정 작용이 일어난 육체의 아름다움을 사실 좀 이상한 이런 질문의 형태로 요약했다: 어떻게 사랑받는 사람이 가지고 있지 않은 아름다움을 그에게 부여할 수 있게 되는 것일까?

매혹은 더 광범위하고 더 가차없는 본능적 힘을 적나라하게 드러낸다. 그러나 그 개요는 스탕달이 밝힌 것과 마찬가지다: 사랑은 과거에 대한 열병과도 같은 것이다. 이번 매혹은 이전의 매혹에서 유래한다. 사랑 안에서, 매복하고 있는 것은 과거 전체다. 자발적으로 이 열병에 걸릴 수는 없다. 지금 벌거벗은 후손들과 옛날 장면의 얼굴이 돌연 접촉하

---

[3] 스탕달은 『연애론』에서 결정 작용을, 눈앞에 나타나는 모든 현상으로부터 사랑하는 상대의 새로운 아름다움을 발견하는 정신 작용으로 정의한다.

여 영혼과 불꽃 튀기듯 교섭하며, 육체를 타오르게 한다.

첫눈에 반하기에는 내밀함이 이미 가득 차 있다.

엄밀히 말해서 사랑의 매혹에는 차단기가 작동하지 못한다.

자동 차단기는 사회적인 것이거나 언어적인 것에 속한다.

동물의 한없이 연약한 육체는 낙뢰의 불꽃으로부터 그 상상의 회로를 차단하지 못한다.

자연 현상의 낙뢰는 벼락맞은 사람들을 죽이고, 그들을 벌거벗긴다.

예를 들면 연인들이 그렇다.

이것은 하나의 역설이다. 쾌락은 개인적인 기억이 어찌할 수 없는 집단적 추억에 의해서만 육체의 감각과 관련된다. 모든 깊이는 이미 예비되어 있다. 모든 인간은, 정글 속에서 그를 노리고 있는, 그 자신이었던 짐승을 기다린다.

*

사랑의 첫번째 정의는, 그러므로 부정적이다: 사랑이 나타날 때, 다른 쾌락들(먹기, 읽기, 어떤 일이나 놀이에 몰두하기, 잠자기 등등)은 즉각적으로 소멸한다. 이때 정신을 사로잡는 생각은, 매혹하는 자fascinator가 정신을 유인하여 자기와 결합해버린다는 것, 정신의 작동을 방해하고 시간을 정지시켜버린다는 것이다.

사랑에서, 선택은 언제나 극도로 단순하다: 사랑받을 것인가 죽을 것인가.

그 나머지는 모두가 극도로 반(反)동반자적인 것 l'anti-socius이다. 즉 사랑은 모든 다른 가치들을 폐기시키고, 한 시절을 신성화시키고, 개인의 국적을 박탈하고, 사회 계급을 탈사회화하는 등등이다. 갑자기 세계를 극단화시키는 이 얼굴만이 중요할 뿐이다.

*

　동물의 세계에서 교미하는 데 암컷의 동의를 얻기 위해 수컷이 마음대로 사용할 수 있는 두 가지 방법은 덤벼드는 폭력이거나 매혹에 의한 마비다. 그것은 제2의 매혹이다. 놀라움으로 꼼짝 못하게 만들기나 매혹하기는 시각적이거나 청각적이다. 청각적 매혹은 복종이라는 라틴어 단어, 극단적인 경우 생명까지도 바치는 복종이라는 단어와 유사하다. 그것은 음악이다. 그것은 암컷을 올라탄 수코양이의 부르짖음이다.
　혹은 그것은 숫오리가 부리로 머리통을 쪼아댈 때 느끼는 암오리의 얼떨떨함이다.
　최면에 걸린 사람은 유아기로 퇴행하여, 엄마의 목소리와 시선에 도취된 젖먹이의 순종을 되찾는다.
　죽은 체하는 동물은 자신을 뚫어지게 바라보는 포식자를 매번 따돌리지는 못한다.
　식물의 세계에서 매혹은 매혹 자체에 선행한다. 의태(擬態)에서 반영되는 것은 환경 그 자체다. 매혹은 비장한 것(정신병리학적인 것)과 형태학적인 것(식물-동물-생리학적인 것)이 구분되지 않았던 경험의 잔여물이다. 환경은, 그것이 시도한 한쪽으로의 집중을 고정시키려 하지 않았다. 언어의 양형(兩形)[4] 구조가 편극 작용의 광경도, 그것의 관찰로 인한 영향도 아직은 분리하여 갈라놓지 않았었다. 안과 밖이 여

---

[4] 언어학에서 양형duel은 논리 체계 속에서의 적합한 표현 형식을 말하는 것으로, 예를 들어 문장 형식을 그 부정으로, 전칭 문장을 존재 문장으로, 연언 문장을 선언 문장으로, 선언 문장을 연언 문장으로 교체하는 것을 말한다.

전히 동일한 것이었다. 마치 공포가 얼굴(포식 동물의 정면 아가리)을 벌어지게 하듯이 겉모습이 감동을 불러일으켰다. 그때는 바라보는 것이 또한 먹는 것이었다. 그때는 눈을 크게 뜸으로써 턱을 벌렸었다.

*

태생 동물의 젖먹이는 먹거리 앞에서 입을 헤 벌린다.

어머니는 아기를 높은 의자에 앉혀놓고 먹이면서 입을 벌린다. 입을 벌릴 때의 감각을 회복하기는 가장 오래된 매혹의 속성이다. 돌출된 입술, 황홀경에 빠진 눈, 자신 밖으로(육체) 그리고 순간 밖으로(미래의 빨기)를 묘사한 고대 그리스인들의 황홀경ekstasis이란 단어.

입을 앞으로 내밀어, 제 아이의 입술의 벌어짐을 미리 만들어 보여주는 어머니 입을 라틴어로는 amma de l'amor라 한다. 이런 광경을 목격하는 사람에게 이 같은 입술의 돌출은 하나의 작은 유방과도 같다.

그리스어 황홀경은 라틴어 존재existentia와 같은 의미이다.

이 단어들은 태생 동물들의 출생 자체를 말하고 있다.

어둠으로부터 빠져나옴.

빠져나오기, 이 존재는 온통 매혹하기를, 매혹되기 위한 자기 복제를 지향한다.

*

자연은 거대한 카멜레온이다. 생명은 스스로에게 매혹된다. 그 다음 시기에서야 비로소 자연을 관찰하는 것, 동물들, 그들의 속임수, 분만과 관습들을 정탐하는 행위는 자연의 모방에 이를 정도로 인간을 자연에 결합시켰다. 매혹에서 모방mimesis으로 넘어가는 어머니처럼.

젖먹이에게 작은 순가락으로 먹을 것을 떠넣어주는 엄마는, 거의 아기보다 먼저 자신의 존재existentia의 앞쪽으로 입을 벌쭉하게 벌린다. 그들은 둘 다, 동시에 서로를 향해 자신들의 입술을 앞으로 내민다.

모든 이미지, 어떤 희구법, 결핍, 외부 대상, 합체할 수 없는 이미지, 한 미래의 출현은 입을 벌리고 시간을 앞지른다.

모든 이미지는 배고픔을 풀어준다.

모든 사유는 긴장, 배고픔, 욕망orexis을 채워준다.

결론 I. 모든 이미지는 최초의 환영을 되살아나게 한다: 자신과 구별되지 않았던 잃어버린 것. 모든 이미지는 육신 없는 어머니를 환생시킨다. 그녀는 부재하는 그녀에게서 나온다.

결론 II. 모든 이미지가 어머니를 환생시키는 것처럼, 그 모습이 되살리는 것은 개인적 시선 이전의 어머니, 자신의 시선 속에 신이 나타나기를 요구하고 부재하는 이미지 속으로 빠져드는(잠속의 꿈에서까지) 어머니, 눈으로 보는 자의 주체성을 박탈하는 어머니이다.

*

과거가 공격한다. 지나간 시간이 현재를 먹이처럼 물어뜯는다. 과거가 공격을 하게 되면, 현대인들은 그것을 불안이라고 부르지만, 불안은 그 장면에 대한 인상만을 묘사할 뿐, 거기서 벌어지는 행동은 전혀 환기시키지 못한다.

이런 경우에는 첫눈에 반하기를 angor, 즉 불안이라 부를 수 있겠고, 그것이 과히 빗나간 말은 아닐 것이다. 섬광(첫눈에 반하기), 불안,

매혹, 태초의 꿈은 같은 것(아직은 이미지도 전조도 아닌 것)이다.

라틴어로 섬광fulgura은 단지 번갯불의 섬광들과 하늘에서 쏟아져 떨어지는 벼락일 뿐만은 아니다. 그것은 신성한 것들, 열광적인 것들, 만질 수 없는 것들이기도 하다.

로마에서는 벼락맞은 것은 모두가 격리되어 신성시되고, 비밀스럽게 감춰지고, 숭배되고, 땅속에 묻힌다. 그것은 마치 조상과 같은 것이다.

그것은 또한 연인과 같다.

*

누가 최초의 인간들을 매혹했을까?

섬광fulgur. 어두워진 하늘 혹은 캄캄한 밤하늘을 찢어내는 번갯불. 오늘날에도 뇌우가 쏟아지면 여전히 사람들의 육체는 망연자실한다. 비는 마치 오르가슴이 긴장되었거나 적어도 안절부절못하는 육체를 충족시키고 영혼을 평온한 상태로 가라앉듯 사람들을 진정시킨다.

번갯불은 폭풍을 온통 감싸고 있는 밤 속의 이미지다. 관능적인 방출의 순간에 눈 뒤쪽에서 빛을 발하는 쾌락의 섬광과 같다. 그때 그 방출과 함께하는 헐떡임은 어찌해볼 수 없는 것이다: 그것은 번개의 천둥소리다.

벼락이 하늘을 방문하여, 그곳을 가로질러 자신의 목격자나 희생자를 혼비백산하게 할 때, 벼락이 하늘을 찢기 전에, 물줄기가 솟아나오기 전에, 물줄기가 온통 그곳에, 목격자 위로, 순간 위로 쏟아지고, 그리고 그것들을 침수시키기 전에 벼락에 선행되는 더욱 거대한 부동 상태가 공간 전체를 긴장시킨다.

그것은 빙긋이 열리는 입술, 그 움직임을 보고 우리가 먹는 법과 언어를 배우게 되는 어머니의 입술과도 같다.

(그 입술 모양을 따라서 우리는 언어 이전의 언어를 배운다.

그 입술의 움직임을 따라 우리는 먹으면서 아연실색한다. 그 움직임을 따라 우리를 도취시키는 것은, 언어에 굶주리면서 언어를 충족시키는 — 우리가 그 의미를 이해하지 못할 때 그 몰이해를 매혹하면서, 그것을 넘어 우리에게 건네지는 어머니의 말소리 — 이다.)

*

굶주린 이유는 비물질적이므로.
충족시키는 이유는 구강의, 내적인 것이므로.
텅 빈 입에 언어는 감은 눈에 꿈인 것처럼.

*

노예들의 눈처럼 sicut oculi servorum……

노예들의 눈이 주인의 제스처를 주시하는 것처럼, 우리는 살고 있다. 사랑한다. 책을 읽는다. 음악을 연주한다. 우리는 절대로 이집트라는 나라를 떠나지 않는다.

*

　　루앙의 시립 도서실에 있는 원고 보존과에는, 18세기 전반 시드빌 씨[5]의 『표현, 단평 및 고찰』이란 제목의 육필 문집 한 권이 있다. 87쪽에서 다음 구절을 읽을 수 있다: "퐁트넬[6] 씨가 말했다: 가르칠 생각이 전혀 없는 사람들이 배울 생각이 전혀 없는 사람들에게 증명해 보인 배우기에 가장 어려운 것은 무엇인가? 언어, 그것이 아마도 가장 어려운 것이다. 그런데 그것은 어떻게 해서 그런가? 퐁트넬 씨는 그 생각을 많이 해봤지만 결코 답을 찾아내지 못했노라고 말하고 있다."

*

　　사랑이란 타인의 이타성에만 관계되는 지성의(입술에 떠오른 굶주림의, 시선 안에서 하는 여행의) 한 형태다 그것은 인식하기의 한 방식으로서 그 통찰력이 언어와 상반되기를 고집하는 것이 첫번째 특징이다. 습득된(어머니 입술의 움직임으로 읽혀진 다음에 습득된) 공식적인 모국어는 더 오래된 조화로운 언어의 지배력에 비해 항상 시대착오적인 입장에 있다. 왜냐하면 사랑(육체적 욕망과는 달리)이 되살리는 것은 입술의 언어이기 때문이다.

---

5 무슈 드 시드빌 Monsieur de Cideville: 18세기 루앙에서 살았던 한 유명 인사. 그가 육필로 쓴 『표현, 단평 및 고찰 Traits, notes et remarques』은 인쇄본으로 출간되지 않았다.

6 베르나르 르 보비에 드 퐁트넬 Bernard Le Bovier de Fontenelle(1657~1757): 프랑스의 철학자, 시인.

*

　사랑의 열정은 자신이 아닌 다른 육체로의 접근을 위한 비의지적이고 억제할 수 없는 집착이다. 이 갑작스러운 무언의 애착이 영혼을 끌어올리고— 혹은 영혼을 공포에 빠뜨리고— 가족 · 부부 · 사회와의 관계를 위험하게 만든다.
　욕망(열정passio의 정반대인, 안절부절못하는 욕망)과는 반대로, 열정은 정체성이 미처 형성되지 않은 상태를 일깨우기 때문에, 필시 사심이 없는 것이다. 보다 정확히 말해 사랑은 사리사욕이 없는 것이다: 사랑이 얻는 모든 이익은 타인과의 근접이다. 이 근접은 타인을 내부에 점유함이 아니다. 왜냐하면 근접은 타인의 육체 안으로의 흡수, 우리의 근원인 타자성 안으로의 흡수로서 꿈꾸어지는 까닭이다. 왜냐하면 근접은 희귀하고 거의 불가능한(잡아먹기의 경우에만 제외) 융합으로, 혹은 적어도 혼동으로서 꿈꾸어지기 때문이다. 그로부터 다음과 같은 결과가 나온다.
　1. 사랑은 자신의 이익에 반(反)한다.
　2. 사랑은 사회의 이득에 맞선다.
　3. 사랑의 억제할 수 없는 행위들은 모두가 확장과 사심 없음이라는 특성을 지닌다. 아름다움이라는 특성. élation, 즉 흘러넘침이라는 특성. 사회화된 인간의 모든 다른 행동들과 대조적인 특성. 충격적인 실연(實演) acting out, 감동적인 놀라움, 객관시된 성적 도착들, 강박적인 기벽들, 모든 유혹을 무시하는 대담무쌍함, 이 모든 것들이 언어가 생겨난 이래로 사회가 복수를 통해(또는 사후[事後]에, 참회함으로써) 강화되는 이야기들을 생겨나게 한다. 사회는, 참회의 결과들을 더 이상 두려워할 필요가 없어지면 언제나 자신의 악행을 뉘우친다.

*

　사랑에서는 우리와 가까운 사람이 우리에게 가깝지 않다. 그는 가장 멀리 있다. 그는 도달할 수 없는 그 장면 — 우리는 그 장면의 산물이다 — 만큼이나 멀리 있다. 그는 태고인antiquissime이다.

　그는 두 다리 사이에 있는 고대인이다.

　더 멀리에 우리가 느끼는 것이 있으며, 훨씬 더 멀리에 다른 나체, 우리가 처음으로 타자를 벌거벗길 때 그에게서 발견하는 나체가 있다.

*

　왜 사랑은 격렬한 상실 안에서만 느껴지는 것일까?

　왜냐하면 사랑의 원천이 상실의 경험이기 때문이다.

　태어나기, 그것은 자신의 어머니를 상실하는 것이다.

　그것은 제 어머니라는 집을 떠나는 것이다. 그의 발자취는 모든 잃어버린 것들이다. 잃은 자는 모두 최초의 순간에서처럼 사랑을 추모한다.

　왜냐하면 그의 시초는 잃어버린 자(최초의 순간에, 최초의 울부짖음에서 잃어버린 어머니)이기 때문이다.

　나는, 우리 내부에서 되풀이되는 태어남nascor, 순수한 드러냄, 사라진 짙은 어둠, 육체의 경련과 숨 들이마시기, 밖으로 추방된 알몸, 이 모든 것을 나는 사랑이라고 정의한다.

*

　사랑에서, 불시에 나타나는 것을 이미 본 듯한 것으로 그리고 이미 체험한 듯한 것으로 느끼는 인상은 정확한 지각이다. 기억은 최초의 융합에 대한 추억을 제 안에 보관할 수 없었으며, 언어가 그것을 식별하지도 않았는데, 기억과 언어 모두가 그 당시는 형성되지 않았던 탓이다. 이 융합(융합에 대해 거리를 유지할 수 있고 자신의 추억을 통제할 수 있는 정체성도 이 융합의 체험을 인식하지 않았고, 그것을 형성하고 재발견할 수 있는 언어적 주체도 그것을 인식하지 않았다. 그러므로 그것은 기억에 없는 아득한 것이다)의 귀환은 우리를 불안에 사로잡히게 한다. 왜냐하면 일체감 안에서, 공동의 융합con-fusion 안에서, 매혹 안에서, 귀환을 이룰 수 있게 하는 유일한 것이 귀환에 잇따르는 떼어놓기이기 때문이다. 떼어놓기에서 잇따라 기억과 언어가 생겨난다. 언어는 우리들 자신이었던 추방이고 우리가 세상에 나올 수 있도록 그리하여 우리 자신이 될 수 있도록, 어머니가 혼신의 힘을 기울였던 내던짐이다. 떨어져나온 자는 그가 존재하기 위해 찢어낸 것 가장 가까이에서 울부짖고, 잃어버린 자의 품안에서 질겁한다.

    유성(有性)의 종(種)들에게 있어서 매혹의 반대 극은 분만, 즉 단 하나였던 형태가 어머니의 성기에서 나오면서 둘로 갈라지는 순간이다.

    매혹은 사랑의 시작을 번식시키는 기막힌 우연의 일치들을 깨닫게 한다. 매혹은 개인의 바라보기를 선행하는 바라보지 않기, 유착적인 바라보기이며, 타인 — 여하한 대가를 지불하더라도 자신에게 일어나는 바를 보려는 욕망을 작동시키는 — 의 시선에 의해 삼켜진 존재이다. 이것은 날것의 상태에서 그리고 육식류의 치명적인 폭력에서까지 융합될 정도로 의식이 없는, 더욱 연속적인 바라보기다.

*

우리가 격렬하게 저항하지만 그 지배력이 너무나 막강해서, 마음이 끌리지도 않는 상황 속으로 갑작스럽게 우리를 끌어들이는 움직임들이 존재한다. 우리는 내키지 않으면서도 굴복한다. 우리는 제방이 무너지듯이 굴복한다. 그것은 언제나 우리를 열정적인 궤도 속으로 끌어들이는, 우리들 안에 있는 가장 오래된 천체들astres이다. 이 천체들이 우리의 가증스러운 궁전들이다.

로마인들은 이 천체들을 별자리|sidera라 불렀다. 그들은 이 별들을 각각의 별인 항성들stellae과 구별하였다. 자기들끼리 이미지를 만들어내는 항성들의 무리로서, 겨울 동안 밤하늘에 잇따라 나타났다가 사라지는 일련의 전조들인 코뿔소좌, 사수좌, 들소좌, 황소좌 같은 성좌를 형성한다. 이 네 개의 별자리는 겨울이 끝날 무렵 남중(南中)하여, 하늘의 컴컴한 배경 위로 봄이 임박했음을, 다시 새끼들이 태어나고 새싹이 돋으며 색깔들이 되살아날 것임을, **봄primus tempus**의 부활을, 태생 동물들의 잉태 기간이 끝나자마자 사냥이 임박했음을 말해주곤 하였다.

*

이 천체들은 우리가 태어날 때 우리를 주시하면서 인간들의 시간을 놀라게 하고 기쁨, 분만, 제물로 바쳐질 첫 수확과 첫 아이들, 추수, 되풀이되는 포식 행위, 만물의 연례적인 회귀(1년 간의 생존)를 보장하는 의식들을 규정한다.

이 천체들은 동물들을 놀라게 하고, 그들의 교미를 놀라게 하고, 태양의 도정을 놀라게 하고, 비〔雨〕를 놀라게 하고, 눈〔芽〕을 놀라게 하고, 꽃을 놀라게 하고, 열매를 놀라게 하고, 우리를 놀라게 한다.

*

　이 천체들 중 하나는 가장 최초로 나타나는 별자리인데, 에누리 없는 여성의 제스처인 데다가 외설적이기도 하다.
　여자들의 최초의 제스처는, 그녀들이 아무리 청교도적이라 할지라도 탯줄—방금 대기와 빛 속으로 내던진 어린아이를 그녀들 내부의 세계에 대한 추억과 이어주는—이 잘라지기 전까지는 자신의 성기가 드러나도록 두 다리를 벌리는 것이다.
　우리는 늘 첫 시선부터 얼굴이 아니라 성별부터 관찰되는, 울부짖을 뿐 말을 하지 않는 무엇une chose이다.
　그런 다음에 우리는 이미 보아버린 이 시선에 갇히게 되는데, 시선은 본 것으로부터 어떤 관점으로 말하기 시작하고, 본 것으로부터 이름을 붙이고, 이해할 수 없는 언어를 발화하기 시작하며, 시선이 주목했던 최초의 기호로부터 그 언어를 우리 안에 있는 우리 것으로 상정한다. 그것은 사회학자들이나 박물학자들이 흔적이라 부르는 것이다. 그렇지만 말없이 남아 있는 이 잔재물, 도저히 망각할 수 없는 느닷없는 첫 제스처는 남는다: 거칠게 벌려진 두 다리, 그리고 그 노출된 아이의 성기를 보고 분류하고 이름을 붙이는 탐욕스럽고도 재빠른 시선, 즉 이 순간—우리가 느낄 수 있는 모든 순간들 중에서 가장 격렬하게 성적인 순간—부터 영원히, 우리 내부에 우리를 위하여 말하는, 시선은 끝내 남는다.

*

그런 연후에 우리는, 우리를 우연과 완전히 분리하지는 않을, 다른 삶들만을 선택하게 될 것이다.

우리는 수태되지 않았다.

어떤 인간도 수태된 적이 없었다.

서로 껴안고 있는 한 쌍의 남녀 안에서 태어날 자 l'à-venir를 그 누구도 수태하지 않는 그때, 사후(事後)에 판단하건대 우리는 수태되었던 것이다. 수태되었을 것이 낳게 될 것에 전혀 일치하지 않는다고 주장할 수 있으리라. 실로 300만 년 동안 여자들과 남자들의 짝짓기는, 수태를 결정짓고 그로부터 열 달 만에 유혈이 낭자한 분만을 예견하던 행위가 아니었다.

서로의 나체를 껴안음으로써, 그들의 육체는 선행하는 갈증을 풀고, 끝을 모르는 흥분 상태를 만족시킨다.

태어남은 선택이 아니다.

죽음의 가능성은 선택이 아니다.

우리의 조상은 선택이 아니다.

우리가 말을 하기도 전에 우리에게 스며든 언어는 선택이 아니다. 우리의 국적은 선택이 아니다. 우리는 하루, 한 주, 달들, 계절들, 한 해, 노화, 시간에 맞서서 전혀 어쩌지 못한다. 결코 우리는 굶주림에서 벗어날 수 없다. 절대로 잠에서도 해방되지 못한다. 우리는 오줌누기를 선택하지 않았다. 우리는 밤의 이미지들의 주인이기를 선택하지 않았다. 우리는 매혹되기를 선택하지 않았다. 우리는 최초 몇 달 간의 가장 완벽한 지배하에서 매혹된다.

　사랑이란 무엇인가? 성은 우리 모두를 사로잡는다. 그러나 성보다 열 배나 더 지배력, 본래의 의존 관계, 과거가 우리를 사로잡는다. 나는 기억 이전의 흔적을 지배력이라 부른다. 나는 상상적이고 상징적이며 언어적이고 성적인 포유 동물의 태어나고 죽는 인간의 조건에 대한 조건들을 본래의 의존 관계라 부른다. 나는 기억과 정체성을 떠받치고 있는 언어로 변한 언어로 인해 타격을 입은 지배력을 과거라 부른다.

　왜 기억도 나지 않는 지배력은 돌이킬 수 없이 아득히 먼 옛날의 비역사적인 방식으로 집요하게 우리를 사로잡으려 하는 것일까? 왜냐하면 그것이 이미 우리를 사로잡았기 때문이다. 즉 매혹으로 말이다.

　그것은 시간 이전에 존재하므로 시간을 모른다.

　인간의 태어남은 시간 이전이다. 그리고 태생 포유 동물의 특징인 신체 내부에서 이루어지는 수태에 선행되는 짝짓기는 이 시간 이전의 대림절(待臨節)을 구성한다.

　역설. 불행하게도 태어나면서가 아니라, 태어나기 훨씬 이전에 우리는 성에 사로잡힌다. 그러므로 태어나고 있는 그때, 우리는 단지 성의 결과물일 뿐이다.

*

　포획하다capere는 사냥꾼들이 사용하는 동사이다. 사랑은 포로로 하고captive, 지배력은 가로채고capte, 언어는 포착하고capture, 가족의 의존 관계는 독점accapare한다. 마치 어머니의 입술이 어린애의 입술을, 어머니의 시선이 어린애의 시선을 독차지하듯이, 음식 그러니까 언어라고 명명된 이 희한한 자양분 역시 우리가 하루 온종일 먹을 수는 없는 탓에, 그들의 입으로 들어가서 입술에서 입술로 전해지는 것처럼.

*

우리들의 어머니의 두 눈은 최초의 얼굴이다.

하늘은 언제 하나의 얼굴이 되었을까?

(하늘은 어머니의 한 얼굴이기를 완강히 고집했다. 가장 덜 농업적이고 가장 산업화된 지방에서 일기 예보 방송은 원격의 바라보기 visions 수상기, 즉 텔레비전 télé-visions 수상기 앞으로 가장 많은 시청자들을 모이게 한다. 종교·스포츠·전쟁·신화 등등의 프로보다 훨씬 더, 태양이나 구름을 예견 pré-visions 하는 프로가 경쟁 상대가 없을 만큼 많은 시청자를 획득한다.)

태어나는 순간에 그러하듯 살아가는 동안 매일 잠자리에서 일어나면서 그 누가 고개를 들어 하늘의 표정을 살피지 않겠는가?

그 누가 하늘의 기상 조건을 묻지 않으며, 오늘 하루의 얼굴 표정을 거기서 읽어내지 않겠는가?

하늘이여, 그대 안색이 변하는구나!

때로는 하늘이 아니라, 삶의 기분 자체도 얼굴을 바꾼다.

하늘이여, 그다지도 갑자기 표정을 바꾸다니!

그대 이제는 나를 사랑하지 않는가?

잠자리에서 일어나 창문을 열고 덧문을 젖히고 하늘을 향해 얼굴을 들면 전개될 하루가 하늘 위에 그려져 있듯이, 영혼의 모든 인상은 얼굴 위에 그려진다.

*

　욕망은 흡사 물결이 정기적으로 연안으로 범람하듯이 밀려왔다 물러나곤 한다. 둑 위로만 걷는다. 출생 이후 제방은 무너져 있다. 어린애의 형태로 분리될 것을 추방하기도 전에. 아직은—그녀의—육체인—어린애를 지니고 있는 여자는 자신의 양수를 잃는다.

*

　그 누구도 자기 자신의 열정의 대양에서 영원히 벗어나지 못한다.

제14장 밤

저녁이면, 싯누런 바닷물이 아트라니 항구 앞으로 밀려왔다.

더욱 새하얀 꽃잎 몇 개가 남아서 파도에서 파도로 밀려다니고 있었다. 그것은 파닥파닥 날아다니는 번득임이었다.

멀리서 퍼지는 어둠은 땅거미가 지기 전에, 하늘에서 흘러내리는 야릇한 핏빛으로 수평선이 물들기 전에, 점점 더 길어지고 있었다.

나는 내 자신의 피가 순환하는 리듬 속에서 끝없고, 달콤하고, 가차없고, 리드미컬하고, 전적인 유출을 느끼곤 했다.

그것은 말하자면 바다 위로 쏟아내는 하늘의 내출혈이었다.

다가오는 밤은, 육체를 잠으로 이끄는 나른함을 허락한다.

다가오는 밤 속의 저 밤은 무엇인가?

오로지 유일하고 절대적인 밤.

왜냐하면 절대적이지 않은 밤이란 없으므로.

모든 하루의 끝에 오는 밤은 절대적인 법.

매번 낮이 끝날 때, 다시 찾아오는 것은 오직 밤일 뿐, 항성야(恒星夜)의 밤일 뿐. 거기 버티고 있는 밤. 반면에 매일 아침이면 언제나 내내 낮도 아니고 완전한 밝음도 아닌 것이 새벽의 고통, 육체의 넘쳐나는 격렬함과 의식을 동반하고 돌아온다.

　수면에 대한 논증. 잠은 그것을 삼켜버리는 밤을 원치 않는다고, 나는 생각한다.
　심지어 나는, 짐승들과 사람들은 잠을 잠으로써 어둠에서 도망친다고까지 말할 수 있다고 생각한다.
　환영은 이미지를 무력하게 만드는 밤보다 더욱 강하다. 그것은 생각이다. 그것은 또한 사랑이다.
　눈을 감아도 꿈을 꾸어도 우리는 여전히 본다. 그것은 무슨 수를 써서라도 이미지들을 바라보는 것이며, 그것은 완전히 잠들지는 않는 것이다.
　꿈을 꾸기, 그것은 포유 동물의 눈을 덮고 있는 암흑에서 도주하는 것인데—포유 동물이란, 그들의 이미지를 재생시키기 위해 내부의 어두운 잉태 과정을 선호했던 짐승들이다.
　이미지 안에서는 원근법으로 보이며, 그 소실점은 암흑의 중심과도 같은 암흑 속에 있다. 이 암흑의 꿈을 보호하는 것은 거의 자발적인, 어쨌든 비의지적인 일종의 가시적(可視的)인 것이다. 인간은 꿈을 꾸지 않았다. 꿈을 꾸었다면 그런 욕구나 욕망을 느꼈을 것이기 때문이다. 인간에 앞서 존재하는 수치심이라는 야릇한 고안물이 그의 꿈을 찾아온다—형태 없는 무서운 암흑이 꿈보다 훨씬 외설적이라고 생각할 수 있을 정도로.
　그렇지만 어떤 광기는 꿈이나 악몽(이것은 꿈에 대한 오독—텍스트로 돌아오려는 것에 놀라는—을 못마땅하게 생각하는 독서일 뿐이다. 꿈도 역시 과거에 대한 열병이다)보다 더 느리게 지나간다.

*

꿈은 욕망의 충족을 원하며, 어떤 환영 — 욕망의 형태를 구체화시키면서, 부재하는 in absentia 결여된 것과 결합하는 — 속에서 그 욕망을 성취시킨다.

그것이 바로 미리 바라봄 visio이다. 그것은 강력한 바라봄이다. 임박한 가시성.

두번째 논증은 다음과 같다: 미래의 근원이 꿈의 이미지 안에 있어야 한다.

하늘의 별들로 이루어진 성좌들 les sidera 은 연례적으로 떠났다 돌아와서 살곤 하는, 계절을 앞지르는 여러 종류의 동물들이었다. 발 달린 가축이, 그들을 노리는 육식 포식자들과 또 머리 위를 날아다니는 독수리들을 앞질러 달리듯이.

사랑도 역시 하나의 꿈이다. 현동화되는 꿈. 어머니와 어린애가 같다는 것을 지각하는 동일성을, 얼굴에서 얼굴로의 끝없이 반복되는 왕복 운동을, 매혹하는 자와 매혹된 자의 관계 속에서 밝혀지는 동일성을 되찾는 꿈.

사랑은 매혹을 가능케 하는 두 형태가 분리되기 전에, 감각의 동일성(어머니와 태아의)과 언어적 사유의(기표와 기의의) 동일성을 되찾는다.

이 모든 만남은 동시적인 것이 아니었기 때문에 허망하다. 동시적이 아니었던 탓으로 관계 회복은 동시가 될 수도 없다. 그것은 시대착오적이다. 그러나 그럼에도 마치 옛날의 화산처럼 그 안에 밀려들기라도 하듯, 연인들은 그것을 느낀다.

*

상징들에 대한 논증. 항상 사랑에서는, 판이한 남녀 양성의 관계가 분절이 명확한 기표와 기의의 관계보다 대립성이 더 약한 것처럼 보인다. 사실, 이 극도의 언어적인 발열 상태가 상징들 symbola 의 원천이다. 이 상징들이 진짜 섬광들이다. 고대 그리스인들이 교환이나 매장시에 깨뜨리곤 하던 도기들, 그들이 그 테두리를 맞출 때면, 깨진 조각들 fragmenta 은 서로 맞물려 끼워지는 턱뼈처럼 꼭 들어맞았다. 그들은 그 조각들을 상징들이라고 불렀다. 눈꺼풀이 눈 위로 다시 내려감기듯이 —내려감긴 눈에서 환대와 친구의 감사가 서로 부합했었다. 부러진 창들이 금속 화폐의 시초였으며, 그것을 통해 우정을 넘어선 모든 교환이 평형을 이룬다. 성 sexualité 을 넘어, 사랑의 시선으로 서로를 응시하는 남녀는 테라코타¹의 상징들이 그러하듯, 서로 맞붙는다고 믿는다. 사랑은 교환에 대한 광기다. 교환이라는, 상징들의 파열과 그것들의 재접속을 매혹이 주재한다. 그리고 그것들은 섬광들처럼 어둠 속에 묻힌다.

*

사랑에 오해가 일어나기 쉬운 것은 암컷과 수컷이, 기표와 기의처럼 명확한 분절로 대립되지 않기 때문이다.

여자와 남자는 서로 눈을 들여다보기 때문에 착각에 빠진다.

---

1 원어는 구운 흙, 점토구이라는 뜻이다. 석기 시대부터 시작되어 점차 발달한 소조(塑造)로 항아리·기와·벽돌을 비롯하여 가치 있는 흉상·세공품·건축 장식 등을 만드는 데 쓰인다.

연인들은 기호보다는 상징에 지배된다. (성(性)의 차이와 인간의 언어를 혼동하는 착각에 빠진다.) 연인들은 자신들이 미묘하고 독특한 한 언어의 요소라 믿고는, 당장의 사회(가족·측근·이웃)에는 들리지 않는, 전(前) 사회적인 하나의 고유명사를 만들어내고자 할 것이다. 그들은 무엇인가를 뒤얽어서, 그것으로 변식하고 교섭한다. 두 연인은 스스로를 이 이름(현대 사회에서 자신의 성(姓)을 버리고 사랑하는 남자의 성(姓)으로 바꾸려는 욕구가 보여주는 것처럼)으로, 일찍이 들어본 바 없는 이 고유명사로 변형시킬 것이다. 그것은 언어 활동을 멈추게 할 차단기의 기능에 비견할 만할 것이다.

*

논증 IV는 반법률적이다. 칸트는 매우 단호하게, 「법의 원리 Doctrine du droit」에서, 결혼을 "계약에 의한 육체의 성적 기능의 교환"으로 규정하였다.

결혼과 정면으로 대립되는 사랑을, 이 경우에는 예측 불능의 심리적 동일성으로 정의해야만 할 것이다.

성(性)이 다른 남녀간의 사랑은 결국 아무것도 교환하지 못한다. 왜냐하면 그들은 자신들을 심리적으로 같은 인간이라고 믿기 때문이다.

*

인간 사회에서는 각자의 정체성이 전적으로 언어에 종속되어 있다.

즉 타인에 의한 자신의 교환이거나, 모든 사람들에 의한 각자의 교환에 종속된다. 그것이 그들을 사회적 존재로 규정한다(손자에게 붙여진 할아버지의 이름, 아내에게 붙여진 남편의 성 등등). 사랑은 시간을 초월한 사건이고, 그 사건에 의해 한 여자나 한 남자의 정체성이 제3자에 의해 이루어진 교환으로부터 갑자기 벗어난다. 그것은 추방된 혈족 관계, 짓밟힌 지위, 조롱당한 계급, 찢어진 족보다. 사랑은 사회적 텍스트를 벗어나고, 입문 의식을, 의례의 시간을, 족보의 부채를, 가족의 억압을, 성(姓)과 권력과 부의 교환 회로를 벗어난다. 즉각 이 모든 사회적 가치들은 그것들을 피하는 연인들에게 보복을 꾀한다.

사랑에 대한 보편적인 정의를 시도해볼 수 있다: 사랑하는 사람은 사회적 중재를 무시하고 타인 l'Autre에게 빠진 자이다. 사랑에 빠진 관계는 내부 회로를 고수하는 매혹이고, 그것은 외부적 교환을 거치지 않는다.

*

조심스런 귀결. 사랑이 — 결혼과 반대로 — 성 sexualité을 되찾지만 그러나 그것은 우연이다. 서로에게 홀리는 사람들은 어쩔 수 없이 육체 그 자체에 의해서라기보다 내부의 끈에 의해서 원초적 장면의 원초적 성 sexe의 분화로 이끌려진다. 애초에 성이 사랑의 목표는 아니었다. 성은 욕망에서처럼 최우선이 아니다. 그리고 그것은 결혼에서처럼 문서로 작성된 것도 기능적인 것도 아니다.

연인들이 장면을 되찾고, 이 장면에 놀라서 마비되고, 그곳으로 떨어지는 것은 연인들 각자가 자신들의 성이 수태된 원천을 찾으려 하기 때문이다. 나는 다음과 같이 주장한다: 사랑에 빠진 사람들은 엉겁결에 육체 관계를 맺는다.

17세기와 18세기 원수 법정의 진술에서 알 수 있듯이 그러한데, 그 진술에서 임신한 처녀가 말하기를 자신이 먼저 성 본능에 기습당했노라고 했다. 반드시 그녀가 거짓말(터무니없는 위선, 조작)한 것은 아니다.

함께 가기(라틴어로 co-ire)가 그녀를 속수무책으로 만들었다 함은 아마도 솔직한 말이다.

*

매혹은 두 단어에 근거한다: 가장자리와 흘러넘침.
저녁마다 — 패스톰 앞의 — 바닷물은 어둠 속으로 흘러넘쳤다.
우리는 매일 저녁 바닷가로 내려갔다.
우리는 거기서 바다의 바람과 파도 소리와 함께하는 저녁 식사를 사랑했다.
식사 전에 포도주를 마시면서, 수평선에서, 희미한 곶의 윤곽 위로 바다빛이 바래가는 것을 쳐다보곤 했다.
그제야 이 아름다움 속에서, 우리는 저녁 식사를 했다.

*

밤과 낮의 리듬 역시 파도와 밀물의 리듬처럼 서로 합쳐지고, 화합하고, 흩어지고, 불쑥 달려들고, 넘치고, 다시 시작한다.

*

대양이라는 덩어리는 무정형이다. 대양의 덩어리는 형태 없는 것의 기원이며, 그렇기 때문에 모든 감정들이 거기서 느껴진다. 거기서 형태 없이 퍼지는 감정들은, 바다와 마찬가지로, 앙상한 뼈대만 남아서 파도처럼 밀려왔다 밀려가고, 술에 취해서 이리저리 흔들리고 있기라도 하듯 사면을 바라보고 있는 사람을 덮친다. 자신 깊숙이에 확산된 모든 것이 거기서 부재의 형태를 찾아내고 무한히 확장된다. 우리들 깊은 곳에서 구성되지 않고 막연한 채로 남아 있는 모든 것이 어렴풋한 접촉에 동원된다.

바다의 말은 어렴풋하고 vague 모호하다 vague.

연통관(連通管)들처럼 파도는 물의 높이를 전달하여 수위의 균형을 맞추고, 육체와 바다는 쉬지 않고 흘러넘치면서 서로에게 쏟아부어 균형을 잡지만, 유일한 수원(水源)──그들을 결집시키고 옛날이라는 동일한 원천 안에서 서로 껴안게 하는──의 자취로는 결코 흘러넘치는 일이 없다.

바다는 이 옛날이다.

*

감정은 기분에서 연유하며, 기분 자체는 옛날에 땅 덩어리들이 솟아나고 동물의 생명이 거기서 제 육체들을 만들어내기도 전에, 최초의 대양과 최초의 태양 사이를 오고갔던 구름들과 빛깔과 수증기의 교류에서 연유한다.

*

저녁마다 M과 나, 우리는 절벽에 놓인 한없이 계속되는 계단을 내려가곤 했다. 우리가 갑자기 옛 성벽을 벗어나면 모래톱과 야음이 바다를 집어삼키고 있었다.

파도들이 갈색과 진회색 모래톱 위로 일어나면서, 미처 완성되지 못한 동물의 턱처럼 불시에 삼켜버렸던 검은 그림자를 정면으로 내던졌다. 그런 다음에 물러났다가 그림자를, 즉 밤과는 다르게 태어나 어둠이 되기 시작하는 이 그림자, 파도들을 앞지르는 이 그림자를 또다시 제 밑으로 분출시키곤 했다.

나는 내 삶에서 이제 한 그림자가 나를 앞지르고 있었음을 느꼈다.

나는 그림자를 솟아나게 하는 파도들 아래로 생겨난 그림자들을 살펴보고 있었다.

제15장 음경들

왜 고대 로마인들은 음경fascinus, fascinum을 길모퉁이마다, 지붕 위에, 각 방의 입구에, 등잔 밑에, 식기 위에, 종 위에, 그들의 패물 위에, 도처에 늘어놓는 것일까?

박물관 연구관들은 지하실의 먼지 더미와 어둠 속에 쌓아둔 비공개 물품들의 창고를 우리에게 열어 보였다.

왜 그들은 외설적이고 미신적이며 우스꽝스러운 수많은 물건들이 대중의 시선에서 벗어나기를 그토록 원했던 것일까?

시선을 멈추게 하는 여기저기 널려 있는 이 돌출물은 어찌 된 일인가(우연하고 본의 아닌 자기 자신의 돌출물은 보지 않고)?

시간에서부터 논증을 시작해야 한다.

시간이란 무엇인가? 그것은 언어가 삼차원 안에서 발언의 주위에 질서를 잡아놓은 어떤 것이다. 언어의 받침대 주위에 들러붙어 있는 침적물의 기능이 알지 못하는 것. 인간의 아이가 조산아라 하더라도, 아이가 이미 영위했던 실존과 관련하여 기억은 그 기능을 영원히 어긋나게 만드는 지체에 있다. 이것이 첫번째 논증이다. 두 성(性)이 만나는 교차각은 형태학적이다: 그것은 공간 안에서 뚜렷하게 기형적인 두 상태를 나타낸다. 그런데 형태학은 공간이, 공간 내에서 시간의 확장에만 각인하는 시간을 앞서듯이, 시간을 알지 못한다. 성기는 시간을 모른다. 성기는 그것의 비의도적인 습성처럼 우리를 당황하게 하거나, 우리들 자신에게 접붙여지고 화석화되고 비인류적이고 전(前) 구석기 시대의 동물학상의 기관들처럼 우리를 거북하게 한다. 우리들 육체의 중심부에 있는 근원Ur. 수세기가 반 에이크[1]와 바흐를 갈라놓고 있는데도 내게 남아 있는 그들의 작품들에 대한 기억 속에서 나는 그들을 구분해내기가 어렵다. 나는 스미마루의 제자가 되고 싶었을 것이다. 나는 퍼셀의 반주자가 되고 싶었을 것이다. 그렇지만 나는 그들을 가르고 있는 시간, 공간, 눈물, 쉰 목소리, 음울한 저음(기초 저음)을 분리시키기 위해 두 번이나 반복하지 않으면 안 된다.

나는 회양목 단지 안에 물감 가루를 녹여서 그것을 플레말의 거장[2]에게 내밀고 싶었을 것이다.

그것은 가장 순수하게 공격하는 단순성, 죽음보다 더 선명한 그림자를 던지면서 강렬한 빛 속에서 불쑥 솟아오르는 사물들의 돌출이다.

그것은 또한 겨울의 마지막 부분 혹은 봄의 시초이다.

뒤따라오는 열 달에는 생명에서 나타나는 새로운 것에 비길 데 없는 입체감을 주는, 그런 모서리가 더 이상 없다.

*

항상 사각(死角)은 존재한다. 우리의 시선은 단 하나의 육체에서

---

[1] 후베르트 반 에이크Hubert Van Eyck(1370~1426): 플랑드르의 화가. 북방 르네상스 창시자. 동생인 얀 반 에이크 Jan Van Eyck 와 함께 그때까지의 템페라 화법 대신 유채 화법을 처음으로 확립하였다.
[2] 로베르트 캄핀Robert Campin(1378~1444): 네덜란드 화가. 수도원이 '플레말의 거장'이라는 가명으로 그의 작품들을 재정리한 이후로 그렇게 불린다.

출발한다. 우리가 이 세상의 모든 백미러들의 끝과 끝을 이어서 뒤쪽을 본다 하더라도, 우리를 만들었고 우리를 유혹하지만 우리가 아직도 그 안에 존재하지 않는 그 장면을 우리는 절대로 볼 수 없을 것이다. 결여된 것이 이미지의 한 조각만은 아니다. 우리에게 결여된 것은 단지 육체의 한 부분도 아니다. 그것은 하나의 육체 이상인데, 왜냐하면 그때 우리를 알지 못하는 것은 두 육체인 까닭이다. 우리를 갈라놓는 차이를 우리는 영원히 회복할 수 없다: 첫째는 차이로서, 둘째는 다른 성 특유의 자세에서이다. 그것은 시간의 한 조각이 덧붙여진 삼중의 비존재다. 이 시간에는 매일 낮, 매일 밤, 매시간 더욱 한정된 그러나 거대한 시간 — 우리보다 오래 살아남을 시간, 그리고 우리가 다시 없어지게 될 시간 — 의 또 다른 조각이 덧붙여진다.

*

1. 이미지의 한 조각이 우리를 바라보도록 유인하지만, 우리는 결코 그것을 볼 수 없다.

2. 육체의 한 부분이 마음을 끌어당긴다. (그것은 매혹의 상태 그대로 유지되지 않는다. 음경은 매우 일시적이다; 첫째로 그 모습을 드러내게 하는 것은 자신의 변신이다; 둘째로 발기한 새로운 형태의 짧은 지속은 그 형태를 시간 속의 희귀한 공간으로 만든다.)

3. 포옹은 우리를 부르는 이미지와 이미지를 유혹하는 육신의 이 부분을 연결하지만, 부분들이 상징들(단 하나의 육체에서 분리되었던 것처럼 결코 꼭 들어맞지 않는다)처럼 서로 일치하지 않는다. 부분들은 완벽하게 달라붙지 않아서, 연인들은 서로 풀려나 떨어진다.

*

포옹은 달라붙을 하나의 글자만을 가진다. 영혼은 달라붙을 문자 littera를 제 안에 가지고 있지 않았다. 바라보기와 언어의 존재가 머릿속에 팽창시킨 공간 안에서, 그것들이 거기에 반향시키는 꿈에 매혹된 눈의 뒤쪽은, 각인에 의한 기재 사항을 묵묵히 재연할 알파벳 litteratura을 가지고 있지 않았다. 즉 완벽한 제 이름들을 가지지 않았다. 말하자면 제 별자리 sidera를 가지지 않았었다.

그로 말미암아 읽기가 생겨났다.

*

단테의 「지옥편」(V, 131)에서 파올로와 프란체스카는 함께 「랜슬롯」을 읽는다. 사랑은 이중의 포옹으로 정의된다: 언어의 포옹과 침묵의 포옹.

그것은 침묵에 빠진 언어의 포옹이다.

여기에서 급변은, 독서의 체험과 마찬가지로 사랑의 체험 속에 있다.

사랑의 체험과 독서의 체험 사이에서 내가 흘낏 보는 본질적인 일치는 사랑에 대한 이 성찰이 지닌 놀라움 중 하나다.

동일한 구승성(口承性)l'oralité의 결핍.

동일한 결핍된 언어.

파올로 다 말라테스타와 프란체스카의 말은 피에르 아벨라르와 엘로이즈의 말과 같다(적어도 그들은 피에르 아벨라르 곁에서 읽기를 배우는 엘로이즈와 동일한 것을 말한다).

*

고대 그리스인들은 읽는다라고 말하기 위해서 재인식하다 anagignôskô라는 동사를 사용했다. 고대 그리스인들에게 읽는다는 축어적으로 기다리는 것을 알아보다이다. 별들을 읽다는 계절을 기다리다이다. (그리스어로 ⋯⋯하기 좋은 때 kairos라는 단어는 계절을 뜻한다. 그리고 계절이란 뜻에 뒤이어 kairos는 만물의 봄을 뜻한다. 머리[kara]가 싹트고 성[性]이 나타나는 발아의 시기인 x, 황도[黃道]의 연간 궤도상의 야간 행로 안에서 특혜와 부활의 적절한 때를 기다리기.)

*

불완전한 것, 조각난 것, 성이 분리된 것은, 그것들이 원하는 보충물을 끌어당긴다. 모서리, 단편들, 도기들의 파편들, 퍼즐 조각들이 끼워질 파인 부분들, 동물의 매혹이 행해질 때의 턱은 미끼처럼 기능한다. 어렴풋한 추억 réminiscence은 그 결핍이 부추기는 것을 추적하는 사냥이다. 어렴풋한 추억, 맞추기, 통합하기는 인식이다. 그것은 심지어 후각이나 예전에 보았던 것이나 꿈과도 같은 하나의 의미이다. 인식이 느끼기에 이른 것은, 인식을 벗어났던 것을 조각조각 되살린다. 접근할 수 없는 고대의 유적 vetera, 매장된 시신들이 여기 있다. 조각들 fragmenta이 그 조각을 잃어버린 것의 한 부분을 끼워맞추기에 이른다. 핏기 없는 자가 제 모서리에 달라붙어 울부짖고, 녹과 피가 교환되는 일이 생긴다. 그 품안에서 황홀했던, 그리고는 까맣게 잊어버렸던 여인을 생각하는 어떤 기사의 발 밑에 깔린 눈 속에, 한 영혼이 진홍빛 핏방울을 흘리는 일이 일어난다.

이 모서리는 공백 시간 동안에 두 세계가 서로 부딪치는 그 순간이다.

*

죽은 과거와 살아 있는 과거. 두 세계의 사이, 그것은 미래와 조국이 만나는 경계선이다. 나는 단지 배급표의 한 조각에 불과하다. 굶주림의 비명을 지르며, 그 조각이 모자라는 것에 맞춰지는 배급표이다. 역사와 기억은 장난감 상자, 익히 알고 있는 그 의미와 마찬가지로 극단적인 것, 즉 적들이다. 도서실과 노에시스[3]와 마찬가지로. 다락방에 피신하고 있는 것들은 망가진 잔해들, 리토르넬로 연주기, 그리고 그 위에 내려앉은 먼지이다. 다락방, 상자, 도서실은 살아 있으며 여전히 침묵하고 여전히 원천의 어둠인 과거, 기억에 굶주린 결핍이 기습적으로 다시 떠오르게 만드는 과거에 대해 아무것도 느끼지 않는다.

혹은 모서리가 붙잡는(매혹하는) 과거.

과거, 그것은 현대성이 제거된 현재이다.

내가 말하는 것에 관해 내가 어디서나 비밀을 지키리라는 사실을 기억해야만 한다(왜냐하면 내가 죽지 않기를 기대했다 하더라도, 다른 사람들의 언어와 협약을 맺어야 한다는 사실을 내가 이해하지 못했기 때문이다).

---

[3] 현상학에 있어서 의식의 기능적·작용적 측면. 원래는 그리스어로서, 플라톤에게 있어서는 초감각적 진리의 인식을 의미했는데, 후설Edmund Husserl의 현상학에서는 특별한 의미로 사용된다. 의식은 언제나 어떤 것에 대한 의식이며, 그것에는 작용적인 면과 대상적인 면이 있다. 그는 작용적인 면을 노에시스Noesis라 불렀다. 작용에는 지각, 상상, 기억, 판단, 감정, 의욕 등이 있으며 또 확신, 의심 등의 성격을 띠고 있다.

나는 어디서나 침묵을 지킬 것이지만, 그러나 침묵은 잃어버린 언어의 몫이 아니다. 침묵은 언어가 지니고 다니는 그림자일 따름이다. 의식이 두개골이라는 공명기 속에 있는 언어의 울림방에 불과한 것과도 같다.

생각하는 활동, 즉 다시 태어나는 활동은 실낙원의 주머니에 들어 있다.

불투명한 백색의 정액 방울이 범해 Panthalassa 의 물에서 유일하게 남은 것인 것처럼 말이다.

봄에 싹튼 눈들 ─ 눈들에 뒤따라 생기는 이 정액 ─ 처럼 끈적끈적하며 방울지는 수액을 만지기, 그것은 과거 자체를 만지는 일이다.

*

질문과 대답 사이의 납득하기 어려운 비약. 남성과 여성 사이의 넘을 수 없고 불가능하며 환상적이고 불가사의한 도약. 남성의 성(性)과 여성의 성은 질문과 대답처럼 서로 끼워진다. 그것들은 하나밖에 없는 문에서 빠져나오는 게 아니다. 영원히 마주하고 있는 이 두 성은 그러나 서로를 배제하지 않는다. 그것들은 정반대쪽에 있지 않다. 양립 불가능하지 않다. 오늘날 그것은 하나는 교회 분리의 상태에, 다른 하나는 정통 교리 상태에 있는 것처럼 보이지만 사실은 그렇지 않다. 나는 속이 파이고 그 위에 장선(腸線)을 설치한 목관 악기를 사용하는 음악가들의 한 이미지를 인용한다: 장선들은 조율이 되어 있다. 이 육체들은 적들이 아니다. 이 성들은 대립하지 않는다. 이와 같은 표현들은 모든 사회에서 사용하는 표현들이다. 어쨌든 이 표현들은 개인적인 것들이 아니라 단지 집단적인 것일 뿐이다. 언어는 분리하고 군림한다. 사회는 시간처럼 언어에 세워지고, 나라들을 그것들 간에, 성들을 그것들 간에, 연령들을 그것들 간에, 직책들을 그것들 간에 분리함으로써 그리고 그것들의 위계를 정해줌으로써 그것들을 속박하고 예속시킨다. 사회는 언제나 더욱 군림하기 위하여 항상 더욱 분리하려고 애쓴다. 독창성조차도 사회들이 사용하는 술책 중의 하나다. 개인주의조차도 그들의 삼십육계 중 한 계략이다. 사회적인 분리의 결과에 불과한, 현대의 성들 간에 일어나는 경쟁들과 역행하여, 나는 수컷의 육체와 암컷의 육체가 실제로 조화된 것이라 생각하고, 인류 자체보다도 분명히 훨씬 더 오래된 약혼에 상당하는 어떤 것이 그들의 결합에 추가된다고 생각한다. 훨씬 오래된 이것은 틀림없이 사람들이 성적 쾌락이라고 부르는 것이다. 쾌락의 부르짖음이 인식의 한 뿌리다. 이 외침은 언어를 따르지 않는다. 그것은 언어에 선행한다. 그것은 언어보다 앞서며, 언어를 부른다. 그리고 확실히 그것은 언어를 최면에 빠뜨린다. 그것은 심지어 언어의 무정형인 순수 재료이기도 하다. 다른 성이 또 다른 성에게서 발견하는 것은 그에게 상반되지 않으며, 불쾌한 감정을 일으키지도 않는다. 쾌락은 생식 이상의 무언가를 알고 있다. 본다는 동작의 깊은 곳에 끼워맞추기와 유레카란 외침이 있는 것처럼, 사유 작용의 깊이에는 상징적인 시선이 있다. 이 본다는 동작은 그것이 인식한다고 생각하는 것에 환각을 부여하고 형상화시키면서, 그 형상화시킨다고 생각하는 것을 기록한다.

    모든 인식connaissance에는 태어남naissance이 있다.

*

    삶에서 최상은 태어남과 새벽뿐이다.

*

삶에서 중요한 — 삶의 활기를 북돋우는 — 유일한 순간들에는, 끊임없이 스스로에 덧붙여지는 최초의 단계가 있을 뿐이다.

그것은 유럽인들이 수수께끼처럼, 무수히 되풀이해서, 언제나 르네상스Renaissance[4]라 불렀던 것이다.

*

논증은 이렇게 제시될 수 있다: 태어남naissance을 강화시키는 것은 모두 인식connaissance[5]이다.

귀결 I. 황혼을 반복하는 모든 것은 잠들기 · 노쇠 · 꿈 · 죽음이다.

*

귀결 II. 모든 역할들, 모든 노고들, 모든 노예 상태들, 가족들끼리의 모든 식사들, 모든 의례들은 장례 의식들에 지나지 않는다.

*

아무것도 사랑의 상실을 위로할 수 없기 때문에, 사랑은 무자비한 증여품이다. 사랑은 잃어버린 것과 연관된다: 그렇기 때문에 모든 상실이 사랑을 입증한다.

---

4 재생, 거듭남.
5 함께 태어남.

그것은 고통들 중에서 가장 극심한 것이다.

사랑에 대해 부정적인 정의를 내릴 수도 있다: 사랑은 위로받지 못하도록 버려두는 어떤 것이다.

사랑은 결코 끝나지 않는다. (위로받지 못한다 함은 그런 의미이다. 끝이 없다. 성sexualité이나 결혼과는 반대로, 사랑에는 끝이 없다.) 인류에게 애도와도 같은 것이 존재하는지조차 확실치 않다.

사랑에 내맡겨진 증여는 무엇으로도 보상되지 않는다.

아무것도 사랑에 상응하지 못하기 때문이다.

*

진정한 모든 사랑에는 사랑이 싹튼 무렵보다 더 오래된 무엇이 자리잡고 있다. 바로 이 다른 곳으로부터 사랑이 드러난다: 다른 곳이 여기에 모습을 드러내고, 먼 옛날이 끊임없이 나타나고, 사랑은 끊임없이 과거를 자신에게로 끌어당기는 현재 순간에 속하지 않는다. 현재 순간은 우리보다 앞서 있었으며, 매혹(실현 중인 한 융합에 불과한) 안에서 우리를 소리쳐 부르는 바로 분리의 순간, 어둠의 상실, 융합의 상실이다.

*

사랑한다는 것은, 옛날에 우리가 어머니에게 소속되었던 것처럼 타인에게 소속하는 것이다: 절대적으로. 그것은 타인이 고통을 받으면 사랑도 고통스러워하는 것이다. 타인이 죽으면 사랑도 죽는 것이다. 자신의 내부에서 사랑이 더 이상 온전하게 존재하지 못한다는 위험을 감수하는 것이다. 더 이상 보완되지 않는다는 것은 사랑이 취약해지는 것이다.

사랑은 의도적인 열정이 아니다. 사랑의 관계는 하나의 끈(인간이 묶는 매듭)이 아니다. 사랑은 전혀 감상적이지도, 우호적이지도, 다정하지도 않다. 그것은 놀라움(눈), 혹은 한 술 더 떠 환각제(사랑의 미약)다. 그것은 트리스탄과 이졸데의 아주 아름다운 이야기 속에 묘사되었던 것이며, 좀더 현대적으로 변형되곤 하다가 차츰 자취를 감춰버린 것이다.

아일하르트[6]의 작품을 프랑스어로 옮겼으며, 오늘날 베룰[7]이란 별명으로 불리는, 베록스의 책에서 대화의 멋진 한 단장(斷章), 오직 그 한 부분만을 다시 찾을 수 있다.

함께 자고 있던 연인들을 왕이 현장에서 붙잡아 검으로 갈라놓자 연인들은 도망을 친다. 그들은 숲속 깊은 곳에서 자신의 처소에서 목하 독서 중인 한 은자를 발견한다. 은자는 연인들을 맞아들인다. 트리스탄이 왕 앞으로 편지 한 장을 써달라고 그에게 청하자, 즉시 편지가 작성되었고, 트리스탄이 궁정에 편지를 전하러 그들 곁을 떠난다. 이졸데(고대의 에실트Essylt)와 오그린(숲속의 은자)만이 함께 남는다. 오그린이 이졸데에게 자신은 그녀의 옷을 사러 생미셸에 가겠노라고 말한다. 이졸데는 트리스탄과 그녀가 서로에게 품고 있는 사랑의 숙명성을 환기시킨다. 그녀는 느닷없이 은자에게 말한다.

"그는 나를 사랑하지 않아요, 나도 그를 사랑하지 않고요."

은자 오그린은 즉시 그녀에게 답한다:

---

[6] 폰 오베르게 아일하르트Von Oberge Eilhart: 12세기의 독일 시인. 프랑스판의 『트리스탄과 이졸데』 이야기의 최초의 독일어판 저자이다.
[7] 베룰Béroul: 12세기 영국과 노르망디의 음유시인. 트리스탄과 이졸데 전설에 관한 8음절 시의 저자.

"사랑이 강제로 그대를 요구하오 Amor par force vous demeine."

은자는 그렇게 말함으로써 개인의 정체성(의지보다 훨씬 광범위한 영혼의 힘에는 미치지 못하는)으로 느껴지는 사용 가능한 내부의 힘보다 더욱 강한 힘이 존재함을 말하고자 한다.

*

은자anachorète란 그리스어로 자연에서 혼자 살기 위해 다른 사람들의 사회에서 스스로 이탈한 사람을 가리킨다. 더욱 정확히 말해서 이 단어를 분해해서 접두사를 뚜렷이 드러내면, 뒤로 물러선 한 남자가 등장한다. 그는 시대를 떠나서 시간을 거슬러 후퇴하기를 원한다.

그래서 처음으로 숲속에 홀로 남게 된 에실트-이졸데는 오그린(가장 비사회적인 사람)에게 사랑으로 인해 연인들이 지니게 된 비사회성을 말할 수 있다(비록 오그린이 비사회성을 선택했던 것과는 달리, 그들은 그렇지 않았다 할지라도):

"우리는 세상을 잃었고 세상은 우리를 잃었지요."

*

우리들 안에 최초로 개별성이 만들어지는 것은 우리의 육체 내부에, 우리의 눈 뒤쪽에 넌지시 언어를 주입하는 어머니의 목소리에 접함으로써이다(언어라는 기생적인 자리에서 우리는 자신일 수 있으며, 제 집에 있을 수 있으며, 최소한 가족의, 집단 발생 이전의 피막 속에 있을 수 있다. 그것은 자기 자신으로 발달될 수 있는 가능성을 제공하는, 아직 반만 섭취되고 반은 섭취하는 분자).

개별성의 제조에 우리들 자신은 접근이 불가능하다. 그것은 우리들 자신을 초월해 있다. 그것이 우리의 정체성 이전의 단계에 있기 때문에, 우리의 의지는 전혀 그것을 결정짓지 못한다.

어머니는 어떻게 자기 자식의(그 말 못하는 존재의) 몸 속에 어머니의 언어를 집어넣는 것일까?

어머니는 그녀가 최면 상태에 빠뜨리는 어린애(말 못하는 이 존재는 아직 완전히 융합에서 벗어나지 못한 만큼 더욱 매혹될 수 있다) 안에 언어의 존재를 상정한다. 우리는 언어를 내포한다고 상정함으로써, 언어를 이해한다. 우리가 언어에 사로잡히는 것은 어머니가 아직도 우리 자신 속에 그것을 간직해두었기 때문이다.

어머니에게서 끊임없이 받은 것을 어린애는 다시 어머니에게 돌려주지 않을 수 없다. 갑자기 어린애는 말을 부여받는다; 갑자기 어린애가 말을 한다.

이 장면에서 상징들은 매혹과 유형(幼形)의 성적 성숙이다. 둘 다 배태 기간에, 즉 호흡과 목소리의 대응 리듬이 없는 태아의 청취에 근거를 두고 있다.

*

이제 나는 논증 V를 제시할 수 있다: 조산아와 귀신들린 자는 서로 일치함으로써 봄(春)-이전의 시기를 형성한다.

*

가장 마음을 끄는 냄새들에는 이름이 없다. 그런 냄새들의 터무니

없는 힘이 취하게 만든다. 갑자기 우리를 감싼다고 느껴지는 기막힌 방향 외에도, 이 냄새에는 그 원천의 수수께끼가 추가된다. 마른풀들의 냄새는 그 냄새를 어떤 풀밭에서 어떤 갈퀴에서 빌려왔는지 말해주지 않는다. 싱크대 위에서 끓이고 있는 커피의 향긋한 냄새는 수없이 많은 원두 알갱이들에 속해 있다. 그리고 이 냄새들은 각각의 지각을 넘어서서 자기들끼리 타협을 이룬다. 잘 익은 과일에서 너무 농익은 과일까지, 냄새의 경계는 갑작스런 한계를 표시하지 못한다. 불시에 유년기를 덮쳤던 냄새들의 강렬함—기억할 수 없지만, 그러나 우리들 안에 있는 모든 언어의 외부에 퇴적된—이 때때로 하나의 욕망으로 돌아온다. 사랑이란 무엇보다도 타인의 냄새를 미친 듯이 사랑하는 것이다.

*

우리가 어머니의 언어를 이해하는 것이 매혹하는 시선으로부터, 어머니가 우리들에 대해서 혹은 우리에게 베풀어주는 것에 대해서 혹은 우리에게 양분을 공급해주는 것에 대해서 표현하는 애무들, 액체들, 고체들 너머에 있는, 시선regard 너머에 있는 근본적인 보살핌gard으로부터 연유한다고 생각한다면, 그래서 어머니의 목소리가 모국어를 주입시킨다는 논증 V를 따라가본다면, 진정한 사랑 안에서(이 열정적인 사랑은 욕망과 구분된다. 한편 욕망은 개인적이 될 필요가 없으며 타인 안에서도 개인을 찾지 않는다) 시선에 대한 최초의 집착은 목소리다.

목소리가 얼굴의 이목구비, 신체의 특징, 체취, 사회적 표지들, 부유함 등등보다 훨씬 더 그러하다.

목소리와 목소리가 내포하는 것(개인의 언어). 목소리는 타인 안의 타아l'alter이다. 필연적으로 목소리는 그것이 실어나르는 언어보다 훨씬 유성화(有性化)되어 있다. 언어는 거의 그렇지 않다. 심지어 목소리는 시선보다도, 전성적(前性的)인 매혹보다도 훨씬 더 유성화되어 있다.

희한하게도 이렇게 말할 수 있을 것 같다: 목소리에 의해 감동받는 것이 사랑이다. (체취에 자극되는 것이 성욕을 일으키는 것과 마찬가지다.)

논증 VI. 사랑은 말을 하는 두 개인, 두 자아, 하나에서 다른 하나로 이행하는 두 정체성이지, 서로 끌어당겨서 욕망을 채우는 두 육체가 아니다. 그런 점에서 욕망과 구별될 뿐만 아니라, 또한 어머니의 언어가 우리 안에 주입되었던 것과 정확히 같은 방식으로, 우리 안에 주입되는 것이 타인이거나 타인의 유령이라는 점에서도 사랑은 욕망과 구별된다.

논증 VII. 사랑은 그의 목소리에서 이름을 알아차린다고 생각한다는 점에서 성과 구별된다. 욕망은 주고, 애무하고, 바라보지만, 사랑은 빼앗고, 잡아먹고, 복종한다. 사랑에 있어서 목소리라는 것은 하나의 세계이며, 그 세계 안에서의 한 존재의 위치이다. 그렇지 않다면, 목소리는 이 세계 — 우리의 삶과 합쳐지고 또 그것을 삽입시키는 — 에서 다르게 형성된 어떤 존재(이형적 우주의 점유자)의 그 다른 위치에 대한 의혹일 뿐이다.

*

두 눈이 보는 것은 손이 만질 수 있는 어떤 것이다. 두 귀가 듣는 것은 텅 빈 것이다.

가시적인 것은 꿈으로 회귀한다.

청각적인 것은 기억(그것은 언어적 복종을 의미하는 다소 편리한 단어에 불과하다; 왜냐하면 복종obaudientia이란 축축하고 어두운 태아의 세계이며, 모국어의 청각 체계인 까닭이다. 그것은 습득되는 것이 아니라 청각의 체계 속에 이미 포함된 것이다; 거기서부터 어릿광대들인 아이들을 마지못해 움직이게 명하는 목소리들이 나온다)으로 회귀한다.

*

논증 VIII. 부르기, 울부짖기, 기도하기(아마도 글로 쓰기), 이런 것들이 언어에서는 가시적인 꿈에 해당되는 것이다.

*

생명 유지에 필수적인 어머니의 힘과 거대한 몸집 앞에서 아주 조그만 어린애는 공격자의 의사에 자동적으로 복종한다. 공격자의 의사에 불가항력적으로 복종하는 것이 소위 어머니 언어의 학습이라 부르는 것이다.

그것은 내가 매혹에서 후퇴 불가능이라 불렀던 것이다.

어린애는 어머니의 가장 사소한 욕망도 간파하는데, 사실상 그것은 기호들의 외관으로 그녀가 그에게 강요한 욕망이다.

귀결. 학습 과정에서 공격자와 동일한 것으로 정의된 모국어가 적대적인 사람들을 공격하는 데 사용된다는 사실은 흥미롭다. 적대적인 사람들이란 간단히 말해서 어머니처럼 그 언어를 말하지 않는 모든 사람들이다. 적들(그들이 표현하는 것을 이해할 수 없을 정도로, 아주 비정상적인 방식으로 딸꾹질을 하듯이 언어를 말하는 사람들)은 "영주의 포도밭의 포도나무 그루들에 몰려든 벌떼처럼 자욱하다."(말씀Verbum)

정의. 언어 공동체는 물 속의 물고기처럼이 아니라 억지로 습득된 언어 속에 들어 있는 복수심처럼 전쟁의 와중에 있다.

*

우리가 벌이는 놀음의 승패는 우리보다 앞서 있었던 게임에 달려 있다. 초기에 우리는 전적으로 그것에 종속되는데, 그것이 시초이기 때문이다.

우리가 사랑을 하게 되면 또다시 그것에 종속된다.

말하는 주체로서의 우리 자신이기 이전에, 우리가 말을 하기 이전에 우리는 전혀 구별되는 존재가 아니었다는 사실, 우리들 자체가 한 마리 독수리나 소, 바위 한 개, 별 하나처럼 매우 막연하고 침묵하는 존재였다는 사실을 우리는 기억하고 싶어하지 않는다.

논증 IX. 인간의 경험에서 역설적인 것은 우리가 절대로 완전한 한판 승부를 하지 못한다는 사실이다. 그런데 우리가 결코 완전하게 승부하지 못하는 이 패에서도, 우리의 역할은 우세하고 늦게까지 버티며, 유성화되어 있고, 게다가 최대한 그리고 최소한 죽음에 의해 제한되어 있다. 우리가 나타나기도 전에, 우리가 나타나도록 하기 위해서, 우리에게 소중해 보이는 이 패는 이미 던져져 있었다. 우리가 나타나기 위해서는 우리의 부모들이 나타났어야만 했다. 그들이 나타나기 위해서는 우리의 조부모들이 서로 포옹했어야만 했다. 바로 그것이 기억이라는 장기판 위에서 자리를 옮겨다니는 거의 주요한 말들이다. 이 장기판은 극장 뒤편에 있는 천막 안의 제자리에 있으며, 거기서 사람들이 이름들과 얼굴들을 바꾼다. 우리는 최종적인 종료를 기다릴 수 있는 한판 승부가 절대 아니다. 그것은 우리가, 한 착점un coup을 끌어내는 수태를 돌이킬 수 있는 한 착점이 아닌 것과 마찬가지이다. 우리는 중단된 게임들이며, 여기서는 사망한 에로스와 부활하는 타나토스가 우리들의 이름과 육체보다 더 우세하다.

*

인간Homo의 눈에, 수수께끼는 고대인들이 음욕이라 부르던 것(현대인들이 리비도라 부르는 것)이 아니라 사랑(타인에게의 동일화)이다.
매혹은 성적인 흥분이나 관능적 쾌락과는 거의 관련이 없다.

*

나는 관계 회복의 위험한 쾌락이라고 쓴다. 자신이 와해되거나 흡수될 위험이 없는 회귀란 없다.
첫눈에 반하기도 마찬가지다.
매혹도 마찬가지다.
번개치기 fulguratio, 매혹은 번개같이 빠르게, 번개보다 더 빠르게, 가장 최근의 형태를 가장 오래된 형태에 다시 끼워넣기를 말할 뿐이다.
매혹은 과거의 시련이다.
매혹은 과거의 포옹이라는 표현이 더 낫다.
(인류 이전의 단계에서의 잡아먹기 devoratio는 가장 확실한 성교이다.)

*

사랑은 과거다. 심지어 현재 실행 중인 사랑도 과거의 황홀경에 대한 한 추억이다.

그렇지만 황홀경에 빠지게 하는 것이 과거이기 때문만은 아니다.

논증 X. 욕망이 성적 쾌락보다 선호된다 하더라도, 쾌락에 대한 기억은 현재를 질투하게 만든다.

그렇게 해서 진짜 포옹, 깊은 포옹은 과거를 질투하는 기다림이다.

*

꿈에 다시 나타나는 얼굴을 잊기보다는 사진을 없애거나 시신 위에 돌멩이들을 쌓는 편이 더 쉬운 것과 마찬가지로, 과거를 잊기보다는 과거의 흔적들을 파괴하는 편이 더 쉽다. 과거의 존재는, 그들 자신의 출생이 거기에 종속되었던 사람들에게는 잊을 수 없는 것이다.

모든 언어 이전에, 시선들은 살아 있는 사람들에겐 언제나 잊을 수 없는 것(언어를 넘어서)이다. 그것은 첫눈에 반하기에서, 다시금 섬광을 발하는 시선에 부딪치는 시선의 오래된 접촉이다.

*

논증 XI. 인간은 육식 습관(수동적이고 우회 수단을 쓰며 겁에 질려 죽은 고기를 먹는 습성 대신에, 능동적으로 포식(捕食)하며 덤벼들어 춤추듯이 펄쩍거리며 고기를 먹기)을 모방했던 포유 동물이다.

그런데 육식 습관은 매혹의 실천이었다.

바로 그렇기 때문에 인간의 시선 안에는 죽음이 있다.

*

논증 XII. 죽음의 순간에 인간의 시선은 모든 것이 죽는 시선과 합류한다. 그래서 바라보여지는 것이나 바라보는 자 모두가 사라진다. 그가 아직도 살고 있는 세상 역시 그의 죽음과 더불어 부분적으로 죽는다. 세상을 둘러싸고 있는 존재들도 그의 죽음과 더불어 부분적으로 소멸한다. 죽어가는 사람의 시선만이 그가 바라보는 것의 전부를 더 이상 간직하지 못하는 것이 아니다. 그가 바라보는 것도 그와 함께 부분적으로 소멸한다. 소멸에 속하는 바라보기에는 무언가가 있다. 초점이 둘인 시선이 만들어내는 것은 포식자들에게 나타나는 신의 공현(公現)에 해당한다고 한다. 무엇인가가 바라보면서 한순간을 붙잡기를 멈추고, 매혹되어버린다. 무엇인가가 죽어가면서 바친다.

*

"우리를 움켜잡는 것을 붙잡기 Begreifen was uns ergreift"라고 슈타이거[8]가 말했다. 우리를 움켜잡는 것을 붙잡기.

우리 자신으로 되돌아오기. 그러한 것이 예술의 경험이다. 과학의 경험이다. 왜냐하면 그것 역시 굶주림의 경험이기 때문이다. 즉 매혹의 경험.

---

8 에밀 슈타이거Emil Staiger(1908~?): 스위스의 문예사가. 독일 문예학의 주류를 이루는 정신사 연구의 제1인자.

*

경험은 여행이다(Erfahrung est Fahrt). 이상한 원, 거기서는 이미 알고 있는 것이 불시에 진리가 된다. 거기서는 역사적인 과거가 다시 태어난다. 이 세상의 모든 존재는 다시 시작되는 절대 과거다. 마리나 츠베타예바[9]가 1935년 파리 교외인 생클루에서 문득 이렇게 썼다:

모든 추억이 제가끔 지난 추억을 지니네,
선조의 추억을, 조상의 추억을.

*

인간은 불충분한 망각이란 병에 걸린 동물이다.
그들의 알 수 없는 중병.
신비에 싸인 추억들은 어디에나 달라붙는다. 자연은 경작된 모든 것을 회한인 양 숨어서 노려보고 있는 추억이다. 그런데 회한이 다시 물어뜯을 때 병 속에 숨어서 노리고 있는 것, 그것은 여전히 턱이다. 여전히 치열(齒列)이다.

*

첫사랑은 절대로 첫번째 사랑이 아니다. 언제나 첫사랑을 앞지른 것이 있다. 마치 최초의 빛이 새벽빛이 아닌 것과도 같다.

---

9 마리나 이바노바 츠베타예바Marina Ivanova Tsvetaeva(1894~1941): 러시아의 시인.

천체물리학자들은 새벽빛을 앞지르는 빛을 황도광(黃道光)이라고 부른다. 해가 뜨기 전의 태양빛을 유성들이 반사하기 때문이다.

그들은 그 빛을 또한 가짜 오로라 현상이라고도 부른다. 말을 하는 인류에게 이 가짜 오로라는 로고스가 아닌 흔적이다.

이렇게 해서 사랑을 앞지르는 사랑은 추억이 아니다. 그것은 우리에게 남아 있는 수수께끼 같은 흔적이다. 그것은 우리가 어디에 써야 할지 그 의미를 이해하지 못하는, 기억을 앞지르는 화석이다.

제16장 갈망

나는 로마 시대 회화 특유의 매혹의 다른 쪽 극을, 라틴어로 씌어진 시와 사상 속에서 오랫동안 찾아보았지만 발견하지 못했다. 매혹에 맞설 수 있는 반(反)주술적인 극은 어떤 것이었을까? 무엇이 로마 시대의 성을 매혹에서 풀어줄 수 있었을까? 무엇이 파시즘을 매혹에서 풀어줄 수 있었을까? 무엇이 현대인의 시청각적 운명(복종과 매혹의 움직임)을 매혹에서 풀어줄 수 있었을까? 시청각적 운명 속에서 로마 제국과 기독교는 시장을 개방시키고, 풍습을 예속시키고, 영혼을 오염시킨 후에 야금야금 인류의 다른 문명들을 최대한으로 집어삼켰다. 내가 읽고 있던 모든 텍스트들, 그리고 나폴리 비행장에서 임대한 빨간색 소형 피아트 차로 오후가 되면 M과 함께 보러 갔던 무대에 올려진 장면들, 흔히 그것들은 처음 보는 것들인데도 전혀 처음이라는 느낌을 주지 않던 장면들인데, 그 안에 있던 것 모두가 매혹의 힘을 왜곡시키려는 종교적 의도를 확인시켜주었다. 모든 것이 악을 피하게 하는 apotropaïque 특성을 나타내고 있었으며, 감탄을 자아내는 매혹과 불안하게 만드는 놀라움으로부터 되는 대로 자신을 보호하는 데 사용되고 있었다. 고대 로마의 문학 안의 모든 것은 스스로에게 금하고 있던 마법 속으로, 부정하고 있던 공포 속으로, 증식시키고 있던 악마들에 대한 두려움 속으로 유령들, 수치심, 기독교적 원죄라는 전(前)-프로그램, 실패들을 유폐시키고 있었다.

오비디우스[1]뿐만 아니라 루크레티우스나 수에토니우스,[2] 혹은 타키투스[3] 역시 그러하다.

2년이 흘렀다.

불현듯 2년이 조금 더 지나서 점차 명백해지는 이상한 비탄의 감정을 느끼면서, 나는 내가 부질없이 고대 유적지들을 뒤지고, 여행하고, 탐사했었음을 깨달았다. 나는 찾아야 할 것이 아니라면 꼭 찾을 필요는 없었다는 사실을 알아차렸다. 다른 극은 내 눈 앞에 있었다.

내가 옹호하고자 하는 주장은 이렇다: 음극을 차지하는 것이 아주 이상하게도 로마에서는, 욕망이다.

매혹에 대립시켰어야 했던 것이 욕망 그 자체다.

그 경우에도 역시 음경이란 단어에서처럼, 그 단어 자체에 귀기울이는 것으로 충분했다. 현대적, 가장 긍정적인 의미에서 현대적—더욱이 현대적 명제들에 부단히 매혹된 현대적—으로 보였던, 욕망이라는 단어는 부정적이다.

욕망은 단지 그 형태론이 부정적인 한 단어에 불과한 것은 아니다. 욕망은 매혹을 부정한다.

---

[1] 푸블리우스 오비디우스 나소Publius Ovidius Naso(B.C. 43~A.D. 17, 18?): 고대 로마 제정 초기의 서정 시인. 기지가 풍부하여 사랑의 즐거움을 노래한 연애시가 유명함. 작품 『변신 이야기』가 있다.

[2] 카이우스 수에토니우스 트란퀼리우스Caius Suetonius Tranquilius(70~128): 로마의 전기 작가. 주저로는 『로마 황제 12인의 생애』가 있다.

[3] 푸블리우스 코르넬리우스 타키투스Publius Cornelius Tacitus(55~120): 로마의 정치가이며 역사가.

*

    라틴어 단어인 갈망desiderium은 신비에 싸인 부정명사다.

    욕망하기는 갈망한다 désidère.

    별자리sidus는 겨울이 끝날 무렵에 앞서 나타나는 성좌다.

    (미리 좌정하다 présider, 선두에 있는 별 le prae-sidus은 별들의 무리를 주재하는 별이다. 그 별이 별들의 형상을 결정한다.)

    형상을 구성하는 별들로 이루어진 성좌가 고립된 별에 대립되듯이, 별자리 sidus는 항성 stella에 대립된다. 이 단어의 매우 드문 단수 형태는 그런 연유에서다(황제들이 죽을 때를 제외하면 그렇다. 그때 시민들은 그들의 별sidus이 피로 얼룩진 토가[4]를 떠나서 그들 위로 로마Urbs의 하늘로 올라가는 것을 바라본다). 복수형 — 별들 sidera — 은 규칙 형태다. 황도대의 움직이는 별들로서, 자기들끼리 형상을 만들어 황도를 따라 나타나고 사라진다.

    겨울이 끝날 무렵의 성좌는 봄의 전조다. 그것의 사라짐 — 라틴어로 그 별자리의 영향에서 벗어나기 la de-sideratio de ses sidera — 은 꽃들의 개화에, 알들의 부화에, 포유 동물들의 분만에, 새끼들이 뒷발로 서고, 살과 털이 붙으며, 제 어미에게서 벗어나서, 숲속 깊숙이 들어가는 등등의 시기에 행해지는 사냥 금지에 일치한다. 그것은 초봄 prima Ver을 움직이게 하는 이미지들이다. 별자리들 sidera이 초봄을 움직이게 하는지 혹은 끌어당기는지는 알 수 없다. 세력 있는 천체들이 영향을 끼친다. 별자리들 sidera이 계절에 앞서 미리 나타난다 pré-sident. 계절에, 시간에, 새로운 시간에, 되풀이된 원천에, 봄 primus tempus에 미리-영향력

---

[4] 로마 시대의 길고 펑퍼짐한 옷.

제16장 갈망   167

을 행사한다 prae-siderare. 최초의 시기, 봄〔春〕, 연주기(年週期)의 세계에서 사냥감 몰이 소리가 힘찬 유일한 시기, 수만 년 동안 인간의 유일한 시간이었던, 주기적으로 순환하는 별의 영향권에 있는 con-sidéré 시기의 유일한 한 걸음.

그로 말미암아 누구나 각자 자신에게 영향을 미치는 portée 탄생좌 sidera natalicia를 가지게 되는데, 출생이란 재생된 어린애의 봄 primus tempus이며, 어린애가 지니고서 되풀이하는 오래된 성(姓)의 봄이기 때문이다.

별의 영향으로 놀라서 마비된 자 sideratus는 광신자 fanaticus와 동일한 의미를 지닌다: 별빛에 조사(照射)되고, 벼락을 맞아서 사원 fanum이 되는 벼락맞은 나무 fanaticus. 이것은 같은 표지다: 광신자는 벼락을 맞은 자다.

로마에서 신전 templum은 사제가 하늘에서 장방형으로 재단해낸 공간으로, 거기서 그는 별을 관찰한다 con-sidère.

Con-siderare란, 별들로 동물의 형상을 구성하는 별자리들 sidera의 총체를(혹은 별자리들과 더불어 co-sidera), 밤에 불침번을 서는 인간들의 활동을 지켜주고 쳐다보면서 인간들에게 영향을 주는 별들이 펼치는 장관을, 존경심 re-spectio을 가지고 반복해서 바라보는 동시에 살펴보는 것이다. 보다 spectare와 존경하다 respectare는 프랑스어의 보살핌 gard과 시선 regard처럼 라틴어에서 조화를 이룬다. 우리는 왜 밤하늘을 주시하는 것 con-templer이 밤하늘을 성좌로 뒤덮고 있는 전조들 — 한 해를 절기상의 두 시기, 즉 긍정적인 시기와 부정적인 시기, 봄과 봄이 아닌 두 시기의 회귀를, 계절들의 회귀를 주재하는 — 을 살피는 것인지 이해할 수 있다.

considerare[5]가 불침번을 서고, 동정을 살피고, 감시한다면, desiderare[6]는 바라보기를 그친다.

갈망desiderium은 정확히 다음의 것과 관련이 있다: 부재하기 때문에 더욱 주목받는 별들.

별자리들sidera의 부재를 확인하기, 그리워하기, 보게 되리라는 기대 속에서 그 별자리들을 바라보기(환각을 일으키기), 욕망하기.

갈망(키케로는 desideratio[7]라 말하기를 선호했다)은 사람을 붙잡는 비시선non-regard 안에서 윤곽이 뚜렷해진다. 겨울 동안의 바라보지 않기. (겨울은 단지 가시적인 것을 바라봄에서 멀어지기 de-spectatio일 뿐 아니라 그 목격자들의 죽음이기도 하다.) 태생 포유 동물의 꿈으로부터 시작해서, 인간의 생각은 먹히거나 마셔지거나 데워지거나 욕망되어지는 것에 대한 환각이다. 시선이 관찰하는con-sidère 것은 시선이 주의를 집중한 가운데 간절히 소망하고, 별의 출현을 두드러지게 하고, 식물들과 짐승들의 삶에 봄을 개화시킨다. 한편 별이 결여된 것 le désidéré은 부재에 빠져 고통을 겪는다. 그것은 봄으로부터 멀어진 것 le déprintanisé이다. 즉 가을-겨울이다. 그런데 가을-겨울은 반드시 오게 될 것에 대한 그리움이고, 앞당겨지고 조급하고 의례화되고 환각에 사로잡힌 상징화된 봄이다.

왜 이런 원형 궤도인가? 계절을 따르기 때문이다. 곧 오게 될 것은 지난해에 왔던 것이다. 수만 년 동안 사회들의 미래는 규칙적인 과거였

---

5 주의 깊게 관찰하다라는 의미.
6 그리워하다, 갈망하다의 의미.
7 라틴어로 desiderium은 중성명사, desideratio은 여성명사로서 갈망의 의미이다.

고, 별자리들의 운행의 반구형 규칙성이었고, 순환적이면서 동시에 규칙성을 가지는 원이었다.

수천 년 동안 사회들의 과거는 1년을 주기로 반복한다. 수천 년 동안 연주기 사회들의 미래 l'à-venir는 한 해의 부활 같은 봄이었다.

욕망할 만한 것 le désirable과 주목할 만한 것 le considérable은 같은 것이다: 변함없는 절기인 봄 primus tempus을 주재하는 별들이 자기들끼리 미래에 놀라운 영향력을 행사하면서, 별자리를 구성한다.

*

욕망하다 désirer는 이해할 수 없는 동사다. 그것은 보지 않기다. 탐색하기다. 부재를 아쉬워하기, 희망하기, 꿈꾸기, 기다리기다.

아연실색케 하다 siderare와 갈망하다 desiderare: 압력 pression과 부압(負壓) dépression. 수액이 올라가고 빠진다(바닷물이 밀려왔다가 빠지듯이).

욕망 désir이라는 라틴어 단어와, 2천 년 후에 재앙 désastre이라는 프랑스어 단어가 정확히 같은 어원에서 비롯되었다는(또다시 알프스 산맥의 다른 쪽에서) 사실은 기이하다.

불운의 별자리를 타고난 사람을 le desastroso라고 한다.

*

욕망, 그것은 재앙이다.

*

벗어나다dériver는 강 연안으로부터 벗어나는 것이다. 욕망하다 désirer는 별에서 벗어나는 것이다.

비탄에 잠기게 하다désoler가 위로하다consoler에, 실망시키다 décevoir가 수태하다concevoir에, 파괴하다détruire가 건축하다 construire에 대립되는 것처럼, 갈망하다désidérer는 관찰하다con-sidérer에 대립된다.

영악한déluré은 욕망된 désiré, 즉 착각에서 벗어난 déleurré, 잘못을 깨달은 détrompé과 매우 가깝다. 욕망은 인간을 착각에서 벗어나게 한다.

별의 영향을 받는 자 le sidéré는 손상되지 않은 자다. (매혹이 우선이다.)

*

별이 진 자 le dé-sidéré와 꽃이 진 자 le dé-floré라는 라틴어의 매우 이상한 두 부정 단어들은 서로 마주하고 있는데, 매우 이미지가 풍부한 단어들로서 하나는 꽃 속에 편극되어 있고, 다른 하나는 그 별의 사라짐이 겨울을 사라지게 하는 바로 그 별 속에 편극되어 있다. 둘 다 같은 계절에 속한다. 봄의 특성은 수천 년을 넘어서 지속한다. 별들의 특별한 성좌와 꽃들의 색깔은 언제나 인간의 교합 뒤에서 속삭인다.

제16장 갈망   171

*

별이 지다désidérer, 꽃이 지다déflorer, 참수하다décapiter, 노출시키다découvrir, 이 부정형들은 인위적인 부정형이 아니다. 다른 극에 의해 다시 편극된 단어들이다. 이것은 또한 상징적인 단어들이다.

욕망하기는 찾아내기가 아니다. 탐색하기이다. 보여진 것 속에 있지 않은 것을 바라보기이다. 실재와 이화(異化)시키는 것이다. 자신으로부터, 사회로부터, 언어로부터, 옛날로부터, 어머니로부터, 자신의 근원으로부터, 합체하는 타인으로부터 분리되는 것이다.

별의 영향권을 찾아냈음이며, 못박혔음이며, 합체할 존재를 찾아냈음이다. 그것은 자신의 죽음을 찾아냈음이다.

*

인간의 잔인성. 내가 의미하는 욕망이란, 인간 특유의 잔인성의 원천을 규정한다.

정의(定義)를 내리는 잔인성.

논증은 다음과 같다: 매혹은 매혹된 자를 제지한다. 매혹에서 풀려나자 인간은 동족의 살인을 자유롭게 했으며, 전쟁을 허락했고, 비행(非行)을 갈망했다. 사후(事後)에 상상될 수 있는 모든 잔인한 행위들의 빗장을 풀었다.

*

나는 매혹을 시기상조의 종속 관계로 묘사했다. 작은 육체를 밖으로 그리고 언어로 밀어내는 것은 큰 육체다. 어머니의 언어 안에서 시작되는 것은 국가와 사회에의 예속 상태이다.

놀라움에서 깨어남 désidération은 죽음에 복종하는 매혹된 자에게 수동적인 죽음을 면제해준다.

왜냐하면 빛 속에서 욕망은 시선의 비융합에 관련되며, 그것은 어둡고, 미끈거리고 연속된 세계를 떠나면서 문자에(비연속적인 것에) 관련되기 때문이다. 문자 · 욕망 · 불복종은 동일한 것이다.

*

열정 pessah. 그것으로부터 사랑에 관한 하나의 정의가 유도된다. 그것은 성을 긴장시키는 극단성으로부터의 벗어남—결코 이루어진 적은 없지만—이 사랑이라는 정의다. 매혹-갈망이라는 한 쌍의 굴레로부터 불가능한 해방이라는 정의.

결코 정열을 식게 하는 게 아니라 수동성을 없애는 열정 passio, pessah.

우리는 노예였다.

우리는 매혹된 자였다.

그런 연후에 놀라움에서 깨어난 자들.

욕망하는 자들.

*

인간들의 삶이 복잡한 까닭은, 이중성 double이 그들의 원천이기 때문이다. 생물학적으로 그리고 문화적으로. 성적으로 그리고 언어학적으로. (어쨌든 두 개의 극에 의해 두 번, 즉 수컷-암컷, 기표-기의로 편극화된다.)

반만 매혹된, 반은 놀라움에서 깨어난 삶.

반만 동물적이고, 반은 언어적인 삶.

*

이것은 성냥개비놀이다. 어떻게 점들로 형상들을 구성하는가? 그들은 움직이는 하늘의 황금 못들을 눈으로 쫓으면서 어떤 것들을 다른 것들에 연결시키고, 거기서 사냥하는 사람들의 형태나 죽어가는 짐승들의 형태를 발견했다. 그것은 의도적인 이미지들이 아니다. 그렇다고 꿈의 이미지들도 아니다. 그것은 하늘의 어둠에서 나오는 환영이다. 마치 짐승들이 그런 캄캄한 밤이거나 더욱 칠흑 같은 밤중에 동굴의 갈라진 틈새에서 나오곤 하는 것과 마찬가지다.

그들은 땅거미가 지는 이른 겨울밤이면 동굴의 어둠에 비밀을 털어놓고, 이야기를 하고, 별자리 sidera의 이동을 말했다. 그들은 노래를 불렀고, 밤하늘에 그려진 자신들의 형태의 이름들을 소리쳐 불렀다.

항성들 stellae로 성좌들을 만들어가면서, 구석기 시대 사람들은 로마인들이 별자리라 부르게 될 바로 그것을 공들여 만들고 있었다.

항성들이 최초의 글자들 litterae이다. 따라서 놀라게 하는 별자리들은 최초의 단어들이다.

계절의 리듬에 맞춰 황도의 궤도를 따라, 하늘에서 끊임없이 움직이는 빛나는 동물들인 이 별자리들이 계절을 돌아오게 하고, 움직이지 않게 하고, 고정시키고, 아연실색케 만들었다. 이 별들은 계절의 수호자들이었다. 화가들은 별자리들의 수호자들의 수호자들이었다. 그들은 불침번들이었고, 별들 사이에서 태양의 연중 궤도를 예언하는 선지자들이었다. 이 여정, 이 서정 단시, 오드odos가 주술 여행의 근거를 마련한다.

소망하는 것들desiderata 의 내부에서 이루어지는 인간들의 여행.

*

이것은 별과 더불어con-sidérable하는 여행이다. 동방박사들이 하늘에서 별을 보고 그 별을 따라왔던 일이 있었다.

당시 유대 왕은 헤롯이었다. 헤롯은 수행원들에게, 왜 동방의 박사들이 무리를 지어서 이동하고 있는지, 그리고 왜 자신에게는 일언반구 없이 자신이 왕으로 있는 나라에 들어왔는지를 물어보게 하였다. 낙타 몰이꾼들이 답하기를 제 주인들이 이제 태어나려는 유대인들의 왕 앞에 엎드려 경배하러 왔노라고 하였다. 헤롯 왕은 불안해하면서 그들이 누구에 대해서 말하는지, 그리고 그들이 가려는 장소가 어디인지를 물었다. 동방박사들은 통역자들이 헤롯 왕에게 답하도록 하였다: Ibant Magi, quam viderant stellam sequentes praeviam(동방박사들은, 그들이 본 별을 쫓아서 걷고 있었으며, 그 별이 그들을 앞에서 인도했다). 그러자 헤롯은 이제 태어날 모든 어린애들은 이스라엘 땅에서 자신의 권위를 위협하므로 그들을 죽이라고 명했다.

그런 연후에 헤롯은 동방박사들이 예루살렘 도시를 떠나는 순간부터 개가 먹이를 쫓듯이 그들을 쫓아가도록 했는데, 그들을 통해 그 어린애가 감춰져 있을 곳을 알기 위해서였다.

동방박사들은 별을 따라갔고, 낙타들은 동방박사들을 따라갔고, 헤롯의 부하들은 낙타를 따라갔다.

별이 하늘에서 멈춰 섰을 때, 겨울이었는데, 그것도 한겨울이었다.

날씨가 몹시도 추웠다. 박사들은 무한한 기쁨으로(gaudio magno) 충만했으며 이 별을 향해(보라, 별이구나 ecce stella) 여행길을 재촉했다. 별은 언덕의 비탈에 있는 마구간 위에 머물러 있었다. 그들은 들어갔다. 그들은 짐승 두 마리, 한 여자, 한 남자, 구유 하나를 보았다. 구유 안에서 그들은 짚 위에 뉘인 벌거벗은 한 어린애를 보았다.

아기는 울고 있었다.

아기를 검은색 얼룩무늬의 커다란 암소가 입김으로 데워주고 있었다.

동방박사들은 무릎을 꿇고 엎드려 경배했다.

그들은 자신들의 보배함을 열었다. 그들은 아기에게 금, 유향, 몰약을 바쳤다.

그 일이 끝나자, 헤롯 왕의 도시를 다시 지나가지 말도록 꿈에(in somnis) 경고받은 그들은, 다른 길을 통해(par aliam viam) 동방으로 되돌아갔다.

*

나체와 노출. 인간의 노출 dé-nudation이 동물의 알몸 nudité에 대립하는 것처럼 놀라움에서 깨어남 dé-sidération은 매혹 fascination에 대립한다.

논증은 다음과 같은 방식으로 제시될 수 있다: 동물들은 알몸을 알고 있다. 모세의 오경(五經)은 나체를 기막히게 잘 묘사하고 있다: 나체란 나체가 없는 상태이다. 나체에 대한 질문이 제기되지 않는다면, 나체란 없다: 그것은 우리의 무릎 위로 뛰어오르는 고양이다. 그것은 대나무 밑동에 놀러오는 티티새다.

그렇다면 도대체 누가 나체에 대해 말하겠는가? 우리가 그러했다.

단지 잃어버린 나체만이 있다. 말하다는 잃어버렸다는 것을 의미한다. 말하기는 하나의 욕망이다.

결론. 매혹의 다른 극, 그것은 상실한 것, 즉 하늘에 부재하는 봄의 전조, 겨울 하늘에 부재하는 성좌, 가시 세계에서 확인된 부재하는 전조, 그것을 기다림, 그리워함, 망보기이다. 이 바라보기가 그들의 갈망de-siderium이다.

*

욕망이라는 단어는, 그 형태에 내가 아무리 관심을 기울인다 하더라도, 그 단어가 발굴하는 세계로 아무리 거침없이 들어간다 할지라도, 내게는 영원히 불가사의하게 남아 있다고 생각한다. 모든 인식은 이해하려고 애쓰는 망상이다. 욕망이란 단어는, 지상의 삶에 끼치는 영향으로서 별들의 관점을 택할 것인가, 혹은 그것을 주시하는 인간들의 관점을 택할 것인가, 어떤 관점에서 이해되는가에 따라 상반되는 두 가지 의미를 제시한다.

황도대의 형상을 갈망함désidération은 봄에 활기를 불어넣고, 즐겁게, 강박적으로, 관례적으로, 조급하게 겨울을 사라지게 하든가, 아니면 별의 부재가 사냥과 번식의 위대한 계절에 대한 인간의 그리움을 특징짓고, 그 계절의 회귀에 대한 초조감을 증명하고, 겨울(계절상의 부정)이 깊어감에 따라서 점점 더 결핍되는 것에 대한 욕망을 표현한다.

*

인간의 나체란 없다. 매혹의 다른 극은 상실된 것이다.

문화적이고 교육받고 사육되고 말을 하는 우리는 더 이상 나체가 아니다. 우리가 그러기를 원할지라도, 우리는 다시는 나체가 되지 못한다.

그렇지만 옷을 벗을 수는 있다.

귀결 I. 노출은, 그것이 갈망의 한 결과인 까닭에, 만일 갈망을 뜻한다면 가능하다. 노출과 갈망은 인간의 사랑의 특성들이다(짐승의 쾌락은 서로를 갈망하지 못하는 것과 마찬가지로 벌거벗지도 못한다). 이런 의미에서 짐승들은 욕망을 느끼지 않는다고 말해야 할 것이다.

*

귀결 II.

그것이 동물들의 시선을 설명한다.

진지한 것은 놀란 시선이다. 릴케적인 시선.

귀결 III.

진지한 시선은 모두가 하나의 놀란 시선이다.

*

귀결 IV.

진지하기만 한 모든 인간은 인간적이지 않다.

*

인간의 육체는 지고의 풍경이다. 최초의 풍경은 여성적이고 선혈이 낭자하며 심하게 냄새를 피우는 것으로, 다리 사이에 있으며, 거기서 우리가 떨어져나온다. 예수는 "눈이 세상의 등불이다"라고 말한 적이 없다. 예수는 자연의 풍경에 대해서, 산에 대해서, 태양에 대해서, 도시의 요새에 대해서, 밤하늘에 대해서도 말하지 않았다. 예수는 이렇게 말했다: "눈은 몸의 등불이니"(「마태복음」, VI, 22).

Lucerna corporis est oculus.

그가 부연하기를: 그러므로 네 눈이 성하면(simplex) 온몸이 밝을 것이요(lucidum).

예수가 말하기를, 인간의 육체를 벌거벗길 수 있는 등불, 바로 그것에 해당하는 것이 인간의 눈이다.

그는 벌거벗긴 채 죽는다.

그것이 예수의 수난이다.

*

예수의 벗음은 수난 이상이다, 라고 11세기가 지난 후에, 자크 드 바라츠[8]가 기록했다. "왜 예수는 수난의 순간에 벌거벗고 있었는가?"라는 질문에, 성 티뷔르스[9]가 아말키우스 총독에게 다음과 같이 응답하

---

[8] 자크 드 바라츠Jacques de Varazze(Jacques de Voragine): 13세기 중반 제노바의 주교. 모든 가톨릭 성자들의 생애를 기록한 『성인 전기집』을 저술하였다.
[9] 생 티뷔르스Saint Tiburce: 마르쿠스 아우렐리우스 안토니우스 황제 통치시 아말키우스 총독의 명령으로 순교한 로마의 성인.

자, 총독이 그를 처형한다: "그는 우리들 최초의 선조들의 나체를 가리기 위해(Ut parentum nostrorum nuditatem operiat) 벌거벗었다."

*

나체란 어디 있는가? 사람들의 피부 위에서 자취를 감춘 탓에, 나체는 알몸 위에 있지 않다. 나체는 가장 개인적인 제스처들이거나 가장 개인적인 특수성들의 비밀 속에, 그것들의 방출에, 사람들이 알지 못하는 것 속에 있다.

나체는 아주 드물다.

그것은 숨겨진 진리도, 추구되는 정체성도 아니다. 오히려 맨얼굴을 수치스러워한다.

열정적인 합의, 그리고 근거 없는 확실한 필요성.

미지의 것 inconnu 안에 알몸 nu이 있다.

냄새가 인간의 노출이 의미하는 바와 가장 유사하다. 나체는 어떤 호소다.

*

정의. 인류는 나체가 노출denudatio인 유일한 동물이다.

*

인간의 육체의 노출은 욕망의 강렬한 욕구désidération에 부합한다. 엄밀히 인간의 욕망은 성불능의 환상에서 깨어나게 하는 것이며,

폭력의 매혹에서 깨어나게 하는 것이며, 놀라움을 갈망하는 것이다.
　노출은 인간의 얼굴을 사라지게 하며, 눈길을 인간의 시선으로부터 시선이 아닌 다른 곳으로 유도한다. 매혹과 상상적인 것과는 다른 곳으로 눈길을 이끌어간다. 노출은 갈망한다.

*

　—너는 털가죽을 홀딱 벗긴 토끼처럼 알몸이로구나.
　이것이 나체에 대한 인간의 믿을 수 없는 생각이다. (어머니에게서 알몸으로 나오는 어린애.) 그것은 무엇보다도 부당한 죄악에서 비롯된 사냥감이다. 나체에 대한 인간의 생각은 죽어서 알몸이 된 동물에 근원을 두고 있다. 완전히 죽은 그 희생물은 잘게 찢겨져 가족과 집단의 먹이로 분배되기도 전에 인간에게 최초의 의복(모피)이었다.

*

　놀라움은 의미 저 너머를 향해 열린다.
　놀라게 하는 기표가 안내자(열정을 접근할 수 없는 실재계로, 세계의 다른 쪽으로 넘어가게 하는)이다.
　그것은 밤하늘에 씌어진 그해의 글자를 해독할 수 있는 유일한 자인 동방박사, 주술자, 율법학자, 바빌론의 사제이다.
　놀라게 하는 것: 시야에서 잃어버려 보이지 않는 것.
　존재 Da에서 부재 Fort로 넘어가서 현존재 Dasein 속에서 보이지 않게 회귀하는 것(왜냐하면 그것이 전(前) 존재 Fortsein를 통과하였기 때문에: 다른 것이 그것을 앞질렀기 때문에; 매혹이 그것을 앞질렀기 때문에)이다. 이 전 존재는 내가 다른 세계라 부르는 것이다.

*

동물들은, 뛰어가면서 꿈을 꾸고 자면서 꿈을 꾸는 것과 마찬가지로 선 채로 꿈을 꾼다. 동물들은 우리가 접근할 수 없는 어떤 실재계 안에 계속해서 존재하는 게 아니라, 줄곧 다른 세계 안에 존재한다. (그들은 끊임없이 그들의 굶주림 안에 존재한다.)

*

그들은 하늘에 있다: 그들은 연례적으로 최전선, 즉 황도선에서 전진한다. (연주기 시간의 행로는 매년 별들 사이에서 태양이 따라가는 궤도이다.)

그것이 최초의 궤도이다. 그것이 최전선이다.

제17장 허난[1] 숲속의 여행

M은 1995년 겨울 초엽에 내가 생각해낸 성지 순례의 길에 오르기를 수락했다. 중국에 도착한 우리의 방황과 그로 인해 우리 마음 속에서 커져가던 불안은 비길 데 없는 것이었다. 나는 한순간도 쉬지 않고 기침을 했다. 그 당시 피를 토하지는 않았다. 항생제를 잔뜩 집어먹었기 때문에 약 기운에 취해 있었다. 이 세계를 붕 떠다니는 듯싶었다. 유령, 즉 불멸의 존재가 된 나는 북경의 서부를, 차오쉐친[2]의 냉기가 도는 더럽고 황폐한 집 위를, 깨진 묘석 위를, 살아 있는 소와 당나귀, 먼지투성이의 벽돌 더미 위를 지난다. 나는 이 모든 것들 위를 지나고, 그것들은 나를 혼란에 빠뜨렸다. 허난 숲이 나타났다. 침략 당시의 한 일본인 교수를 제외하면 아직까지 어떤 외국인도 그곳에 발을 들여놓은 적이 없다고 한다. 일본인 교수도 그래서 죽었다.

우리는 허난 숲속에서 길을 잃었다.

우리는 검은색 리무진을 타고 있었는데, 그 차가 진창길에는 적합하지 않았으므로 우리는 곤경에 빠졌다. 웃통을 벗은 농부들이 우리를 구원하러 덤불숲에서 불쑥 나타났다. 우리들은 몇 시간 동안 같은 장소

---

1 중국의 하남(河南) 지방.
2 차오쉐친(曹雪芹). 중국 청나라 건륭(乾隆) 때 사람으로 『홍루몽』의 저자로 유명하다.

를 빙빙 돌았다. 운전사와 통역자, 그리고 M은 하얗게 질린 채 낙담했
다. 운전사는 정저우³ 쪽으로 돌아가야 한다고 주장했다. 나는 기침을
하면서 그러기를 거부했다. 내 증조부께서 한 세기 전에 제본한 무시무
시한 커다란 회색 식물들이 그려져 있던 책 속에서 아트라스 선장⁴이
그랬던 것처럼, 나는 변함없이 북쪽으로 걸어가기를 고집했다.

*

나는 여기서 갈망désidération의 경험을 설명하고 싶다. 우리가 그
날 밤 숲속에서 찾아 헤매던 주앙즈⁵의 무덤 앞에서처럼 그렇게 어리둥
절하게 갈망을 느꼈던 적은 결코 없었다. 내가 로마의 신비가 무엇인지
를 이해한 것은 주앙즈 마을에서였다. 자주 극동, 중국인들의 농업 대국
의 확고한 내재성, 시베리아인들과 신도(神道)교도들의 의식들이 나로
하여금 에트루리아 제국과 카르타고 제국 사이에 끼여서 수렵국이었다
가 농업국이 되었던 로마 제국을 깊이 통찰할 수 있도록 해주었다. 내가
갈망desiderium이란 단어의 비밀에 싸인 의미를 꿰뚫어볼 수 있었던 것
은 신석기 시대의 작은 중국 촌락에서였다.
    매혹에 고하는 결별. 거기서 나는 가능한 모든 욕망 속에 있는 우수
어린 결핍을 감내했다. 이 상징적 결핍에서 느껴지는 극도의 기쁨. 모든
게 짝을 맞출 수 없게 되어버린다.
    욕망의 단절의 근본.
    불교는 우리 사회가 의기소침이란 이름하에 모든 고통들의 한 전형

---

3 중국 하남 지방 북부에 있는 도시인 정저우(鄭州).
4 쥘 베른Jules Verne(1828~1905, 프랑스의 미래 과학 소설가)의 소설 『아트라스 선
   장의 모험 Les Aventures du capitaine Hatteras』의 주인공.
5 중국 전국 시대의 사상가인 장자(壯子). 제자백가 가운데 도가(道家)의 대표자이다.

으로 삼은 것을 기쁨으로 바꾸었다. 게다가 심지어 개인의 대홍수를, 황폐한 대지 la terre gaste [6]를 — 거의 자기 말살을 전형으로 삼았다. 어쨌든 상징적인 자살 sui-cide(극동에서는 깨달음과 삶의 경계에서 벗어나는 법열로서 숭배되는)을 전형으로 삼았다.

극을 보는 자의 극에서 벗어나기.

*

길을 잃어버린 덕분에 자동차가 진짜 마을로 들어섰다. 우리는 야먼[7]에 이른다. 그 지역의 한 남자가 자지러지게 웃는다. 우리가 필시 주앙즈 마을을 거쳐서 숲으로 들어갔던 거라고 그 남자가 말한다. 그 남자가 갈색 지프 차에 올라탄다. 우리는 다시 숲속으로 떠난다.

날이 저물고 있다.

또다시 방목하거나 나무에 매어놓은 멧돼지나 검정 돼지들이 보인다.

또다시 점토로 지은 초가집들, 길고도 깊은 도랑들, 그것들을 경계 짓는 늪들을 건너기 위한 작은 나무 다리들이 나타난다.

온통 어둡다. 나무 꼭대기들 사이로 보이는 하늘의 황금빛이 진해지고 있다. 드문드문 있는 숲속의 빈터에서는 거의 알몸인 남자들이 셋 혹은 넷씩 짝을 지어 쟁기질을 하고 있다.

어슴푸레한 석양빛 속에서 지프 차가 멈춰 선다.

마른풀로 덮인 묘지: 그것이 내 스승의 무덤이다. 비가 내린다. 벌

---

6 중세 이야기에 나오는 나라. 왕이 생식력을 잃자 그 나라는 불모지로 변해 굶주림과 불행이 가득했다.
7 옛날 중국의 관공서.

거벗은 아이들이 달려오고, 비에 젖은 우리의 옷깃을 잡아당긴다. 촌락의 한 연로한 주민이 붓과 먹이 든 종지를 가지고 돌아와 내게 내민다.

나는 그가 위에서 아래로 펼치는 긴 종이에 그의 요구대로 서명을 해야 된다는 사실을 이해한다. 농부들이 긴 종이를 북에서 남쪽 방향으로 세로로 잡아당긴다. 나는 서에서 동으로 펼쳐진 종이 앞에 자리를 잡는데, 그들은 내가 왜 그렇게 자리를 잡는지 알지 못하기 때문에, 우리는 건초로 덮인 묘지 위에서 우스꽝스러운 별들처럼 원을 그리며 돈다.

나이 든 남자도 빗속에서 먹종지를 들고 우리와 함께 돈다.

연속해서 다섯 번씩 두 차례 기침을 하는 사이에, 비를 맞으며 나는 붓으로 글씨를 가로로 쓴다.

촌장이 매우 근엄한 어조로 내가 뭐라고 썼는지를 묻는다. 나는 내가 작고하신 스승께 바치는 찬사의 말씀을 올렸다고 말한다. 사실을 말하자면 나는 허난의 찰리 채플린이다.

*

완전히 밤이 저물었다.

우리는 숲 한가운데 있는 또 하나의 외딴 작은 마을에 다다른다. 장대비가 퍼붓는다.

억수같이 내리는 비에도 불구하고 수없이 많은 아이들이 몰려와 사방에서 M과 나를 둘러싼다.

마을-의-아이, 한자 한자 읽으면 주앙즈의 의미가 그러하다(여전히 주앙즈Tchouang-tseu라고 발음하면서, 이제는 Zhuangzi라고 쓴다).[8]

---

[8] 대만 초기에는 WADE식 표기법에 의해 Tchang-tseu로 표기했으나 이제는 한어병음(漢語拉音)을 따라 Zhuangzi로 표기한다.

주앙 Tchouang, Zhuang(莊): 촌락

즈 Tseu, Zi(子): 아이

이 성지 순례는 주앙즈에서 끌어낸 실화다.

나는 매우 야릇한 느낌에 사로잡히기 시작한다.

캄캄하다.

아무것도 보이지 않는다.

사기라는 느낌, 밤이라는 느낌이 완전히 나를 사로잡았다. 밤에 대하여 — 그것이 밤 안에 있는 무언가를 의미한다면. 심지어 비현실성 이상의 어떤 것.

이것은 주앙즈가 태어난 마을이다. 어떤 촌락이라도 그것은 촌락이다. 그게 주앙이다. 숲속에 그리고 한밤중에 그리고 점점 더 거세지는 빗줄기 속에 있는 신석기 시대의 매우 작은 촌락.

주앙즈의 골목길에 이르렀다고 누군가가 내게 말해주는 순간에 쏟아지는 굵은 빗방울. 동방의 박사들인 멜키오르와 발타자르가 멈춰 선다. 그들이 팔을 뻗는다. 그들은 내게 숲속의 한 골짜기를 가리킨다.

그가 초라하게 살았던 골목이오, 라고 그들이 말한다.

포플러나무들. 밤나무들. 물론 그것은 골목이다.

"그것이 그의 골목이었다오." 그들이 반복한다.

여전히 비가 내린다.

2300년 전이다.

비가 계속 골짜기를 파이게 한다.

나는 정중하게 예를 갖추면서 미소짓는다. 나는 필요한 만큼 그러나 건성으로 여러 번 절을 한다. 말하자면 도교적인 — 요컨대 극단적인 경우, 불교적인 — 우화의 연출일 것이라고 나는 믿는다.

하여튼 내가 맹목적으로 숲속을 걸은 지가 오래되었다. 나는 흠뻑 젖었다. 마을 사람들이 돌아서면서 내 팔을 잡아끈다.

　허난의 숲 한복판에 있는 두번째 마을에서 한밤중에 빗물에 젖어 번질거리며, 사람들이 내 등을 떠다밀더니 날카로운 비명을 지르면서 갑자기 다시 내 팔을 잡아당긴다. 사람들이 내 발 밑으로 땅 표면 높이에서, 직경이 30~40센티미터 가량의 낡은 벽돌이 박힌, 밤의 어둠 속에서 희끄무레하게 입을 벌리고 있는 주앙즈의 우물을 가리킨다. 우리 모두가 평판이 나쁘고, 이기주의자며 상대주의자, 반사회주의적이며 역설적인 주앙즈라 불리는 철학자를 신봉하는 서양의 학자를 촬영하러 온 이 지역 사진사의 조수가 들고 있는 전등에 비치어 거의 눈을 뜰 수 없을 정도로 눈이 부시다. 내가 몸을 굽혀보지만 소용이 없다. 밤인 데다가, 빗줄기가 시야를 흐려서 바닥은 보이지 않는다. 나는 내 담뱃불이라도 던져서 우물 밑바닥의 칙칙한 물빛을 들여다보고 싶었다. 나는 몹시 그러고 싶다. 숲속의 우물 앞에서 눈물도 흘리지 않는 일본인이 아닌 사람을 찬찬히 뜯어보는 이 선량한 미소짓는 얼굴들 앞에서 혹시 불경스런 행위가 아닐까 하는 엄청난 두려움으로 인하여 나는 감히 그러지 못한다.

*

　욕망désir은 놀라움에서 깨어남désidération이다. 관계가 갑자기 한쪽 극으로의 집중에서 벗어난다. 황량한 오솔길은 골목길이 아니다. 구덩이는 우물이 아니다. 세상의 모든 중심이 원시림 속으로 사라진다. 모든 것이 밤의 한복판에 있다. 매우 늦은 시간이다. 비가 억수같이 쏟아진다. 우리는 다시 차에 오른다. 칭리엔즈 구역의 인민 공사 방향으로 숲 전체를 다시 가로질러가야만 한다. 우리는 다시 출발한다. 그런데 진창 속에 빠졌기 때문에 촌락의 아들이 태어난 촌락을 즉시 떠나지 못한다. 빗물이 증가하여 삽시간에 도랑이 넘친다. 운전기사가 우리에게 차에서 내려 차 지붕으로 올라가라고 요청한다. M과 나는 미끄러지고, 넘어지고, 서로 부축한다. 우리를 에워싸고, 고함 소리와 작은 손으로 우리를 도우면서, 불행 너머로 웃어대는 빗물로 번들거리는 알몸의 아이들처럼, 우리는 온통 진흙투성이가 되어 다시 일어선다. 비, 밤이 우리를 씻어준다. 황홀한 나들이는 내면 여행이다. 샤먼적인 냄새 odos다. 우리를 멸시하는 태도로 물끄러미 바라보는 진흙투성이의 수탉 한 마리와 암탉들이 있고, 그것들은 폭우 속에서 우리 손을 움켜잡고 끌어당기는 아이들보다 더 오래된 놈들이다.

내가 느낀 한밤중의 계시는 불에 덴 듯 강렬한 초연함이다.

열반 nirvâna이란 산스크리트어 단어를 번역하려면, 뜨거운 물에 데치다 échauder라는, 아주 낯선(비가 올 때는 덜 낯선) 동사를 사용해야 한다.

밤의 어둠 속에서 촛불이나 석유 램프의 짧은 심지가 점토 초가집 내부에서 빛을 발한다.

전기도, 라디오도, 텔레비전도, 전화도, 냉장고도, 전축도 없다. 흙집 내부에는 아무도 없다. 모두가 밖에서 세차게 내리는 비를 맞으며, 검정 돼지들, 회색 염소 새끼들, 젖은 암탉들, 벌거숭이 아이들, 처마 밑 어디에나 걸려 있는 노란 옥수수들과 함께 밤의 어둠에 감싸여 있다.

*

갈망, 노출, 비편극화 작용은 연관된다. 이것들이 권리 포기자의 고립화를 초래한다. 이것들이 기권자가 기대하는 해방을 소리쳐 부른다.

*

비를 맞으며, 숲속에서 나는 고대 이집트인들이 아비도스Abydos[9]에 갔던 것처럼 이 무덤으로 가고 싶었다.

분묘와 묘석이 이제는 존재하지 않는다는 것은 사실인 듯하다.

그런 것들이 전혀 존재한 적이 없었을 가능성도 충분하다(3세기의 늙은 은자는, 자신의 몸을 나뭇가지 위에 얹어서, 자신의 살을 새들의 부리에 맡기도록 명했었다).

그런 사실이 아무것도 갑자기 더 이상 중요하게 여겨지지 않았다.

나의 경애심에는 그가 호흡하던 공기를 호흡하고 그리고 그가 달아나버린 먼지 구덩이 속을 좀 걷는 것이면 충분하다.

그가 미끄러지곤 하던 진창 속에서 미끄러지는 것이면 충분하다.

나는 내 두 손으로 불확실함을 잡았었다. 나는 급류를 뚫었었다. 나는 그의 죽음과 접촉했었다.

그네들이 손님과 그의 고집에 비위를 맞추기 위해 유적이라 불렀던 장소에서 나는 극의 부재를 발견했다.

---

[9] 그리스어로 이집트를 말한다.

제18장

연극의 세 천재는 아테네의 아이스킬로스,[1] 런던의 셰익스피어, 교토의 제아미다.

제아미 모토키요[2]는, 15세기 초엽 사랑에 적합한 악기를 고안해냈다. 가죽이 아니라 비단으로 씌운 북이다.

그것은 침묵의 악기다.

그 북은 교토 황궁의 뜰에 있는 월계수 고목의 가지에 매달려 있다. 세월이 흘러 나무는 거대해졌다. 월계수는 호숫가에 심어져 있었다.

공주가 단언하기를, 만일 누군가 자신을 진정으로 사랑한다면, 북을 살짝만 두드려도 천으로부터 소리가 생겨나, 퍼져서 규방에까지 크게 울릴 것이라고 단언했다. 그러면 공주는 침상을 떠날 것이다. 공주는 궁 밖으로 나갈 것이다. 공주는 사랑하는 님에게 몸을 맡기러 호숫가로 달려갈 것이다.

정원사가 손으로 천을 두드려보나 허사여서, 가장 깊은 침묵만을

---

[1] 아이스킬로스Aeschylos(B.C. 525~456): 고대 그리스, 아티카의 대비극시인. 아테네 융성기에 활약했으며, 장대한 종교적 작품을 썼다.
[2] 제아미 모토키요(世阿彌元淸, 363?~1443): 일본 무로마치(室町) 시대의 일본 연극 노[能]의 배우 겸 작가. 노의 상연 때 불리는 음악인 요쿄쿠 100여 편과 10여 편의 예술론을 남겼다.

끌어냈을 뿐이다.

그는 호수 표면에 비치는 북 그림자 속으로 서슴없이 몸을 던진다.

호수가 그를 집어삼킨다.

그 위로 침묵이 감돈다.

호수 표면이 마지막 잔물결까지도 지워버린다. 그러자 차츰차츰 북소리가 공간을 채운다. 북소리가 공주의 귀에 닿자 그녀는 달려나가 자신의 옷을 찢고, 미친 듯이 익사자를 욕망하며, 이번에는 자신이 북을 울려 죽은 자를 불러내려 한다.

제19장 사랑의 금기들

나는 침묵했다. 나는 내 앞에 선 채로 한 마디 말도 없이 나를 바라보고 있는 남자를 힐끗 쳐다보았다. 그는 눈도 깜박이지 않았다. 나는 아무 말도 덧붙이지 않았다. 나는 진기한 것들과 냄새ors로 가득 찬 살롱을 떠났다. 나는 M이 그늘에서 나를 기다리고 있는 궁전 공원으로 돌아왔다. 그녀가 공원의 흰색 철제 의자에 앉아 있었다. 그녀는 월계수의 두터운 그늘 안으로 의자를 옮겨놓았다. 나는 M에게 만일 그녀가 원한다면, 이곳에 머무르지 않을 것이라고 말했다. 그녀가 환호했다. 기뻐서 그 자리에서 펄쩍 뛰었다. 나는 아름다우면서도 비사교적이고, 격정적이면서도 속 깊은 여인, 검고 긴 머리칼을 손가락으로 흐트러뜨리고 있는 이 젊은 여인을 사랑했다. 우리는 저녁마다 서로 말을 나누었다. 우리는 몇 시간씩 호텔 바의 긴 의자에 앉아 있었다. 그녀의 감수성은 극단적이었다. 죽음은 그녀를 사로잡고 있는 강박관념이었다. 그녀는 침묵을 지켰다. 갑자기 까닭 없이 그녀의 눈시울이 젖어들었다. 그녀는 힘껏 작은 목젖으로 눈물을 삼켰다. 남들 눈에 띄지 않도록 애를 쓰면서 흐느낌을 삼켰다. 마치 배에서 꾸르륵거리는 소리가 나는 게 창피해서 자를 가지고 장난질을 치거나 치마를 잡아당기고, 제 의자를 삐걱거리게 하고, 잉크병을 옮기고, 헛기침을 하면서 가방을 정돈하는 어린애 같왔다.

　나는 그녀에 대해 결코 전부를 알지는 못할 것이다. 그녀는 내게 불면의 밤을 알게 했다. 세월이 흐름에 따라서 그리고 역사가 지나치게 윤색됨에 따라서, 점점 더 잊혀져가는 세계 안에는 언어로 표현되지 않는 길목이 있다. 그렇지만 이 길목, 균열, 협로, 열정pessah, 골목길, 도랑이 세상의 중심부로 인도한다. 이 통로는 언어 표현의 파괴를 요구하고, 눈을 감기를 강요하며, 경쟁자도, 꿈도, 수면도 없는 포옹을 요청한다. 꼭 다문 입, 감은 눈, 불면의 밤이 이곳을 통과하는 세 가지 방식이다. 그렇기 때문에 옛날 사람들이 들려주었던 가장 오래된 이야기들 안에서는 이 세 가지가 사랑의 금기를 이루고 있었다.

제20장 베르지 부인

베르지 성주 부인은 말의 금기를 요구하는 반면, 『파름의 수도원 *La Chartreuse de Parme*』[1]에 나오는 클레리아 콘티는 가시적인 것의 금기를 강요하는데, 그 동안에 『천일야화』에서의 아지자는 수면의 금기를 단호하게 표현한다. 나는 세번째 금기부터 시작한다. 내가 비밀로부터 시작하려는 까닭은, 언어의 희생이 인간의 사랑의 의례를 관장하는 가장 심오한 명령인 때문이며, 그 희생이 네미가 내게 가르쳤던 것과 가장 광범위하게 일치하기 때문이다. 나는 인간의 사랑이 희생들에 의해 자연적인 욕망과 차별화되기 때문에 한 의례가 된다고 말한다. 이런 희생들은 열정에 사로잡힌 사람들 간의 성적 결합의 우여곡절을 복잡하게 만드는 직접적인 의무들에 의해서 표출된다. 예를 들어 베르지 성주 부인은 나체의 비밀에 무엇인가를, 그리고 모두에게서 멀리 떨어져서 하는 포옹에 무엇인가를 덧붙인다.

무엇을 덧붙이는 것일까?

베르지 성주 부인은 자신의 내면에서 사회적 목소리, 즉 의식을 배제한다. 그녀는 모든 타협, 모든 상거래, 모든 흥정을 배제한다. 결국

---

[1] 스탕달의 장편소설(1839).

그녀는 연인들 사이에서 개 한 마리를 제외한 제3자의 개입을 일체 배제한다. 심지어 매개자가 될 수 있는 언어도, 심마저도 배제된다.

*

감각과 마음의 움직임에만 몸을 맡기는 것은, 언어를 무화시키고, 침묵 속에서 대화 자체의 해체를 요구한다. 고백의 부재("절대로 고백하지 마시오!") 뒤편에는 무시무시한 침묵이, 마치 한 마리 짐승처럼, 마치 성지와 교회의 하느님(말씀 Verbum)에 대립되는 포식(捕食)의 신처럼 제 주둥이를 드러낸다. 침묵은, 한 마리 개처럼, 연인에게서 연인에게로 달려간다.

그리고 그들은 죽는다.

남자, 여자 그리고 개가 죽는다.

*

배제된 제3자, 제3자의 거부로서의 사랑("우리 둘이서만!")은 언어를 배제하고 연인들을 죽음을 무릅쓴 완전하고 절대적인 침묵에 바친다.

*

『나무 그늘 아래서 들은 기록들』은 야마모토 쓰네토모[2]가 다시로

---

[2] 야마모토 쓰네토모(山本常朝, 1659~1719): 에도 시대의 무사. 하가쿠레의 구술자. 9세 때 영주인 나베시마 미쓰시게의 소승(小僧)으로 봉사하다 영주 미쓰시게가 죽

쓰라모토에게, 1716년 자신의 독방에서 나베시마 미쓰시게 영주의 죽음에 즈음하여 구술시킨 것이다. **구술로 기록된 하가쿠레가 처음으로 기록에 의해 무사도, 즉 사무라이의 윤리학(전사의 길)을 정의한다.** 하가쿠레[3]는 이렇게 규정하고 있다: "사랑의 궁극적인 형태는 비밀의 사랑이다. 살아가는 동안 줄곧 사랑으로 자신을 태우고, 사랑하는 자의 이름을 입 밖에 내지 않은 채 사랑으로 인해 죽는 것, 그러한 것이 진정한 사랑이다."

사무라이는 그 말할 수 없는 이름(진짜 고유명사, 즉 발설되지 못한, 결코 사회화되지 못한 이름)을 무덤까지 가져가야만 한다.

가장 강한 사랑은 간통의 환영fantasme이거나, 함께 그 일을 저질렀을 사람에게조차도 고백하지 못할 침묵에 싸인 근친상간의 환영이다.

한 연인이 꿀 수 있는 꿈은 상대방의 경우에 있어서도 마찬가지다. 라 로슈푸코 공작[4]과 라 파예트 백작 부인[5]에게 있어서도 매우 호전적이었고 정치적이었던 생이 끝날 때 사정은 거의 마찬가지였다. 그것은 두 배로 초연한 이중의 집착이다.

자 은퇴하여 출가했다. 은퇴 후 그의 구술을 다시로 쓰라모토가 기록했다(1710~1716). 하가쿠레는 무사의 사상을 대표하는 것으로 알려져 있다.

3 에도 시대 중기의 무사도에 관한 책. 11권으로 되어 있고, 1~2권은 교훈, 3~5권은 나베시마 가문의 3대까지 언행, 6~9권은 사가(佐賀)의 무사들의 언행이나 사적 전설, 10권은 사가 이외의 무사들의 언행이나 기타, 11권은 교훈 언행의 보충으로 되어 있다. "무사도라는 것은 죽는 것에서 찾는다"라는 하가쿠레 사상에서는 죽음이 일상의 내면의 모습으로 취급되어 있고, 날마다 죽음과 일체가 될 것을 권하는 내용에는 생명의 집착을 핵으로 하는 자기애가 완전히 버려지는 것에 의해 주군에 대한 심정의 순화가 완성된다고 믿는다.

4 프랑수아 라 로슈푸코Duc de François La Rochefoucaud-Liancourt(1747~1827): 프랑스 고전주의를 대표하는 모랄리스트 작가이며 정치가. 『잠언집』의 저자. 자기애를 인간성의 본질로 보았다.

5 마리-마들렌 피오슈 드 라 파예트Marie-Madelaine Pioche de la Fayette(1634~1693): 프랑스 작가. 라 로슈푸코와의 우정이 두터웠다. 근대 연애심리소설의 길을 개척하였다. 대표작으로 『클레브 공작 부인』(1678)이 있다.

요컨대 환영에 대한 환영: 고대 일본에서 침묵하는 두 연인의 말로 표현될 수 없는 꿈들이 사랑의 극한에서 이루어내는 비밀의 꿈은 이중의 희생에 있다. 그것은 전혀 벌거벗은 적도 없었으며 서로 말을 나눈 적도 없었던 두 연인들이 한 마디 말도 없이, 포옹도 없이, 입맞춤도 없이, 손도 잡지 않고, 한번 쳐다보지도 않은 채로 갑자기 동반 자살로 귀착하는 것이다.

*

베르지 성주 부인은 연인들만의 독점적인 공동체를 원한다. 그들의 집회는 궁정에서 멀리 떨어진 곳에서 열려야 한다. 그녀는 공작 앞에서조차도 그들의 사랑에 관하여 침묵을 요구한다. 그것은 그들에게만 관련된 일이므로. 그들은 에로틱한 결합의 비밀을 공유하는 유일한 사람들이어야 한다. 그로부터 여하한 사회적 허영심도 끌어내서는 안 된다. 가장 사소한 경솔함도 용인되지 않는다. 극히 하찮은 공모자도 안 된다. 속내 이야기를 할 수 있는 가장 절친한 사람도 안 된다.

개 한 마리만 제외다.

중국 동화에 나오는 그 개의 이름은 판허우다: 그 개가 갇혀 있는 공주의 연인이다. 그건 오럴 섹스용 개다.

네 명의 등장 인물에서 세 명이 죽는데 그 까닭은 단순히 그들 중의 한 명이 말을 하기 때문이다. 옛날 프랑스의 소설은 모두 이렇게 말하고 있다: 한 여자와 한 남자가 서로에게 접근하기 위해 언어를 희생시키면 시킬수록 비밀은 더욱 신뢰를 배가시키고, 그들 나체의 봉헌은 더욱 충격적이 되며, 포기는 사회를 더욱 단념하게 되며, 내밀한 의사 소통은 더욱 모든 한계들을 넘게 된다.

베르지 성주 부인은 이렇게 강조한다: 사랑이 단지 결혼일 수만은 없다. 결혼은 상호간의 동의를 사회적 광고로 만든다. 그것은 또다시 측근들이다.

사랑은 결혼보다 더 중대한 계약이다. 사랑이 만들어내는 관계는 측근들이 만들어내는 관계와 모든 여타의 사회적 관계들에 대립된다. 상호간의 동의는 사랑에 충분치 못하다. 상호간의 동의로 비밀의 공동체를 이루려면 비밀이 필요하기 때문이다.

열정은 공개될 수 없다.

그것은 공개될 수 없는 것이다.

*

사드알딘 바라비니[6]가 1225년 타브리즈 Tabriz [7]에서 이렇게 기록했다: "말은 젖짜기에서 나온 젖과도 같다. 그 누구도 젖을 소의 젖통 속으로 다시 넣을 수는 없다.

입에서 나온 말도 되돌릴 수 없다. 화살도 활시위로 돌아가지 못한다. 어린애도 제 아비의 털이 난 불알로 돌아가지 못한다.

비밀과 정액은 동일한 것들이다. 그것들을 간직하면 고통을 받는다. 배출하면 그것들을 잃는다."

*

왜 사랑은 비밀스러운 것이지만(비밀스럽다 함은 신비주의라는 의

---

6 사드알딘 바라비니 Sa'd al-Din Varâvini: 13세기 페르시아의 작가.
7 이란 북서부 동아르제르바이잔 주의 주요 도시.

미이며 신비주의란 침묵한다는 뜻이다), 이루 말할 수 없으며, 말로 표현할 수 없으며, 죽음의 위협을 받아도 표현되어질 수 없는 것일까?

왜 불면의 밤이 이 침묵의 비밀스러운 은신처를 형성하는 것일까?

*

논증 I. 사회는 언어와 동일시될 정도로 언어를 통해서 존재한다. 그런데 사회도 언어도 인간의 고안물이 아니다. 둘 다 과거에서 비롯된 prétéritées 것들이다. 사회와 언어는 둘 다 맹목적이며, 그것들이 강요하는 게임의 참가자들의 말에 귀를 막고 있다.

귀결. 모든 사회는 다음과 같은 뺄셈을 되풀이한다: 인간 Homo — 이성 Logos = 짐승.

사회는 사랑을 거부한다.

*

언어, 질서, 역할들, 형식들을 희생하지 않고 사랑에 접근할 수 있다고 어떻게 믿을 수 있을까? 나체의 중대한 비밀을 공유함은 그 비밀을 지키는 일이다. 사랑하는 여자나 남자는 사랑하는 남자나 여자의 나체를 위탁받는다. 그래서 우리를 사랑하는 여자는 우리의 진정한 한계의, 결함들의, 괴벽들의, 참담함의, 불완전함의 비밀을 간직하며, 우리는 그 대신 그녀 역시 우리에게 자신의 나체를 위탁하였으므로, 그녀의 같은 비밀을 지켜준다.

언어가 나타나면, 결합은 사라진다. 언어가 나타나면, 엿보는 자가 나타나고, 사회가 나타나고, 가족이 재등장하고, 갈라놓는, 후(後)-성적(性的)인 분리가 재등장하고, 질서·도덕·권력·위계, 내면화된 법이 몰려든다. 베르지 성주 부인은 나체가 위탁물인 것과 마찬가지로 비밀은 명령이라고 말한다. 그것은 사랑의 대비책이나 담보물이 전혀 아니다. 그것은 사랑의 삶의 조건들 혹은 사랑의 죽음의 조건들이다.

*

다음 여덟 가지가 사랑의 증거이다: 심장, 말을 안 듣는 사지, 나른해진 몸뚱어리, 굳어진 혀, 수척한 모습, 눈물, 비밀, 홀로 타오르는 육체의 정염. 이러한 것들이 정열적인 사랑의 여덟 가지 증거이다.

*

다음 여덟 가지가 사랑의 결과이다. 사랑은 심장을 빨리 뛰게 하고, 고통을 진정시키고, 죽음을 떼어놓고, 사랑과 관련되지 않는 관계들을 해체하고, 낮을 증가시키고, 밤을 단축시키며, 영혼을 대담하게 만들고, 태양을 빛나게 한다. 이러한 것들은 정열적인 사랑의 효과이다.

*

말하기는 감각의 지각 작용을 멀리 떼어놓는다. 언어의 습득이 그것을 구속하고, 억압하고, 분리하며, 일종의 다른 세계, 세계-이전, 인류-이전으로 되돌려보낸다.

*

베르지 부인이 말하기를:

"여자들의 성기가 열려 있다고 해서, 여자들이 몸 안에 아무것도 지니고 있지 않다고 생각하지는 마세요."

그녀는 그 사실을 증명하기 위해서 죽는다. 그녀는 가차없이 죽는다: 그 주장의 결과로서 죽는다. 마치 빛이 파브리스 델 동고와 클레리아 콘티-크레센지를 죽이듯이 언어가 기사와 성주 부인을 죽인다. 언어는, 흡사 새벽빛이 여자로 둔갑한 암여우와 흡혈귀를 사라지게 하듯 두 연인들을 죽게 한다. 그런데 베르지 부인은 자신이 일생을 바친 논거, 즉 여자의 성기는 출산을 위해 열리는 어떤 것이다라는 논거에 가장 완벽하고 오래된 표현을 실현하지 못하고 죽는다. 사랑하는 여자의 성기가 열리게 되면, 어린애는 평생 동안 우리의 사랑과 똑같이 우리의 비밀이 될 것이다. 이것이 바로 보이지 않는 존재인 클레리아가 말하고 행하는 바이다. 사랑 본래의 비참함은, 가장 비사교적이고 가장 사적이고 대중과 신의 시선에 가장 폐쇄된 의사 소통의 결과가, 한 어린애의 출현으로 말미암아 사회의 열림으로 귀착된다는 사실에 있다. 이 어린애는 자신을 낳아준 열정적인 자들의 흔적을 받는 것이 아니라, 자신의 어머니의 남편의 성(姓)과 어머니의 아버지의 율법을 계승하기(우리 사회에서는 그렇다) 때문이다.

사랑의 영혼이 물신 안에 맡겨진다. 물신이란 자신의 기원을 전혀 알지 못할 우리 아이의 존재이다.

그렇게 해서 이 비밀은 살아 있게 될 것이며, 모르는 사이에 그 자신에 의해 풍요롭게 될 것이다. 아버지의 성(姓)은 말할 수 없는 비밀에 싸인 그 어떤 것이다. 아이 아버지의 정체성이 여자들의 비밀이다. 바로 그 점에서, 연인(중국 신화의 원전에서는, 개 판허후의 정체를 드러내는 개 짖는 소리가 문제되고 있다)의 정체성을 환기시키는 언어가 매우 중대한 사건이고, 그것은 성주 부인을 죽일 수 있다.

*

거짓말쟁이는 침묵해야 한다. 자신의 거짓말의 비밀이 침묵에 부쳐져야 한다. 비밀은 그것이 표명될 수 없기 때문에 겉모습이 전부가 아닌 인간들 사이의 유일한 관계이다. 외향적인 모든 것은 지각되거나 알려질 수 있는 하나의 형태이다. 단지 감춰진 것만이 심정에 연결될 수 있다. 심정들을 결속시킬 수 있다. 비밀만이 실질적으로 사람들을 결속시킬 수 있다.

*

수수께끼들이 고대 입문자들의 사회에 빗장을 질렀었다. 수수께끼는 수수께끼보다 앞선 암호화의 은폐에 기초한다. 수수께끼란 이런 것이다: 자물쇠가 있는데, 후에 자물쇠가 열쇠를 만들고, 그 열쇠가 자물쇠를 열 것이다. 해답의 진실은 전적으로 결합의 은밀함에 숨겨져 있다. 이 완강한 비밀은 드 베르지de Vergy 성주 부인의 이야기 속에 끈질기게 남아 있다. 그녀의 성(姓)이 아무 까닭 없이 뒤 베르제du verger[8]인 것이 아니다. 그녀가 욕망을 배출하는 상대는 한 마리 개다. 구석기 시대 수렵 사회에서는, 노인들이 최후의 순간을 기다려 생존자들에게 수

---

[8] 드 베르지de Vergy→뒤 베르제du verger: 그녀의 성은 du verger(과수원의), du berger(양 지키는 개의)라는 의미를 함축하고 있다.

수께끼를 물려준다. 이 암호들은 언제나 성(性)에 관련된 것들이고, 암호들 모두가 그 모호함으로 인하여 신비주의적 세계 — 동물과 동물을 사냥하는 인간과 동물을 추적하는 사냥개의 삶의 항성이 해마다 새로워지는 세계 — 의 비밀을 감추고 있다고 주장한다.

*

Quod nemo novit, paene non fit(어느 누구도 알지 못하는 것은 존재하지 않는다고 말할 수 있다).

*

나는 언제나 일본 사회와 그 풍습들을 만나게 되면, 기쁜 마음을 금할 수 없다. 느끼는 감정을 밖으로 드러내지 않는 것이 사회적 예절을 규정하며, 그렇게 함으로써 그윽한 나날들을 보낸다.

일본에서 사회의 편극 작용은 혼네[9]와 다테마에[10]를 대립시킨다. 한쪽은 마음깊이 느껴진 것이고 다른 쪽은 겉으로 드러난 태도이다.

사회적 삶이 요구하는 것만이 유일하게 친구들 사이에서 표출될 수 있다.

성(性)의 편극화는 마마와 게이샤[11]를 대립시킨다. 한쪽은 사적인, 집안의, 애를 낳는 여자이고, 다른 쪽은 사교적인 혹은 사업상의 저녁 모임을 위해 춤을 추고 음악을 하는 교양 있는 여자이다. 마마는 옥상[12]

---

9 본음(本音): 속마음.
10 건전(建前): 겉꾸밈.
11 기생(妓生).
12 집안의 여주인.

이라고도 말해진다. 마마는 의식을 행하는 여사제이며, 술을 따르는 에로틱한 시베리아의 무녀로 남아 있는 전통과 예술의 수호자인 게이샤와는 절대로 경쟁하지 않는다.

*

예전에는 "침묵하는 여자 femme mute"[13]라 불렸던 여자, 침묵 mutisme 속에서 이동 mutation을 명하여 신비의 수호자였던 고대 그리스의 여자를 소생시키는 여자에 관한 테마가 있다.

비밀을 지키라는 명령이 보편적인 까닭은 그 명령이 모든 입문 의례의 특성을 드러내기 때문이다.

그리스어 형태를 지닌 신비적인 mystique이란 단어는 직접적이고도 강제적으로 침묵의 의무를 의미한다. 신비에 입문한 자들 mystes은 방금 시험을 거친 신비들 mystères에 대해 절대적인 침묵을 지키도록 강요된다.

그리스에서 그것은 삼림지기 아르테미스 Artémis[14]다: 그런 연유로 프랑스 소설에 성주 부인의 개와 드 베르지라는 그녀의 성(姓)이 등장한다. 야성성을 침묵에 결합시킴으로써 야성적인 존재를 지배하는 자는 그리스 시대 이전의, 농경기 이전의, 수렵기의, 구석기 시대의 동물들의 여신이다. 그것은 거세된 음경으로 덮인, 번식과 교접의 여신이다. 언어 발생 이전의 여신이다.

사냥의 중요 금지 수칙: 침묵하기. 소리를 내지 말며, 말하지 말 것. 사랑은 야간 사냥이다. 『베르지 성주 부인』에서는 근원의 관계, 즉

---

[13] 라틴어 muta에서 파생한 19세기 프랑스어. '침묵하는 muette'의 뜻.
[14] 그리스 신화의 올림포스 12신 중의 하나. 제우스의 딸. 들짐승, 가축을 보호하며, 처녀 신으로서 여성을 수호하고, 또 달, 사냥의 여신으로도 알려져 있다. 로마 신화의 디아나 Diana에 해당된다. 특히 고대 그리스의 산간 지방에서 숭배되었다.

사냥 애호philia는 사랑의 관계에 결부된다. 이 소설은 위그 드 생 빅토르[15]의 금언을 충격적으로 적용한다: "고깃덩어리들 사이에는 절대적인 침묵이 요구된다." 베르지 부인은 성적인 나체에 말없는, 신비한mystikos 접근을 허용한다. 음식이 속삭임이라면, 사냥은 침묵이고 사랑은 벙어리이다.

*

로마에서는 황소좌의 여섯 별이 봄의 별자리sidera였다. 봄의 징조들이 지상의 변모를 앞지르면서 놀라게 한다.
로마인들은 봄의 징조들을 vergiliae라 불렀다.
Ver[16]가 암컷들의 음부를 열고, 비를 쏟아붓고, 꿀을 퍼뜨리며, 눈을 녹이고, 사냥을 개시한다.

*

『베르지 성주 부인』이라는 소설의 프랑스어 초판에는 저자의 이름이 없다. 13세기 판이다. 기원 텍스트가 우리 언어에서도 역시 가장 아름답다. 비밀에 관한 이 소설의 저자가 자신의 이름을 동시대인들에게나 후대에 남길 생각조차 하지 않았던 것은, 어떤 점에서는 불가피한 일이다.

---

15 위그 드 생 빅토르Hugues de Saint-Victor(1096~1141): 색슨 혹은 플랑드르의 신학자, 신비론자. 일생을 파리에 있는 생 빅토르 수도원에서 보냈다.
16 '……을 여는'의 의미.

제21장

빗·모자·장갑·포크·짚·플루트·북과 첼로는 귀신들린 것들이다. 그것들은 갈등하는 양극이 만나지는 못하지만 소통하도록 고안된 다리들이다. 아치도 마찬가지다. 게다가 그것들은 최초의 배들이었다. 결론: 나의 생각하는 방식에는 아마도 근거가 있다. 개념 없는 명상, 한쪽 극으로 쏠린, 불안감을 주는, 강렬한 관계, 꿈을 부추기고 단어들의 형태로만 살아가는 관계, 양가적(兩價的)이라기보다는 더욱 모순된 관계에만 주의를 기울이려는 나의 욕망, 이런 것들은 역사와 최초의 도시들이 있기 이전의 시기로 돌아가게 만든다. 이러한 이상한 제3항들, 도구들, 복잡한 매개물은 세상의 인위적인 문화를 통해서 그럭저럭 영속되는 삶을 단락(短絡)시키지 않으려는 두려움에 사로잡혀 있다. 끊임없이 천둥 번개가 치고 폭우가 쏟아지게 해서는 안 된다. 언어 역시 하나의 매개자다. 언어 역시 빗·모자·장갑·플루트·로켓 엔진·아치·배다. 그래서 중개하는 모든 것들처럼 언어는 접속을 끊는다. 그것도 즉시, 사후에, 사용 후에, 자신의 힘에서 전원이 차단된 후에, 언어는 비밀을 은폐하는 것처럼 보인다. 언어는 마치 입과 물 사이에 끼어드는 빨대처럼 시선과 나체 사이에 삽입된 의복이다.

언어는 이빨들과 피 흐르는 살점 사이로 돌출하는 포크 같은 것이다.

언어는 손가락들 아래 놓인, 죽인 짐승의 가죽으로 만든 북이다. 손가락들이 쉴 새 없이 죽은 짐승을 소리쳐 부르고, 힘차게 북을 두드린다. 손가락들이 죽은 짐승을 다시 부른다.

*

성모 마리아는 72세의 나이로 죽었다.

대제사장이 초라한 침대로 다가가서 늙은 성모 마리아의 시신 위로 손을 내밀자 즉시 그의 두 손이 바싹 말라버린다. 처음에는 두 손이 낙엽처럼 된다.

그리고 그 손들은 갑자기 팔에서 빠져나와 임종의 침대 위에 붙어버린다.

누군가 베드로를 찾으러 간다.

사도가 다가와서 대제사장에게 인사하고 말한다:

―네가 영원히 동정녀인 육체(corpus perpetuae virginis)를 끌어안고 입맞추지(osculeris) 않는다면, 너는 결코 살아 있는 네 손들을 되찾을 수 없으리라.

대제사장은 자신의 입술을 성모 마리아의 시신의 입술 위로 가져간다.

그의 손들이 떨어지더니 팔꿈치에 가서 붙는다.

손들이 팔 끝에서 움직인다.

대제사장은 손들을 만지려고 즉시 두 손을 모은다. 그는 손가락들을 엇갈려 쥔다. 그는 두 손을 모은 채로 기도를 만들어낸다.

사랑은 접촉하고자 한다.

사랑은 거리가 벌어지지 않은 곳으로 자취를 감추고자 한다. 그런데 눈으로 바라보기는 거리를 요구한다.

청각, 후각, 촉각은 거리 없음이다.

육체는 울부짖음에 의해 즉시 육체 내부에 충격을 받는다. 육체가 침묵에 의해 갑자기 충격을 받는 것과도 같다. 그러한 것이 거리 없음이다.

벌름거리는 콧구멍을 통해 즉각적으로 육체에 화장실의 악취가 파급된다.

영혼은 차양 위로 올라오는 인동덩굴의 기막힌 향기에 한순간도 쉬지 않고 전속력으로 취해버린다.

손가락들은 갑자기 몹시 뜨거운 전기판에 붙자마자 데이고 만다.

손가락들은 침대 매트 밑으로 접어넣은 이불 끝자락에 둘러진, 더 윤기나고, 더 매끈하고, 더 푸르고, 더 야하고, 더 사랑받는 피부 같은 사틴 천으로 된 테두리에 닿으면 즉시 진정된다.

*

사랑은 밤중에 손가락들로 찾는다.

사랑이 제 손가락으로 더듬어 한밤중에 찾는 것, 그것이 언어를 중단시킨다.

그것은 폐허가 된 집, 침침한 어떤 날, 잠 못 드는 어떤 밤이다. 그것은 M이다. 그것에 관해 내가 말하고 있다. 그것은 이지러짐, 일식—월식이다. 그것은 천둥 번개가 치는 폭풍우의 밤이다. 한 남자와 한 여자가 서로를 만질 때, 금지된 것들이 욕망을 유보하면서 서로 접촉한다. 단락되는 것 모두가 분명한 어떤 사랑의 존재를 증명한다.

*

여자들과 남자들이 지어낸 그들의 사랑(그들을 위협하는 극단적인 사랑, 그들을 사로잡는 미친 사랑)에 관한 가상의 이야기들로부터 세 가지 반대편 세계가 차츰 드러난다: 밤, 침묵, 부재하는 몽상.
그렇게 해서 정열적인 사랑은 매우 오래되고 선사 이전이며 신비한 성상 파괴와 연관된다.

*

가시적인 모든 관례들이 어긋나고 헛도는 곳에서, 밤은 근원적인 완벽한 어둠을 두려워하지 않는 자들을 어렴풋하게 만들고, 구별할 수 없게 만들고, 합치시키고, 빨아들이고, 집어삼킨다. 완벽한 어둠이 그들의 근원이다. 사랑은 어둠(동굴, 여자의 음부, 눈 뒤쪽의 두개골) 속으로 이끌고, 그곳에서 모든 것이 사라지지만, 또다시 근원으로 흡수된다.

*

연어가 산란지를 향하여 순환적으로 거슬러 올라가듯이, 교미 중에, 수태 중에, 그리고 임신 중에 형성된 태생의 어둠으로 태생 동물들은 거슬러 올라간다.

나는 근원이라는 단어보다는 산란장이라는 단어를 더 좋아한다.

말을 할 때면, 나는 아직도 이불깃을 만지작거린다. 그것은 이불을 가지고 어린애들이나 하는 우스운 짓이다.

마찬가지로 언어의 사용도 웃음을 자아낸다.

불가사의한 것이 증가한다. 모든 것이 점점 더 놀라게 한다. 아무것도 언어의 도움으로는 진정하게 표현되지 못한다. 늙으면 늙을수록 분명해지는 것은 아무것도 없다. 모든 식물, 모든 동물, 모든 냄새, 모든 빛, 모든 단어, 모든 이름, 모든 봄[春]이 나를 더욱 어리둥절하게 만든다.

제22장

프랑스 왕국의 옛 수도였던 상스의 외곽 지역에 창고가 하나 있다.

1996년 12월 21일 토요일, 간이 무대 위에는 바람에 들썩이는 신문지 위에 일렬로 놓인 페이퍼 나이프들이 보였다.

나는 가까이 다가갔다. 모두 60여 개 가량 되었다. 매혹적인 물건들처럼 그 번뜩임이 눈길을 끌었다.

뿔, 상아, 금, 강철, 발트 해의 호박에 이르기까지 온갖 재질들로 만들어진 것들이었다.

불현듯 그저 11세기 동안 통용되어온 프랑스어라는 정말로 한 언어를 통해서 내가 우리 시대가 아닌 낯선 세계들—그저 책 속에서나 볼 수 있는—을 수십 년 간이나 여행했던 것인가 하는 의구심이 들었다.

혹시 다시는 돌아오지 못하고 다른 세계에서 살도록, 어느 날 나이프를 다루는 능숙한 솜씨가 나를 부추겼던 것은 아닐까?

*

독서가 떠돌아다니는 비물질적인 세계로 편입되기 이전에, 옛날에는 읽는다는 행위는 페이퍼 나이프나 주머니칼을 사용해서 그때까지 시선이 닿지 않은 페이지들을 자르는 데 있었다. 종이를 자르는 하찮은 동작이 사실은, 동시에 세계를 둘로 잘랐던 것이다. 상상의 세계와 현실의 세계가 갑자기 분리되었다. 내밀한 세계와 사회적 세계가 번뜩이는 칼날로 나뉘었다. 두 장이나 네 장으로 접힌 지면들의 틈새에 온 시선을 집중하고, 빛을 발하는 칼날을 그 속으로 밀어넣었다가, 지면을 폐쇄된 종이 덩어리 밖으로 활기차게 끌어냈다. 이 동작이 지나간 자리에는 종이 냄새를 풍기는 희끄무레한 가는 보푸라기가 남아서, 그것은 조금 후에 짧은 바지의 플란넬 천이나 소매의 모직 천에 들러붙었다.

페이퍼 나이프의 번뜩이는 날 덕분에 그 페이지가 절지(折紙)의 어둠을 떠나 밖으로 열렸다. 안쪽 페이지는 처음으로 빛을 알게 된다. 절지 속에 감춰져 있던 인쇄된 지면들은 그 페이지들이 접혀 있던 동안 만큼 오랫동안 겪었던 어둠을 벗어난다. 접혀 있던 페이지가 펼쳐지는 반면에 우리에게는 정반대로 우리 내심에, 존재의 깊숙한 곳에, 마침내 닫혀버린 무언가가 수축되어 그 자체가 멍울로 변했다.

사방으로 열려졌던 무엇이 우리 내부에서 멎어버렸다. 내부의 토론회 — 아직도 약간은 마음속에 있다고 생각되는 — 가 밖으로 빠져나왔다.

*

책의 지면이 신성한 영토인 까닭은, 그 위를 흐르는 공기가 그것을 읽게 만들고, 일상적인 방의 구태의연한 색깔을 단번에 영원히 바래게 하기 때문이다.

책의 지면은 셀 수 없는 시간이고, 그 시간의 흐름 자체는 붙잡을 수 없어서 한꺼번에 천년, 백년, 나이, 날짜, 시간을 저버린다.

책의 페이지는 일가족이 퍼져나가는 모든 장소들, 그리고 작은 도시가, 나라가, 나아가서 동시대인들 전부가 끼워맞춰지는 장소들과는 판이하게 다른 세계다.

책의 지면은 현실의 공간에도 손 위로 쏟아지는 전등빛의 물결에도 완전히 속하지 않는 약 10평방센티미터 위에서, 존재하는 어떤 것을 소멸시키면서 하나의 거대하고 자유로우며 고대적이고 비현실적인 대륙을 일으켜세우는 활동, 결말이 나지 않는 한없이 계속되는 활동이다.

*

책읽기는 영혼을 놀라게 한다. 책읽기는 자신의 내부에 등록된 모국어, 그곳에서 속삭여지며 의식의 형태로 감시하는 반향 효과를 흐트러뜨린다. 책읽기는 사고의 시공을 확장시킨다.

*

피에 흥건히 젖은 베개에 머리를 묻고 내가 병원에서 죽어가던 어느 날 밤, 나는 얼굴과 두 어깨를 일으켜세웠다. 벗은 상체를 베개에 기댔다. 조금 후에 나는 M에게 읽을 것을 달라고 했고, 읽기 시작했다. 독서는 자신에 대한 망각이다. 피를 흘리면서 책을 읽기란 불편하지만 죽어가면서도 책을 읽는 것은 가능하다.

고대 로마의 문인들은 스스로 목숨을 끊으면서 이 최후의 장면을 명예로 삼았다. 책읽기는 이 세상과 어긋나고 알 수 없으며 그 자체로 좋은 다른 세계에 두뇌를 집중함으로써 또 하나의 세계에 접속되는 일이다. 그 세계가 나의 구석진 장소였다. 구석진 곳에서 in angulo.

구석진 곳에서 책을 들고 in angulo cum libro.

풍샤토 씨[1]는 포르루아얄[2]의 창고, 층계 좌측의 2층 작은 방에서 살았었다. 우리는 지금도 그곳에 올라가볼 수 있다. 아직도 그 방을 볼 수 있다.

그가 늘 손에 한 권의 책을 들고 있었던 이유는, 『모방 Imitation』에서 읽었던 다음과 같은 문장이 줄곧 그의 입에서 떠나지 않았기 때문이다. 즉 In omnibus requiem quaesivi et nusquam inveni nisi in angulo cum libro(나는 온 세계에서 휴식을 찾았으나, 한 권의 책과 더불어 구석진 곳이 아닌 어디에서도 휴식을 발견하지 못했다).

*

사회의 그리고 시간의 사각(死角) 지대에서 살아가기. 이 세계의 모퉁이에서 살아가기.

*

모든 독서는 출애굽이다.

---

[1] 무슈 드 퐁샤토 Monsieur de Ponchâteau: 17세기 말 포르루아얄에서 살았던 장세니스트.
[2] 파리 몽파르나스 구역 포르루아얄 거리에 있는 옛 수도원. 장세니즘의 본거지인 포르루아얄 수녀원(1204년 프랑스 남서쪽 슈브뢰즈 계곡에 설립되었음)의 분원으로 1625년에 세워졌다.

*

　문이 열리고 있다는 기이한 느낌, 갑자기 문지방을 넘어선 느낌, 내 삶의 입구가 갑자기 현기증을 일으키는 느낌, 언어의 획득과 관련된 더 거칠고, 더 날것이고, 더 명철하고, 더 깊고, 더 생생한 경험의 느낌을 나는 자주 맛보았다. 삶이 아닌 것, 어리석음과 슬픔, 암울한 혼란, 이런 것들의 한 시대가 마치 허물처럼 떨어지는 느낌이다. 페이지들은 갑작스럽게 열린 창의 문짝들이다. 칩거 후에 동굴에서 나올 때의 느낌. 혹은 불확실한 시기의 언저리, 대여섯 살의 유년기로 잠수했다가 나올 때의 느낌. 그로 인해 모든 것이 변한다. 삶 전체가 갑자기 어조가 달라지면서 변모한다. 반향의 효과가 두개골 속으로 들어가고, 그 안에 자리 잡는다. 의식 자체는, 의식이 전제되는 자율성 안에서 아무리 타산적이고 의심스럽다 할지라도, 의식하고 있다는 인상 혹은 오히려 분할한다는, 반향한다는 인상은 강렬한 쾌감이다. 그것은 제2의 태어남의 느낌, 부활의 느낌이다. 입문사의 기쁨이나. 동화의 주인공의 기쁨이나.

*

　책을 열렬히 사랑하는 사람들은 자신들도 모르는 사이에 놀라울 정도로 특이한 비밀 결사를 구성한다. 모든 것에 대한 호기심과 연령의 구분 없이 섞이지 않음이, 결코 서로 만나는 일 없이도 그들을 한데 모아 놓는다.
　그들의 선택은 출판업자의, 즉 시장의 선택에 부합하지 않는다. 교수들의, 즉 코드의 선택에도 부합하지 않는다. 역사학자들의, 즉 권력의 선택에도 부합하지 않는다.

그들의 선택은 다른 사람들의 취향을 존중하지 않는다. 그 선택은 오히려 틈새와 주름들 안에, 즉 고독, 망각들, 시간의 경계, 열정적인 생활 태도, 응달 지역, 사슴의 뿔, 상아 페이퍼 나이프들 안에 칩거하고자 한다.

그 선택은 오로지 자신들에게만 속하는, 짧지만 수많은 삶들로 이루어진, 하나의 도서관을 설립한다. 그 선택이 도서관 구석에서 촛불을 밝혀놓고 말없이 서로를 읽어가는 반면, 전사 계급은 전장에서 요란법석을 떨며 서로를 죽이고, 상인 계급은, 장이 선 마을 광장이나 이 광장을 대체한 장방형의 매혹적인 회색빛 화면 위로 비추는 빛 속에서 고함을 지르면서 서로를 물어뜯는다.

*

은자가 숲 가장자리 저쪽의 무리들과 떨어져서 사는 것과 마찬가지로, 비밀과 책은 구두 언어에 대립한다.

*

귀결. 비밀, 침묵, 문자 littera, 신화에 대한 증오, 비사회성, 정체성의 상실, 어둠, 사랑은 연관되어 있다.

*

문학은 그 기원에서 종말까지 침묵 속으로 점점 더 깊어지는 이 같은 휩쓸림이다. 글쓰기의 발명은 언어를 침묵하게 만들었다. 그것은 출구를 알지 못하는 유일하고도 동일한 모험이다. 구두 언어가 말하지 못하는 것, 바로 그런 것이 문학의 주제이다. 그런데 침묵이란 어떤 것인가? 메아리로 울리는 언어, 자연 언어의 그림자다.

*

귀결. 구전 문학, 집단 소설, 개인 신화, 비상징적인 역사란 결코 존재하지 못하는 것들이다.
이런 개념들은 모순적이기 때문이다.
정의. 역사란, 말을 하는 인간을 자살로 몰아가는 어떤 것에 대하여 국가가 작성한 상징적 연대기다.

*

그 남자거나 그 여자 없이는 더 이상 살 수 없다고 느낄 때의 빈사 상태가 사랑을 규정한다.
바로 그런 남자, 그런 여자, 한 개인, 한 개체 atomos, 분할할 수 없는 존재가 문제이지 집단이나 집단을 이루는 한 부분이 중요한 것이 아니다.
이런 매혹은 준비될 수도, 훈련될 수도, 계발될 수도, 파기될 수도 없다.

*

귀결. 사랑과 결혼은, 사랑과 수태가 대립되는 것과 마찬가지로 대립된다. 그것들의 관심사는, 한편으로 상대방에 대한 호기심이나 다른 한편으로 동일자의 번식만큼이나 다양하다.

*

나는 몽상에 잠겨 걸었다. 숲 주변을 따라 심어진 포플러나무들을 따라가는 중이었다. 아주 가까운 밭에서 큰 숨소리가 들린다. 분명 나 때문에 잠을 깬 말 한 마리가 후들거리는 뒷발로 짚고 서서 내 위로 곧 추선다.

나는 뒤로 물러선다.

내 위에서 비틀거리는 거대한 짐승.

놈이 진지하고 평온한 눈길로 나를 바라본다. 몹시 높고, 몹시 장엄한 짐승. 갈색 짐승이 다시 한순간 머뭇거린다. 온몸의 털이 가볍게 흔들린다. 갑자기 달리기 시작하더니, 그 짐승은 순식간에 들판으로 사라졌다.

*

한 권의 책을 펼치면, 갑자기 목소리라는 질료 없이도, 침묵하는 기록만으로도 일거에 책에서부터, 침묵에서부터, 책의 침묵 곁으로, 영혼 안으로 강렬한 한 세계가 솟아올랐다.

죽음 저쪽에 그 비슷한 무언가가 있어서, 죽음에 대한 불안이 끼어들었다. 이 말로써 내가 의미하려는 바는 죽음이 아마도 이 특성 — 독서 안에서 자신의 가장 낯선 얼굴을 발견하는 사랑의 타동사적 특성 — 을 무난하게 규정했다는 사실이다. 그 특성에 따라서 영혼들이 뒤섞이고, 육체들이 합류한다. 마치 곰이 바다표범의 배를 찢어서 피가 뚝뚝 떨어지고 모락모락 김이 피어오르는 살점을 입에 물고, 즉시 삼키면 그 살점이 곰에게 융합되듯이 말이다. 곰은 바다표범의 유령으로 변했다.

*

사랑하다, 즉 책을 펼쳐놓고 읽다.

*

상호간에, 몰아의 경지까지, 다른 존재에게 바치는 한 존재의 헌신은 열과 태양과 빛의 이행과도 같은 것이다.

타동사는 존재한다; 세상이 그것들을 다시 흡수한다; 삶이 녹는다; 소멸 역시 공유된다.

비의적인 감각은 만지는 감각이다. 성 도마[3]는, 마치 구석기 시대의 샤먼이 힘의 원천 paroi-force으로 손을 집어넣듯이, 예수의 옆구리에 손을 집어넣는다.

우리는 언어에 의해 중독될 수 있다. 그런데 우리는 타인에 의해 중독될 수도 있다.

---

3 「요한복음」에 의하면 도마가 의심이 많아 예수를 직접 보지 않고는 예수 부활을 믿지 않겠다고 고집하다가, 예수를 만나 상처를 만져본 후에야 하나님으로 믿게 되었다고 한다.

제23장 외딴 곳으로 유혹하기

출생지에서 빠져나오지 못한 사람, 태어나서 최초 몇 년 간의 순종적이고 가족적이며 사회적이고 비개인적인 무언의 두려움 속에 그에게 강요된 관계에서 벗어날 수 없었던 사람보다 더욱 경멸할 만한 것을 나는 알지 못한다.

매혹에는 갈망 désidération이 뒤따른다.

자신의 성(姓)을 바꾸지도 산막(山幕)을 교체하지도 않는 귀족, 날고추에 반하지 않는 일급 요리사, 이런 자들은 비참한 사람들이다.

첫번째 논증. 에로스는 그 기원 자체에서 비사회적이다.

어린애의, 그런 다음 청년의, 그리고 성인의 자위 행위는 주위 사람들과의 결속을 깨뜨리는 적극적인 행위다.

그것은 원기 왕성한 결속 파기다.

사랑에서처럼 사회와 사회의 주요 대표자들(사제들과 의사들)은 믿을 수 없는 위험들을 믿도록 하였고, 심지어 은자들의 기쁨을 광기로 꾸며대기도 하였다.

*

멧돼지sanglier란 단어는 어디서 연유하는가? 혼자인 자singularis에 서다. 혼자인 돼지singularis porcus. 홀로이기를 더 좋아하는 돼지.

장밋빛¹이기를 원하지 않는 돼지.

행복한 결말happy end을 몹시 싫어하는 돼지.

돼지는 행복한 결말보다 숲속 깊은 곳을 더 좋아한다. 세상의 깊고 깊은 곳에 홀로 있기를 원한다. 새끼 멧돼지들로부터, 외곽 순환 도로로부터, 숲의 경계로부터 멀리 떨어져 있는 은자.

*

논증 II. 생각은 비밀을 내포한다.

비밀, 격리, 독자적인 은밀함이 생각할 수 있기 위한 조건이다.

*

Seducere는 외딴 곳으로 인도하기를 의미하는 고대 라틴어 동사이다. 세계의 외곽을 차지하기다. 그것은 외딴 곳으로 인도하는 안내자 dux이다. 다른 곳에 있는 왕국.

유혹하다는 결혼하다의 반대다.

라틴어로 결혼하다는 ducere, 즉 데리고 가다라는 뜻이다. Ducere

---

1 돼지의 피부 색깔인 분홍색 rose은 소녀 취향적인 감상적 소설을 뜻하는 roman à l'eau de rose의 rose와 같은 맥락에 있는 것으로 보인다. 이런 유의 소설에서는 선과 악이 분명한 이분법적 구도로 나뉘어 항상 선의 승리라는 행복한 결말과 도덕적 교훈을 갖추고 있다.

uxorem domum, 자기 집으로 아내를 데리고 가다.

반대로 se-ducere란 여자를 집domus으로부터 떼어놓기, 그녀를 외딴 곳으로, 격리된 곳으로, 비밀secretus 속으로, 우선 그녀의 집 밖으로, 그런 다음에 다른 사람들로부터 멀리 떨어진 곳으로 데리고 가기다.

*

"당신을 사랑해"라는 표현이 발음되면, 사랑이라는 단어가 의미하는 곳으로 표현을 이동시키는 관계 안에서, 동요가 시작된다.

그것은 육체 안에서 영혼을 여는 단어다. 그것은 육체가 아니다.

사슬을 풀어주는 것은 문자들littera이다.

사슬을 풀어주기dé-chaîner. 선행된 사회적 관계의 사슬을 풀어주기. 선행된 영향으로부터 해방시키기. 유년기를 가족별(星)의 궤도에서 이탈시키기.

*

논증 III. 한 사람이 언어의 발현을 통과하고 난 연후에 그것을 마치 타고 왔던 차량처럼 방기하지는 못한다. 나는 의자 위에 내 책을 올려놓지만 언어를 그 위에 내려놓지는 못한다. 언어는 의복이 아니다. 언어란 사람들의 가면personna일 뿐만 아니라 사회의 매개물이기도 하다. 개인과 집단을 대립시키는 극단화의 전영역에서 언어는 양극에 대한 인간의 체험의 세계다.

그렇지만 언어는 육체 안에 들어 있는 살덩어리가 아니다.

언어 없이 살기는 어렵다. 나는 예전에 거미줄 같은 친족 관계에 동의하기를 거부하고 그 관례들을 오해함으로써 그런 시련을 겪었다.

그런 것은 사람들에게는 불가능한 어떤 것이다.

그러나 별로 주목받지 못하는 이 점을 강조하지 않으면 안 된다: 언어 활동 안에서 살아가기가 쉬운 일은 아니다. 많은 사람들이 그 안에서 익사한다. 사회는 단 1초도 이 익사자들을, 치명적인 추상적 관념이라는 병에 걸린 환자들, 즉 신비주의자들 — 다른 극에 있는 — 로 간주하지는 않는다. 심지어 사회는 그들에게 전적인 복종에게나 바칠 환대와 찬사를 마련해놓고 있다.

유독 언어만이 극도로 매혹적이며, 그 규칙들은 사회 속의 사회(지배력 imperium의 핵)를 형성하는 만큼, 침략적일 뿐만 아니라 더욱 강압적이기도 하다.

*

예전에는 사람이 인간 사회의 비사회적 공동(空洞), 비사회적 체였다. 그것은 한없이 계속되는 사회적 삶에 앞서 행해졌던, 마지막 은둔의 (이행의, 고립의) 의례였다(남성인 까닭에 사냥으로 생활하는 은자들인 상대적 은자들에 불과한 이들을 제외하면).

그러나 성교는 반복됨으로써 사회화된다.

성교의 위험은 둘씩 짝을 짓는 데 있다.

성교는 제대로 사회적이지 못하다: 사회적인 것은 출생이다. 그런데 출생이 사회화 과정이라면, 성교와 임신은 이에 대해 무방비 상태이므로, 비록 출생과 성적인 수태 사이의 속성이 원초적이 아니라 할지라도(이런 추론은 사육자들의 사회를 전제로 한다), 포옹 속에서 떼를 지은 무리가 나타나기 시작한다.

*

　꿈의 거주지에 살기를 바란다면, 꿈의 아들이 되기를 수락하여야 한다. 자신들의 의지가 행동을 규제하는 사람들, 자신들이 영위하는 나날들의 지배자로 자처하는 사람들, 자신들의 결정을 지배한다고 뽐내는 사람들, 그들은 자신들보다 앞서 존재하며 자신들을 그 지배하에, 그 방식에 굴복시키는 세계로부터 오는 느낌을 알지 못한다. 우스꽝스러운 충동의 노예가 되기를 거부함으로써, 그들은 자신들을 둘러싸고 있지만 그들 내부에서 점점 멀어질 뿐인 진정한 삶과의 모든 접촉으로부터 차츰 단절된다. 그리고 결국은 그들이 어떤 것이 길인지 더 이상 알지 못하게 되어 살아 있기를 멈추고 죽음 안으로 미끄러져 들어간다. 숨결은 그럼에도 그들에게 언제나 생명을 불어넣고, 피는 여전히 그들에게 혈액을 공급하고 있는데도 말이다.
　그것은 유령들이다.

*

귀결 I.
유령들은 생존자들보다 훨씬 더 매혹적이다.
귀결 II.
진지한 자들은 놀란 자들이다. 그러한 사실은 눈을 깊숙이 들여다보면 알 수 있다. 그들은 더 이상 욕망하지 않는다. 그들은 더 이상 갈망하지 않는다.

논증 IV. 운명이란 우리가 벗어나지 못하는 삶에 대한 이야기다.
예: 어머니의 언어(모국어의 지배는 한 운명이다).

*

귀결. 우리의 성(姓)처럼 우리의 운명(영혼의 특정한 적성들을 구속할 정도로 우리의 영혼을 배내옷으로 감싸는 가계사[家系史])은 우리의 거대한 파트너들(비록 우리가 그들을 불시에 붙잡았다고 늘 믿고 있다 하더라도, 우리가 아직은 부재했던 장면이 진행되는 중에 서로 포옹함으로써 우리를 수태했던 사람들)이 우리에게 제공한 가계사이다.

어느 날 우리는 하나의 성(姓)을 선택해야만 하고, 기존의 가계사—우리가 생각하고 또 언어를 말할 수 있게 되기를 기다리고 있었던—에서 갈라져 나오는 한 편의 짤막한 전기를 써야만 한다.

그것이 바로 우리가 우리의 삶이라고 부르는 것이다.

*

우리들 각각의 삶은 한 번의 사랑의 시도가 아니다. 그것은 유일한 시도다.

*

말을 하는 존재들 사이의 관계는 어떤 것인가? 대수롭지 않은 것,

직감, 의미론적 기대, 우울함일 뿐이다.

개인의 죽음에 의해서 그리고 그들이 볼 수 없는 장면을 통하여 되풀이되는 인간들, 태어나고 죽는, 살아 있는 유성(有性)의 존재들 간의 관계는 어떤 것인가? 인간을 유령으로 만들 뿐인 파롤parole[2]도, 시체만을 만들 뿐인 죽음도, 새끼들을 만들 뿐인 교미의 쾌락도 아니다.

사랑이 남아 있다. 그게 바로 사랑인 것이다: 말로 표현할 수 없고 보여줄 수 없는 나머지 몫. 그렇기 때문에 언어와 빛이라는 두 가지 금기가 생긴다.

말로 표현할 수 없는 것: 언어가 금지된다.

보여줄 수 없는 것: 가시성이 금기시된다.

*

논증 V.

개인은 하나의 상태가 아니다. 하나의 근원도 아니다. 우리의 핵심에 개체적 정체성은 없다. 이 지상에는 미리 상정해야 할 어떠한 심리학도 없다. 개별적이 된다는 것은 욕망이며, 갈등을 일으키게 되는 것이며, 끊임없이 무한히 분할할 수 있게 되는 것이다. 더욱더 찢어지고 갈라지게 되는 것이다.

개별성, 그것은 찢어진 매혹이다.

진정되지 않은: 찢어진.

---

[2] 언어 활동의 개인적 측면.

*

두 세계가 있다: 사회적 세계와 비사회적 세계(문화 세계와 자연 세계, 인간성과 동물성).

중국에서 황제는 인간으로 표현된 천하 그 자체였다. 그렇기 때문에 당나라의 황제 쉔종[3]이 양타이전[4]에게 느꼈던 사랑은 고대 중국 사회에 큰 충격을 주었다.

왜 이 사랑이 스캔들을 일으킨 돌멩이였을까?

황제가 제국보다 매춘부를 더 좋아한다면, 사회 전체가 비사회성에 빠진다.

한 술 더 떠 역사의 기록에 의하면, 양타이전은 쉔종에게 제국의 통치뿐만 아니라 심지어 책에 대한 취미와 문인들과의 교류에서 느끼는 즐거움마저도 저버리게 했다고 한다.

공즈[5](완전한 군자)는 인간으로 육화된 중국 사회다. 플라톤(완전한 철학자)이 교육 paideia, 법률 Lois, 공화국 République을 구현한 인간인 것과 마찬가지다.

*

Se-ducere란 외딴 곳으로 유혹하다이다. 한 세계에서 다른 세계로. 대변인에게서 대타자 l'Autre[6]에게로. 주체란 다른 곳, 소타자 l'autre[7]가

---

[3] 중국 당나라 6대 황제인 현종(玄宗).
[4] 양귀비로 알려진 당나라 현종의 비.
[5] 중국 춘추 시대의 사상가로서 유교의 개조(開祖)인 공자(孔子).
[6] 라캉 Lacan의 용어. 또 다른 주체로서의 타자.
[7] 라캉 Lacan의 용어. 자아의 반영과 투사인 자아.

다다를 수 없는 익명의 지점이다.

주체란 자신을 잊어버린 자이다. 자신이 만나볼 수 없는 자, 상상을 초월하는 자이다.

주체란 전혀 아무것도 아니다.

발음하는 자이기 때문에 발음될 수 없는 자이다.

그는 비물질적인 자이며, 매혹된 자와 갈망된 자 사이에는 간격이 있다.

욕망하는 사람은 욕망하지 않는 사람보다 더욱 비물질적이다.

*

현대인은 다음과 같이 잘못 생각해서는 안 된다: 현대는 완전히 예속된 환상을 나moi라고 부른다. 환상의 수단이 그 정도로 규격화되고 집단적이었던 적은 결코 없었다. 금세기는 세계 대전들, 시장 경제의 세계화, 국제법, 인공위성들, 통계, 여론 조사, 시청률 조사를 고안해냈다.

집단적인 표준화가 이 세계의 연안을 이보다 더 난폭하게 후려친 적은 한 번도 없었다.

감각 · 육체 · 식품 · 청각 · 시각 · 산업의 예속화가 확장되어 인류 역사상 두번째로 전세계적이 되었다.

하나가 된 세계 — 인류사의 여명기에 그랬듯이.

그런데 미처 하나로 되기도 전에 이질적이고 국제적인 빙산이 붕괴된다. 부서진 얼음 덩어리, 서로 부딪치는 얼음 조각들, 수직으로 솟구치는 얼음들, 결빙과 유동성의 경계에 있는 끈적끈적한 물: 우리는 불확실한 지대로 들어간다.

갑자기 다시 빙하기가 형성되기에 앞서.

*

논증 VI.
완전히 매혹된: 동물성
완전히 놀란: 인간성
이도 저도 아니다.
반인(伴人) 반수(伴獸).
여명기 이래로(그것은 샤먼이다).

*

전쟁을 겪은 사람들은 모두가 전쟁이 종식되는 전야에, 패배든 승리든 간에 모든 것이 술렁이고, 이해 타산의 혼돈이 무관심으로 바뀌고, 권력이 무정부 상태와 무정형의 한계점에 이르며, 폭력이 스스로 균형을 상실하는 이 순간을 묘사한다. 모든 것이 붕괴되는 이 순간은 사회적인, 아니 오히려 비사회적인 일종의 황홀경과도 같으며, 인간 사회의 원자핵과도 같다. 인간 번식의 태풍의 눈, 기이한 평화가 유지된다. 무질서의 심연 깊은 곳에는 완전한 의기소침이 지배한다.

그것은 극도의 갈망이다.

*

타협하지 않는 사람은 욕설만을 기대할 수 있을 뿐이다. 그러나 다

른 선택은 단순하다: 정치적 재교육. 반드시 필요한 육체 안에, 필요한 언어 안에 깃들인 필요한 영혼.

*

나는 불편하지만 독립적이고 복잡하지만 은밀한 삶을 더 좋아했다. 나는 훈장들을 거부했고, 음악회에, 연극에, 오페라에, 영화에, 공식 모임에, 환영회 따위의 의례에 별 이유 없이 받는 초대들은 그로 인해 받게 될 부담과 시간 소비를 모면하기 위해서 피했으며, 주말과 저녁 시간들을 사회적인 기브 앤 테이크 do ut des (종교적인 기브 앤 테이크 donnant donnant)에 묶인다는 이유로 의무들을 회피했다. 가장 사소한 훈장도 위계 질서에 편입되어 품행이 사회의 감시 ― 감시가 내면적이라 할지라도 ― 에 예속된다. 유명세는, 그것을 사용하게 되면, 생활 전체를 거울에, 자신을 끔찍하게 포획하는 데 내주게 된다. 꾸며낸 이야기는 지속시켜야만 하는 이미지 안으로 차츰차츰 압수당한다. 대중 앞에서 말을 하게 되면 내 목구멍은 그저 약간의 소리밖에는 낼 수 없을 정도로 바싹 말라붙어버리는 것이 정상이다: 대중이란 허구이며, 그 허구에 의해 사회가 규범화되고, 허구 자체의 전형 속에 갇혀버리며, 차츰 그 전형이 사회 위로 솟아오른다.

삶은 사적일 경우에만 생동감으로 넘치고, 나체는 이미지가 부재할 때만 나타나고, 여명이나 황혼에서 반복되었으며 또한 모든 사람들의 시선과 자기 자신의 시선에서 벗어났을 뿐만 아니라 자신의 시선에 대한 기억에서마저도 벗어난, 매순간에 동의하는 욕망이 있을 뿐이다. 심지어 이렇게까지 말할 수 있다: 모든 모국어들, 구어들, 인간 상호간의 언어들을 다소간 등지지 않은 사생활이란 없다.

우리가 습득한 예측 불가능성과는 별개인 위력, 고귀함, 호사스러움이란 없다. 왜냐하면 예측 불가능성이 우발적인 예속을 흩뜨려서 끊임없이 그 가지들과 덩굴과 포자들을 떠다니게 하기 때문이다.

도도함은 야수로부터 기인하는데, 왜냐하면 그것은 예측에도 중력에도 장소에도 굴복하지 않는 자신에 대한 확신의 폭발인 까닭이다. 고양이과 동물들은 짜증을 불러일으킨다. 그놈들이 어디에 있는지 도무지 알 수가 없다. 정원과 물 위의 집을 점령한 욘Yonne[8]의 주인인 녀석, 이마 한복판에 흰색 반점이 있는 검은 새끼 고양이 한 마리가 피아노 앞의 자주색 벨벳 천으로 덮인 의자 위에서 방금 편안히 쉬고 있었는데, 나는 그 녀석이 지금 창 가장자리를 따라서, 홈통을 따라서 지붕에서 사라지는 모습을 본다. 나는 녀석이 편암 슬레이트 위로 산책하러 떠났으려니 생각하고 있는데 갑자기 따뜻한 무엇인가가 느껴진다. 그래서 몸을 구부린다. 녀석이 이마로 내 장딴지를 밀고 있다. 녀석이 어떻게 그렇게 하느냐고? 소리 없이.

*

사랑이란 교환 이상의 것, 감정의 상호작용 이상의 것, 상호간의 영향력 이상의 것, 심리적 유대감 이상의 것, 사회학적 매듭 이상의 것이다. 사랑은 모든 언어에 앞선 단락(短絡) — 즉 매혹, 봉인에서 빠져나온 단락 — 에서 발원한다. 사랑은 일가 친척으로부터 떨어져나와 집어삼키든가 매혹하든가 하는 게걸스러운 탐식과는 다른 형태로 타인 안에 재통합되는 여행이다.

---

[8] 프랑스 중북부를 흐르는 강. 센 강의 지류이다.

*

언제나 하나의 이집트가 우리보다 앞서 있다.

노예였던 우리들은 헤브라이어로 Avadim Aïnou라고 한다. 아바딤 아이누는 유월절을 개시하는 단어들이다. 밤에 대해 질문하는 아이에게 말해진 단어들이다.

*

Avadim Aïnou.

아이누들[9]이 말했다: "낚시를 하기 위해 지켜야 하는 절대적인 침묵은 노래다. 물고기들의 노래다. 그렇게 해서 낚시꾼들은 물고기들을 그들의 작은 배까지 불러들여서 그물 안으로 잡아들이는데, 낚시꾼들이 물고기들에게 그들의 침묵의 노래를 불러주기 때문이다."

*

사랑에 고유한 원기 회복 작용은 육체 안에서 반복되는 일시적인 쾌락보다는 사랑이 끌어들이는 경탄 섞인 불안(매혹하면서 갈망하고, 말하면서 취소하는 déparlante)에서 더욱 기인한다. 그로 말미암아 사랑은 쾌락에 대한 선망에 의해서라기보다는 분출 élation, 놀라움, 이륙,

---

[9] 아이누족. 일본 홋카이도(北海道), 히다카(日高) 지방을 중심으로 거주하는 소수 민족. 여기서는 일본의 아이누족 Aïnou과 헤브라이어 Aïnou(우리들)와 직접적인 관련은 없고, 단지 저자가 두 단어의 동일한 (프랑스식 표기의) 철자와 발음을 가지고 '말의 유희'를 즐긴 것으로 보인다.

비상에 의해 여자들과 남자들을 더욱 황홀하게 만드는 환상이다.

나는 텅 빈 순간, 전쟁이 종결되기에 앞서 일체가 부유하기 시작하고, 폭력 자체도 감극되는 생기 없는 기간을 떠올렸다.

종창의 극한점과 종창이 가라앉는 틈새 시간은 서로 접속되고 교환된다.

엘리베이터 안에서 내려야 할 층에 가까이 왔음을 알려주는 잠깐 동안의 불안스러운 감속은 마음을 동요시킨다.

엘리베이터 샤프트의 단순한 정지에 앞서 가슴속에서 우선 아무런 이유 없이 마음이 동요한다.

그러고 나서야 너무 이르지 않게, 유형 성숙(幼形成熟)이 아닌, 오히려 언제나 약간 늦게, 그 층의 환한 빛 쪽으로 불안과 침묵 속에 문이 열린다.

제24장 한부리의 판단

사랑에는 선택이 부재한다. 사랑의 매혹에 빠지는 데 걸리는 시간이라곤 벼락이 떨어지는 순간에 불과하다.

남자들과 여자들 사이에서 선택은 결혼에만 관련된다. 인간 사회가 결혼의 수취인에 불과한 것만은 아니다. 인간 사회가 결혼으로부터 생겨난다. 문제는 기능이다. 우리가 파리스[1]의 판단이라고 부르는 것과 비교할 만한 것이 옛 신화에서는 세 개의 달이다(초승달, 보름달, 그믐달).

그리고 남자는 세 여자 중에서 선택해야만 한다(결혼할 여자, 아이를 낳아줄 여자, 해로할 여자).

끝으로 여자도 세 남자 중에서 선택해야만 한다(남편, 아들, 남자 형제).

---

[1] 파리스 Pâris. 그리스 신화에 나오는 영웅. 황금 사과를 놓고 헤라(결혼과 출산을 관리하며 기혼 여성의 수호신), 아테나(지식, 기예, 무(武)의 여신), 아프로디테(미의 여신), 세 여신이 아름다움을 겨루었을 때, 제우스는 파리스에게 심판을 맡긴다. 파리스는 아프로디테를 선택했고, 그 대가로 스파르타 왕 메넬라오스 왕의 아내 헬레네의 사랑을 얻게 된다. 메넬라오스가 없는 사이 파리스는 헬레네와 스파르타를 떠났고, 그로 인하여 트로이 전쟁이 일어났다.

*

한부리는 그녀 앞에 늘어선 세 남자들 중에서 한 남자의 목숨밖에는 구할 수가 없었다. 그녀의 몸이 떨린다. 그녀가 눈꺼풀을 들어올린다.

그녀의 시선이 우선 남편에게로 향한다. 그리고는 아들을 바라본다. 마침내 남자 형제에게로 시선을 던진다.

그렇지만 그녀는 남자 형제의 목숨을 구하기를 선택한다.

그녀는 이렇게 주장한다. 남편을 향해 몸을 돌려서 그의 손을 잡았다가 다시 놓아버린다. 그녀가 말한다: "나는 다른 남자와 결합할 수 있어요."

아이 쪽으로 돌아서서 아이의 뺨을 어루만지면서 그녀가 말한다: "나는 다른 아이를 가질 수 있단다."

남자 형제에게로 향하여 말한다: "내가 돌아가신 부모님을 되살아나시게 해서 새 형제를 수태하시도록 할 수는 없어."

바로 그것이 택해야 할 남자에 대해 한부리가 내린 판단이다.

(이 수수께끼는 원하는 만큼의 많은 해답을 지니고 있다.

인디언 여자의 해답은 매우 아름답다. 그 여자는 말한다: "내 어린 시절의 옛날에 대해 함께 말할 수 있는 사람은 남자 형제뿐이다. 어떤 남편도 어린 소녀였던 나를 영원히 모른다. 내가 뱃속에 지녔던 아이는 자신의 모든 꿈들을 내가 살아 있지 않을 미래의 시간에 바친다.")

*

남자는 어떤 여자를 선택해야 할까?

헤라는 안식처, 가장 가까이 있는 여자, 어머니, 할머니이다. 아테나는 전쟁, 가장 먼 곳에 있는 여자, 족외혼의 여자, 강제로 납치해온 젊은 여자다. 아프로디테는 아름답고 성숙하며 가임이고 통통하게 살이 찌고 번식력 있고, 선사학자들이 제멋대로 비너스라고 부르거나 미국인들이 조소적으로 에투알 Etoile,[2] 시두스 Sidus,[3] 스타 Star라고 부르는 여자이다.

별의 영향에서 벗어나기 dé-sidération를 말하기 위해서 스타 숭배에서 벗어나기 dé-starisation를 생각하기는 의미론적으로 어렵다.

가장 아름다운 신화들도 오른손과 미래를 중시하는 탓으로 불길하다.

한 집단은 다른 집단과 분리함으로써 자신들의 고유한 언어를 만들어낸다. 언어는 절대로 개인의 창조물이 아니다. 언어의 사용이 대뜸 개인적이 되는 일은 전혀 없다. 신화를 규정하는 언어 서술의 주체는 결코 한 개인이 아니라 집단이다. 그것은 모든 산모들을 둘러싸는 집단, 어머니 각자의 목소리를 통해 아기에게 가르쳐지는 집단이다. 모든 어머니는, 현실의 아기 아버지가 반복해서 지닌 특성들을 가진 집단이며, 아기 어머니의 부계의 절대 조상의 영향권 내에 있는 집단의 화자가 모든 신생아 안에 들어 있다고 상정한다.

신화들을 원용하는 사회학적 역할을 이해해야만 한다.

신화들의 화자는 절대로 한 개인이 아니다.

화자는 항상 집단이다.

화자는 항상 집단들 간의 사냥에서(전쟁에서), 집단들을 한 무리로 만드는 사냥에서 살아남은 집단이다.

사랑은 전쟁의 적 그 자체다.

---

2 프랑스어로 '별.'
3 라틴어로 '별.'

비사회성(은둔 상태) 혹은 모든 이들에게 등을 돌린 두 사람만의 사회(결혼하지 않고, 아이를 갖지 않고, 드러나지 않는 커플)가 사회에게는 두 적들이다.

사랑은 사회가 개입하지 않은 인간 상호간의 관계이다. 사랑은 집단의 세론, 즉 독사doxa[4]가 중개하지 못하는 내면의 사고이다. 그로 말미암아 사랑은 모든 신화의 관점에서는 부정적인 장면이다.

사랑은 반사회적인 관계다.

행복한 사랑이란 없다는 것이 윤리의 교훈이다.

*

그것이 진실이 아님은 자명하다: 윤리의 교훈은 결코 진실이 될 수 없다. 더 정확히 말하자면 사회의 윤리는 개인의 진실과 반대된다. 사회의 윤리가 우선이다. 사회의 윤리는 그것을 반복하고 지속시키는 구성원 모두를 위해 다음과 같은 유일한 계율을 공포한다: 사회가 중개자나 주최자가 되지 않은 인간 상호간의 관계가 있어서는 안 된다.

사회 고유의(신화적이고 영웅적이고 역사적이며 국가적인 등등의) 여행을 꾸며내고 찾아내는 사회는 사랑을 반드시 성공적으로 겪어야 하는 시련으로 변조시킨다. (즉 사랑을 무릎 꿇게 함으로써, 사랑을 소멸하는 것이든가 불가능한 것이든가 불행한 것으로 만듦으로써.) 집단은 개인들 간의 사랑을 좌절시켜야만 할 일시적인 탐욕으로 간주한다. 그 이유는 집단이 정착하여 지속적으로 기능하고 번식하면서, 개인들 간의 생물학적 생식이 규제할 수 없는 계보적이며 위계적인 관계들을 영속화

---

4 그리스어 도케인dokein(보인다, 생각된다)에서 파생된 단어. 플라톤이 개념적인 참 인식에 대하여 낮은 주관적 인식을 가리켜 부른 말이다.

시키기 위해서이다. 연인들의 비극적인 결말이 집단에게는 수천 년 동안 오로지 해피 엔드 happy end였다. 집단은 비극적 결말보다 남편과 아내의 결합, 규정에 맞게 구성된, 즉 집단을 이루는 인척들과 배우자들의 결합을 선호하기 때문이다.

*

인간의 사랑이 제기하는 질문은 — 폭력적인 성(性)의 편의주의와는 반대로 — 모든 다른 기회들에 대해 우선적인 선택이나 독점욕, 관계의 지속, 이 선택의 배타성(일부일처제의 집착과 정조)에 기인하지 않는다.

사랑에 대한 이와 같은 정의는 선(先)인류적이다. 이런 결합은 영장류나 새들에게서 다시 찾아볼 수 있는 것으로 정절 지키기와 영양 섭취에 연관된다.

이 질문은 우선적(사회적 선택보다, 가능한 모든 다른 사회적 관계들보다 우선적인) 선택에 대해 제기되어야 한다.

사랑은 의도성 없는 살인적인 매혹, 굶주림과도 같은 살인적인 매혹, 사랑하는 두 사람 중 하나의 살인적인 매혹, 적어도 부족들 간의 교환 법칙에서 그리고 계보상의 일시적인 성층(成層) 구조 안에서 행해지는 사회의 살인적인 매혹에서 생겨난다. 그것은 각 가족이 공유한 일체감에 불화를 일으키고 집단을 비집단화시킨다. 파리스(사랑의 우선적 선택에 처한 그리스의 주인공이다: 그의 판단을 여신들이 구걸한 다음에야 인간들이 간청한다)와 관련된 신화에서 감동적인 것은 파리스가 부왕에 의해 버려진 왕자, 사회에서 배척받은 주인공, 죽음에 바쳐진 아이라는 사실이다. 그러므로 이 사회 부적응자는 비사회적 관계(고대 그리스인들의 생각과는 달리, 인간의 행위 중에서 가장 사회적인 행위가 전쟁이라는 점을 제외하고)를 선택한다.

동족을 죽음으로 내모는 동족 사냥은 인간 사회의 속성이다.

인간 사회는 동족의 죽음을 금지하지 않는 유일한 동물 사회이다.

동물의 잔혹성과 상반되는 인간의 잔인성은 갈망의 한 결과이다.

*

논증 I. 사랑이 일부일처제인 이유는 사랑이 단일 형태로 싹트기 때문이다. 찍힌 자국은 하나다. 놀라게 하는 힘도 하나다. 과거도 하나뿐이다.

논증 II. 사랑이 일부일처의 열정인 까닭은 성(性)의 구분만이 있기 때문이다.

논증 III. 사랑의 싹틈은 시작이다. 그런데 음성과 생식 기관을 가진 자의 되면 상대에는 끝이 없다. 하나의 사랑이 종말에 의해 폐기되지는 않는다. 사랑에는 끝이 없다. 왜냐하면 사랑은 영원토록 시작이기 때문이다. 볼 수 없는 만남이 이루어질 당시, 언어가 부재 — 언어는 뒤늦게 습득된다 — 했고, 기억이 부재 — 기억은 벽 위로 기어오르는 담쟁이덩굴처럼 뒤늦게 습득된 언어 위로 기어오른다 — 했던 탓에 최초의 인물의 얼굴이 잊혀지고, 그의 고유한 이름이 잊혀질 때까지.

이런 경우에 사랑은 자신도 모르는 일부일처제다. 찾아 헤매는 얼굴은 어둠에 불과하다.

이 기이한 단일 형태는 육체에 선행하는 계속되는 어둠이고, 그것은 부재하는 이미지다.

사랑은 가시적인 것을 금기로 규정함으로써 계속되는 어둠을 지속시킨다.

*

　　기원전 2세기에 주오원퀸[5]이 살았다.

　　그녀는 결혼해서 시골에서 살고 있었는데 열일곱 살에 남편을 잃었다. 그녀가 도시로 되돌아와 아버지의 집으로 살러 갔는데, 아버지는 부자 상인이었다. 어느 날 아침, 아버지가 일자리를 찾고 있는 가난하고 학식 있는 치터[6] 연주자인 스무 살의 스마시앙루[7]의 방문을 받게 되었다. 주오원퀸이 문을 열고 고개를 들이밀었다. 누군가가 있었기 때문에 그녀는 즉시 문을 도로 닫았다.

　　그 젊은이의 이름, 나이, 처지를 알기도 전에, 그녀는 스마시앙루를 처음 보는 순간부터 그에게 넋을 잃고 사랑에 빠졌다.

　　그들은 낮에 서로 연락을 취할 수 있는 방법을 찾아낸다. 그녀 자신은 전남편과의 추억 속에서 욕정을 참을 수가 없어서, 스마시앙루의 성기를 손 안에 잡아 쥐고, 자신의 허리띠를 풀고, 허벅지를 벌리고, 그 남자 위에 올라앉는다. 그들은 날이 갈수록, 점점 더 격렬하게, 서로에게 달라붙는다.

　　주오원퀸은 스마시앙루에게 만사를 제치고 자신을 납치해달라고 요구한다. 그가 그녀를 납치한다.

　　청상 과부는 수치(그녀의 죽은 남편에 대하여)와 가난(아버지의 부

---

5 주오원퀸(卓文君). 중국 전한 시대의 실존 인물이다.
6 치터. 오스트리아, 남부 독일 등 유럽의 민속악기로 애용되는 현명(絃鳴)악기. 치터란 현악기를 뜻하는 그리스어이다.
7 스마시앙루(司馬相如). 전한 시대의 인물로, 그와 주오원퀸의 이야기는 사마천의 『사기(史記)』를 비롯하여 많은 기록으로 전해져 내려오는 유명한 사랑 이야기이다.

유함에 비하여)에 용감히 맞선다. 그녀는 술을 파는 가난한 아낙으로 변한다.

스마시앙루는 조금도 변함이 없다. 그는 책을 읽는다. 노래를 부른다.

주오원퀀의 늙어가는 아버지는 자신의 딸이 치터 연주자에게 품고 있는 끈질긴 사랑에 마침내 감동을 받는다. 아버지가 그들을 결혼시킨다. 그는 새로운 부부를 용서한다. 새 부부에게 자신의 재산을 물려준다. 도시는 그 아버지를 교수형에 처한다.

*

어떤 문화권에서든 어떤 시대에서든 간에, 사랑은 제도화된 사회적 교환을 교란시키는 저항할 수 없는 유혹을 만들어낸다.

고대 중국에서는 열렬한 감정을 따르는 것과 훌륭한 음악을 듣는 깃이 힝 긴 결듭되어 있다.

고대 로마인들이 매혹이나 섬광 fulguratio이라는 단어로 묘사했던 것을 고대 중국인들은 파멸의 노래에의 복종이라는 단어로 지칭하였다. 그것은 저항할 수 없는 동일한 격정이다. 순수한 옛날이 지체 없이 행사하는 동일한 영향력이다.

음악과 사랑 간에는 차이가 없다: 진실한 감동을 듣게 되면 완전히 길을 잃게 된다.

*

논증 IV. 성sexualité은 절대로 말을 하지 않는다. 성sexe의 분리는 모든 언어보다 훨씬 더 오래된 것이다. 바로 언어(사회)가 침묵하는 성을 대신해서 말하고, 침묵하는 것을 위해 상상의 질서들을 지어내고, 동물적 쾌락의 현상보다 우선적이거나 지속적인 선택들을 권장한다. 동물학적 쾌락의 상상이나 구체화는 문화에 타격을 주는데, 문화 자체는 집단 안에 언어가 도입된 결과로 생겨난 것이다.

비사회적 관계에 대해 말하는 자는 결코 은자나, 추방된 자나, 유기된 어린애나, 연인들이 아니라 존재하고 있음에 만족하는 사회, 계속해서 재생되기를 바라기 때문에 끊임없이 스스로를 사랑하는 사회이다.

그렇기 때문에 사랑을 억누르는 담론은 결코 사랑에서 솟아나는 것이 아니라 사회-언어, 다시 말해서 신화라고 부르는 것에서 유래한다.

신화가 규정하는 서술의 화자가 사회라면, 이 화자는 내면화된 3율법, 즉 내면의 남의 평판, 집단 주택과 광장의 군중들을 위한 내면의 토론회, 자기 도취적이고 시청각적인 집단을 위한 시청률 등등이다. 신화(즉 종교, 다시 말해서 사회-언어)가 각자의 몸 속에 각인시키는 것은 태어나면서 받은 그들의 성(姓)과 더불어 인척 관계들, 세대와 성(性)의 지배 축인 시간(무엇보다도 선조와 후손인), 공간과 결합의 축, 재산, 직업, 지위, 관계들의 상속과 점유의 축들이다.

모든 관계들, 심지어 성적(性的)이 아닌 관계들까지도 사회를 재생하는 성이라는 최초의 체에 그런 식으로 걸러진다 하더라도, 사회의 어느 구성원도 결코 진정한 혹은 반박의 여지 없는 사회적 표상을 지니지는 못한다.

문짝이 둘(번식성 포옹의 이성애와 개인의 죽음) 달린 문에 의해서 삶이 인류를 젊게 하고, 새롭게 하고, 분화시키려 원하던 곳에서 사회는 재생하고, 되풀이하고, 동질화하고, 동일시하고, 애국자를 만들고, 뿌리를 내리게 하고자 한다.

제24장 한부리의 판단 **243**

논증 V. 모든 것이 성적이다. 모든 것이 정치적이다. 모든 것이 언어이다. 모든 것이 친척 관계다. 이 네 가지 국면들은 정확히 동일한 것을 의미한다. 이 네 가지 진정한 문구는 인간의 성—죽음—유형 성숙(幼形成熟)—교육에 대한 네 가지 확고한 암시들이다.

*

원초적 장면, 그것은 이미 다른 세계로, 죽음으로 그리고 먼 옛날로 들어서는 입구이다. 그 장면이 불러일으키는 대담한 상상력이 놀라게 하고 갈망하게 만들지만, 이 반사적인 상상력은 그 결과물인 인간을 지배하는 별이다. 보이지 않는 항성 별자리(별 두 개나 여섯 개)로 인하여 우리의 시선은 영원히 위성이 될 수밖에 없었다.

사상 야행성인 자들의 시선.

원초적이며 발아적인 장면(어린애들 안에 들어 있는 부모의 장면, 손자들의 몸 안에 들어 있는 조부모의 성[姓]의 장면), 최후이며 매장하는, 그렇기 때문에 발아적인 장면, 봄이면서 발아적인 장면, 이런 장면들은 갈망할 수 없는 별자리들 sidera이다.

이런 장면들은 욕망할 수 없는 욕망이다(그것은 근친상간의 금기를 형성한다).

*

논증 VI. 인간의 본성은 이렇게 규정될 수 있다: 집단과 언어에 종속된 성(性).

사랑은 그에 대한 반역이다.

동물의 세계에서 통용되는 성이 인간에게 제공하는 광경에 비해, 사회화된 사랑은 인간 사회의 일탈을 오만하게 거부한다.

사랑은 인간 사회가 처벌하는 어떤 것이다.

모든 다른 영장류의 사회에 비추어보면, 인간 사회는 사회를 위해 성의 어떤 것을 희생시킨 동물 사회로 정의된다.

*

어린애란 그를 만든 사람들에 비해 언제나 다소간 선조이다. 아버지의 성기가 어머니의 매혹적인 육체 안에 아이의 자리를 마련해주는데, 어머니는 그녀 자신의 아버지에게 매혹된 자이다.

제25장

거울을 찾는 혼백들이 있다. 나는 공교롭게도 마녀들이 사용했던 오래된 표현을 골랐다. 도처에서 동의(혹은 비난이 아닌 의견)를 구하는 사람들이 있다. 신은 하나의 시선이다. 최후의 심판은 하나의 시선이다.

내 친구들은 모두가 말을 하면서 몰아지경에 빠지는 여자나 남자들뿐이다. 그들은 드러내놓고 생각한다.

그렇기 때문에 생각하는 가장 좋은 방식은 글쓰기이다.

*

어떤 책의 출판을 계기로 텔레비전에 출연하게 되었을 때, 텔레비전이 어떤 점에서 내게 그다지도 고통스러운지를 문득 이해할 수 있게 된 것도 그런 이유에서이다.

생방송 카메라의 렌즈가 자신들을 지켜보고 있음을 알면서, 그 앞에서 말을 하는 사람들은 모두가 타인의 시선 아래 있기 때문에 진정으로 입을 열지 못한다.

그들은 매혹된 자들이 말을 하듯이 말을 한다. (이 말 속에 당연히

나도 그런 사람들 중의 한 사람으로 포함된다.) 그들은 타인이 바라고 기대하는 대로 말을 한다. 그들은 단상으로 올라간다. 무릎이 후들거려 서로 부딪친다. 그것은 상투적인 구호, 감시된 발언, 그들의 입술에 떠오른 내면의 목소리를 금지시켜 혀끝에서 말려버리는 집단의 규범이다.

    남의 시선을 의식하고 있는 사람들의 말을 듣는 것은 결코 유익하지 않다. 그들은 말하지 않는다. 그들을 바라보고 있는 사람들이 그들 내부에서 말하고, 그들은 복종할 뿐이다.

*

    나는 암호 같은 이 명제를 다시 반복한다: 바라보여지고 있음을 스스로 알고 있는 사람들의 말을 듣는 것은 결코 유익하지 않다.

*

    물이 서로 합류하지 못하게 막기는 어렵다.

*

    그리스어에서는 아들을 칭할 때 아버지와 근원이 같은 homoousios 자라고 말한다: 그들은 둘 다 그들보다 앞서 있었던 동일한 실질의 체현이다.

    아들은 아버지의 동명 이인이다. 아들이 물려받은 부칭(父稱)인 성(姓)에 의해서 그의 전기는 그의 선조들의 전기와 동일한 것이 된다. 프랑스의 왕들은 단지 번호만이 다르다. 일본의 대예술가들 또한 그러하다.

아들은 아버지의 어렴풋한 기억réminiscence이다. 닮은 이미지들의 생산, 그것은 성교다. 어린애들은 아버지의 살아 있는 이미지들이다. 본질을 공유하는 homoousiaques, 동형의, 동명 이인의, 찍어낸 듯 닮은 모습들. 모든 자식들에게는 단 하나의 성(姓)이 있을 뿐이다. 아버지가 될 연인은 화가이며, 그가 사용하는 유일한 물감은, 자연계의 여명기와 범해(凡海)의 최초의 생명의 물결 이래로, 모든 선조들의 육체에서 육체로 전해지는 희멀건 정액이다.

*

상징 symbola. 고대 중국인들은, 고대 그리스인들에 비교한다면, 둘로 쪼개진 거울의 재결합에 대해 말함으로써 상징 효과를 배가시켰다. 왜냐하면 반영(反映)이, 마치 친자 관계가 아버지의 용모에서 아들의 용모로 옮겨가듯이 중재하기 때문이다. (한 이미지에서 이미지로가 아니라 한 얼굴에서 그 반영으로 옮겨가듯이 그렇다. 반영은 포옹 후에 여자의 몸을 거쳐 그녀 복부에 파인 움푹한 부분에서 불쑥 솟아나온다.)
 게다가 이 상징 작용은 반들반들하게 윤을 낸 청동의 쪼개진 두 조각이 서로를 알아보고 다시 맞붙는다는 사실에서 기인한다.

*

이끼류의 강렬한 초록빛은 그곳을 통과하는 사람의 얼굴을 물들인다.

*

이런 풍경들 안에서 우리는 누구를 찾고 있는가?
우리를 집어삼키는 어떤 것.

*

바다란 무엇인가? 산은? 하늘은 무엇인가? 태양은 무엇인가? 왜 우리는 주변에서 그만큼 크고, 우리의 형체와 생활 방식에 그만큼 비례가 맞지 않으며, 우리의 형태학과 비교하여 그만큼이나 이상한 것들을 찾고 있는 것일까?

그런 것들이 우리 내면에 들어 있는 선조들의 형태들일까? 그런데 살아 있는 자들에겐 숲에 이르기까지, 그리고 쏟아져내리는 급류까지, 모두가 조상이다.

*

흘러가는 구름들까지.
별들까지도.

*

왜 우리는 산들과 하늘을 얼굴들이나 마찬가지로 특이한 것들인 양 주시하는가? 그런 것들은 죽음처럼 우리보다 앞서 우리의 조건에 속해 있는가?

죽음처럼, 풍경들은 우리를 포함하기 위해 우리를 매혹한다.

*

매혹에 관해서, 귀는 음악을 가지고 있다. 눈은 회화를 가진다. 죽음은 과거를 가진다. 사랑은 타인의 벌거벗은 육체를 가진다. 문학은 침묵으로 환원된 개인의 언어를 가진다.

제26장 유대교회당 그리바[1]

우리가 카르타고에 갔을 때, 제일 먼저 나는 유티카[2]를 보고 싶었다. 나는 고대 티스드뤼스도 보고 싶었다. 그런 다음 우리는 비행기를 탔다. 우리는 에르 리야드에 갔다.

갑자기 택시 기사가 인적이 드문 차도변에 차를 주차시켰다. 그가 자랑스럽게 우리 쪽을 돌아다보았다. 그는 우리가 지시했던 장소 이상은 접근하지 않겠노라고 말했다.

유대교회당 그리바는 헤지라[3]보다 1,200년 이상 앞서 설립되었다. 이 교회당은 세상에 우뚝 선 채로 남아 있는 유대교회당들 중에서 가장 오래된 것으로 알려지고 있다.

운전 기사가 멀리 떨어진 광장에 차를 세웠다. 우리는 내렸다. 움트 수크[4] 교외였다. 햇빛을 받으며 우리는 대로를 따라 한참을 걸었는데, M은 걷기를 몹시 싫어한다. 그럼에도 M은 발걸음을 재촉했다. 그녀가 나보다 앞서 걷고 있었다. 한 마디 말도 없이 열기의 차단막처럼 침투할

---

[1] 그리바 Ghriba. 튀니지 남단 디예르바Djerba 섬에 보존된 가장 오래된 유대교회당.
[2] 유티카 Utica. 카르타고 북서쪽, 지중해 연안에 있던 아프리카의 옛 도시.
[3] 마호메트가 메카에서 메디나로 도망한 622년부터 시작되는 회교 기원.
[4] 티스드뤼스, 에르 리야드, 움트 수크: 튀니지의 도시들.

수 없게 줄지어 서서 통과를 제지하지는 않지만 그렇다고 대열을 풀어 주지도 않으면서 교회당 입구를 지키고 있는 군인들 사이를 비집고 들어갈 방법을 우리는 찾아냈다.

제27장 클레리아[1]

연인들은, 이 세상에서 생겨날 수 있는 가장 강력한 공동체를 구성하기 위해 가족이나 사회의 연대성을 그 공동체 뒤로 멀리 내던져버린 채, 밤이면 꿈속에서 보는 환각에 사로잡힌 장면을 잠과 이미지를 빼앗긴 밤에, 불면의 밤에 빛 속에서 행하는 포옹이라는 구체적인 형상으로 대체한다. 그런 여자가 아지자다. 연인들은 처음에는 다른 사람들의 눈에 띄지 않다가 나중에는 모든 사람들에게서 멀리 떨어져 자신들의 교환을 비밀에 부치고, 마침내는 자신들에게도 보이지 않게 되는 나체들의 접합으로 가족적이고 사회적인 관계들을 대체한다. 그런 여자가 클레리아다.

클레리아가 종이 쪽지에 성모 마리아께 보내는 다음과 같은 글을 쓴다: "내 눈으로 결코 다시는 그를 보지 않겠습니다." 사제가 봉헌할 때 그 종이를 태워서 약속이 저 세계에 전해질 수 있도록 사제는 자신이

---

[1] 스탕달의 소설 『파름의 수도원』에 나오는 여주인공. 나폴레옹을 숭배하는 이탈리아 귀족의 아들 파브리스는 무작정 워털루 전쟁에 참전하기도 하고, 사랑의 불장난으로 살인죄에 몰리는 등 방자한 모험을 거듭한다. 옥중에서 옥사장의 딸 클레리아와 사랑하게 되는 파브리스, 그에게 거의 맹목적인 애정을 쏟는 숙모 산세베리나, 그의 애인이며 파름 공국의 민완 재상인 모스카, 신앙과 사랑 사이에서 고민하면서도 파브리스에 대한 사랑으로 일관하는 클레리아, 그들은 모두 도덕의 울타리 밖에서 자신의 행복을 추구한다.

성체의 빵을 축성하는(Communicantes in primis……) 바로 그 순간에 그녀가 종이를 제단 위에서 태우도록 허락하는 반면, 그 동안 사제 자신은 미사를 올린다.

*

클레리아는 크레센지 후작과 결혼해야 한다. 그녀는 콘타리니 궁전에 감금되었다. 파브리스는 두 명의 하인을 매수하고, 자신이 그녀 아버지의 편지를 가져온 토리노[2]의 상인이라고 말한다. 하인이 그를 클레리아의 거처로 데리고 간다. 그는 층계를 올라간다. 그의 몸이 떨린다. 하인이 문을 열어주고는 사라진다. 클레리아는 하나뿐인 촛불로 밝혀진 작은 탁자 앞에 앉아 있다. 파브리스를 알아본 그녀는 갑자기 자리에서 일어나 뛰어서 도망을 치더니, 몸을 숨기러 살롱 구석으로 가서는 소파 뒤에 숨는다.

파브리스는 황급히 탁자로 가서, 그 위에 놓여 있던 촛불을 불어서 끄는 데 생각이 미쳤다.

클레리아가 다시 몸을 일으켜 파브리스에게로 다가오더니, 매우 놀랍게도 파브리스의 품안에 몸을 던진다. 그들은 어둠 속에서 닷새 동안이나 사랑을 나눈다.

결혼해서 크레센지 후작 부인이 된 클레리아는 언제나, 오직 밤에만, 새 궁정의 오렌지나무용 온실 안에서 창문들을 모두 막아놓고 파브리스에게 몸을 맡기더니, 파브리스의 아들을 낳게 된다. 그런데 파브리스는 어둠이 지겨웠다. 그는 밝은 빛 속에서 자신의 아들을 보기를 원한

---

2 이탈리아 북부의 도시.

다. 클레리아가 지고 만다. 소설의 맨 마지막 몇 페이지들에서는 마침내 날이 밝는다: 아이가 죽고, 클레리아가 죽고, 파브리스가 죽는다.

*

　스탕달이 지어낸 클레리아 신화는 나로 하여금 소포클레스가 안티고네에 관해 썼던 비극을 생각하게 만든다.
　한 사회를 지배하는 기본법은 그 법이 말해지는 언어의 표면에서 결코 언어로 표현되지 못한다.
　한 사회의 일반 체계의 키워드는 사회 구성원들 각자의 의식에까지 이르지 못한다. 신화란 이런 은폐이고, 개인의 의식은 그 직접적인 지식을 방해한다.
　심장의 박동이나 호흡의 리듬이 자유 의사에 따른 것이 아닌 것과 마찬가지로, 사회의 극단화는 그 근원이 동물학적이고 철저하게 언어 발생 이전의 오래된 것이어서, 선택된 것도 파롤의 자격을 획득한 것도 아니다. 후-성적post-sexuelle이고 계보적이며 사회적인 극단화는 그것이 자유 의지적이 아닌 것과 마찬가지로 있을 수 없는 것이다. 모든 사회는 암시적 간과법을 사용함으로써 기능한다. 집단은 공포 상황이 제기하는 문제에 직면하게 되었을 때, 그 문제를 비성문법이라고 부른다(소포클레스의 그리스어로는 비성문법nomos agraphos). 그것은 집단의 영혼의 피부에 새겨진 글자 없는 문서(어머니와의 근친상간이든가 시간증〔屍姦症〕, 마법, 수간〔獸姦〕 등등)이다. 플루타르코스[3]는 영혼 깊숙이에 새겨진 기록되지 않은 문서가 금지하는 것은 단지 사회에 의해 금

---

3 플루타르코스Plutarchos(46?~120?): 고대 그리스 말기의 문인. 『플루타르코스 영웅전』의 저자.

지될 뿐만 아니라(즉 언어에 의해서도 역시 금지될 뿐만 아니라), 태양에 의해서도 금지된다고 설명한다(『모랄리아 *Moralia*』,[4] 83, 101): 그렇기 때문에 그는 별난 방식으로 "비문자적인 문자 littera(기록되지 않은 기록 graphè)가 밤이면 꿈속에서 나타나지만 낮에는 상상조차 될 수 없다"라고 쓰고 있다.

생각할 수 없는 것은 가시적인 것이 품고 있는 이미지들을 받아들여서는 안 되는데, 그 이미지들은 함정처럼 상상할 수 없는 것을 유혹할 것이다.

클레리아가 제단 위에서 태우는 종이 조각이 바로 그런 것이다.

그리스어로 graphè는 기록된 문자, 회화뿐만 아니라 죄악도 의미하는 단어이다.

라틴어로 범죄 facinus는 음경 fascinus을 필요로 한다.

*

성은 언제나 일반 공리에서 벗어나고 추문을 일으키고 비논리적이며 무질서한 것, 비의소(非意素)적이 아니라 비(非)노에시스적인 것이 될 것이다. 인류 이전의 것이 될 것이다.

그것은 모든 기호와 모든 의미 작용 이전의 흔적이다. 파괴할 수 없는 과거다. 꿈의 이미지마다 발기되는 남성 성기는 비가시적인 문자이다. 눈에 보이지 않는 형태 결핍. 최초의 변모. 서로 올라타고 서로를 감싸는 두 육체의 포옹은 살아 있는 자의 최초의 단어이다. 이 단어는 꿈꾸는 자들에게 그 문자들이 보이지 않는 것과 마찬가지로 포옹의 결

---

[4] 플루타르코스가 쓴 약 70편의 수필을 모아놓은 책.

실인 자들에겐 보이지 않는다. 사랑이 비가시성의 욕망을 길어내는 곳이 바로 보이지 않는 장면에서이다. 그것은 인류에게 영원히 결핍된 이미지다.

*

귀결 I. 수치스러운 행위가 밤에만 가능하고 이름을 부여받을 수 없다면, 도시 내에서 혹은 태양의 유일한 시선 아래 그 행위가 불쑥 나타날까 두려워서이다. 예를 들어 수간은 이미지에 의해, 언어에 의해, 상징적 문자에 의해, 법nomos에 의해, 그리고 태양에 의해 금지된다.

그렇게 해서 플루타르코스의 논거는 즉시 구석기 시대 동굴의 어둠 속에 갇힌 동물과의 성애를 생각하게 만든다. 그것은 아직은 켈트 사람들, 골 사람들, 비잔틴 사람들, 회교도들이 생각했던 성상 파괴주의를 본딴 성상 파괴주의가 아니다. 그렇지만 이미지를 어둠 속에 유폐시키는 것이다. 아직은 성상 파괴가 아니다: 그것은 이미 비표기적인 표기를 태양의 시선에서 벗어난 곳에, 빛이 닿지 않는 곳에 안전하게 보존하기다.

*

귀결 II. 스탕달이 만들어낸 클레리아는 플루타르코스의 비가시적이고 있을 수 없는 비성문법을 소생시킨다. 밤마다 파브리스와 사랑을 나누지만, 포옹은 실재하지 않는다. 클레리아도 파브리스도 그들의 계약을 위반하지 않는다. 빛을 들어오게 하여 세 사람 모두를 죽게 만든 것은 어린애의 가시성이다(태양의 시선). 『파름의 수도원』의 충격적인 결말은 흡혈귀 이야기의 결말과도 같다. 빛이 불시에 흡혈귀들을 덮쳐 가차없이 죽여버린다.

*

귀결 III. 새벽빛이 클레리아를 쓰러뜨린다.

*

왜 클레리아 크레셴지 후작 부인은 칠흑 같은 어둠 속에서만 파브리스에게 몸을 허락하는가?

욕망의 포로로 보여진다는 사실이 그녀를 수치스럽게 만들기 때문은 아니다.

스스로가 가시적임을 알게 되면, 자신을 내맡길 때 형태 없는 격렬한 감정이 사라진다.

오로지 비가시성만이 내면의 느낌에 전적으로 머무르게 하여, 그 느낌이 영혼을 순식간에 휩쓸게 한다.

*

귀결 IV. 사랑은 타인들의 시선을 증인으로 삼는 순간부터, 사랑을 규정하는 타인(순수 타아alter)의 불안하고 탐욕스러우며 굶주린 듯한 시선을 상실하고, 사랑의 겉모습을 생각하게 되고, 사랑의 외설스러움을 제거하고, 사랑을 몰아가는 움직임을 염두에 두게 되며, 사랑에 내려지는 평가 ― 요컨대 시선과 별반 구분되지 않는 평가 ― 를 두려워하게 된다. 사랑은 자신의 나체를 드러내면서 포즈를 취하고, 비밀을 잃어버리면서 배우나 거짓말쟁이가 되고, 베일을 벗음으로써 비가시적일 때보다 자신을 훨씬 더 연극적으로 만들며, 옆모습이 보이도록 하거나 혹은 거기 있는 침대 시트 자락이나 잎사귀들이 달린 나뭇가지로 단호하게 모습을 가린다. 감정이 호시탐탐 사랑을 노리고 있다. 사랑은 부단히 저항한다. 사랑에 불이 켜진다. 그런데 사랑을 밝게 빛나게 할 수는 없다. 사랑이 빛을 발한다고 주장하는 것은 지나친 것이다. 사랑은 포옹 안에서 시선을 압도해버림으로써 단지 꺼질 수 있을 뿐이다. 사랑에 거리를 부여하는 모든 것은 사랑을 해체시킨다.

*

성녀 뤼시[5]는 구혼자에게 자신의 몸을 내맡기려고 자신의 두 눈을 뽑는다.

클레리아(그녀가 콘티에서 크레센지로 변모했을 때)는 파브리스에게 어둠을 강요함으로써 그녀가 파브리스에게 품고 있는 사랑을 갈망한다.

*

클레리아는 자신이 사랑하는 남자를 보려 하지 않는다.

귀결 V. 무의식적인 사람은 의식을 좋아하지 않는다.

---

[5] 생트 뤼시Sainte Lucie. 시라큐스(304?)에서 순교한 동정녀. 그녀는 약혼자에게 보내려고 자신의 두 눈을 뽑았으나, 곧 더 아름다운 두 눈이 생겨났다고 전해진다. 시칠리아, 이탈리아, 독일, 프랑스에서는 안과 질환자들이 그녀에게 기도한다.

클레리아는 자신이 성관계를 가지는 상대방의 육체를 흘깃이나마 보려 하지 않는다. 즐길 뿐 더 이상 아무것도 알려 하지 않는다.

태생 동물에게서 정액의 투입이 체내에서 이루어지는 것과 마찬가지로, 인간의 성기도 밝은 빛을 좋아하지 않는다.

관능은 명철한 의식 상태를 좋아하지 않는다. 소설 · 신화 · 영화들을 참고할 것. 특히 이야기의 결말을 내게 말하지 마시오. 입을 다물어요! 나는 그것이 사실인지 거짓인지 알고 싶지 않소. 내게 결말을 말하지 말아요!

알지 않으려는 욕망이 있다. 무지에 대한 열정이 있다. 황홀감과 명철함은 상극이다. 전적으로 대상에 몰입하고 전혀 자신에 대한 성찰에 빠지지 않으려는 사람, 그런 자가 무의식적인 사람이다.

*

아무것도 알려 하지 않는 것에, 그 반대 극으로서 지칠 줄 모르는 심적 호기심이 대응한다.

160년대에 아풀레이우스[6]가 카르타고에서 썼던 것이 프시케[7]의 이야기다.

파브리스처럼, 큐피드[8]는 매번 새벽이 되기 전에 자취를 감춘다. 프

---

6 루키우스 아풀레이우스 테스쿠스 Lucius Apuleius Thescus(125~170): 고대 로마의 문학가. 그의 작품 『황금 당나귀』에 큐피드와 프시케의 사랑 이야기가 나온다.
7 신화에 나오는 왕녀. '혼(魂)'을 뜻한다. 프시케는 아름다운 외모로 아프로디테의 질투를 받게 되고, 그녀의 아들 큐피드(에로스)와 사랑에 빠져 그의 아내가 된다. 그러나 자신의 모습을 보이지 않으려는 큐피드의 계율을 깨뜨리고, 밤에 촛불을 들고 그의 얼굴을 보았기 때문에 버림을 받는다. 프시케는 슬퍼하며 큐피드를 찾아 헤매며 갖은 고난을 겪는다. 마침내 제우스 신의 도움으로 아프로디테의 허락을 얻어 큐피드와 행복한 결혼 생활을 하게 된다.

시케Psychè는 남편의 육체physique를 알지 못해 불평한다. (음경fascinus 은 그리스어로 physis라 번역되는데, 그렇게 해서 그리스 저자인 루키오스가 그 단어를 사용하고, 그것을 아풀레이우스가 다시 라틴어로 번역한다.) 프시케가 언니들에게 말한다: "나는 남편이 밤에만 나타나는 것을 참고 있어요. 남편은 목소리뿐으로 신분도 불확실하고(incerti status) 빛을 피해요(lucifugam)."

동물의 성욕과 대조적으로, 인간의 사랑은 빛을 싫어한다. 그것이 사랑에 관계되는 보편적인 금기들 중의 하나다.

프시케는 반원형의 면도칼, 기름 등잔과 냄비(휴대용 기름 등잔을 감추기 위한)를 갖춘다. 그런데 등잔의 아주 뜨거운 기름이 남편의 팔에 화상을 입히자, 사랑이 영원히 사라진다(나의 사라짐으로 진정 너를 벌하리라te vero fuga mea punivero): 화상을 입은 그의 팔들이 날개로 변했기 때문이다. 새가 된 큐피드는 프시케의 탄식이 시작된 방의 창문 맞은편에 있는 실편백나무 가지 위에 말없이 내려앉는다.

*

연인들이 그들의 밤의 육체들을 떠나면, 하나는 멀리 나뭇가지 위에 앉고, 다른 하나는 창턱에 팔꿈치를 괸다.

사랑은 영혼에 기댄 영혼이다.

---

8 로마 신화에 나오는 사랑의 신. 에로스라고도 한다.

사랑은 따로 떨어져 행해진다. 마치 생각이 따로 떨어져 이루어지듯이, 독서가 따로 떨어져 행해지듯이, 음악이 침묵 속에서 구상되듯이, 꿈꾸기가 잠들어 있는 어둠 속에서 이루어지듯이 말이다.

*

왜 나는 음악가인가. 클레리아가 말한다: 눈을 뜬다는 것은 느끼지 않는 것이다. 에로스가 프시케에게 말한다: 눈을 뜬다는 것은 나를 잃어버리는 것이다.

진정한 음악가라면 눈을 뜨고 음악을 들을 수 없다고 서슴없이 말한다.

귀결 VI. 자궁 내에서의 최초의 복종은 태생 동물들의 임신을 참조케 한다.

목소리 없는 청취는 또한 시선 없는 청취이기도 하다.

세계를 알기 위해서는 동굴에서 나와야 하지만 동굴을 떠나면서 가능한 한 가장 늦게 눈을 떠야 한다고 쿠스 입문 동화는 말한다.

가시적인 것이나 언어가 단속적이어서 결합에 상반되는 곳에서 애무는 연속적이다. 그렇기 때문에 사람들에게 사랑은 밤의 결합이 된다.

제28장
피에르 아벨라르에 대한 엘로이즈의 반론[1]

서로 사랑했던 이후 18년이 지나서 엘로이즈가 피에르 아벨라르[2]에게 반론으로 제기했던 다섯 가지 논거들을 내가 활용하고자 한다.

이 논거들을 피에르 아벨라르는 인정하지 않았다.

서신 교환이 있었을 때, 피에르 아벨라르의 나이는 쉰다섯을 넘었고, 그들 사이에서 태어난 아들(아스트롤라부스 아바일라르두스)은 청년기를 지났으며, 엘로이즈는 파라클레 수도원[3]의 성직자가 되어 있었다.

마침내 엘로이즈가 펜을 들기로 결단을 내렸던 것은 피에르가 자기 식으로 그들의 사랑을 이야기했기 때문이었으며, 편향적이고 힐난투의 이야기를 그녀의 동의도 없이 1132년에 출간했기 때문이었다(『페트루

---

1 『아벨라르와 엘로이즈의 사랑과 수도(修道)의 편지』 중 후반 서간에 해당된다. 프랑스 중세 철학자 아벨라르와 그의 여제자 엘로이즈가 교환한 서간집으로 총 12통이 알려져 있다. 아벨라르(당시 39세)와 엘로이즈(당시 17세)는 서로 사랑하는 사이가 되어 결혼하여 아들 하나를 두었다. 그러나 엘로이즈의 숙부에 의해 아벨라르가 거세당한 뒤, 둘은 각기 수도 생활에 들어갔다. 그뒤 아벨라르가 자신의 불행한 반생을 엮은 제1서간을 계기로 재개된 두 사람의 정신적 교류의 기록이 이 서간집이다. 제2~5서간에는 엘로이즈의 사랑의 고백이 두드러져 '사랑의 시간'이라고도 불린다. 후반 '교도(教導)의 시간(제6~8 서간 및 단편 서간 4통)'은 학문과 수도에 대한 그녀의 질문과 아벨라르의 교지를 내용으로 하고 있다.
2 피에르 아벨라르 Pierre Abélard(1079~1142): 프랑스의 철학자, 신학자. 유명론자. 라틴어식 이름은 페트루스 아바일라르두스임.
3 아벨라르에 의해 1129년 창설된 수녀원. 엘로이즈가 최초의 수녀원장을 지냈다.

스 아바일라르두스의 재앙들의 역사』, 1132).

*

　엘로이즈가 옛 연인에게 던진 첫번째 비난은 결혼과는 다른 종족처럼 생각되는 사랑에 관련된다: "당신은 저를 부추겨 사랑을 제 삼촌이 우리에게 강요했던 결혼 상태보다 확실히 우위에 놓도록 했던 이유들을 숨기셨습니다. 이런 이유들이야말로 저로 하여금 항상 사슬(vinculo)보다는 자유(libertatem)를 선호하게 했습니다."

　결혼 거부에 대한 이데올로기는 아주 최근의 일로서, 아랍의 신비주의 신학과 프로방스의 서정시에 의해 영향을 받았다. 즉 그것은 정중함이다. 그러나 엘로이즈는 그것에 더 근본적이고, 더 오래된 두번째 논증을 덧붙인다. 사랑하는 여자는 자신의 육체에 관련된 것에 대해 강요받아서도 안 되고, 자신의 인격에 관련된 것에 대해 종속되어서도 안 된다. 부부간의 성적 의무(로마 시대의 부인들이 비굴한 아첨이라 불렀던 것)도, 경제적 예속도, 법적인 속박도, 사랑의 관계를 억누를 수는 없다. 문제는 사슬이 아니라, 사회나 가족의 모든 대리자에게 완강히 저항하는 직접 접촉이다. 그것은 양성적(兩性的)일 테지만, 이 성(性)을 저 성에 연결하며 이 영혼에서 저 영혼으로 전달하는 것이기 때문에, 조금도 평등하지 않다. 사랑은 타인에게 도달하는 것이다. 필베르 삼촌(피에르 아벨라르를 거세시키고 그 비용을 지불한 자)에 의해 중매가 이루어진 공개적인 결합이라는 생각, 금전상의 이해 관계로 체결되어 미래의 시간을 예상하거나, 적어도 보장해주는 문서에 의해 영속화되고, 가족 및 사회 공동체에 의해 승인되고, 모든 이들의 기억에 의해 유지되는 결합, 그것은 마치 세월이 흐르지 않기라도 했듯이 언제나 엘로이즈를

격분시킨다.

*

　이것은 정확히 엘로이즈의 세번째 주장이다: 섬광의 기억이 시간을 초월한다면, 기억은 마모나 망각에서 벗어나 있다. 그렇기 때문에 엘로이즈는 아벨라르에게 쓴다: "그런데 어떻게 당신은 기억(memoria)이 사라진다고 전제할 수 있는지요?" 쓰라린 감정은 있을 수 없다. 뉘우침은 생겨날 수도 없고, 아주 단순하게나마 생각할 수조차 없다. 부정(不貞)이란 오히려 불가능한 허풍, 입에 발린 거짓말이다. 언어로, 결혼으로, 금전으로만, 타자의 시선에서만, 이미지로만 속일 수 있다. 그러나 육체와 영혼에 주입된 것은 그것이 남긴 자국으로부터 자유로울 수 없다. 오류는 연령도 시대도 개의치 않는다. 각 문화권에 구멍을 내고, 모든 사회와 시대의 내벽을 찢으면서, 인간의 시간 이편으로부터 와서 눈꺼풀 안쪽으로 찾아들지만, 결코 남이 볼 수 없는 음란한 이미지가 자신의 이동 경로에 무감각한 채로 지속적으로 새로운 상태, 억압할 수 없고 불쑥 솟아오르고 곤두서서 태어나는 상태를 유지하는 것과 마찬가지다: "사람들은 내가 얼마나 위선적인지 모르기 때문에 나의 순결을 칭찬한다(Castam me praedicant qui non deprehenderunt hypocritam). 불현듯, 심지어 미사 의식 동안에도 우리들의 가장 남부끄러운 성적 쾌락의 음란한 이미지들이 내 눈 앞으로 지나간다(Inter ipsa Missarum solemnia obscoena earum voluptatum phantasmata captivant animam). 이미지들의 선명함과 외설적인 매력(turpitudo)은 수년이 흘러갔음에도 불구하고 최초의 것들로 생생하게 남아 있다."
　네번째 논거는 보기 드문 것이다.

몽환적 편지의 필자를 밝히는 여자들은 드물다.

직무 임기 동안에 공개적으로 그런 고백을 하는 여집사들이나 수녀 원장들은 더욱 드물다.

나는 어떻게 하면 엘로이즈의 대담함을 느끼게 할 수 있을지 알지 못한다: 음란한 장면(obscoena phantasmata)을 하느님의 신전에서조차도 잊지 못한다. 한 술 더 떠 엘로이즈는 연인의 거세에 대해 다시 언급함으로써 논거를 연장하는데, 다시 한 번 엘로이즈의 그 말은 상상을 초월한다. 남편을 거세했던 두 사람은 재판을 받고, 거세되고, 그런 연후에 두 눈동자가 제거되었다. 그렇지만 이 두 사람의 거세는 엘로이즈의 육체에서 떠나지 않는 피에르의 거세 장면에 대한 그녀의 상상을 조금도 진정시켜주지 못한다. 필베르의 하인들이 그녀의 연인을 고정시켜놓고, 그의 다리를 벌리고는 칼로 성기를 자를 때 그녀가 거기 없었는데도, 엘로이즈는 미사Missa가 진행되는 중에도 끊임없이 상실Amissio을 다시 겪는다. 그녀는 이 상실을 말하고, 되풀이하고, 매혹하는 자에 대한 그리움을 표현한다. 피에르의 피, 울부짖음, 비표기적 문자 제거는 여전히 그녀를 고통스럽게 한다. 그녀는 감히 이렇게 쓴다: "내가 당신을 잃었다는 사실 자체와는 비교할 수 없을 정도로 훨씬 더, 당신을 잃은 방식 때문에 고통을 느낍니다(Et incomparabiliter major fit dolor ex amissionis modo quam ex damno)."

*

타인의 영혼 안에 영원하며, 후퇴 불가능한 자리잡기에 대한 다섯 번째 논거. 엘로이즈가 사용한 문구 작성법은 고대의 것이다. 이 문구는 노(老) 카토'가 그녀에게 가르쳐준 표현법에 매우 가깝지만, 그 종결부의 과묵한 과격함은 새롭고도 놀랍다: "나의 정신(아니무스)은 이미 저를 떠나 당신과 함께 살고 있습니다. 당신이 없다면 그것은 어디에도 존재할 수 없을 것입니다."

파라클레 수녀원장의 다섯번째 논증은 결합, 즉 단일성unicitas으로 변모하는 성의 혼합mixis에 관한 것이다.

자신의 연인을 그녀는 유일자Unice라고 부른다. 그의 성기를 그녀는 유일한 것unicum이라 부른다.

결합은, 비록 여자들과 남자들 사이에는 존재하지 않을지라도 그들에게 절대적인 의미를 가진다. 먹는다는 것이 오직 그런 것이다. 읽기 역시 그렇다. 합체하기, 안으로 밀어넣기, 마시기, 집어삼키기, 그것은 하나가 되어 아이를 만들어내는 것이다.

그러나 다른 성(性)은, 그것을 집어삼키거나 잘라내버린다 하더라도, 그것이 더 이상 존재하지 않는 곳에 나타나지 않는다.

당신이 없다면, 당신이 이제 그것을 가지고 있지 않다면, 그것은 어디에도 없다.

*

베르지 부인의 경우에 침묵의 금기가 지닌 치명적인 중대성(둘 중 하나가 말을 하자마자 두 연인은 죽는다)의 불가사의는 또한 수사학적 구속으로 이해된다: 만일 육체 안에 합체된 것이 퇴행적이고, 무언의 감각 기관의 언어라면, 모든 사람들 앞에서 정상적으로 말하기, 즉 그들

---

4 마르쿠스 포르키우스 카토Marcus Porcius Cato(B.C. 234~149): 고대 로마 공화정 말기의 정치가. 스토아 철학의 신봉자임. 그의 손자도 같은 이름이어서 늙을 노(老)자를 붙여 구분한다.

의 사랑을 육체 밖으로 끌어내는 것은 사랑을 파괴하고, 육체적 탐식 행위, 무언의 관능성, 결합에 대한 일치, 감각 기관의 침묵의 성찬(즉 옛날의 침묵들의 연속되는 교환)을 중단시킨다.

*

관능, 결혼, 사랑, 아이낳기는 독자적으로 부유하는 네 가닥 줄이다.
최소한 바로 그 네 가지 요소가 엘로이즈가 썼던 두 통의 편지가 영원히 강조하고 있는 것들이다.

*

"우리 둘은 단지 하나다." 이것이 사랑의 허구이다.
"우리는 둘이고 타인들이다." 태생 동물에게서의 성(性) 분리는 이렇게 정의된다.
"우리는 둘인데, 비슷하고 상호적이다." 바로 이것에 언어와, 언어가 고안해낸 대화와, 언어를 사용하는 모든 대화자의 자아 깊어지기 égophorie가 예속되어 있다.
기표(열정적인 장면, 교합 중인 남녀 양성의 불가능한 통합)는 즉시 우리는 하나다라는 하나의 기의(의미)를 가진다. 이 의미는 항상 실패한다. 타인은 절대로 하나가 되지 못한다. 그렇기 때문에 오늘날 삶의 의미가 아무리 미화되고, 찬양되고, 신성시된다 할지라도, 우리는 죽게 될 것이다.

*

왜 그다지도 많은 여자들과 남자들이 불편한 상태에서 성적 쾌락을 느끼는가?

혹은 결핍 상태에서?

혹은 단둘이서만?

왜 성은 사람들에게 그렇게도 고통인가?

융합적인 과거가 공포심을 일으킨다.

삼켜버리는 범해Panthalassa가 공포심을 일으킨다.

서로에게 올라타는 짐승들처럼 필연적으로 둘씩 짝지은 교합의 필요성이 왜 그들에게 놀란 표정을 짓게 하는가? 그들의 마음에 조급함을 불러일으키는가? 게다가 이 이미지를 채색하거나 그리거나 다듬어야 하는 곤혹스러움을 느끼게 하는가?

미사 의식 동안에 피투성이가 된 엘로이즈의 영혼이 아니라면 말이다.

그런데 번식을 위한 동물적인 교미시에 여자들과 남자들이 가지게 되는 스스로의 이미지에 왜 그들은 가장 빈번히 두려움을 느끼는 것일까?

포옹은 비굴하게 만든다. 그 소리는 당황하게 만든다. 모든 포유 동물들에게 공통된 그 성향은 혐오스러운 웃음을 터뜨리기 위해 입술을 벌린다.

언어만이 포옹을 위해 남겨두고 확보한, 보호하는 어둠과도 같은 침묵으로 포옹을 감싸 포옹을 사랑 안으로 끌어올릴 수 있다.

*

결합은 하나가 된다는 것을 의미한다.

결합 unio은 합체 incorporatio와 구분되지 않는다. 합체도 집어삼킴 devoratio과 구분되지 않는다. 그렇기 때문에 먹거나 껴안음으로써 느끼는 성적 쾌락이 결합에서 기인한다고 가정해야 한다.

사랑과 에로스는 번식이나 분만, 사회, 외부의 자연 세계, 언어, 쾌락과 하등 관계가 없다.

시각적인 매혹의 단계를 표출시키고 고정시키는 것은 잡아먹기와 잡아먹히기다.

갈망된 매혹으로서의, 노출로서의 사랑은 변모와 타자 l'alter와 옛날과 어머니와 일종의 우울 같고 일종의 고별 인사와도 같은 잡아먹는 자와 상관이 있다.

*

아쉴 타티우스[5]는 그의 소설 『레우시페와 클리토폰』(I, IX, 4)에서 눈이 맞는 것이 성교보다 더욱 세게 껴안는 것이라고 노골적으로 단언한다: 이것이 매혹에 대한 에로틱한 정의다.

클리니아스는 사랑에 빠진 눈으로 바라보면 몸을 섞음 mixis보다 더욱 연루적인 뒤얽힘 symplokè이 생긴다고 확언한다.

그는 클리토폰에게 연인들의 육체의 이미지는 그들의 육체가 반영되는 안구의 표면보다 더 멀리 찍힌다고 장황하게 설명한다. 그런 식으

---

[5] 아쉴 타티우스 Achille Tatius: 2세기 그리스의 수사학자. 『레우시페와 클리토폰 Leucippè et Clitophon』의 저자이다.

로 남자와 여자의 얼굴은 남성 성기가 여성 성기 속에서 닿을 수 있을 법한 깊이보다 훨씬 더 깊숙이 영혼 안에서 합쳐진다.

*

두 육체가 하나를 이룬다: 성교 후의post coitum 어머니의 몸 안의 어린애.

하나의 육체가 둘을 이룬다: 자궁 밖으로ex utero 어린애를 추방하는 어머니.

공리(公理). 성인의 두 육체는 해를 가리는 달과 마찬가지로 서로를 꽉 껴안는다 해도 결코 하나를 이룰 수는 없을 것이다.

다형태(짝짓기는, 그것이 야기시키는 분만과 더불어 최초의 다형태다)는 즉시 수사학으로 연역된다.

별로 주장되지 않는 이런 견해가 있다: 연인들의 결합은 수사적으로 존재할 뿐 육체적으로는 불가능하다.

이 결합unio은 표현할 수 없는ineffabilis 것이 아니라 말할 수 없는 infantilis 것이다.

이 수사적 결합unio rhetorica은 연인들의 말할 수 없는 언어, 말없는 언어, 퇴행적인(유형 성숙의, 유아의) 언어다.

언어 안에서 두 존재는 여명기에서처럼 융합한다: 그들이 그렇게 할 수 있는 이유는 예전에 한 존재가 알아채기 힘들게 둘로 나뉘었기 때문이다. 인간성의 원천에 있는 언어 습득으로 말하자면, 사랑에서 중요한 것은 중계 — 때때로 휴지(休止) — 이다.

귀결. 언어가 쾌락이 된다는 조건으로, 실제로 합체가 일어난다: 타인의 언어와의 합체.

에로스는 시원적 언어, 취약한 관용어, 임박한 언어의 가벼운 식사다. 사랑은 수사학적 합체다. 피에르 아벨라르가 엘로이즈를 가르칠 때 그녀에게 책을 읽히는 것부터 시작하고, 프란체스카 다 리미니와 파올로[6]는 속삭이면서 책을 읽고, 로미오와 줄리엣은 서로에게 편지를 쓰면서 속삭이고 등등이다.

합체된 언어는 시원적 향연을 방해하고, 포옹의 파괴적인 융합을 방해한다. 그리하여 포옹은 잃어버린 어머니의 젖을 주는 육체 ─ 우리가 흡족하게 마셨으며, 바로 우리들 자신이었던 ─ 로부터의 분리를 자신의 타아(他我)로서 백일하에 드러낸다.

*

만일 쾌락을 측정하는 것이 탐식이라면, 엄밀히 말해서 성적 쾌락이란 없다.

성적 쾌락의 단편들, 단편적인 합체 행위만이 있을 따름이다: 성기, 정액, 입술, 젖꼭지, 손가락, 분비물 등등.

속삭임들.

단편들과 부스러기들 fragmenta et scruta.

(섬광 fulgura과 상징 symbola에 비견할 만한.)

*

식육제는 로마 시대 바쿠스제의 핵심이었다: 그것이 바쿠스제 bacchatio 자체였다. 디오니소스제를 지낼 때 식육제 omophagia는, 사지

---

[6] 단테의 『신곡』 「지옥편」에 나오는 인물들.

가 찢어졌지만 아직은 살아 있는 젊은 남자를 날것으로 먹고, 그런 다음에 심장을 뜯어먹는 것이었다.

바쿠스 신의 여제관들은 우선 성기를 흥분시킨 다음 뜯어냈다. 그런 다음 날것으로 먹었다.

난장판.

금지 interdictio.

기독교인들이 성체 배령communio이라 부르던 것은 십자가에 못박힌 남자의 살과 피를 두 가지 형태로 섭취하는 데 있었다.

결합하다, 그것은 먹는다는 것이다.

*

상중(喪中)인 아르테미즈Artémise[7]는 남편의 뒤를 이어 카리아[8]의 왕좌를 계승하기 위해 의도적으로 죽은 남편의 재를 먹었다. 영묘(靈廟)Mausolée라고 불러야 하는 것은 바로 이 섭취 행위다. 아르테미즈 왕비는 사랑했던 남자를 위해 자신의 육체를 살아 있는 무덤으로 만든 후에, 자신의 애도에 과도한 중요성을 부여했다. 모졸Mausole[9]을 위해 아르테미즈가 제작한 영묘에 관련된 이 고안물에서 우리는 영혼의 고안물에 접한다. 아르테미즈 왕비는 그렇게 함으로써 자신의 애도를 썩지 않는 보관소로 만들었다고 키케로[10]는 말한다. 키케로가 말을 잇기를, 그

---

[7] B.C. 5세기 카리아에 있던 할리카르나소스의 참주였던 두 여왕의 이름. 여기서는 자신의 남동생과 남편 모졸을 위해 모졸레를 세운 아르테미즈 2세를 말한다.
[8] 소아시아의 옛 나라.
[9] 14세기 말엽 카리아의 왕을 일컬음.
[10] 마르쿠스 툴리우스 키케로Marcus Tulius Cicero(B.C. 106~43): 고대 로마의 웅변가, 정치가, 사상가.

럴 정도로 아르테미즈는 자신의 고통이 변함없이 싱싱한 fraîche(키케로가 사용하는 신선한 recens이란 단어보다 훨씬 더 물질적인 단어) 채 있으리라 생각할 수 있었던 이유는 피가 끊임없이 고통을 실어나르고 새롭게 했기 때문이었다. 키케로는 여기서 화체(化體)[11]를 묘사하고 있다.

끝으로 키케로는 아르테미즈 왕비가 포도주에 섞어서 남편의 재와 함께 삼켜버린 죽음의 원인에 감염되어 죽었다고 주장한다.

그리하여 아르테미즈 때문에 수녀원이 생겨났다는 전설이 유래한다: 수녀들이 예수가 모졸인 일종의 영묘에서 살았기 때문이라기보다는 더욱 그녀들의 남편의 수난을 모방함으로써 그의 죽음과 소통했기 때문이었다.

*

여왕은 아직도 온기가 있는 왕의 재를 마셨다.

주검을 마시기는 남편의 생존시에 왕비가 우선시했던 성적 행위, 즉 살아 있던 왕의 생식력 vis genitiva을 빨기로 귀납된다. 이렇게 해서 오럴 섹스의 경우에, 여왕의 관능적 쾌락에 관련된 선호를 추론할 수 있으며, 그녀가 이 선호에 부여하는 메소포타미아적이며 아프리카적인 의미를 추측해볼 수 있다: 생명을 마시기는 불멸하는 물질의 합체 행위로서 묘사된다.

그것은 새롭게 만들고 불멸하게 만드는 음식물이다.

아르테미즈 여왕은 새로운 임신을 위해서처럼 모졸 왕을 자신의 피와 살에 섞음으로써 불멸하게 만들었다.

사원 대신에 살아 있는 자신의 육체를 그에게 빌려줌으로써.

---

[11] 기독교 용어로서 성찬의 빵과 포도주가 예수의 살과 피가 되는 것을 말한다.

*

두 가지 성(性)이 있기 때문에 두 세계가 있다(혹은 성의 구분이 있으므로 최소한 하나의 칸막이가 있다).

성을 구분하는 무엇: 살로 만들어진 비대칭.

그로 말미암은 엘로이즈의 말: "나는 당신을 잃었다는 사실 자체보다 비교할 수 없을 정도로 훨씬 더 내가 당신을 잃은 방식으로 인하여 고통을 느낍니다."

Et incomparabiliter major fit dolor ex amissionis modo quam ex damno.

*

성(性)의 차이란 남자와 여자 사이에 가능한 대칭이 없다는 사실이다.

사랑 전체가 중세의 낡은 법칙 안에 요약될 수 있다: 하나를 표현하는 것은 타인을 제거하는 것이다 Expressio unus est suppressio alterius.

사랑이란 신과 결합하는 결합이 아니다. 사랑은 하나로 동일화되기를 원함으로써 사랑 자체가 불가능해진다. 왜냐하면 결합에 장애가 되는 성의 구분을 사랑이 제거하려 하기 때문이다.

별개인 두 성은 동일시되지도 결합되지도 못한다. 서로 접촉하고, 각자 재량껏 성적 쾌락을 즐기고 배출할 수는 있지만, 두 성이 교환되거나 상쇄되거나 동일한 성이 될 수는 없다.

그로부터 연유한 고대 로마인들의 계략: 단지 하나의 성기(음경 fascinus), 단지 하나의 집 domus(어머니의 어두운 음부), 단지 하나의 지배 dominatio(소재지 정하기, 지배)만이 있다. 결국 순환적 방식으로:

단지 하나의 매혹(fascinatio)만이 있을 뿐이다.

그로부터 연유한 그리스인들의 견해: 여자의 성적 특징들은 언제나 어머니의 특징들이다. 오직 남자가 남자에게 사랑을 호소할 수 있을 뿐이다. 교육학에 의한 입문 의식이 규방 제도에 부합한다. 사회적 관계, 즉 선생에서 제자에 이르는 위계 관계는 근본적으로 paidophilia, 즉 남색이다.

사회가 규범으로 정하여 부과하는 해결책들 너머로, 충족되지 못하는 성의 극단화, 즉 극단화와 갈망이 교대로 일어나는 분리가 남는다. 연결시키고 재난을 초래하는 분리.

*

육체적 결합에 대한 불가능한 환영이 기독교가 성행했던 중세를 뒤덮고 있다. 하나의 몸 una caro의 원리가 엘비라 공의회에서 제기되었다. 이 원리는 결혼을 육체의 단일성으로 규정하고, 따라서 일부다처제를 이혼(파기할 수 없는 관계의 파기 가능성 자체가 모순적이다)과 마찬가지로 금한다.

이브 드 샤르트르[12]가 쓴 글에 의하면, 육체 관계(copula carnis)란, 결혼 생활이든 간음이든, 그 본성이 어떤 것이라 할지라도, 또 어떤 방식으로 행해졌든 간에, 두 육체의 섞음(commixtio carnis)이기 때문에, 단 하나의 육체(una caro)에 이르게 된다. 바꾸어 말하자면, 이런 평계로 파기할 수 없는 것이 된 것은 바로 실질들의 융합 자체이다.

그러나 파기될 수 없는 것은 성의 차이이다.

---

12 이브 드 샤르트르 Yves de Chartres: 11세기 말 프랑스의 신학자, 샤르트르의 주교.

독자적으로 번식되는 하나의 육체란 없다. 그것은 언어이며, 그것은 하나의 육체에 대한, 자웅동체성에 대한, 깨어진 일체성에 대한, 개인들의 양성애에 대한 등등의 신화들을 만들어내는 사회다. 성의 차이를 부정하는 것은 모두가 상상으로 이야기를 꾸며내는 신화적인 세계를 드러낸다.

심지어 근친상간에서조차도 단 하나의 육체란 없다.

두 육체와 떠돌아다니는 하나의 문자가 있다. 즉 두 어둠을 찢어내고, 두 세계, 두 개의 태양, 두 쾌락, 두 삶 등등을 분리시키면서 그 사이에 놓이는 비대칭의 어떤 것이 있다.

*

주장. 성의 결합이란 없다. 성적인 것은 개체성이다. 개체성은 다공성의 반대다. 그것은 변질되지 않는 것이다. 그것은 정반대로 타아alter에 관해서는 타아가 될 수 없음inaltérabilité이다.

*

남자와 여자들에게는 육체들의 결합체가 여명기다. 그것은 조부와 조모의 교배다. 한 남자와 한 여자의 만남은 그들보다 앞서 있었던 어둠이다. 출생에 앞서는 침묵과 최초의 유년기를 찾아오는 숨결은 그 어둠의 황혼이다. 인간의 삶 모두가 그 전날의 황혼으로부터 시작된다.

우리들 각자에게 빛은 이차적인 것이고, 그렇기 때문에 인간들의 결합보다 더 어두운 것은 없다.

제29장 로레다노

세상이 어두워지면 더 이상 발자취를 따라갈 수가 없다. 깊은 어둠 속에 별들만이 남는다. 이 이상한 종류의 새들은 대부분 움직이지 않는다. 이런 짐승들이나 천상의 존재들 중 몇몇은 봄에 다시 나타난다. 인간들은 유모에게 맡겨진 젖먹이처럼, 별들의 가호에 맡겨진 동물들이다.

*

조반 프란체스코 로레다노[1]는 1684년 베네치아에서 이렇게 쓰고 있다: "별들이 우리 마음의 자유 의지를 지배하지 않는다면, 우리 마음이 끔찍한 대상에게로 쏠리지는 않을 것이다."
이렇게 해서 사랑의 근본은 수세기가 흘렀지만, 베네치아에서조차도 여전히 로마적인 것으로 존속한다.
그래서 별에서 느끼는 놀라움에 로레다노는 시선의 매혹을 덧붙인다: "사랑받고 있음을 알자마자 즉시 횡포를 부리지 않는 여자는 없다. 무시를 당하면, 여자는 무관심한 채로 있지 못하고 반감을 드러낸다. 내

---

[1] 조반 프란체스코 로레다노Giovan Francesco Loredano(1606~1651): 17세기 이탈리아 작가.

심으로는 시기심의 쓴맛을 느낀다. 그녀는 두 눈으로 매혹한다. 그녀의 양팔은 사슬처럼 얽어맨다. 자신이 발휘할 수 있는 또 다른 관능적 희열들을 동원하여 정신을 빼앗고, 이성을 훔치며, 인간성을 가로챈다."

*

발터 벤야민[2]이 파리에서 썼던 다음 문장은 놀라운 것으로, 문장 자체는 고대 로마적이다: "하나의 이미지란, 눈 깜짝할 짧은 순간에, 그 안에서 옛날이 지금을 만나 새로운 별자리를 형성하는 어떤 것이다."

*

밤이란 인간이 눈을 떠서 상실이라는 문제를 바라보게 만드는 것이다. 밤의 경우, 상실된 것은 빛, 열, 가시적인 것의 집합이다.

겨울의 경우도 마찬가지다. 그래서 겨울은 밤에 포함된 개념이다.

죽음의 경우도 마찬가지다. 그래서 죽음은 겨울에 포함된 시련이다.

논증 I. 부정(否定)은 종이 번식되면서 생기는 죽음으로부터 나오고, 종의 번식 자체는 한 해가 재생되면서 겨울로부터 나온다.

논증 II. 부정은 낮에 이어지는 밤으로부터, 포만에 이어지는 배고픔으로부터, 영혼을 환상으로 가득 채우는 꿈으로부터 나온다.

밤에 가시적인 것의 결핍은 가시적인 것, 즉 이미지(잠든 사람의 욕구를 일시적으로 속이는 꿈의 장면들)를 꾸며낸다.

밤은 가시적인 것이 결핍되는 장소, 모든 것이 결핍되는 장소, 상실

---

[2] 발터 벤야민Walter Benjamin(1892~1940): 독일의 문예비평가, 사상가.『독일 비극의 근원』『일방 통행로』등 독일 비평 문학을 대표하는 많은 저서가 있다.

된 것이 끔찍하고도 절대적인 결핍으로 느껴지는 장소이다.

밤을 표면이 없는 깊이로, 공간이 아닌 것으로, 연속되는 하나뿐인 차원으로, 커다란 하나의 진주 unio처럼 생각해야 한다.

밤은 끝없는 부재의 시련, 밤에 부재하는 것의 얼굴조차 없는 부재의 시련이다.

*

누가 밤 속에 이미지를 갖다놓았는가? 꿈이다.

*

예술은 갈망한다. 예술은 우리가 바라보는 것 가운데서 우리를 응시하는 것의 은닉처를 열어준다. (동굴, 타인, 부재하는 어머니.) 우리를 태어나게 하는 모든 것이 우리를 버린다.

*

로레다노가 그의 저서 『기이한 학술적 주제들 Bizzarie Accademiche』[3]에서 제기하는 두번째 질문은 다음과 같다: 여자의 매혹이 애초에 별에서 나온 것이라면 우리가 그것에서 벗어날 수 있을까?

성(性)의 고착이 우리를 별들의 영향에서 벗어나게 할 수 있다고 로레다노는 설명한다.

---

[3] 로레다노가 1640년에 발간한 기이한 주제들에 관한 독서집.

그러나 이 문제에서 로레다노는 로마 지역Lazio과 결별한다. 그는 이제 로마인이 아니라 베네치아인이 된다. 기독교 신자가 된다. 갈망 desiderium은 이제 욕망이기를 그치고 금욕이라고 불린다. 사실상 로레다노의 논거 제시는 명료하지 않다: 남자와 여자의 짝짓기가 무의지적이고 하늘의 뜻에 달렸으며 육체가 불지르는 것임에 반해, 음식을 먹고 식탁에 앉는 일은 의지적인 행위이기 때문에, 금욕이 절식보다 더 큰 미덕이라는 게 그의 주장이다.

이 논증은 취약하다. 나는 먹는 행위manducatio가 왜 전적으로 의지적인 행위로서 간주되는지 알지 못한다. 나는 먹는 행위가 인간이 정액을 사정ejaculatio하는 행위보다 더욱 의지적인 것으로 표명될 수 있을지 의심스럽다.

다행히 로레다노는 몹시 놀라운 논증을 덧붙이고 있지만, 그 논증으로 논거를 부각시키고, 거기서 최대한의 이점을 끌어내려 하지 않는 것이 나로서는 이해되지 않는다: 사랑의 행위에서 인간은 자신의 육체를 떠나지만, 음식물 섭취에서는 육체와 만나서 육체를 완성시킨다는 주장이 그것이다.

사랑은 떼어놓는다. 17세기의 베네치아인이 공화정 시대의 고대 로마인으로 변한다. 먹다가 사랑하다에 대립되는 것은 매혹하다가 욕망하다에 대립되는 것과 같다.

제30장

사랑하는 사람들이 참으로 서로를 바라보고 있는지는 확실하지 않다.

두 사람이 문득 서로에게 의지하게 될 때, 서로 사랑하고 있음을 알게 될 때, 그들은 서로의 눈을 들여다보고 있는 것처럼 보인다. 우리가 무언가를 부탁하려고 그들의 이름을 부르게 되면, 그들의 몸은 소스라쳤다가, 제자리로 돌아와서는, 실제로 깜짝 놀랐다고 말해지는 특별한 표정을 짓는다: 그들은 눈을 깜박거린다. 이제 막 꿈에서 깨어난 듯이 혼란스러워 보인다. 상황은 확실히 이러하다. 즉 그들은 자신들이 보고 있었으며, 또 우리들이 보고 있는 것과는 다른 것을 보고 있었던 것이다.

*

섬광을 발하거나 불이 지펴진 시선에 한계에 이른 언어가 덧붙여진다.

그것은 유년기다. 거대한 어머니에게서 아주 조그만 젖먹이에게로 (그 둘은 영혼에서도 자세에서도 아직 분리되지 않은 동일한 주체다)

시선이 교환되고, 한계에 이른 언어, 언어로 끝어가는 목소리—그런데 두 경우 모두 심지어 기호가 생겨나기도 전에 거인에게서 꼬마에게로 진행되는 극단화가 의미를 불어넣는다—, 한쪽 극으로 집중된 방향성이 전제된다. 방향성은 모국어로 이동되어 필요 조건이 되며, 또한 모국어를 배경으로 만드는 시선에 연결된다.

*

바로 그렇게 해서 독서가 한 인간을 열광시키는 일이 가능해진다.

*

경계를 짓기가 어려운 이 문제는, 그러나 이른바 자연스러운 구어에서 문학의 모든 파편화를 만들어내듯이, 인간의 영혼 안에서 사랑을 분열시키는 어떤 것이다. 다음 두 명제를 함께, 동일한 시간 내에 생각해야 한다: 성의 결합은 없을 것이다. 수사학적 일치는 있었다.

직관은 타인과의 일시적 동일화에서 생긴다. 직관은 언어에 접근하는 가운데 미리 형성된다: 그것은 다 듣지 않고도 알아듣는 대단히 신비한 이해력이지만, 또한 모든 어머니가 말 못하는 어린애에게 말을 건네면서 전제로 하는 이해력이기도 하다. 어머니가 어린애에게 말을 하는 동안, 의미를 띠는 것은 아직 아무것도 없다. 단지 감각 기관과 감정만이 소통할 뿐이지만, 그럼에도 언어는 어떤 공간을 개척한다.

그것이 언어 특유의 산란장이다.

그것은 현재에 대한 옛날의 관계이다. 이 관계가 어린애에 대한 어머니의 관계—가장 뚜렷한 극단화 상태에 있는—를 대체한다: 말 못하는 자기 자신(절대 아이)에 대한 어머니의 관계는, 배고픈 어린애와 어머니 사이에서 발생하는 관계에서부터, 어머니 몸에서 태어나기 전의 관계를 스스로 대체한다. 어린애가 출생하기 전에, 어머니는 그녀 내부의 어둠 속에서 자라고 있는 그녀의 작은 형태를 자발적으로 자신의 몸으로 만들고 먹인다. 직관이 생겨나는 것은, 통용되는 사회적 언어에 대한 반감에서, 즉 언어 습득 단계들에 역행하여, 즉 하위 언어 체계에 다시 불이 켜진 때이다: 기호들이 관용적 언어의 극단에 위치한 지역을 탐색하기 시작할 때이다. 직관은 노출된 탐색과 직접 접촉한다. 이드 Id[1]는 어린애의 잔재이다. 어른에게 내재한 언어 불능 infantia의 잔재: 침묵의 구체제. 바로 그것이 문학 고유의 침묵하는 억양에서처럼, 연인들의 속삭임 속에서 몸을 떨리게 하는 어떤 것이다. 침묵의 구체제는 아직 사랑이 아니다. 그러나 성의 차이가 적나라해지면 사랑에 접근한다.

*

인간은 누구나 처음에는 자신을 낳아준 어머니와 자신을 구분할 수 없었다. 그런 연후에 자신이 되기 위해서, 어머니가 시선의 보호하에 그에게 건네던 언어는 아닐망정, 어머니의 모습과 자신을 구별한다고 믿었다.

언어로 나누는 최초의 대화에서, 언어는 어머니에게만 전달되지만, 어머니는 우리가 그 언어를 안다고 전제하면서 우리에게 말을 건넸다.

---

[1] 인간 심리에 내재하는 의식으로 통제할 수 없는 미지의 힘, 생득적인 충동, 본능적 에너지의 원천을 말한다. 프로이트의 전기 이론에서 심리 기제를 무의식·전의식·의식으로 구분하였던 것이 1920년 이후에는 이드·자아·초자아로 발전된다. 전기와 후기의 용어가 각기 대응하는 것은 아니지만, 이드는 대체로 무의식에 해당하는 것으로 간주할 수 있다.

*

　인간성에 속한 것을 말하려면 압흔이 새겨진 봉신(封臣)의 신분에 대해 말해야 한다.
　정말이지 언어에의 예속 상태에 대해 말해야 한다.
　인간은 언어로부터 벗어날 수 없다.
　언어는 이미지가 아니다.
　자발적 예속의 경우는 한 가지뿐인데, 언어 습득이 그것이다. 그러나 이 습득도 진정으로 자발적인 것은 아니다. 그것은 무의지적인 것이지만, 그럼에도 그것에 동의해야만 한다. 자폐증 환자가 어떤 것을 거부한다 할지라도, 그가 그것을 완전히 퇴짜놓는 것은 아니다. 자발적인 예속은 음성 언어의 사용에 관련된다.

*

　심리학이나 의식 등등은 존재하지 않는다. 말을 하는 관계인 사회적 관계가 존재한다. 사회적 관계는 각자의 마음 속에 닻을 내린다. 그와 동시에 언어는 말을 하는 자의 몸 안에 새겨지고, 그를 매혹하고, 구조의 실행으로 축적되고, 의식의 형태로 반향하고, 언어를 소유한 자를 집단 속에 자리잡게 한다. 그 집단은 그를 놀라게 하고, 그는 항상 잘못 생각함으로써, 항상 판단력을 잃음으로써, 항상 자신이 집단 안에 있다고 믿음으로써, 그 집단 안에서 자신을 알아본다.
　그것은 모든 인간이 언제나 과도하게 자신과 동일시하는 사회적 관계이다.

제31장 무기력에 대하여

프랑스어로 기력 쇠퇴défaillance에 대해 말하는 경우에, 스탕달이 치비타베키아[1]에서 일시적인 성불능fiasco에 대해 말했던 경우에, 고대 로마인들은 무기력langor이라는 용어를 사용했다.

내가 약간의 논리적 귀결을 염두에 두고 비밀의 삶에 대해 진척시키고자 하는 두 방향으로 갈라지는—믿기 어려울 정도로 둘로 갈라지는—연구를 문학과 사랑의 기원의 경계까지 진척시키다 보면, 아주 당황스럽게도 기력 쇠퇴라는 프랑스어 단어는 부적절하다고 판명된다.

성불능은 기력 쇠퇴가 아니다.

논증 I. 매혹이 첫번째라면, 욕망이 그때까지 자신을 마비시켰던 (동물의 죽음의 특징과 일치할 정도로) 형체를 향해 돌진할 수 있도록 두번째 시기에 이 특별한 갈망이 필요하다면, 무기력이란 우발적 증상이 아니다.

무기력은 사랑에 빠진 자의 육체에 타격을 주는 일시적 결함, 말하자면 기계적 결함은 아니다. 육체의 결함은 예사롭지 않은 기호다.

무기력이 우선적으로 나타난다.

---

[1] 치비타베키아Civitavecchia. 이탈리아의 로마 북부에 위치한 항구 도시.

내가 논의하려는 명제는 다음과 같이 드러난다: 사랑에 있어서 성기능 장애는 본원적인 것이다. 결혼과 비교해도 그렇지만, 이 일탈을 통해 사랑은 성교와 대립해서 규정된다.

*

귀결. 갑작스럽게 매혹되어 사랑에 빠진 모든 남자는 욕망의 불능 상태가 된다.

*

논증 II. 성기능 장애impotentia는 장애를 유발하여 고착시키는 매혹 fascinatio과 동일한 근원을 가진다. 왜일까? 허약함, 비운동성, 유형 성숙, 기력 저하, 매혹, 전능한 타아Alter의 죽음에 의한 추락, 이런 것들은 최초의 경험에 관련된다. 사랑하는 여자 ― 아직도 자기 자신이었던 ― 내부에서 행사했던 초기의 지배력을 되살아나게 함으로써, 사랑은 본래의 수동성(다시 말해서 두 눈으로 매혹하기, 즉 빛보다 앞서 청각의 복종이 이루어지던 시기의 매혹보다 먼저인)을 되살린다.

*

플라톤[2]은 『파이돈』에 나오는 대화에서 기억 행위anamnèsis가 무엇

---

[2] 플라톤Platon(B.C.428~348): 그리스의 철학자. 『파이돈 Phaidon』의 저자. 그의 사상은 소크라테스의 연장인 동시에 발전이어서, 그의 저서는 모두 소크라테스가 주인공으로 된 '대화편'이다.

인지를 설명한다. 현상에서 본질로 넘어가기 위해서는, 영혼과 결합되어 있는 것, 육체가 가리고 있는 것에 대한 회상이 존재해야만 한다. 플라톤은 철학을, 영혼이 다시 살아나 아득한 예전의 결합인 하나를 다시 기억하기에 앞서(반면 육체는 결국 유령의 상태로 변하는 동안), 불가피한 죽음의 연습으로 규정한다.

Mélétè thanatou, 즉 이 죽음의 연습이 철학의 입문이라고 플라톤은 쓰고 있다.

그러나 철학의 입문에 앞서 — 모든 사냥꾼들의 사회에서 청년들의 입문 의식이 생겨나기도 전에 — 사냥꾼들의 위장된 죽음과 사냥감들의 위장된 부활이 자리잡고 있다.

청년기의 능동적 망각인 사랑의 반복도 마찬가지다. 망각하다 obliviscere는 그리스어 기억 행위 anamnèsis나 라틴어 회상 rememoratio이 의미하는 것과는 상반되는 행위다. 사랑은 반대로 움직인다: 죽음의 연습이 아니라 출생의 연습이다. 첫눈에 반하기, 즉 출생시 갑자기 빛이 나타났던 것처럼, 갑자기 빛의 섬광 fulguratio에 대해 말하는 것도 그렇기 때문이다.

이것은 육체가 살아 있는 것이 되기에 앞서(즉 영혼이 유령, 육체의 분신, 내면의 인격 원리가 되기에 앞서) 행해지는 생명 연습이다.

*

두 문명은 본원적인 불능을 확신했다: 로마 제국과 중국 제국이 그렇다.

몽테뉴는 성불능으로 고통받지 않으려면, 자신이 사용하는 방식대로, 분명 그런 경우에 처하게 되리라는 각오를 하도록 권장했다.

스탕달은 이렇게 썼다: "마음속에 열정의 씨앗이 뿌려지면, 성불능의 씨앗도 뿌려질 수 있다."

*

논증 III. 스탕달은 사랑을 규정하기 위하여 결정(結晶) 작용에 대해 말한다. 나는 갈망에 대해 말한다. 이 두 개념은 상반된다.

결정 작용은 욕망에 대응되지 않는다. 스탕달에게 있어서의 결정 작용과 성불능은 고대 로마인들에게 있어서의 매혹과 무기력에 해당된다.

매혹: 아득한 옛날의 한 줄기 빛이 찾아와 몸과 얼굴을 후광으로 둘러싸고, 거기에 신들의 위력과 황금빛을 부여한다.

스탕달은 이렇게 쓰고 있다: "잘츠부르크의 소금 광산에서는 겨울이 되어 잎이 떨어진 나뭇가지를 폐광 구덩이 속으로 던져넣는다. 두세 달 후에 꺼내보면 그것은 반짝이는 결정체들로 덮여 있다. 굵기가 매새의 다리만한 가장 작은 가지들에는 눈부시게 반짝이는, 움직이는 듯한 다이아몬드들이 무수히 붙어 있다. 도무지 원래의 나뭇가지로는 보이지 않는다."

결정 작용은 회상의 충동 속에서 상상력의 도움을 받아 두 연인을 방어 작전 불가능 상태에 빠지게 할 정도로, 보여지는 것을 한없이 미화시키는 시선의 놀라움을 규정한다고 스탕달은 덧붙이고 있다.

비록 매혹이, 옛날 텍스트들이 암시하고 있는 것보다 더 분명한 본성을 지녔다 하더라도, 문제는 바로 매혹이다. 보지 않으면서 바라보기, 즉 있는 그대로 보지 않으려고 보고 있는 것을 상상하는 것과 관련된다.

갈망은 그 다음 단계로서, 음경을 발기시키는 단계이다.

귀결. 나는 성불능이 최초에 홀리고 불안하고 어린애 같고 오그라든 태아의 상태 혹은 차라리 임신 중인 상태라고 생각한다. 그리고 성욕은 갈망되고, 환상에서 깨어나 개별화되고, 곤두세우는 상태, 다시 말해서 청년의 상태, 그리고 성인의 상태라고 생각한다.

*

나는 언어의 쇠퇴와 성의 기능 저하가 얼마나 동일한 얼굴의 두 모습에 지나지 않는가를 평생에 걸쳐 알고 있다.
스탕달은 메시나[3]의 랍튀르 씨[4]의 견해를 인용하고 있는데, 그의 말에 따르면 사랑하는 관계의 근본은 언어에서와 마찬가지로 육체 안에서도 짧게 머무른다는 것이다.

*

진정한 침묵은 침묵 자체를 중단시킬 수 있는 공백이다.
나는 내면의 언어, 음악, 주의 집중, 독서를 중단시키는 것을 진정한 침묵이라 부를 것이다. 죽음은 무언가를 중단시키는데, 그것은 확실하고, 유사하고, 구체적이며, 비견할 만한 무엇이다. 이 중단은 우리들 내부에 있으므로 죽을 때만 불시에 찾아오지는 않는다. 중단은 스스로에게서 나오지 않은 모든 존재가 태어나는 일시적이고 불확실한 시작의 그림자다. 중단은 어둠-이후 임신-이후이며, 동물적이고 무모한 출생

---

[3] 이탈리아의 시칠리아 섬 북동부에 있는 메시나 자치주의 주도.
[4] 무슈 랍튀르 Monsieur Rapture. 메시나에 살고 있던 프랑스인. 스탕달이 『연애론』에서 그의 말을 인용하였다.

──우리가 최초로 대기의 소리를 동반한 선정적 폭력과 공기 속으로 들어가는──이라는 불연속에 의해 야기된다. 죽음 안에서 자연의 무엇인가가 중단된다. 모든 인간에게서 무언가가 이탈되고, 인간 안의 연속적인 것이 중단됨으로써, 인간은 개인의 죽음과 분리된 성교로 번식된다. 진정한 침묵인 중단은 우리의 몸 속에, 우리의 생각 속에, 두세 번 반복해서 꿈도 없는 곤한 잠에 빠지는 모든 밤에, 각 작품에, 우리의 성자에 있다. 언어는 분명히, 충분히 갈망되지 못한 욕망으로 인하여 작은 어린애의 페니스 상태에 머물러 있을 정도로, 갑작스럽게 음경을 사로잡는 성불능을 해명하기에는 무력하다; 사랑의 맹세들도 음경을 발기시키지 못한다. 이 침묵은 침묵에 맡겨야 한다. 그러므로 침묵하기를 수락해야만 한다.

이 중단을 해명하기가 이 세상 그 누구보다도 사랑하는 상대방에게 더욱 불가능할 것이다.

어느 날, 사랑하는 상대방 역시 그녀의 아랫배에 나타난 이 중단의 이미지를 지닌 침묵을 이해하는 것은 그녀의 몫이다.

중단 자체가 우리를 전락시켰듯이, 중단은 침묵 속에서 전락시킬 수 있을 뿐이다; 언어도 사랑의 맹세들도 심연에 봉사할 수는 없을 것이다. 현실이 여기 있으며, 우리를 상상도 할 수 없는 것 속으로 빠뜨릴 때는 침묵하는 편이 더 낫다. 진정으로 모든 것을 포기할 수 있어야 한다. 그것이 중지되듯, 그렇게 중지할 줄 알아야 한다. 우리에게 주어진 삶은 양끝에서 끊기는데, 성이 그 흔적인 이유는 그것이 생명의 제조소인 까닭이다.

제32장

나는, 내가 읽으면서 몽상할 수 있는 그런 책을 쓰려고 한다.

나는 몽테뉴,[1] 루소,[2] 바타유[3]가 시도했던 것에 완전히 감탄했다. 그들은 사유, 삶, 허구, 지식을, 마치 그것들이 하나의 몸인 듯 뒤섞었다.

한 손의 다섯 손가락들이 무엇인가를 붙잡고 있었다.

---

[1] 미셸 외켐 드 몽테뉴 Michel Euquem de Montaigne(1533~1592): 프랑스의 사상가, 철학자.
[2] 장 자크 루소 Jean-Jacques Rousseau(1712~1778): 프랑스의 사상가, 소설가.
[3] 조르주 바타유 Georges Bataille(1897~1962): 프랑스의 사상가, 소설가.

제33장 마조히즘

물을 되찾은 물고기들은 기쁨을 맛보면서 자신들의 세상 속으로 삼켜진다. 물고기들이 우리의 손 안에서 퍼덕거리게 되자마자, 그것들은 더 이상 우리의 손도 우리도 기억하지 못한다. 그것들은 아마도 빛과 숨막힘만을 기억할 것이다.
   나는, 우리들도 어둠과 내던짐 앞에서 그러하리라(공기와 빛 속의 물고기들처럼) 생각한다.

*

   애착의 힘은 그것이 생겨나게 된 상황에 좌우되지 않는다. 갑작스러운 어떤 공상이 영혼을 혼란시킨다. 그리고 저절로 쌓여서 우연히 거기, 그 아래, 산비탈에 있는 모든 것을 으스러뜨리는 눈사태 같은 무서운 기세로 모든 것을 휩쓸어버린다.
   모든 사랑은 그것을 휩쓸어가는 것에, 그 얽힘을 풀 수 없이 매여 있다.
   이 지상에서 어떤 사랑의 의미도 해독될 수 없다.
   육체는 결코 오지 않는 알 수 없는 그 무엇을 향해 제 몸을 뻗친다.

*

식도락은 의식적이 된 압혼이다.
코는 과거에 복종한다.

*

귀결들. 모든 미식가는 노예들이다. 모든 쾌락은 마조히즘적이다.

*

화학적이고 빛을 발하며 식물적이면서 동물적인 육식 체질의 극단화는 고대 로마인들이 음경의 매혹 la fascinatio du fascinus으로 묘사한 것보다 앞서 행해진다. 두려워하는 주체는 집단의 무특정 주어다. 출생이 두려움을 느끼는 것은 아니다. 더욱이 개체화된 나는 결코 두려움의 대상이 될 수 없다.

*

얼굴에 나타난 표정에서 이미 얼굴은 자신이 바라보는 것을 물려받고 있다. 책의 구성과 책이 무엇을 생각하는지, 책의 형태와 책이 무엇에 호소하는지도 이와 마찬가지다. 보여지는 것의 의미는 그것을 관찰하는 얼굴의 표정에서 얻어진다. 책은 진주의 영롱한 반사광을 독자에게서 얻는다. 적어도 자신의 미래를 얻는다. 무엇을 할 수 있는지, 해야 되는지 전혀 알지 못하는 채로, 눈물이 얼굴 표정에서 얼굴 표정으로 전달되듯이 그렇게 울어야 한다. 우스꽝스러운 것이라곤 아무것도 없는데, 웃음이 얼굴에서 얼굴로, 그런 다음 집단에서 집단으로, 그리고는 세대에서 세대로 전해지듯이.

동굴 속에 틀어박힌 여신에게 거울을 내밀면서 이주메가 손가락으로 자신의 음문(陰門)을 벌리는 것을 보자, 아마테라스[1]는 선조의 동굴에서 태양빛을 꺼내어 온 세상이 그 빛으로 충만하게 만든다. 그녀의 입에서는 지상 위로 쏟아지는 미친 듯한 웃음이 터져나온다.

박수 갈채가 손에서 손으로 전달되듯이, 그리고 죽음의 매혹을 동반하는 울부짖음 자체의 집단적 메아리가 울리는 실내에서 그 울부짖음이 지시하는 나치 지배자들을 가리키는 손들이 치켜올려지고 내뻗어지듯이.

*

사랑은 어떤 연령에서도 우선은 고통이다.

어떤 연령에서도라고 말하는 이유는 사람들이 사랑으로 인식하는

---

[1] 아마테라스 오오미카미(天照大神): 일본 『서기(書紀)』와 『고사기(古事記)』에 나오는 여신. 태양신임과 동시에 일본 황실의 조상신이기도 하다. 『고사기』에 의하면 행실이 나쁜 남동생 스사노 때문에 화가 난 여신이 하늘바위굴(天石唵)에 들어가 바위 문을 닫고 나오지 않았다. 그 때문에 온 세상이 캄캄해지고, 낮과 밤이 바뀌는 줄도 모르게 되었다.
하늘의 80만 신이 아마노야가스와(天安河)에 모여 아마테라스가 다시 나오게 할 방안을 궁리하였다. 바위굴 앞에 수탉을 모아 울게 하고, 사카키라는 나무를 뿌리째 파다 세우고 윗가지에는 구슬을 꿴 줄을, 중간 가지에는 팔모 거울을, 아래 가지에는 푸른색과 흰색의 헝겊을 걸었다. 이렇게 차려놓고 고사를 지내면서, 아마노우즈메가 춤을 추었다.
아마테라스는 필시 한밤중일 텐데 웬일로 아마노우즈메가 저렇게 춤을 출까 궁금하여 바위 문을 열고 내다보았다. 이때 다치카라노가 아마테라스의 손을 잡아 모셔 내왔다.
'이주메'란 이 신화에 나오는 '아마노우즈메'의 오기임을 저자로부터 확인하였음.

것은 두번째 사랑이기 때문이다.

연령, 관례, 지식, 기억, 회한에도 불구하고 또다시 사랑을 느끼는 몹시도 통렬한 고통.

사랑이란 무엇인가? 그것은 성적 흥분이 아니다. 그것은 자신의 육체가 아닌 한 육체와 매일 함께 있고자 하는 욕구이다.

자신의 시선이 미치는 곳에.

자신의 목소리가 들리는 거리 안에.

(심지어 상상력의 범위 안에. 심지어 내면 이미지의 형태 속에. 많은 남자와 여자들이 죽은 자를 사랑할 수 있음을 확인했다. 그것은 사랑을 규정하는 것이 현재 여기 있음을 넘어서는 애착의 가능성이기도 하다.)

사랑의 발견이 품고 있는 파괴적인 격렬함: 어느 타인이 마음을 침범하면, 그에 대한 욕구가 자아보다 더욱 절박해지고, 의지보다 한층 강렬해진다.

자신의 어떤 것도 더 이상 자아에 남아 있지 못한다. 바로 그 점이 가슴을 미어지게 한다. 바로 그 점이 사랑에서 무엇보다도 우리를 아프게 한다. 사랑은 사나운 경험이 아니라 잔인한 경험이기 때문이다.

내가 일부러 욕구라는 용어를 사용하는 까닭은 문제되는 것이 결핍이 아니기 때문이다; 문제는 일종의 로켓 엔진이다; 그것으로부터 현존을 끌어내는 추진력이 문제된다. 추진력을 강화시키는 추진력.

사랑의 초기에 시선은 두 눈이 그 현존을 요구하는 육체의 진짜 환영을 경험한다. 그래서 갑자기 우리는 현존이 아닌 형체를 향해 부질없이 달려간다.

*

우리가 어디에 있든, 무엇을 보든, 시선 속에 머무르는 얼굴들이여, 그대들은 바라보기에 관련된 기이한 가르침이다. 왜냐하면 세계가 우리의 시야에 모습을 드러내기도 전에, 꿈이 우리들 내부에서 그 세계를 보았기 때문이다.

*

나는 생각했다: "내일은 다른 날이 아니다."
내일은 결코 충분히 내일이 아니다.
내일은 결코 충분하게 다른 날이 아니다.
내일은 그저 하루일 뿐이다.

*

우리는 뒤에 남겨놓은 장소들로부터 벗어난다고 믿는다. 그러나 시간은 공간이 아니며, 우리 앞에는 과거가 놓여 있다. 과거를 떠난다 해도 그 거리가 멀어지지는 않는다. 매일 조금씩 더 우리는 우리가 피하는 것을 만나게 된다. 우리는 중단된 피조물이므로, 우리가 항상 피해왔던 것을 죽음의 순간에도 껴안지 못한다. 그렇기 때문에 부담을 되뇌는 채무 상태에 있듯이 자신의 마음 속에 머물러 있을 수 있으며, 그러는 동안에 삶의 고삐를 풀어버리는 움직임에 자신의 삶을 바칠 수 있다. 책들이 그런 것이다. 우리는 멈출 수 있다.

*

눈에 보이는 것을 믿어서는 안 된다: 그것은 우리가 소망하는 것과 너무나 닮아 있다. 우리는 승강기 안에서 눈을 감아야 하고, 우체통 앞에서 눈을 감아야 하고, 길에서 눈을 감아야 하고, 길을 건너면서 눈을 감아야 하고, 사무실에서, 식당에서, 영화관에서 등등 눈을 감아야 한다. 그렇지 않으면 어디서나 추억을 보게 될 것이다.

그렇지만 눈을 감거나 자면서 보는 것을 믿어서는 더욱 안 된다. 그것은 욕망과 너무나 닮아 있다.

결국 우리는 아무것도 보지 않는다. 우리는 아무것도 본 적이 없다. 게다가 그것은 죽어가는 사람들이 하는 말이기도 하다.

*

자신을 석승시킨 것으로부터 누가 피할 수 있을 것인가?

제34장 한 마디만 말해주소서

르아브르 항구에 있는, 폭격을 입은 유년 시절의 성당에서 미사가 거행되었다.

르아브르 항구는 폐허였다.

성체 배령시에, 사제가 무염 면병을 분할한 다음, 조롱받고 피를 흘리는 유령이 되어버린 신의 몸을 먹는 의식에 앞서, 죄인들은 모두가 무릎을 꿇고 자신들 입의 불결함과 비열함을 자책했다; 그들은 하느님께 간구했다:

"Sed tantum dic verbo et sanabitur anima mea(주님 당신께서 한 마디만 해주시면 내 영혼이 치유되기에 충분하오리다)."

모든 여자들, 모든 남자들이 자신들의 가슴을 세 번 쳤다. 자신들이 피 흘리는 신의 몸의 상징에 합당치 못하다고 세 번을 반복해서 말했다. 그들은 세 번 간구했다.

"Sed tantum dic verbo et sanabitur anima mea."

"단지 한 마디만 말해주소서."

*

"절대 그러지 마소서!"

*

절대 그러지 마소서! 네미가 속삭였다. 절대 그러지 마소서! 베르지 부인이 소리쳤다. 약간의 침묵만으로도 충분히 말들이 뒤로 물러서고, 영혼이 조금이나마 사회의 더러움을 씻을 수 있으며, 육체가 얼마쯤 벌거벗을 수 있을 것이다.

*

예전에 기독교로 개종한 유대인들이 기독교 성당에 들어서면, 눈을 들어 십자가를 바라보면서, 긴 의자 위에 무릎을 꿇고, 입술은 움직이지 않으면서, 마음속으로만 소리를 내지 않고 틀림없이 이렇게 말했을 것이다:

"그대는 나무로 만든 신일 뿐이오!"

*

하느님은 기도에 대한 가르침(「마태복음」, VI, 6)에서 이렇게 말씀하셨다: "너는 기도할 때 골방이나 정원의 오두막에 들어가 문을 닫고 보이지 않는 네 아버지께 기도하여라(Tu autem cum oraveris, intra in cubiculum tuum, et clauso ostio ora patrem tuum in abscondito)."

글을 읽을 줄 아는 모든 사람은 보이지 않는 자신의 아버지께 말한다.

*

2년 동안 나는 이 무너질 것 같은 성당에서 미사일을 거들었다. 성당은 오래된 고등학교 구내에 있었다. 성당은 1957년에 붕괴되어 산산조각이 났다. 미사가 막바지에 이르면 마지막 복음서가 올려지고, 내가 제창이 아니라 혼자서 그것을 라틴어로 독경해야 했다. 나는 그 울림을 좋아했다. 나는 박해의 분위기를 즐겼다. 그러나 그 사실을 부인하지 않으려고 자제해야만 했다(태초에 말씀이 없었다 등등In principio non erat Verbum, etc.). 나는 줄곧 모든 것을 부인하지 않으려고 자제해야만 했다. 그것이 호라티우스[1]가 은폐된 행위ductus obliquus라 부르는 것이다. 말하지 않으면서 말하기 위해, 모든 단어에 아니다를 덧붙여야만 했다.

모든 말에 아니다를 덧붙이지 않으려고 내심으로 나는 갈등했다.

눈치채여서도, 허용되어서도, 받아들여져서도 안 되었다.

나중에야 글쓰기로 인하여 나는 소리내지 않고 말할 수 있게 되었다.

갑자기 나는, 썩은 나무와 잉크 냄새 속에서, 숨어서 길목을 지키고 있는 의미들 가운데서, 소리내지 않고 드리는 기도로 충만해지고 침묵의 열정에 사로잡힌 첫 영성체를 받던 때의 나 자신으로 되돌아간다.

---

1 퀸투스 호라티우스 플라쿠스Quintus Horatius Flaccus(B.C. 65~B.C. 8): 고대 로마의 시인.

제35장 공모

누가 암시해주기 전에 이미 모든 것을 느꼈으므로, 느낌을 표현하려는 생각을 버린다면, 그때 사랑이 시작된다. 언어가, 손이, 성기가, 입이 할 수 있는 것보다 더 가깝게 타인에게 다가간다면, 사랑하고 있는 것이다.

*

상호 관계는 사랑의 신비다. 내가 신비라고 말하는 이유는 상호 관계로 맺어지기가 어렵기 때문이다: 성sexualité은 조화로운 대칭과는 반대이다. 이 점에서 나는 계속해서 고대 로마인들의 명제들을 신중하게 따르려 한다: 친자 관계는 비상호적 관계의 전형이다. 양극 사이의 상호 작용(당신이 내게 이런 사람이 되어준다면, 나도 당신에게 그런 사람이 되겠다, 그리고 그것의 역)이 사랑에 있어서 불가능한 까닭은 성별이 다른alter 성은 같은idem 성이 되지 못하기 때문이다. 양자의 입장은 영원히 상호 교체가 불가능하기 때문이다. 더욱이 그런 까닭으로 고대 로마인들과는 반대로, 고대 그리스인들은 오직 남자들의 우정(philia)만이 상호 관계의 전형으로 제시될 수 있다고 주장한다.

그러나 카르타고의 디도¹ 여왕은 아이네아스로부터 놀랄 만한 상호성을 기대한다.

그러나 메살리나 황후²는, 루쿨루스³의 정원에서, 로마의 실리우스⁴로부터 욕망보다 더 깊고, 관능보다 더 가역적인 우정philia을 기대한다.

내가 옹호하려는 주장은 다음과 같다: 사랑에서 추구되는 우정이 있는데, 그 우정은 영원히 외톨이이고 불연속적이며 대립적인 양극단의 두 성(性)들을 결속시켜줄 어떤 것에서 나오지 않는다. 그것은 사전 분할된 구체(球體)에 깃들어 있는 합의가 아니다.

시각에 앞선 청각.

시각과 청각 모두에게 말을 건네는 상호적인 무엇인가가 생겨난다.

*

첫번째 논증은 교환을 강요하는 증여에 관련된 것이다. 상호성은 언어 활동에서 비롯되는 자아 짊어지기égophorie를 전제로 한다(누구

---

1 디도Dido. 그리스, 로마 전설에 등장하는 카르타고 창설자인 여왕. 페니키아 티루스 국왕 벨루스의 딸로 태어나 숙부 시카이우스와 결혼했으나, 부왕 사후에 왕위에 오른 오빠 피그말리온이 남편을 죽이자 리비아로 도망쳐 카르타고를 건설했다. 그 뒤 그리스군과 싸워 멸망한 트로이의 영웅 아이네아스가 폭풍을 만나 표착하자, 여왕은 그를 사랑하게 되고, 둘은 결혼한다. 그러나 로마 건국의 시조가 될 운명을 지닌 아이네아스가 신명(神命)을 따라 이탈리아로 출항하자, 그녀는 화장단에 올라가 자살했다고 한다.
2 발레리아 메살리나Valeria Messalina. 로마의 황후. 황제 클라우디우스와의 사이에서 옥타비아와 브리타니쿠스, 두 아들을 두었다. 그녀는 남편에게 절대적인 영향력을 행사했고, 시부모(게르마니쿠스와 드루수스)의 딸들을 처형했다. 방탕한 연애 행각으로 유명했던 그녀는, 심지어 매춘을 했다고도 전해지고, 자신의 정부 실리우스와 결혼을 하여 황제를 우롱하기에 이르렀다. 이 소식을 전해들은 황제가 그녀를 루쿨루스의 정원에서 암살하였다(48년).
3 루키우스 리키니우스 루쿨루스Lucius Licinius Lucullus(B.C.106~56): 로마의 장군.
4 실리우스 이탈리쿠스Silius Italicus(25~101): 로마 시인.

든 조금이라도 말을 하게 되면 나je라고 말한다; 말을 하는 모든 개인은 자신을 짊어지는 비슷한 사람이다; 너tu와 나는 성별이나 연령과 상관없이 대화 속에서 서로 교환될 수 있다). 그런데 언어 활동의 각 극이 언어를 발화하고 그것을 들을 수 있다는 사실이, 교환이 이루어지는 순간에, 관계의 양극 사이의 대립을 강화시킨다.

성의 차이는 대화에 의해 강화되면서, 상호간의 우정의 불가능성을 심화시킨다. 왜냐하면 성의 차이는 그 자체로 말하자면 나에서 너로 서로 교환되지 않기 때문이다.

성의 차이, 그것은 돌이킬 수 없는 것이다.

그것은 순간의 차용물일 뿐이다.

사랑은 함께하지 않는 애정과 비동성애적인 우정에서 능동적인 침묵mutuum이 만들어낸 것이다.

*

이성 간에는 인간의 소통이 있다. 이러한 비밀의 공유가 사랑이다. 내 생각으로는, 사랑에 대한 이 특별한 정의를 최초로 제시한 사람은 호메로스[5]이다. 그 정의를 나는 키르케의 입을 통해 다시 듣는다. 『오디세이아』는 처음으로 기원전 800년경에 페니키아 지방 셈족의 언어로 기록된 것이 틀림없다. 문제의 장면에서 마녀 키르케(그리스어로는 매 사냥꾼)와 항해 중인 영웅 오디세우스(율리시스)가 대면한다. 모든 것은, 이성 간의 관계에서처럼 거의 언어가 개입하지 않는 힘의 대결로부터 시작된다: 남성 극(極)은 여성 극을 칼로 위협한다.

---

5 호메로스Homeros(?~?): 고대 그리스의 시인. 『일리아드』와 『오디세이아』의 저자로 알려져 있다.

"멈춰요!" 키르케가 소리친다. "칼을 칼집에 넣어요, 오디세우스. 침대로 들어갑시다. 함께 누워서 연인이 되면 우리가 서로를 믿을 수 있을 거예요."

한 남자와 한 여자가 진정으로 서로 말을 나누려면 침대로 들어가서, 서로의 벗은 몸을 보고, 서로의 몸 위에 올라타야만 한다. 호메로스의 말을 빌리자면, 키르케가 사랑(동침에 의한 성적 쾌락의 합일감 philotès)이라고 부른 것은 내밀한 관계, 비밀들 secreta에 다름아니다. 그녀가 보기에 문제는 유일하고 동일한 외재성이다.

오디세우스는 그녀의 주장을 받아들인다. 두 사람은 잠자리로 들어가 옷을 벗고, 서로를 껴안는다. 일단 서로를 껴안자, 성교가 성사시킨, 혹은 관능이 촉발시킨 상호간의 신뢰를 한순간도 의심치 않으면서, 언어를 사용해 서로에게 조언을 한다.

*

오디세우스가 키르케에게: 나는 당신의 비밀(당신의 복부가 어두운 집의 어두운 구멍이라는 사실)에 대한 비밀의 속내 친구가 되겠소. 당신의 영혼을 지키는, 영혼을 가진 몽둥이가 되려 하오.

키르케가 오디세우스에게: 나는 당신의 비밀(당신의 복부 끝에는 변덕스럽고 이중적이며 두 모양으로 변하는 음경이 있다는 사실)에 대한 비밀의 수호자가 되겠어요. 당신의 욕망하는 남근 phallos이 노출되면 곤란하므로, 내 복부의 어두운 집 속에 당신의 비밀을 감춰두겠어요.

*

비밀스런 어떤 힘이 각자를 지배하는가? 시원적인 어떤 협박이 그를 마음대로 휘두르는가? 어떤 명령이? 정확히 어떤 어루만짐이? 어떤 머리 글자가? 특별한 어떤 폭력이? 이 입술에 청하는 특별한 용서를 구하기란 어떤 것인가? 늘 그리도 오래된 이 커다란 육체의 몸짓이 어떻게 관능적 쾌락을 빼앗기는가?

완전한 밤의 열성, 쾌락에 대한 광기, 속삭여진 꿈의 이미지와 이야기된 두려움, 벌거벗은 몸을 내던지고 잠에 빠지기, 이런 것들이 언어, 낮, 의복들 등등보다 비밀을 더 잘 끌어낸다.

나는 논증 II를 다음과 같이 요약한다: 기표에서 기의가 추출되듯 육체에서 영혼이 빠져나온다.

*

키르케는 로마인들과 현대인들이 내연 관계라 부르는 것을 사랑이나 관능성보다 더 많이 기술하고 있다.

성욕과 결혼의 문제에 직면한 키르케에 의하면 내연 관계가 사랑의 이상이다.

같은 침대에 함께 눕는 행위, 믿음, 동침과 뒤섞임에서 생겨나는 신뢰fiance, 거기서 표명되는 기본적 욕구들의 겸허함, 잠으로 인한 방기 상태의 심각성, 말로 하건 아니건, 의도적이건 잠꼬대건 간에 이런 것들로부터 나오는 고백들.

적어도 그런 것이 호메로스가 생각하는 내연 관계이다. 그는 그 사실을 마지막 장면에서 확인한다. 마지막 장면에서 페넬로페와 오디세우스가 다시 만나자, 그녀가 오디세우스를 알아본 다음, 20년의 세월이 흐른 후에 그들은 잠자리에서 서로 껴안는다. 호메로스가 계속해서 말하기를(『오디세이아』, XXIII, 300): "그리고는 사랑의 쾌락(philotètos)을 즐기고 난 연후에, 그들은 상호적인 신뢰의 기쁨을 맛보았다(muthoisi pros allèlous)."

함께 나눈 잠자리에서의 성적 쾌락은 호메로스의 텍스트 안에서 어둠 속에서 속삭여진 상호적인 '신화들'을 공유한 즐김 자체와 다시 한번 합쳐진다.

(그렇지만 키르케나 페넬로페는, 그녀가 성교coïtus와 독서lectus의 의미가 섞여 있는 보다 오래된 그리스어를 사용하고 있음을 고려한다면, 내연 관계concubitio보다 더 많은 것을 환기시키고 있다. 그것은 현대 프랑스어로 동침하다coucher ensemble가 같은 잠자리에서 잠을 잤다는 것과는 다른 의미를 가지는 것과 정확히 마찬가지 방식이다.)

*

나는 키르케의 주장을 지지한다. 서로 비밀secreta을 털어놓는 일, 그것은 같은 잠자리에 눕는 것이다. 키르케에게는 사랑이 신비와 비슷하다.

1. 키르케가 말하기를, 성관계라는 것이 있다면, 그것은 비밀에 관한 속내 이야기다.
2. 키르케가 말하기를, 신비라는 것이 있다면, 그것은 성기들의 접촉이다.
3. 키르케가 말하기를, 장소라는 것이 있다면, 그것은 침대다.

아리스토텔레스는 신비들mystèria이 세 부분을 포함한다고 설명했다. 즉 행해진 것들drômena, 말해진 것들legomena, 지시된 것들 deiknumena(모방된 행동들, 말해진 문구들, 밝혀진 것들). 신비들에-맡겨진-것들은 성과 죽음에 관련된다.

특히 베일에 덮여 (신성한 폭로를 행하는 제의의 순간까지 이 베일에 덮여) 요람liknon 속에 숨겨진 음경.

성관계가 존재하는 게 아니라 육체와 영혼의 비밀들을 서로 교통시키는 일이 일어난다. 그렇다고 말해진 것들과 지시된 것들이 행해진 것들 안에서 서로 섞이지는 않는다. 사랑하는 사람들은 이야기를 하게 된다: 그들은 서로에게 모든 것을 털어놓는다. 그들은 서로에게 아무것도 숨기지 않는 유일한 사회적 관계를 형성한다. 침대와 도시의 관계는 여자의 음부가 남자의 나체와 맺는 관계와 같다. 남자의 나신은 여자의 음부에 자신을 맡기고, 거기에 자신의 정액을 위탁한다: 은닉 장소다. 그것은 은닉처들 중의 은닉처, 틈새-이전, 동굴-이전, 게다가 거소(居所)-이전이다.

*

키르케는 사랑을 고백할 수 없는 것의 고백으로 정의한다. 그녀가 이 고백 혹은 이 위탁이 자발적인 봉헌물이 되어야 한다고 주장하지는 않는다. 그녀는 모든 암호가 의미하는 바대로 해독된다는 사실을 알고 있다. 나체가 되는 노출에서, 지속적인 잠자리에서 모든 것이 증언한다. 진실이란 성적 쾌락의 진실이다.

남자에게 있어서 육체의 말단에서와 관능에서가 아니라면, 자신의 성적 쾌락의 고백할 수 없는 진실이 도대체 어디서 드러나고, 벌거벗겨지고, 느껴지고, 간파될 것인가?

밤에 잠들기 시작하는 수면의 초기에서?

꿈의 속내 이야기거나, 무서워서 잠이 깨는 바로 그 순간의 악몽의 속내 이야기에서?

혹은 그의 두려움과 두려움의 냄새에서?

자신의 진짜 목소리를 알려면 헐떡거리는 거친 숨결을 알아야 한다.

*

그리스어 a-lètheia는 망각에서 벗어나기dés-oubli로서 진리를 의미하는 반면, 라틴어 re-velatio는 베일, 즉 베일 씌우기velatio의 베일velum, 불가사의의 바구니에 들어 있는 음경의 신성한 위장을 벗기기를 의미한다.

드러난 것들에 관련하여 감춰진 것들.

가려지지 않은 것은 무엇보다도 벗겨진 것, 노출된 것(알몸이 아닌 것)을 뜻한다.

성교가 진실을 만들지는 않는다. 밤 내내 혹은 계속해서 며칠 밤을 함께 나눈 잠자리가 진리alètheia의 의미를 알게 한다.

그것은 고백할 수 없는 것의 교환, 옷 벗기의 난처함, 잠의 가식 없음, 남자들의 감추지 않은 것le décaché, 그들의 성적 쾌감의 노골적인 과시이다.

그러한 것이 베일을 벗겨내기|re-velatio이다.

Objectio는 로마에서 동일한 의미를 가진다: 가슴이 드러나도록 튜닉 자락(장애물objectus)을 걷어올리기.

긴장과 과시의 공포에 바쳐진 남성의 쾌감에 대한 허풍스런 호기심이 존재한다. 키르케가 말한다: 무엇이 그를 특별하게 만드는지, 그의 한계가 무엇인지, 무엇이 그를 제어하고 돌아서게 하며, 그를 끊임없이 괴롭히는 동시에 속이는지 이제 나는 안다. 그것이야말로 밤에 누군가와 동침하는 자만이 알 수 있는 것이다.

*

논증 III. 모든 것이 새나가는 남자들에게는 불가능한 비밀. 쾌감은 위장될 수 없는 것이므로, 그들은 쾌감을 느끼는 방식에서 문제를 일으키는 조심성을 보인다. 임박한 그리고 불가피한 사정(射精)이 그들을 지배한다.

제때에 찾아오는 봄처럼.

*

엘로이즈는 로마 노예의 성적 비굴함officium(기독교인들이 부부간의 의무라고 불렀던 것)을 거부한다. 클레리아의 정의(定義)는 시선을 거부한다. 베르지 성주 부인의 정의는 언어를 일소한다. 호메로스의 작품(『오디세이아』, X, 335) 안에서 키르케의 정의는 노출된 성기의 비밀을 위탁하는 것과 영혼의 비밀을 위탁하는 것에 동등한 가치를 부여한다.

*

키르케의 말: 내가 지금 보여주지 않는 것을 나는 당신에게 보여주리라.

*

키르케가 말한다: 자신의 나체를 맡기는 것(배설 구멍을 드러내기, 생식 구멍을 드러내기, 성기와 생식 기관들을 드러내기), 밤중에 잠든 육체를 고백하는 것, 자신의 이름을 실토하고 비밀을 말하는 것, 이런 것들이 사랑의 네 가지 표지이다.

사랑하기, 그것은 또 하나의 인간과 더불어 소리 높여 생각할 수 있음이다. 머릿속을 스쳐가는 생각을 털어놓는 것, 그것은 나체와 마음의 상태 위에 덮인 베일을 벗겨내는 것과 같다. 내밀한 관계는 극단적인 솔직함과 다르지 않다. 그것은 심지어 음란함이다. 다음은 키르케가 한 말이다: 자신을 한 여자에게 맡기는 것은 내밀한 관계가 맺어진 연후라야만 한다. 이 관계의 내밀함은

1. 극도로 위험하며,
2. 전적으로 열정적이다.

두 눈 뒤에는 더 이상 아무것도 없다. 시선으로부터 유보된 것은 더 이상 없다.

자유로운 내연 관계는 우선적으로 사회적 의미를 가진다: 두 개인이 자유로운 사회société libre를 형성한다. 이 용어들은 모순을 포함하고 있다. 이 표현이 거리낌없이 말하고자 하는 바는 오로지 자유로운libre이라는 두번째 의미로서이다. 그러나 사회société라는 첫번째 의미로서의 표현은 결혼 상태의 정반대를 도전적으로 정의할 수 있다는 장점을 제시한다.

가장 자유로운 내연 관계는 가장 대담한 정신적 결합의 원인이 된다. 욕망이 개인적이고 사회적인 정체성의 내벽을 관통한다.

*

결혼에서 사랑이 불가능함을 단호히 표명한 사람은 1134년 엘로이즈가 아니라 1174년에 샹파뉴 백작 부인이다. 앙드레 르 샤플랭의 『연애론』[6]이 구상된 것은 그로부터 10년이 지난 1184년경이었다. 그는 순결한 사랑 fin'amor[7]을 체계화시키고자 한다. 르 샤플랭은 이렇게 쓰고 있다: "fin'amor의 목적은 열정에 바쳐진 모든 힘에 의한 두 연인의 마음의 결합이다. fin'amor는 정신적인 관조, 마음으로 느껴지는 감성들, 입맞춤과 두 연인의 완전히 벌거벗은 몸들의 정중한 접촉에 있지만, 그러나 그들에게 최상의 관능적 쾌락은 불가능하다."

신플라톤주의, 수피교,[8] 카타리파,[9] 기사도주의의 이데올로기에 의하면, 사랑은 순결한 것이었다. 사랑은 성적인 것이 아니라, 반대로 영원한 동반이라는 정의다. 심지어 그들이 보기에는 사랑이 인간의 육체를 그 욕망에서 분리시킬 수 있는 유일한 감정이었다. 제식의 주관자들(역사가들이 완전자라 명명한 사람들)은 믿기 어려울 정도로 격렬하게 결혼을 선서된 간음죄 jurata fornicatio로 규정했다.

간음죄라는 단어는 고대 로마 시대의 매음굴의 궁륭형 홀을 가리킨다. 유서 깊은, 그러나 항상 수치스러움이 배어 있는 말.

선서된 매춘이라고 번역되어야 할 것이다.

제노바[10]의 주교가 두 번이나 인용한 로마 속담이 있다: "결혼은 지

---

6 앙드레 르 샤플랭 André Le Chapelain이 1170~1174년 사이 엘레아노르 여왕 치하의 궁정 생활을 그린 저서 『연애론 Des Amoré』은 궁정풍 사랑을 체계화했다는 평가를 받고 있다.
7 순결한 사랑의 의미로 쓰인 중세기 기사도적 사랑.
8 이슬람 신비주의 교파.
9 풍속의 극단적 순화를 주장한 중세 가톨릭 이단.
10 이탈리아 북서부 리구리아 지방의 주요 도시.

상을 가득 채우고, 순결함은 천국을 가득 채운다(Nuptiae terram implent, virginitas paradisum)."

엘로이즈는 이렇게 썼다: "나는 아내라는 단어보다 정부(meretrix)라는 단어를 더 좋아해요. 당신 곁에 있을 때 느꼈던 욕망의 뜨거움(libidinis ardor)을 표현하려면 방탕한 성교(fornicatio)라는 거친 단어를 사용하고 싶어요. 내가 당신에게서 당신만을 찾았다는 사실을 신은 아십니다."(『아벨라르와 엘로이즈 서한집』, 1782, p. 48)

*

1200년, 부르고뉴에서 베르지 부인은 사랑을 비밀의 공유라고 정의했던 그리스의 키르케의 마녀 고풍스런 개념과 마찬가지로, 사랑의 낡은 기사도적 방식을 배척했었던 듯싶다. 그녀가 요구했다: 1. 나의 연인은 침묵하라.

2. 모든 사람들로부터 숨어서 몰래 행해진 비밀스런 포옹(비밀에 부쳐진 내연 관계), 이 야성적이고 묵시적인 규약, 비사회적이라기보다는 반사회적인 협약은 말해져서도 고백되어서도 안 된다.

열정에 사로잡힌 고독.

감출 줄 모르는 자는 사랑할 줄 모른다(Qui non celat amare non potest).

동시에 두 사람에게 속하지 않는 어떤 것과, 두 사람 중 누구에게도 속하지 않는 어떤 것은 소통한다. 30년이 지났건만, 죽음 너머까지 쫓아올 죄의식처럼 차츰차츰 내 영혼 속에 쌓여가면서, 이 글을 쓰는 동안 빈번하게 나타나는 예를 들어보자면, 내가 네미와 함께 경험했던 것, 우리가 함께 경험했지만 내가 아직도 완전히 느끼지 못했던 것에 단지 소박하게 가까워질 수 있도록, 내가 겪었던 것을 다시 느끼게 하면서, 그녀의 가장 사소한 행동까지도 언급하도록 나를 부추겼고 여전히 부추기는 것, 그것은 이처럼 표현하기가 어려운 어떤 증여를 증명해준다.

이 문제는 어렵다: 내가 실행하지 못했으며, 포옹이 실현시켜주지 못했으며(영혼으로의 회귀 안에서), 내가 완수하지 못했던 것을 기억에서나 마찬가지로 성sexualité에서도 다시 찾아볼 수 있다. 게다가 그것은 기억, 혹은 적어도 기억의 가장 이율배반적인 특성과 그로 인한 번민, 기대, 질병들을 설명해주는 것이다. 무엇인가가 필연적으로 한 극에서 다른 극으로 이동하고, 그리로 끌어당겨지지만, 그것은 불가피한 일이다(산란되었던 곳으로 산란하러 돌아오는 연어들의 왕복).

우리가 경험해야 할 것을 매혹하는 것은 흔히 선조들의 기벽이다.

그것은 우리의 몸짓에서 간파될 정도로 경이로운 것이다.

내 안에 맡겨진 음악에 관련된 것도 이와 다르지 않다. 내가 받은 교육은 내 안에 없는 무언가를 주입시켰고, 네미는 음악가로서의 자신의 경험으로부터 그것을 내게 주입시켰다(키르케 역시 음악가였다고 전해진다). 그러나 사랑은 우리 두 사람을 함께, 우리들 사이에 갑자기 수립된 절대적인 관계의 양극 중 어떤 극에서도 유래하지 않는, 상호적인 것으로 넘겨버렸다. (정당한 되갚음이 아닌, 공평무사 등등이 아닌 것.)

*

논증 IV. 성기가 확장됨으로써 출산하는 여자의 몸이 어린애와 둘로 나누어질 때, 전형적으로 이성애적인 관계가 이루어진다: 어린애와 어머니의 관계, 아기 예수와 성모 마리아의 관계 등등. 그것은 기원전 9000년에 근동으로 전파되기 시작한 예술사에서 찾아볼 수 있다. 거대한 몸집의 여자가 무릎 위에 아들 혹은 죽은 전사를 안고 있다. 나는 이

점을 강조한다: 심지어 신석기 시대의 장면 가운데서조차도, 여자는 눈을 내리깔고, 죽은 자는 눈을 감고 있다.

*

논증 V. 텔레파시란 무엇을 뜻하는가? 멀리서 괴로워하기. 내가 검토하고자 하는 주장은 다음과 같은 새로운 관점에서 제시될 수 있다: 책들을 읽어보면 텔레파시의 경험이 이성(理性)에 근거를 두고 있지만 —근거를 둘 수 없다고 주장되기도 한다—, 그러나 책읽기는 모든 사람들의 의식을 언어 습득의 근원에 이를 정도로 관리하기도 한다. 사람들이 지각하고, 느끼고, 예감하는 것, 거의 모르지만 예상하는 것, 이 모든 것이 남자와 여자들의 자아 짊어지기égophorie라는 단순한 사실에 의해 그 가장 내밀한 실체에 이르기까지, 그 가장 도착적인 근원에 이르기까지 공유되고 있음을 독서가 모든 페이지에서 증명하고 있다. 사랑의 텔레파시는 분명 더욱 강렬하고 더욱 즉각적이지만, 그 본성에 있어서 완전히 다르지는 않다. 사랑의 감응은 독서나 고대 예술이나 먼 곳의 감응이 아니며, 다른 영혼과 더불어, 죽은 자들과 더불어, 다른 시대와 더불어 분리된 자가 느끼는 감정의 일치도 아니다. 사랑에서 감응은 즉각적인 공감보다 훨씬 더 인접해 있다: 그것은 감정 이입인데, 극도로 가까운 자, 즉 우리가 만질 수 있는 타인의 감정 이입이다. 육체들은 잇대어진 연통관이고, 그 안을 흐르는 물은 나체이고, 접촉은 욕망이어서, 남자와 여자는 욕망을 매개로 하는 메달의 앞뒷면이 아니다. 그들은 짝이 맞는 두 조각이 아니고, 짝이 맞지 않은 두 조각도 아니어서, 그 조각들이 일부분만, 진짜로 일부분만, 진짜로 어느 정도만, 느닷없이 아주 잠시 동안만, 두 조각을 더욱 당황하게 하는 단 하나의 형태로 결합된다. 두 조각의 무늬들은 그때까지도 이미 당혹스러운 것이었고, 때로는 분명히 결핍된 것이었지만, 그럼에도 때로는 거의 독자적인 것이다. 무늬들이 배합되면서 단 하나뿐인 문의 빗장을 연다. 이 문을 통하면, 아마도 오직 하나뿐인 세계(임신 기간 동안, 어머니와 아들이 섞여 있다기보다는 구분이 불분명했을 때, 실제로 세계가 그러했던 것과 마찬가지로 유일한)로 들어갈 수 있다.

*

포옹하다와 욕망하다에 해당하는 라틴어 동사 coire는 결합되다 이상을 의미하는데, 이 동사가 의미하는 바는 함께co 가다이다. 감정 이입과 텔레파시는 가다이다.

자신에게로 돌아오지 못하고 영원히 가기: 타인에게로 가기.

뒤얽힘과 암시성은 나란히 있어서, 서로 닿고 소통한다.

논증 VI. 이렇게 해서 나는 또 하나의 라틴어 단어에 이르게 되었는데, 그 단어 역시 사랑의 정의 속에 포함되어야 한다고 생각한다.

그것은 공모coniventia라는 단어다.

공모란 그 의미가 너무나 분명하기 때문에 더욱 낯선 단어다. 공모하다conivere는 한쪽 눈을 찡긋하는 것, 한쪽 눈꺼풀만 감았다 뜨는 것, 알았다는 갑작스런 신호가 아니다. 그것은 저도 모르게 두 눈을 감는 것도, 잠드는 것도 아니다. 공모하다는 미리 생각했다는 듯이, 힘을 주듯이 두 눈꺼풀을 함께 내리까는 것을 의미한다. 눈꺼풀이 두 안구 위로 천천히 내려가게 하면서 잔주름이 잡힐 정도로만 눈꺼풀을 내리누르는 것이다.

시선과 관련하여 눈꺼풀만을 사용하는 피부의 신호, 그것은 암묵적

합의의 신호이다.

인간의 오래된 승인 형식은 미리 용서를 구하는 형식에 근거를 두고 있다. 무엇에 대해 눈을 감다란 단순히 그렇게 하도록 허용하다를 의미한다. 네가 하려는 것을 나는 보지 않을 작정이다. 그것은 앞당겨진 관대함이다. 그런 것이 공모의 의미이고 공모를 즉각적인 암시성, 말없는 예측 가능성, 암시만으로 이루어진 합의, 내면적인 우연의 일치와 구별시켜주는 것이다.

*

공모coniventia.

"당신들은 한패로군."

사랑하는 사람들은 공모자들이다.

그것은 불타는 것이다. 함께 불타는 것이다. 그것은 더 이상 가는 것이 아니라, 대뜸 걷는 것이다. 공모는 매혹fascinatio에 직접적으로 연관된다. 공모에서, 놀라게 하지 않겠다는 그들의 의지를 표명하는 것은 두 눈 자체이다. 힘을 주듯이 두 눈이 감긴다: 감긴 눈은 보지 않으려는 욕망을 나타낸다. 그것은 바라보기를 포기하는 아쉬움이다. 이성 간의 공모는 예전의 지배력과 함께 효심에 대한 기억을 내려놓는다.

*

로마인들이 공모라고 불렀던 것은 고대 그리스인들과 플라톤이 antiblepsis(응답으로서의 시선)이라고 불렀던 것에 전혀 해당되지 않는다.

한 술 더 떠 공모란 응답으로서의 비-시선이다.

*

언어 이전의 의사 소통은 심해이다. 말로는 표현할 수 없는 것이므로 심해이다.

논증 VII. 마침내 언어가 생겨나 목구멍 속에서 날개를 펼치고 입술로 넘쳐흐를 방도를 찾아내게 될 때까지는, 앞서 있던 모호한 의사 소통이 인간의 마음 속 깊은 곳에서, 인간의 두 눈의 뒤편에서 끈질기게 버티고 있어야만 했기 때문이다.

말없는 예지력.

자신들이 무엇을 느끼고 있는 중인지, 자신들이 꿈꾸는 바가 무엇인지를 알아보려는 연인들의 말없는 예지력.

*

음악가나 작가가 연주를 하거나 글을 쓸 때 항상 전제하는 감정 이입적 의사 소통의 기쁨은, 그들이 받는 편지들, 비평들, 그들이 살고 있는 사회가 일반적으로 그들을 받아들이는 반응으로 인해 풀이 꺾인다.

논증 VIII. 예술가들과 연인들의 감정 이입적 의사 소통의 기쁨은 완전히 정신착란적이다. 따라서 한 사회가 진정한 **직접 접촉**, 다시 말해 거기서 추구되는 **비사회성**이 사회에 언제나 다소간 해를 끼친다는 사실을 깨닫고 있다면, 사회의 어떤 것도 그 기쁨을 만족시킬 수 없어진다.

그래서 결과적으로 이 비사회성은 연인이나 예술가를 언제나 사회를 증오하도록 부추긴다.

주체에서 주체로 전달되는 감정 이입적 소통의 기쁨은 극도로 강렬한 것이지만, 거기서 더 나아가서 어떤 미지의 것에 대한 기쁨이 추가된다. 양자(내연 관계의 남자 amant(情夫)—내연 관계의 여자 amante(情婦), 음악가—청중, 독자—저자)가 동일한 탐색, 도시의 성벽 밖으로 나가려는 동일한 추구를 함께 나누는 기쁨이 그것이다. 공모는 인간을 비사회화시키는 것이며, 그런 까닭에 그것은 나중에 눈감아주게 될 것을 미리 용서한다. 이것에 대해 공동체나 가족은 반대로 눈을 크게 뜨고 지켜본다(그들은 감시한다). 공동체는 낮은 목소리로 웅얼거리는 독송(讀誦) 미사 — 결정 기관(그리고 언어)이 제3자로 나타나지 않는 모든 의사 소통을 낮은 목소리의 독송 미사라 규정할 수 있다 — 를 혐오한다.

 귀결. 성직자들에게 있어서 낮은 목소리의 독송 미사는 글을 읽는 사람들에게는 묵독과 같다.

*

 분할할 수 없고, 볼 수 없으며, 그 매듭을 풀 수 없고, 승인받을 수 없는 이중주가 되는 기쁨은 사랑의 가장 아름다운 특징들 중 하나다.

 논증 IX. 아마도 이 이중주는 가장 아름다운 음악인 것과 마찬가지로, 또한 가장 아름다운 춤일 것이다. (비록 읽는 사람의 눈에 보이지 않는다 할지라도, 이 이중주는 가장 아름다운 독서이기도 하다.) 이중주 duo란 둘을 뜻한다. 이성 간의 관계라면 그것은 절대적인 관계다. 그것은 성(性)의 차이 그 자체이다. 두 성이 있을 따름이다. 그 이상도 그 이하도 아니다. 그런 의미에서 네미가 그렇게도 강하게 요구했던 비밀, 베르지 성주 부인이 그다지도 격렬하게 요구했던 비밀은 공모 관계가 아닌 일체의 승인에 대한 거부를 나타낸다. 즉 사회나, 파리 국립고등음악학교나, 부르고뉴 공국의 궁정이나, 가족이나, 그 누구의 시선도 통과하지 않으려는 이 거부는 그 자체로 순수한 상태인 순수 이타성의 이중주가 아니다.

*

고립된 정신, 단성적(單性的) 정신, 단지 동시대적일 뿐인 정신, 그런 정신이 지니고 있는 것보다 더 광범위한 것에, 더 무한한 논리에 완전한 몰입과 지성의 지배가 합류하는 통로로서의 사고의 기쁨. 노에시스적 세계에서 물질적 세계로, 자연계로, 실재계로, 천체계로 이르는 탈속지성(脫屬地性)의 기쁨, 그것이 바로 황홀경이다. 그것은 가장 엄밀한 의미에서의 신비인 침묵과 비밀을 제외하면, 전혀 신비한 것이 아니다.

*

둘을 느끼는 하나. 타자 Alter를 느끼는 동일자 idem. 그것은 성 자체다.

그러나 이런 경우의 무한함, 그것은 유한함 자체이다.

*

자아를 짊어지는 자들 égophores의 입은 두 다리 사이에 있는 성의 차이와 모순된다.

나는 논증 I을 재론한다. 연인은 자신이 사랑받고 있다고 생각한다: 그것은 언어의 힘 때문이다. 언어학자들은 언어에서 대화자들 상호간의 입장을 교환시키는 가능성을 자아 짊어지기 égophorie라고 부른다.

그러나 만일 연인이 언젠가 스스로를 사랑받는 자라고 믿는다면, 성의 차이 때문에 그는 스스로를 파괴하게 될 것이다. 혹은 피에르 아벨라르처럼 자신의 성기를 잃게 될 것이다. 그리고 그의 성기를 절단했던 사람들도 그들 차례로 성기와 시력을 잃었다. 남자들과 여자들이 무슨 짓을 하든 간에, 언어(나와 너 사이의 입장의 전환)가 성의 차이(자신의 입장의 불가능한 전환)에 합류하지 못한다.

나의 욕망은 너의 욕망이 아니다.

성의 차이는, 이 세상의 모든 언어로도 어찌할 수 없는, 완강한 것이다.

귀결. 연인들은 사랑받는 자들이 결코 아니었으며, 지금도 그렇고 앞으로도 영원히 그럴 것이다.

*

당신을 바라보는 두 눈, 바라보고 있는 대상을 주시하면서 천천히 감기는 두 눈이 더욱 강렬하게 만드는 삶, 만일 사랑이 이런 삶을 가리키는 것이라면, 그것은 매혹의 뿌리가 근절될 수 없는 탓이다.

공모는 육식 동물의 사냥에 고유한 둘로 나뉘는 초점에 대해서 두 눈이 만들어낸 계략이다.

공모 자체는 여전히 동물적이다. 그것은 하나의 억제제다.

*

연인들은 전진한다. 그들은 가고 있었다 ibant. 동방에서 온 동방박사들이 유대인들의 왕의 별sidus을 따라갔던 것처럼 그들은 가고 있었다.

연인들은 이 틈새에서, 건널 수 없는 성의 차이를 가로막는 단호한 내벽에서부터 전진한다.

우리는 사랑에 도달하지 못한다. 따라서 쾌감에서 격렬하게 추락하는 오르가슴은 바라보지 않는 것이며, 허무 자체이다.

우리는 언어의 상대방에게 동의하듯 사랑에 동의해야 한다. 그것은 언어에 고하는 결별을 전제로 하는 규약, 언어에 선행되는 것에 대한 믿음인 반면에, 문제는 유년기에 느꼈던 매혹으로 인한 극도의 도취 상태이다.

어머니와 젖먹이의 관계에서처럼, 손가락의 움직임과 눈짓만으로도 서로 통하는 것이다.

그것은 윙크, 눈짓, 어머니에게서 자식으로 전해지는 같은 살에 대한 무한한 감동이다.

공모 관계는 이와 반대로 두 눈을 동시에 완전히 감아버리는 데 있다. 공모는 바라보지 않기이다.

공모는 갈망한다. 그것은 하룻밤을 요구한다.

*

먼 옛날, 투피족[11]의 태초에는 줄곧 낮만 계속되었다. 한 인디언의 아내가 뱀의 딸이었다. 그런데 어느 날, 그 인디언이 세 명의 하인에게 말한다: "물러가라. 내 아내가 나와 동침하기를 거부한다." 그러자 아내가 하인들 앞에서 남편에게 즉시 말한다: "나를 곤란하게 하는 것은

---

11 남아메리카(아마존 강 남쪽에서 라플라타 강까지)의 투피어를 사용하는 여러 족속의 명칭.

당신이 나를 취하는 것을 세 하인들이 보기 때문이 아니에요. 당신을 눈으로 바라보는 게 곤란한 일이지요." 그녀는 남편에게 이제는 밤에만 관계를 맺겠다고 설명했다. 그녀의 아버지가 밤을 억류하고 있었고 또한 모든 동물들을 동굴 안에 가둬두고 있었는데, 왜냐하면 동물들은 별들처럼 시계이기 때문이다. 그녀는 밤과 동물들과 별들을 찾으러 갔고, 그것들을 데려왔다.

*

논증 X. 우리가 우리 자신이 되기도 전에 맨 처음 보는 것, 우리 자신이 되기도 전에 그리고 우리 자신으로 느껴지기도 전에, 그리고 자신을 바라볼 생각을 할 수 있기도 전에 존재하는 것, 그것을 우리는 태어나고도 오랜 시간이 지나서야 어머니라고 부른다.

*

애초에 어린애의 시선은 어머니의 시선에 의지한다. 태어나는 인간이 너무 가냘픈 다리로 걸을 수 없는 것과 마찬가지로, 어머니의 뱃속에 담겨서, 그리고는 품안에 안겨서 운반되는 것과 마찬가지로, 어린애가 몸을 가눌 수 있기 전에는 어머니의 시선에 안겨서 운반된다. 그 시선이 몸을 일으켜세우고 모든 시선은 타인의 시선 속에서 휴식한다. 그 시선은 우리의 시선이 어머니의 시선이었던 최초의 과거를 결코 저버리지 못하며, 바로 그것이 공모의 시선의 토대가 된다.

*

남자들에게 있어서는, 냉대받는 수치스러움, 거절에 대한 두려움, 벗을 몸의 빈약함, 성기의 외관상의 무례함, 그 상태에 대한 불안, 무기력에 대한 공포, 욕망을 충족시키지 못할까 봐 생기는 근심, 그들이 느끼는 이런 것들이 사랑의 본질을 이룬다. 어떤 여자들은 이런 수치감을 사랑하고, 이런 두려움을 사라지게 하며, 이 나체에 감동하고, 이 공포에 동참하고, 남자들을 당황하게 만드는 동시에 그들을 지나친 성급함, 치근대기, 때로는 난폭함으로부터 미리 보호하는 이런 근심의 여왕 같은 존재가 된다.

여자들은 눈을 감는다. 그리고 흔적을 남기지 않는 공모, 생물학적이지도 혈통적이지도 않은 최초의 눈을 감아주기(내가 사랑이라고 부르는 것)에 접근한다.

*

이탈리아의 르네상스인들은 자유분방한 젖가슴과 개성적인 얼굴을 가진 여자들을 선발했었다. 나로서는 예전에 나를 사랑했거나 나를 거부했던 여자들 때문에, 그것은 침묵(즉 비밀에 부쳐진 말), 밤(즉 외따로 떨어져 있는 불빛), 불면(감각의 강렬함, 형체 없는 나체)이었다.

논증 XI. 가장 이상한 일은 텔레파시에 속하는 것이 매혹에서 나온다고 생각하는 데 있다. 감정 이입은 부동화된 탐식의 결과이다.

매복의 결과이다. (이러한 염탐에 의해서 사랑은 사냥과 독서에 연관된다.)

논증 XII. 다시 시작하다는 반복하다의 반대이다. 음악에서 반복하기는 연주하기의 반대이다. 지상에서는 반복하기를 그칠 수도 있다(이미 들은 것의 반복을 중단할 수도 있고, 사회가 작은 개체들atomoi, 작은 개인들individua을 영구히 탈취하기에 적절한 선전의 전자 회로를 차단할 수도 있다).

반복을 그치고 반복하기, 그것을 다시 시작하기라고 부른다.

사랑은 흔치 않다: 그것은 다시 시작하기(공모)이며 유년기의 눈짓(매혹)을 반복하는 게 아니다. 그것은 소속되지 않은(부계 쪽으로도, 모계 쪽으로도) 관계이다. 내가 공모라는 고대 단어를 사용하여 만나보려는 것이 비-소속과 비-우정non-philia이다. 이 눈감아주기는 이성(異性)에게만 호소할 수 있다. (자아 깊어지기에 접근하려면, 우리는 우리들 각자의 비-정체성을 눈감아준다. 우리가 언어를 사용할 수 있으며 우리 모두가 언어를 통해서 나라고 말한다는 사실은 우리에게 매순간 우리 자신이 전혀 명확한 존재가 아님을 증명해준다.)

다시 시작하는 것은 태어남에 관계되고, 반복되는 것은 그후 뒤따르는 것과 관계된다. 후자에 고유한 속성은—다시 시작하는 것과는 반대로—예속되어 있을 뿐이다. 남녀간의 관계가 자주 매혹에서 멈춘다는 것은 사실이다. 한 쌍의 성은 격렬한 감정 전이 속에서 움직이지 않게 된다.

사람들이 그들에게서 기대하는 것만을 재생산하는 수많은 거장들이 있다. 일반 대중은 당연히 그들을 선호한다. 그들과 친숙해지려는 자들은 그들에게 접근함으로써 자신들이 기대하는 것을 얻을 수 있기 때문이다. 그런 공연들은 가장 지루하고 가장 무익한 것들이다.

대다수의 공연은 자신들이 들었던 것이나 스승이 길러준 취향에 맞는 것을 반복할 뿐인 대가들을 끌어모은다. 그들은 모든 지식들과 녹음된 것들과 타협하려고 애쓸 뿐이며, 그래서 그들은 그런 것들에 대해 반쯤 살아 있는 기억력이어서, 대부분의 경우에 몽유병자처럼 연주한다.

그러나 악보를 제로zéro부터 다시 시작하는 몇몇 거장들도 있으며, 그들에게 있어서 악보에 접근하는 방식은 지식이 아니고, 기존의 모든 것을 버리고, 그저 시작하는 것이다. 악보가 그들의 눈 앞에서 이성(異性)처럼 솟아오르면 — 갑자기 이 음악가들은 눈을 감는다. 그들은 악보를 체험한다. 그러면 악보를 연주하는 순간에, 악보 안에 있던 들어본 적이 없는 놀라운 무언가가 갑자기 솟아오른다. 들어본 적이 없다는 것이 특히 독창적이라는 의미는 아니다. 독창적인 것이란 항상 모든 사람들의 시선에 띄게 마련이며, 그것은 기필코 모습을 드러내고자 한다. 독창적인 것은 반대편 극에 매여 있는 것처럼 집단적인 것에 매여 있다. 그런데 놀라움을 일으키는 이 요소는 집단적인 것도 주관적인 것도 아니다: 그것은 악보 전체를, 연주자와 청중을 놀라게 하는 요소이다.

그것은 본래의 요소, 즉 예술 작품 속에 미끼로 불러들여진 순수 상태의 성의 차이이다.

옛날이야기들 안에서, 음악은 악기마저도 놀라게 한다.

악기가 죽은 자의 몸으로 밝혀지든가, 악기의 현들이 그의 머리카락들이든가, 팽팽히 당겨진 피부가 공명 상자로 쓰이든가, 죽은 자가 그 노래를 작곡한 본인이든가, 그 곡에 영혼을 불어넣은 자이든가, 유령이든가 그 중 하나다.

그래서 악기는 자신의 창조자를 알아보고, 그가 다가오자 갑자기 산산조각으로 부서진다.

말을 할 것인가 침묵할 것인가, 먹을 것인가 죽을 것인가, 세상에

구원을 청할 것인가 등을 돌릴 것인가, 끔찍한 인간과 적의에 찬 동물 사이에서 하나를 선택해야 하는 바로 그 순간에, 우리 모두는 음향 세계의 여명기와도 같은 곳으로 되돌아간다.

*

음악의 창조자인 마르수아스[12]는 산 채로 살가죽이 벗겨진 사람이다.

*

탁월한 예술이란 어떤 것인가? 언어 이전의, 최초의 예술은 어떤 것인가? 마치 각 개인의 육체 혹은 집단의 유령들의 가짜 피부가 단지 관습의 경계에 불과하다는 듯이, 표면이 찢기고 피를 흘리며 가로 걸어가는 예술이란 어떤 것인가?

그것은 음악이다.

왜 그리스 신화에서는 음악가의 살가죽을 벗기는가? 드러난 것의 뒤편을 보기 위해서다. 왜냐하면 음악이 설명할 수 없게, 보이지 않게,

---

[12] 마르수아스Marsuas. 관이 두 개인 플루트란 전설적인 악기의 창조자. 전설에 따르면, 아테나 여신이 플루트를 만들었으나, 플루트를 불 때 우스꽝스럽게 부풀어 오른 자신의 두 볼이 시냇물에 비치는 것을 보고 이 악기를 저주하면서 버렸다. 마르수아스가 이것을 주웠고, 이 악기가 아폴론의 리라보다 더 훌륭하다고 판단하고 신에게 도전했다. 아폴론은 승자가 패자를 마음대로 처분한다는 조건으로 이 도전에 응했다. 아폴론은 자신의 악기가 거꾸로도 사용할 수 있음을 보여줌으로써 우월성을 증명하였다. 그래서 승자가 된 아폴론은 마르수아스를 소나무에 매달고 산 채로 가죽을 벗겼다. 그후에 가책을 느낀 아폴론은 마르수아스를 강으로 변하게 하였다. 전설에 의하면 심판관들 중에서 유일하게 미다스만이 마르수아스의 플루트가 우월하다고 판정했는데, 그 벌로 아폴론은 미다스의 귀를 당나귀 귀로 만들어버렸다고 한다.

즉시 표면의 뒤편으로 스며들기 때문이다.

왜 음영 시인은 맹인인가? 눈 뒤편의 어둠 속으로, 꿈들이 태어나서 날개를 펼치는 나라로 가기 위해서다.

그것은 다른 세계, 표면의 뒤편, 음악적인 것, 임신 기간 중에 어둠 속에서 순환하는 피의 리듬이다. 그 리듬이 출생시에, 보이지 않는 숨결의 리듬인 제2의 리듬과 결합하고 짝을 지어 분만을 완성시킨다.

*

왜 고대 그리스 사람들의 음악에 관한 또 다른 신화에서는 오르페우스[13]의 사지를 절단하는가?

음악에는 얼굴도 인성(人性)도 없다: 고동치는 심장이 음악의 리듬을 예상하자마자 그것에 사로잡히고, 즉시 공기를 밀어냈다가 다시 소리쳐 부르는 폐, 그리고 그 내뿜는 호흡에 기생하는 인간의 목소리는 노래가 그것들에 닿아서 그것들 안에 숨결을 불어넣자마자 즉시 억제되거나 증폭된다. 마치 갑자기 나뭇가지들을 휘게 하고 꼭대기를 쓰러뜨리는 바람의 뜻에 돌연 내맡겨진 나뭇잎처럼.

---

[13] 그리스 신화에 나오는 악사(樂士), 시인. 아버지인 아폴로에게서 받은 7현 수금(竪琴)을 9현으로 개량하였다는 설과 수금의 발명자라는 설이 있다.
　　사랑하는 아내 에우리디케가 죽자, 오르페우스는 저승으로 내려가 음악의 힘으로 아내를 데리고 나온다. 그러나 마지막 한 걸음을 남겨두고 뒤를 돌아다본 탓에, 에우리디케는 다시 저승으로 떨어지고 만다. 그뒤, 오르페우스는 모든 여자들의 구애를 계속 거절하다가, 트라키아 여자들에게 원한을 사게 되어 여덟 갈래로 찢겨 헤브루스 강에 내던져졌다고 한다.

논증 XIII. 우리는 사랑의 직감에 대해서 말한다. 그 의미는 사랑이 언어에 유달리 과민하다는 것이다.

처음으로 사랑을 하는 사람은 모든 속내 이야기를 거부한다.

그때 그가 몰랐던 것(예전에 그것을 파악해서 기억에 남길 방도가 없었기 때문에 지금도 그가 모르는 것)은 지금 그가 모른다고 생각하는 바로 그것이다. 그리고 지금 그가 모른다고 생각하는 것, 그것을 그는 다시 시작한다.

그가 기억하지 못하는 추억이 자기 자신에게조차 엄습해올 때— 왜냐하면 그것은 개인의 기억, 그리스도를 십자가에서 내리는 그림, 언어의 증언, 이런 것들보다 앞선 것이므로—사랑에 빠진 사람은 자신이 느끼는 것을 자신에게마저도 털어놓지 못한다.

말들이 정서를 표현할 능력이 없음은 단지 의미의 결함 때문만은 아니다. 그것은 언어 특유의 의미의 결핍(혹은 주체를 함몰시키는 매혹의 특징적인 결함)이 아니다. 집단의 언어가 태어나기 이전부터 지속적으로 매순간 조금씩 주입되어, 그것이 배어든 사람들에게 언어는 그 자체로 하나의 의미가 되어버렸다.

인간의 육체와 결합한 언어는 하나의 의미다.

자신의 혼례, 혹은 유년기의 지배에 가담한 운명을 끊어내는 기호들의 언어를 만들어내는 것, 반집단적인 동시에 가족에 앞선 기호들의 언어를 만들어 그것에 하나의 의미를 상정하는 것—간단히 말해 공모적 침묵의 언어를 만들어내는 것: 바로 그것이 사랑이 사랑 자체를 앞지르는 방식이다.

(왜냐하면 이렇게 해서 매혹 자체가 왕족의 나른함에서 발휘되었

기 때문이다.)

사랑에 빠진 남자와 여자가 각자 공들여 만들어내는 것은 1. 사회적이기보다 사적인 의사 소통 방식 2. 상대방을 시험하기이다. 사랑은 타인을 꿰뚫어보는 능력이다. 이 통찰력이 하나의 조건이긴 하지만, 그렇다고 사랑의 정의에 부합하지는 않는다.

보다 정확히 말해, 그것은 고대적 의미로서의 정의definitio이다: 그것은 동물의 둥근 둥지나 별이 그리는 원에 대립되는 장방형의 영토의 확립이다. (고대 언어로, 페이지pagina, 읍pagus, 고장pays.) 하늘과 별들의 운행을 주시하는 점복관(占卜官)의 눈 앞으로 개인의 점조(占鳥)가 지나가게 될 곳은 바로 점술이 나타나는 페이지인 장방형의 하늘이다.

*

논리적 난점Aporia. 어려움은 다음과 같다: 적(아마도 가장 충실하게 사랑할 줄 아는 동류인)과 편집증 환자가 여전히 가장 탁월한 점쟁이들이다.

논증 XIV. 사랑하는 사람들보다도 적은 더 뛰어난 장복관(腸卜官)[14]이고, 편집증 환자는 더 뛰어난 점성가이다. (내장을 뒤지기 때문에 장복관이라 불린다.)

나는 괴롭고 힘든 시기에 어떻게 했으면 좋겠는가에 관하여 적에게 상의했던 것을 결코 후회한 적이 없었다. 적과의 관계에서는 그가 주는 충고를 따르거나 그 반대의 입장을 취하지 않도록 유의해야 한다. 적은 오직 우리를 바른 길에서 벗어나게 하려는 대목에서만 예언을 한다.

---

14 고대 로마에서 제물의 내장을 보고 점을 치던 예언가.

편집증 환자와는 문제가 더욱 단순하다. 세부 사항은 제외하고, 섬세한 의미도 제외하고, 그가 암시하는 모든 것의 정반대를 신중하게 주목해야만 한다. 이 통찰력 있는 악의는 가히 기적이라 할 수 있다. 점쟁이보다는 오히려 편집증 환자에게 문의하는 편이 낫다. 그들의 투시력은 믿을 만하다. 악의가 너그러움의 수준에 이르면 갑자기 삶의 이유로 변할 수 있다.

*

논증 XV. 사랑은 상호성을 극도로 불가능한 (동지 관계, 경쟁 관계, 결투 같은 목숨을 건 동성 간의 상호성보다 더욱 불가능한) 것이라 부르지만, 언어 때문에 사랑이 그것을 벗어나기는 어렵다. 욕망에 무관심한 일은 드물다. 뷔리당[15]이 되기도 쉽지 않다. 인간의 욕망은 언제나 타인에 대한 욕망이기 때문이다. 사랑은 타인의 말하는 육체로부터 끊임없이 두드려져 보이는 문자lettre에 대한 육체적 욕망을 배가시킨다. (사랑은 시기심에 의해 원한을, 질투invidia에 의해 욕망concupiscentia을 증식시키며, 거기에서 매혹하는 시선이 끈질기게 지속되면서 무감각해진다.)

장소에 관한 논증 XVI.

영혼과 장소는 주체와 대상이 아니다. 그것들은 상호간의 반향, 호

---

15 장 뷔리당Jean Buridan(1300~1358): 중세 스콜라 철학자. '뷔리당의 당나귀' 논증으로 유명하다: 굶주리고 목이 마른 당나귀가 귀리와 물 사이에서 망설이다가 죽는다. 결정론자들은 어쨌든 당나귀가 굶거나 갈증으로 죽게 되지는 않는다고 생각하는 반면, 자유 의지 지지자들은 당나귀가 무차별의 자유를 부여받았다고 전제한다. 이 논증은 두 항목 가운데 어느 하나를 선택해야 할 동기가 완전히 똑같기 때문에 선택하지 못하는 상황을 나타낸다.

출, 동반 리듬 corythmie이다; 그것들은 악기의 조화로운 현들처럼 서로에게 암시적으로 화답한다. 암시에는 매개가 있을 수 없다. 암시는 중계자, 운반자, 은유, 전언자, 두 존재를 가르는 차폐막, 이런 것들의 갑작스러운 부재이다.

즉시, 자신의 영역에서 각자는 타인의 호출로 인해 마음이 떨리지만, 그의 부름을 수신할 시간조차도 없다. 이 세계와 동일한 것이 아직도 그 장소에 머물러 있는 탓이다. 물질계와 동일한 것 idem이 서로의 냄새를 맡는 알몸의 동물들 안에 여전히 끈질기게 남아 있기 때문이다.

쾌락으로 소스라치는 육체와 끓어오르기 시작하는 육체의 말단 부위인 성기는 유일한 근원 안으로 들어가 서로의 내부에서 흘러넘치면서 함께 흔들린다.

정의. 넘쳐흐르는 모든 샘은 근원이다.

*

소리를 울리다가 불현듯 정적 속에서 긴장을 풀어버리는 피아노의 현들은, 아마도 우리가 그것들의 파트너였듯, 우리의 파트너였다. 장소와 시간의 이 부분에 있는 모든 것은 어둠 속의 다른 부분을 획득할 가능성을 탐색하곤 했었다.

모든 것이 접근할 수 있는 장소들이, 혹은 순간들이 있다.

우리가 흡수된 순간들이 있다. 그때 보이지 않는 과거가 우리를 삼켜버렸다. 우리의 존재는 여행한다.

이런 경우에 시간은 느려진다. 장소는 확장되어 자기 자신의 공간으로 들이닥친다. 그 장소는 한 마리의 강력한 짐승이 된다.

*

　내가 눈꺼풀을 들어올려 그의 눈을 쳐다보았다. 구름 한 점 없는 하늘도 이보다 더 맑지는 않았을 것이다. 우리들의 몸짓은 더 이상 거북함의 막이나 두려움으로 인한 거칠음에 편승해 있지 않았다. 환희가 나체에 덧붙여지고, 부끄러움이 또다시 엄습해오지만, 그것은 단지 감동적인 추억일 뿐이다.
　극히 작은 방 안에 틀어박히고 싶은 우리의 심리는, 나뭇잎의 그림자가 그러하듯, 피부 위에 어른거리는 유년기의 잔여물처럼 우리를 감동시켰다.

*

　논증 XVII. 에피쿠로스[16]가 말하기를, 삶이 삶 자신과 일치할 때, 그것은 구름 한 점 없는 하늘과 마찬가지로 신비롭고 단순한 속마음, 행복에 젖어 있는 속마음을 울려 소리를 낸다고 하였다.
　소마데바[17]는 세상 사람들을 두 부류로 나누었다: 공백을 입은 사람들과 공간을 입은 사람들. 그 말이 의미하는 바는, 알몸인 사람들은 우주와 접촉하는 반면 옷을 입은 사람들은 우주로부터 자신을 감추려고 할 뿐만 아니라 우주 역시 그들에게 거리를 둔다는 것이다.

---

16 에피쿠로스Epikouros(B.C. 341~270): 고대 그리스 철학자. 에피쿠로스 학파의 창시자. 에피쿠로스는 쾌락한 삶이란 편안한 삶이며, 이것은 과도한 욕망이나 격정에서 해방되는 것, 공공생활을 피해 숨어사는 것, 빵과 물의 생활에 만족하는 것, 그리고 우정을 존중함으로써 실현될 수 있다고 주장하였다.
17 소마데바 Somadeva. 『이야기 강(江)들의 대양 L'Océan des rivières de contes』이라는 제목의 산스크리트 신화 대문집의 저자이며, 11세기 (중앙아시아의) 카슈미르에서 살았다.

감각에 걸쳐진 옷가지는 태양을 가리는 구름과도 같다.

*

이성(異性)은 영혼에 기생한다.
때때로 종소리가 울렸다. 그것을 청동의 광기라 부를 수도 있으리라. 청동을 질겁하게 만드는 광기. 그러려면 몇 가지 조건이 갖춰져야만 했다. 가정용 오르간의 건반 위에서 내가 이제 막 누른 화성음이, 종탑의 생나무 반향판에도 불구하고, 베르크하임 성당 종탑에 달린 세 개의 종에 닿았다. 일단 진동이 전해지자 종소리가 울리지는 않았지만, 종들로부터 주술적 악기의 반향이 생겨났으며, 그 끔찍한 반향은 음량뿐만 아니라 음색까지도 점차 자동적으로 증폭되었다. 속수무책이었다. 오르간 연주를 즉시 중지하고, 페달과 건반에서 발과 손을 떼어야만 했다. 사제는 놀라고 신자들은 당연히 비난을 퍼부었다.
청동 질료가 활동을 중지하고 진정되기를 오랫동안 기다려야만 했고, 소리가 종의 궁륭형 내부에서 완전히 잦아질 때까지 침묵 속에서 기다려야만 했다. 그런 다음에야 다시 시작할 수 있었다. 그런 리듬, 혹은 그런 특별한 반향, 혹은 주조된 청동의 종속에 각인된 그 흔적 앞에서, 옛날과 동시에 지금 갑작스럽게 거의 동물적으로 청동이 일으킨 공포의 발작이 그 음향의 여파를 일으키지 않으려면 말이다.

*

쾌락은 얼굴 위에 일종의 승리의 빛, 우주와의 가증스런 공모와 동물적이거나 심지어 식물적인 우둔함의 빛을 떠돌게 하는데, 그 빛은 초목이 피워올린 꽃들의 화관들, 먹이를 소화시키는 사자의 찌푸린 얼굴과 비견할 만하다.

*

공모는 사랑보다 더 신비스러운 말이다.

*

노인들은 아이들보다 더 유치해서 점점 더 외설적인 즐거움에 관심을 가진다. 나이가 그들의 성적 능력을 약화시키는 탓에 그들은 버팀목에, 추억에, 술수에, 인내심에, 굴욕에, 속임수에 그리고 반영에 열중한다. 서서히 분출하기 위하여 절정의 일치를 늦추기, 그것이 모든 연인들이 따르는 일반적인 길이다. 그런데 나이를 먹을수록 의식은 더욱 시선을 강요하면서 그들을 침범해들어온다. 물렁물렁함의 감동적인 아름다움을 사랑함으로써, 당신은 과거로부터 활력을 되찾는다. 서투름, 무기력, 별 효과 없는 흥분, 수치심이 그들의 시간을 차지한다. 과녁을 맞히는 것은 중요하지 않다. 과녁을 찾아내는 것으로 의식은 달콤한 아름다움을 맛본다. 나이 든 연인들은 또다시 초심자들로서, 활력은 잃었지만 그들의 나체는 고집불통이며 심지어 심화되기까지 한다. 나체가 아름다움을 잃었다고 해서 쑥스러움을 벗어버린 것은 아니다. 연인들은 둘 다 자신들의 젊은 시절의 반영이고, 또 거울 표면에 반사되는 인간 피조물의 반영이다. 그래서 여자와 남자는, 다시금 쑥스러움을 맛본 후에 수치심을 다시 느끼게 되는데, 그것은 나이로 인해 두 배가 되고 결함으로 인해 세 배로 증가된 수치심이다. 시간이 세 번이나 눈감아준 수치심이다. 성욕이 사라지고 쾌락이 예전만큼 그들을 사로잡지 못할 때, 성의 차이는 더욱 뚜렷해져서 점차 전영역을 점령하게 되며, 사랑은 자기 앞의 모든 영역과 영역에 대한 과거의 기억까지도 소유하게 된다.

*

논증 XVIII에서 나는 매혹을 다시 거론하려 하는데, 그러나 이번에는 이미지의 근원으로서의 매혹이다.

이미지는 우리가 갈망하던 것이며, 감은 눈(공모 관계의 눈감아주기) 안으로 영혼이 불러들이는 신기루(물이 가장 부족한 사막에서 오아시스의 물이 나타나듯) 같은 것으로서, 부재의 밑바닥에서 꿈속으로 떠오른다.

나는 공모로 감은 눈이 꿈으로 감긴 눈과 교대했다고 생각한다.

이미지는 우선 신기루다: 그것은 지금 눈에 보이지만 잃어버린 어떤 것이다. 그것은 다른 곳에 존재하는 것의 '여기 보임'이다. 모든 이미지는 젖을 주는 어머니의 환영이다.

공모로 감은 눈은 어머니의 눈으로서 지속된다고 나는 생각한다.

최초의 이미지는 어머니의 환영이다. 우리가 잃어버린 것이 우리를 바라보며, 우리가 떨어져나온 그 시선 속으로 우리는 추락한다. 우리가 떨어져나온 그 육체 속으로 우리는 다시 몸을 숨긴다. 그것은 공모 관계 내에서 재개되는 매혹이다.

죽게 만들지는 않는 시선 속에서.

꿈꾸는 자의 감긴 두 눈처럼 감은 시선 속에서.

나는 표현하기 어려운 것들, 끊임없이 낯설음을 향해 선회하는 것들을 떠올린다. 사랑이라는 이 기이한 관계, 결국 인간에게는 극도로 희귀하지만 인간 모두를 백일몽처럼 (열린 채 다시 감긴 눈꺼풀들처럼) 소리쳐 부르는 관계가 언어학과 문헌학 이전의 육체라는 외피 자체를 거의 벗어나지 못했다는 사실에 나는 놀란다. 그리고 나는 강기슭에 홀로 외롭게 서 있음을 깨닫고 놀라는 한 인간이다.

제36장

누카르는 짝 없이 혼자 다니는 바다표범을 잡는 사냥꾼이었다. 그는 더 이상 몸을 씻지 않았다. 그의 카야¹의 표면은 온통 이끼로 뒤덮이고 해초가 달라붙어 있었다. 예전에 그는 곰과 맞대결한 적도 있었지만 이제는 사냥을 그만두었다. 낚시질도 그만두었다. 말도 하지 않았다. 적어도 혼자 있는 것이 확실할 때만 말을 했다. 그때조차도 그는 집단의 다른 동료들 사이에 통용되는 언어와 동일한 언어를 사용하지 않으려고 조심하면서 혼잣말을 뇌까렸다.

어느 날 저녁 공동 주택에서, 동료들 중 하나가 미모가 빼어난 어떤 여자에 관한 이야기를 꺼냈다. 가장 고지대 호숫가에 지어진 눈으로 만든 이글루에서 그가 흘낏 본 적이 있는 여자였다. 한 무리의 사냥꾼들이 산란기에 강을 거슬러 올라오는 연어 낚시를 하려고 그곳에 자리를 잡고 있었다.

한밤중에 누카르는 기척 없이 잠자리에서 일어나 곰 가죽 옷을 입고, 바다표범 가죽으로 만든 모자를 쓴 다음, 짧은 노를 손에 들고, 자고 있는 사람들의 몸을 넘어갔다.

---

1 바다표범 가죽으로 만든 길쭉한 작은 배.

밖으로 나오자 그는 눈으로 오랫동안 얼굴을 문질렀다. 그는 카약의 표면을 뼈칼로 긁어냈다. 그는 턱수염을, 콧수염을, 눈썹을, 머리칼을 차례차례 매끄럽게 다듬었다. 첫번째 햇살이 비출 때, 그는 가죽들을 이어서 만든 자신의 카누에 올라탔다.

이틀 동안 그는 힘을 주어 노를 저으면서 강기슭을 따라 나아갔다.

사흘째 되던 날 해질 무렵에, 그는 호수로 들어갔다. 그가 일뤼리아크[2] 앞의 호숫가에 설치된 부교(浮橋)에서 얼마쯤 떨어진 곳에 당도하자 그는 카누를 정지시켰다. 사람들이 강기슭으로 몰려와 한 마디 말도 없이 그를 쳐다보기만 했다.

눈썰매 끄는 개들이 짖어댔다. 누카르가 고함을 질렀다: "나는 유령이 아니오!"

그가 손가락으로 자신의 코를 잡고는 당겼다.

그러자 기슭에 있던 사람들 중 한 명이 소리쳤다: "가까이 오시오!"

배가 부교의 나무에 닿았다.

한 사냥꾼이 그에게 말했다: "배에서 내리시오!"

누카르는 그의 카누를 부교에 비끄러맸다. 그는 기슭으로 올라가 눈 속에 서 있는 사람들에게 다가갔다. 그런데 모두가 뒤로 물러섰다. 그는 자신의 코를 잡아당기면서 큰소리로 되풀이 소리쳤다: "나는 살아 있는 사람이오. 내 이름은 누카르피아테카르크요." 그러자 사람들이 그에게 눈으로 지은 이글루를 가리키면서 말했다: "들어가시오!"

그가 이글루의 문지방을 넘어섰다. 눈이 어둠에 익숙해지도록 잠시 기다렸다. 방 안쪽, 등잔을 놓는 자리 옆에, 북쪽 벽에 기대어 서 있는 여자가 보였다. 이 여자 이야기를 했던 곰 사냥꾼의 말은 사실이었다.

---

[2] 산란 중인 연어를 잡는 기간에 머무르기 위해서 임시로 지은 이글루.

누카르는 이렇게 아름다운 여자를 본 적이 없었다. 그의 온몸이 뜨겁게 달아올랐다. 지독히도 숨막히는 열기로 인해 머리가 어지러워 그는 바닥에 쓰러졌다. 누카르는 즉시 몸을 일으켰다. 그는 곰 가죽 외투를 벗어 걸었다. 바다표범 가죽 모자도 벗었다. 그러나 그가 몸을 돌려서, 이글루의 북쪽 벽 앞에 있는 여자를 쳐다보았을 때, 그리고 그녀가 그에게 미소를 짓기 시작했을 때, 그는 또다시 무릎이 후들거렸고 기절해서 쓰러졌다.

누카르가 정신을 차리고, 그녀 쪽으로 얼굴을 돌렸을 때, 그는 그녀가 이미 돌 등잔에 불을 켜서 침상에 올려놓았고, 등잔에 더 부어넣은 바다표범 기름이 지글거리는 소리를 내고 있음을 알았다. 그런데 그녀가 잠자리로 들어오라는 손짓을 하면서 그에게 웃음짓는 것을 보자, 그의 몸 속에서 욕망이 너무나도 강렬하게 솟구쳐올랐으므로 그는 또다시 정신을 잃고 말았다.

그의 머리가 큰 소리를 내며 침상에 부딪혔다.

그가 의식을 회복했을 때는 이미 늦은 시간이어서 모두가 잠자리에 들었음을 깨달았다. 그녀는 모피를 여러 장 깔아서 그와 그녀 자신을 위한 잠자리 준비를 끝내놓았다. 그는 침상 모서리를 움켜잡았다. 그녀가 너무나 아름다웠기 때문에, 그녀를 바라보면 자신은 죽게 될 것이라는 생각이 들었다. 그는 자신의 얼굴을 그녀의 얼굴 위로 겹쳤다. 그녀가 그의 코를 빨았다. 그를 사로잡고 있던 욕망이 최고조에 달했다. 그는 돌 등잔 안에서 지글거리는 심지를 뭉개버렸다. 그는 여자의 두 다리를 벌리면서 그녀 위로 누웠다. 팽팽해진 그의 성기가 여자의 구멍을 찾아냈다. 그는 그녀의 몸 안으로 자신의 성기를 밀어넣었고 몸 전체를 파묻으면서 요란한 신음 소리를 내기 시작했다.

잠들어 있던 사람들 모두가 신음 소리를 듣고 갑자기 잠에서 깨어났다. 그들이 물었다: "무슨 일이야?" 그러나 아무도 대답하지 않았다.

해가 떠오르자 여자가 이글루에서 나왔다. 그녀는 노래를 부르면서 걸어다녔지만, 누카르는 그녀 곁에 없었다. 그는 이글루 안에도 없었고, 여러 장의 모피가 깔린 침상 위에도 없었다. 그렇지만 그의 빈 배는 여전히 거기, 강기슭에, 부교의 나무 기둥에 매인 그대로 있었다.

그런데 여자는 호수 쪽으로 가지 않았다. 그녀는 노래를 부르면서 이글루 주변을 돌았다. 그녀는 호수와 야영지 너머로 멀어져갔다. 그녀는 눈더미 뒤에 몸을 숨기고 거기서 오줌을 누기 시작했다.

제37장

1818년 8월 18일 존 로스 함장은 그린란드에서 구석기 시대 이래로 그곳에서 거주하고 있는 사람들을 발견했는데, 그들이 선원들에게 이렇게 소리를 질렀다: "우리를 죽이지 마시오! 우리를 죽이지 마시오! 우리는 유령이 아니오!" 그러나 그들은 6만 년 된 유령들이었다. 덴마크인들과 미국인들이 연합하여 효과적인 인종 말살의 능력을 증명하였고, 그들의 무기와 신앙심으로 아프리카 연안의 흑인들과 아메리카 평원의 인디언들의 종족들 전체가 사라졌다. 사실상 그들이 이 종족들을 멸종시켰다. 살아남은 몇몇 에스키모인들은, 그들이 유럽 영토 내에서 뼈작살로 바다표범들을 사냥한다는 이유로, EEC[1]의 회원이 되었다.

*

그는 현기증을 느끼고, 얼이 빠지고, 실신 상태에 떨어져서, 마침내 예전에 그가 생명을 얻었던 포옹 속으로 빠져들어가서 거기에 다시 흡수된다. 쾌락의 극치는 죽음의 잠과 인접하고, 죽음의 잠은 죽음과 인접

---

[1] 유럽 경제 공동체 European Economic Community의 약자.

해 있다. 누카르피아테카크의 욕망은 더 이상 바라보지 않으려는 것이다. 그는 바다표범 기름 속에서 타고 있는 심지를 눌러 불을 끈다. 욕망이 너무나 강렬하여 그 여자는 단순히 여자에 불과한 이름 없는 여자, 말을 하지 않는 여자, 이름 붙일 수 없는 그 여자 haec일 뿐이다. 그 여자에게 그는 결코 말을 걸지 않는다. (혹은 여전히 금지된 이름을 가진 여자, '여자 중의 여자,' 내가 생각하듯이 이 이야기가 구석기 시대로 거슬러 올라간다면 말이다.) 밤에 남자가 여자 안으로 녹아들어갈 때, 그 욕망이 너무나 강렬하여 여자로부터 나온 모든 남자는 여자 안으로 완전히 빠져 들어가버린다. 곰 사냥꾼은 어둠 그 자체, 태초의 어둠, 근원적인 동굴인 여자의 성기 안으로 재흡수되고, 거기서 융합의 동일한 장면이 그를 수태하여 육체로 변신시켰다.

*

누카르피아테카크의 실종에 관련된 신화에 나오는 것은 진짜 이글루가 아니라 일뤼리아크, 즉 산란 중인 연어를 잡는 기간에 임시로 지은 이글루이다.

에스키모 언어로 침상은 일레크(남쪽 벽)라 부르는데, 그것은 이파트(등잔을 놓는 곳, 북쪽 벽)와 대립되는 말이다. 그러므로 이 이야기에서는, 바다표범 기름을 채우고 마른풀로 꼰 심지를 사용한 돌 등잔이 놓여서는 안 되는 반대쪽에 놓여져 있다.

*

그 여자, 등잔에 기름이 떨어지지 않도록 보살피는 일을 맡은 미소

짓는 이름 없는 여자는 마침내 노래를 얻는다. 그리고 예외 없이 이야기의 모든 시퀀스들에서 그녀의 특색으로 나타나는 기쁨은, 사랑의 밤 너머로 그녀의 내부에서 영원히 지속될 뿐만 아니라, 사랑의 밤으로 인하여 재생되었던 것으로 보인다.

그 남자, 곰 사냥꾼이 남긴 것이라고는 강기슭의 빈 배뿐이다.

이 신화는 명백히 고대 사회의 본질을 드러내고 있다(얼굴 없는 여인, 아마테라스의 웃음 같은 웃음, 불확실한 모계 중심제, 종족의 신성한 영속화, 금기시되는 고유명사, 여자는 그녀의 자궁이 종족을 보존하는 것과 같은 방식으로 기름 등잔을 보살핌으로써 불을 지켜나간다). 더욱 특이한 사실은 이 이야기에서 남자가 더러움, 침묵, 비사회성이라는 점이다: 그의 카약은 썩었다.

이 부패는 그 남자의 부패가 아니라 남자의 사냥감의 부패이다. 그것은 연어의 부패이다.

누카르는 한 마리 연어이다. 그는 여자 안으로 퇴행하는 게 아니라 근원으로 거슬러 올라간다.

그의 이끼 낀 배와 피부의 각질이 비늘처럼 일어나는 그의 육체는 그를 모천 회귀하는 한 마리 연어로 만들며, 이 연어는 강물의 흐름을 거슬러 세 번 팔딱이면서 근원을 향해 올라가, 거기서 산란하면서 죽는다.

이야기의 끝에서 익명의 여자가 쭈그리고 앉았을 때, 그녀가 오줌만 누는 것은 아니다: 그녀는 알을 품는 것이다. 수정어백(受精魚白)[2]과 산란. 여기서 묘사된 산란frayage은 예전에 프랑스어가 죽음이 임박한 인간의 나이라는 의미로 사용했던 노쇠vieillonge라는 단어와 일치한다.

---

2 정자로 가득 찬 물고기 수컷의 하얀 정자 덩어리.

기원은 종말과 동시적이다. 누카르피아테카르크는 인간-언어이다. 여자는 근원이다. 그녀가 오줌을 누는 것이 봄날 야영지와 호수의 상류에서 있었던 일임을 이 이야기는 분명히 밝히고 있다. 누카르피아테카크는 그녀를 연어들이 산란하는, 봄날의, 해빙된, 물이 넘치는 근원으로 재생시킨다. 그러므로 여자는 노래한다.

*

누카르의 실종에 관한 이야기는 다음 사실을 말해준다: 바라본다는 것은, 어느 정도에 이르면 사라진다는 것이다. 자신이 욕망하는 것 속에서 자신의 욕망과 함께 사라지는 욕망하는 인간이 그러하다.

이 주제는 언제나 매혹에 관한 주제이다.

어슴푸레한 빛, 즉 얼음 구멍들로 비치는 빛과 바다표범의 기름으로 밝힌 불빛을 끄고 근원과 연어의 빛에 몸을 바치는 것, 그것이 갈망의 주제이다. 매혹을 해소시키는 일이다. 바라보기에서 두 눈을 제거하는 일이다. 남자는 어둠 속에서 욕망한다; 여자가 되살려놓은 등잔의 불빛에서 혹은 그녀의 시선과 한결같은 미소 앞에서, 그는 계속해서 정신을 잃는다. 그는 끊임없이 잠속으로 빠져든다. 그는 죽는다.

반대로 어둠 속에서, 그는 욕망한다.

*

수면 직전의 반수 상태는 당혹스런 시련이다. 그것은 놀랍게도 잠이 새어나감을 전제로 한다.

잠에 빠져드는 바로 그 순간에, 아직 4분의 1초쯤 깨어 있는 사람은 공간에서 떠돌기 시작하는 하나의 점이다. 크기를 가지지 않는 것을 언어는 단순히 점(點)이라 부른다는 사실을 나는 강조하고 싶다.

각성 상태와 밤의 수면 상태의 경계가 무너지기 시작하는 순간에, 안과 밖의 경계도 사라진다.

표피는 더 이상 존재하지 않고, 현기증 나는 속도로 가루처럼 부서져내린다. 안과 밖의 차단막이 부서지고 꿰뚫린다.

공간적 현기증의 순간에, 피부도 경계도 다리도 없는 자아(자아는 길게 누워서 부유한다)는, 주변의 모든 것을 집어삼키면서, 일종의 입이나 구멍 혹은 신비한 동굴에 의해 그 자신이 완전히 삼켜진다.

다음 사실이 강조되어야 한다: 잠에 빠지는 모든 인간은 자신이 삼켜지는 듯한 느낌을 가진다. 이미 무수히 구멍이 뚫려 있으나 아직도 흡수력이 강한 부유하는 이 점은, 두개골 같기도 하고 혹은 여자의 음부 같기도 한 궁륭형 공간과 흡사한, 어떤 공간의 내부로 빨려들어가는 느낌을 가진다.

어떤 사람들에게 잠드는 일은, 모든 도취 상태와 마찬가지로 매우 힘든 경험이다.

*

산란 frayage이라는 단어는 나무 줄기에 뿔을 비벼서 죽은 세포의 각질을 벗겨내는 수사슴을 묘사한다. 또한 이 말은 강물의 흐름을 거슬러 올라가 상류의 근원에다 알을 낳는 무수한 암수 연어들을 가리킨다.

산란은 죽음에, 미지의 세계의 직전까지, 이미 알고 있는 모든 것의 역방향에 이르기까지 진전된다. 세계의 끝에 이르기까지. 물의 끝에 이르기까지.

인간은 한 마리의 연어이다.

모든 침대는 산란장이다.

성교는 죽음이다.

더 정확히 말하자면, 죽음과 태어남을 결합함으로써, 죽다 mourir는 태어남 이전으로 회귀하다 dénaître이다.

죽는다는 것이 태어남의 완성이라면, 태어나는 자는 이 세상으로 돌아오는 자, 즉 유령이다.

*

누카르피아테카크는 재생을 개시시킨다: 그는 자신의 몸을 상류에 맡긴다. 근원의 물 속으로 잠수한다. 근원의 물 속에 삼켜져서 avalé 그는 새로운 하류 aval가 생겨나게 한다. 늙은 누카르피아테카크가 생명의 원천인 젊은 여자의 막힌 구멍을 뚫자, 원천인 여자는 오줌을 누고, 원천은 새롭게 물이 흘러넘친다.

분만하다, 넘쳐흐르다, 샘처럼 솟구치다 assourcer, 다시 봄이 오게 하다, 나무의 수액, 알낳기 등등의 말들이 가지는 의미를 구분할 필요가 없다.

*

넘쳐흐르는 근원지에 산란하려고 하상(河床)을 거슬러 올라가는 물고기들은 붉게 달아오르고, 노화되고, 비늘이 벗겨지면서, 죽기 전에 급류가 시작되는 곳에 재빨리 알을 낳는다.

시간은 더 이상 직선으로 흐르지 않고, 갑자기 원의 형상을 반환하여 원을 그린다. 동지와 하지에 이르면 돌연 돌아오는 태양의 궤적인 하나의 원을 그린다.

우리는 갈가리 찢기고 썩어가는 물고기들이어서, 우리의 어머니들이 산란해놓은 작은 물방울에 합쳐지기 위해, 작은 폭포들, 최후의 미세한 요동들, 낙수(落水)를 뛰어넘지 못한다.

알을 낳기 위하여 자신이 태어난 곳으로 모천 회귀한 물고기들은 얼굴을 마주보며 자리에 눕는 인간들이다. 여자는 아이를 낳을 때의 자세를 취한다. 남자들은 여자들의 몸 위로 올라가서, 태양의 빛과 시선을 피해, 그녀들 몸 안의 어둠과 물 속에 수정란을 쏟아붓는다. 이렇게 함으로써 우리는 우리가 태어났던 곳에 도달하고, 가장 오래된 옛집의 문을 연다.

*

오래된 사랑이 있다.

오래된 사랑은 사랑의 맨 밑바닥에 있다. 그런 것이므로, 첫사랑이 아니다. 따라서 형성된 자아도, 개인의 정체성도, 언어도, 가면personna도, 지위도, 기타 다른 것도 없다. 그것은 개별적인 어떤 사랑이 아니었고, 스스로의 무지와 암시적 간과법 안에서 살아남았기 때문에, 시간이 흐른 다음에야 비로소 우리들에게로 와서 오래된 사랑이 되었다. 왜냐하면 주체인 우리가 오래된 사랑에 다가간다는 것은 불가능한 탓이다.

그것은 흔적이면서 또한 지배적인 힘이기도 하다. 융합. 완전한 다공성. 그것은 매혹이기에 앞서 하나인 육체(어머니-어린애), 팔다리를 내밀어 뻗으면서 동시에 다시 융합되기를 기대하고 열망하는 육체이다; 그것은 임박한 삼킴이다.

연어잡이들이 이 오래된 사랑의 엄정한 판본을 제시한다: 물고기 토템의 이미지를 따라, 네가 산란되었던 그곳에서 너 또한 산란하리라—두려움에 떨리라—죽으리라. 네가 나온 그곳으로 너는 삼켜지리라. 성과 죽음은 동일한 문이다.

누카르피아테카크의 명제는, 매혹이 태양의 반회전에서 자신의 모습을 빌려오듯, 하나의 원을 그린다. 구석기 시대를 회고하는 들소들은 그렇기 때문에 자신들이 배설한 것을 보려고 목을 길게 뻗는다. 사랑은 지속되는 것과의 접촉이다. 헤매는 자가 잃어버린 것을 되찾으면, 그는 그 속으로 삼켜진다.

*

사회가 에스키모 세계에 산란장을 중복시킨다: 노인들의 죽음과 어린애들의 출생은 둘 다 집단의 결정에 속한다. 노인들이 이름을 빼앗기면(그들이 **지명되면** dé-nommés), 누구나 그들을 죽일 수 있다. 출생 전에 이미 이름이 주어지지 않은 어린애들이 태어나면 죽여도 된다. 죽은 사람들의 수만큼 사용 가능한 이름들이 있다. 이 세상이 시작된 이래로 죽음으로 인해 사용 가능해진 이름들의 수만큼, 살아 있는 사람들이 있다. 사용할 수 있는 이름보다 신생아가 많을 경우(죽기를 기다리는 할아버지들보다 태어나는 어린애들이 더 많다면), 그 어린애들은 개들의 먹이로 던져진다(개들에게도 각각 이름이 있다. 왜냐하면 개들에게 있어서도 사정은 사냥꾼들과 마찬가지이기 때문이다. 짖으면서 돌아다니는 살아 있는 개들보다 더 많은 개가 태어나는 일은 없다). 언어가 사회다. 신화들의 진짜 화자는 집단이지 신화를 말하는 개인이 아니다. 사람이든 개든, 사회 집단을 선별하는 것은 사용 가능한 이름의 재고량

(집단 구성원들의 명세서가 아니라)이다.

*

쾌락은 아마도 충족감을 줄 수도 있다. 나는 그렇다고 확신하지는 못한다. 그러나 쾌락은 결코 소망을 들어주지 않는다.

끊임없이 욕망의 자동 파괴를 감행해야 한다: 욕망은 사랑의 문이다. 입구이다. 욕망의 분출, 미분화된 것, 지속되는 것, 내적인 것 앞에서 멈춰야 한다. 성의 차이 그 자체(외적인 것의 기원인) 안에, 기호, 자의성, 파편, 독자성이라는 피난처에 머물러 있어야 한다.

의존성으로, 출생의 형태로, 우리를 세상에 내보냈던 일원론으로, 지배권 안으로, 매혹하여 융합시키는 흡수 안으로, 침묵으로 빠져들어서는 안 된다.

사랑은 결합을 희롱하기 때문에(동일화되기도 전에) 불장난을 하는 것이다. 사랑은 하나의 스스로를—홀리기다. 서로 사랑하는 두 사람은 스스로를 사랑하는 두 개의 스스로를—홀리기다. 그러나 그들은 자신들의 사랑 깊은 곳에 있는 자신들의 원형—흔적—퇴행—죽음(그들 자신의 짐승)을 사랑하는 두 개의 스스로를—홀리기다. 불장난을 한다는 것은 각자 자신의 짐승, 즉 분리 이전의 어머니, 우리가 그 안에서 살았고 먹었던 어머니, 우리들 안에서 그녀 자신을 먹게 했던 어머니와 유희하는 일이다. 분만 이전에는 퇴행적인 육식 행위와, 분만 이후에는 젖꼭지 빨기 및 움켜잡기와 유희하는 일이다. 불장난을 한다는 것은 자기 이전의 자기와 유희하는 것이며, 당신을 세상으로 내몰았던 음부 속으로 자신을 내재화시키고 자신을 감금시키기를 소망하는 일이다. 자신을 외부에 놓기는 자신을 감금시키기의 반대이다. 밖으로 나가기 issir.

건강이 광기의 반대인 것은 태어나다naître가 태어남 이전으로 회귀하다dénaître와 반대인 것과 마찬가지이다.

귀결 I. 그로 말미암아 여자들은 모두가 사랑에 빠지지만, 모든 남자들이 사랑에 빠지지는 않는다. 여자들은 남자의 성기를 보아도 거기서 자신들이 태어난 장소와 만나지 못한다.

귀결 II. 그렇기 때문에 당연히 동성애가 여자들에게서보다는 남자들 사이에서 더 빈번하다.

귀결 III. 인간 누구에게서나 발산되는 관능성은 그 누구를 향한 것이 아니다. 우리 모두에게 수치스러운 일이지만, 사랑은 인간의 매장과 소생이 무차별적으로 일어나는 익명의 유쾌한 배출을 숨긴다. 우리가 사랑의 배출을 개인적인 것으로 만드는 이유는 미치지 않기 위해서다. 아마도 꽃들이 활짝 벌어질 때, 미치게 되는 꽃들처럼 되지 않기 위해서다. 이 세상에 단 하나뿐인 바다에 모여들어, 단 1주일 동안에, 서로 올라타고, 서로를 짓밟고, 그들 자신의 등 껍질로 서로에게 방어벽을 구축하는 바다거북들처럼 미치지 않기 위해서다. 태어난 곳에서만 죽기를 고집하는 연어들처럼 미치지 않기 위해서다. 연어들은 과거의-과거의-존재들이 그들을 산란했던 바로 그곳에 산란을 함으로써 과거의 존재가 되며, 산란된 수정란에서 새로운 여행이 시작된다. 이것은 왕복 여행, 즉 항성들처럼 순환적 궤적을 따라 움직이는 이동이기 때문에, 적어도 자신들이 거슬러 오르는 세찬 물의 흐름을 극복하는 연어들을 아연실색하게 만드는 여행이다. 진실은 낯설다. 우리는 우리의 죽은 어머니들에게로 두 팔을 내민다. 그러나 살아 있는 근원이 죽은 형체보다도 더 생생하게 솟아오르는 법인데도, 우리는 우리를 수치심으로 뒤덮는 관능적이고 비개인적인 갑작스러운 배출을 숨기려고 그 자리를 죽은 형체로 가린다. 때때로 익명의 결합이 그것을 감추려는 개인의 광기보다 더 뿌리깊은 것임을 알아차리는 것은 살아 있는 근원에서 비롯된다. 이 광기에 동일화되려고 사랑은 발버둥치지만, 사랑은 단지 광기 속에서 자신을 열어 보일 뿐이다. 강박증에 시달리는 살인적인 불면은 그 어떤 정체성보다도 더욱 아득히 멀고 더욱 근원적인 영역을 향해 구걸의 손을 내민다.

제38장

산은 땅에서 솟아오른 기이한 머리이고 강은 산이 흘린 눈물이다.
사슴은 산의 슬픔에서 갈증을 푼다.
근원에서 흘러나와 끊임없이 어딘가로 사라지는 물줄기를 거슬러 연어들이 올라온다.
지속적으로 흘러내려 원천(源泉)에서 상실된 물을 바다라고 부른다. 나는 바다를 상실된 것의 집합이라고 정의한다.
사람들이 언덕 위에서 흘러내리는 상실을 물끄러미 바라본다.
독수리들이 그들 위를 날아다닌다. 독수리들이 별처럼 침묵 속에서 선회하면서 산들, 근원의 샘들, 사슴들, 바다 위를 날고 있다.

제39장

고서(古書)들을 읽으면서 존재했던 사람들에 대한 아득한 느낌이 짙어졌고, 존재했던 것에 관한 역언법(逆言法)[1]의 경험을 증가시켰고, 소멸하게 마련인 것의 기한 만료로 인해 그 경험을 약화시켰던 나는, 앞서 있었으며 뒤따를 침묵의 심연으로 일체를 밀어넣는다.

내가 완전히 음악에 도취되었던 그만큼 침묵을 사랑했었는지는 의심스럽다. 그러나 나는 점점 더 침묵에 끌리고 있다. 그것은 음악가들이 모두 내게서 멀어진다는 뜻은 아니다: 그들은 내가 알지 못하는 화려한 마차를 따라서 먼 곳으로 가고 있다. 내 안에 있는 무언가가 애초부터 집단의 언어에 열정적으로 반하지 못했음은 사실이다.

사랑을 하면 언어는 무너진다. 사랑을 하게 되면, 나체에 가까워진 사람이 타인에게로 다가간다.

태어나면서 내가 멈칫거렸던가?

음악가인 나는 언어로는 제어되지 않는 것을 아름답게 만들었다.

연어들이 그들의 새벽으로 죽으러 오듯이, 나도 마침내 침묵으로 되돌아왔다.

---

[1] 어떤 것에 관하여 말하고 싶지 않다고 단언하면서 바로 그 같은 언술 자체에 의해 그것을 말하는 문체론의 한 형식. 암시적 간과법이라고도 함.

수도사 케이가 말했다: "수도사는 숨을 수 있지만 신전은 도망치지 못한다."

제40장 음화(陰畵)의 발에 대하여

마사초[1]가 제일 먼저 그렸던 천국의 그림이 지금은 훼손되었다. 사실 그가 그린 천국으로 말하자면, 그로부터 정확히 333년이 지난 1747년에 한 건축가가 마사초의 벽화 30센티미터 위에 반원형의 새로운 아치 버팀목을 설치할 생각을 했던 것이다. 그렇게 해서 새 버팀목은 피렌체에 있는 산타 마리아 델 카르미네 성당 안의 브란카치 예배실의 입구를 견고하게 만들었는데, 그 공사를 할 때 천사의 머리 부분이 사라졌다.

천사의 두 날개는 훼손되었다.

검은 부러졌다.

*

1414년 두번째 날, 건물로 들어서서 가장 왼쪽에, 벽화 그리기용 발판 위에서 마사초는 여느 때처럼 흔들리면서, 최초의 인간이 최초의

---

[1] 마사초Masaccio(1401~1428): 투시도법과 조소성을 도입하여 초기 르네상스 회화의 기초를 확립시킨 이탈리아 피렌체파 화가. 산타 마리아 델 카르미네 성당의 벽화로 유명함.

세계를 떠나면서 거쳐 나오는 문을 그리기에 열중했다.

그는 낙원의 문을 닫고 있는 아담의 오른쪽 발을 그리기 시작했다.

세번째 날 화가는 최초의 인간의 몸 전체를 그렸다. 그는 계속해서 이 발을 그렸다.

아담의 신체적 특징들을 그리기 위해, 마사초는 스승인 마솔리노[2]가 이미 그려놓은 「낙원에서 시험에 든 아담」(마사초의 맞은편, 예배실의 오른쪽 벽에 그려진)에 나타난 주름진 턱, 건장한 두 어깨, 굽은 등, 둥그스름한 엉덩이, 홀쭉한 배, 털이 별로 없는 알몸, 짧은 성기, 긴 허벅지, 핏기 없고 가느다란 장딴지를 그대로 모사했다.

4세기가 지나서 빈 출신의 한 학자가, 마사초의 아담이 모사한 마솔리노의 아담 자체는 기원후 1세기에 만들어진 티베리우스 황제[3]를 재현한 로마 시대의 석상에서 신체적 특징들을 빌려온 것이라는 증거를 제시했다.

37년 3월 13일 티베리우스 황제는 사망했다. 창으로 멧돼지의 옆구리를 찌르고 난 후였다(그가 시르세이에스 원형 경기장에서 열린 시합에 참가했다는 사실을 나는 기억한다). 그런 연후에 황제는 자신의 옆구리에 날카로운 통증을 느꼈다. 그는 들것에 실려나갔고, 그후 병석에 누워서 일어나지 못했다. 그의 왼손이 오그라들고, 다시는 그것을 펼 수가 없었다. 그의 손가락에서 반지들도 로마 제국의 국새(國璽)도 빼낼 수가 없었다. 그는 미세네[4]의 한 방에서 베개로 입이 눌린 채 숨을 거두

---

[2] 마솔리노 다 파니칼레Masolino da Panicale(1383~1447): 이탈리아 화가. 산타 마리아 델 카르미네 성당 벽화의 공동 제작자인 마사초가 죽은 후에도 계속해서 이 예배당의 벽화 제작에 종사하였다. 두 사람의 분담 부분을 식별하기 어려운 까닭은 마솔리노가 마사초의 화법을 그대로 답습했기 때문이다.
[3] 티베리우스 클라우디우스 네로 카이사르Tiberius Claudius Nero Caesar(B.C. 42~A.D. 37): 로마 황제. 집권 말기의 공포 정치로 유명함.
[4] 이탈리아 나폴리 만의 서쪽 캄파니아에 있는 옛 수도.

었다. 마크로[5]가 황제의 비명 소리를 막고자 했기 때문이다.

*

1414년 네번째 날, 마사초는 이브를 그렸다. 그녀는 자신이 아담보다 먼저 발견한 세계를 향해 울부짖으며 걸어나간다.

아담은 그녀 뒤에 서 있다.

흥미롭게도 이 장면 전체에서 집중적인 빛을 받고 있는 것은 아담의 축 처진 성기이다. 이브의 얼굴은 창백하고, 배는 묵직해 보인다. 얼굴을 앞쪽 하늘을 향해 치켜들고 있다. 남자는 아래로 숙인 얼굴을 가리고 있다. 그의 어깨는 굽어 있다. 최초의 여자의 연인에게는 얼굴이 없다. 최초의 여자는 세상을 바라보면서, 하늘을 향해 얼굴을 쳐들고, 입을 벌리고, 울부짖는다. 남자, 그는 최초의 남자이며 아무것도 보려 하지 않는다. 최초의 남자에게는 얼굴이 없다 ─ 그리고 가장 오래된 동굴 내벽에 그려진 최초의 인간에게도 과연 얼굴이 없다. 농경 생활 이전이며 선사 시대의 그 동굴이 보존된 것은 그저 우연에 의해서였다.

연인들은 언제나 자신들이 인류의 기원에 있다고 믿으면서, 마치 최초의 날에 그랬던 것처럼 자신들의 다리 사이에 있는 특별한 근원인 성의 차이를 다룬다. 만일 조심하지 않는다면, 알 수 없는 조급함으로 시선을 빛내면서, 생식기가 짝지어주기 시작하는 포옹이 행해지는 사이에, 그들은 사실상 인류의 기원을 다시 한 번 되풀이할 위험에 처한다.

그러나 내가 보기에 이 벽화의 가장 심오한 의미는, 전면에 그려진 울부짖는 여자의 얼굴과 대조를 이루는 아무것도 보지 못하는 최초의

---

[5] 나에비우스 세르토리우스 마크로 Naevius Sertorius Macro: 칼리굴라의 사주로 티베리우스 황제를 교살했고, 1년 후 칼리굴라의 명령으로 자결했음(A.D. 38).

남자의 시선에 있는 것이 아니다. 이 그림의 모든 비밀은 금지된 시선과 더불어 그가 방금 나온 문을 닫고 있는 발에 있다. 두 눈을 누르고 있어 남자가 볼 수 없게 만든 것은 물론 오른손이다. 천국의 문에 붙잡혀 있는 것도 물론 오른발이다. 이 그림의 의미는 이렇다: 천국을 떠난다는 것은 아직도 한 발을 그 안에 디디고 있음을 의미한다. 그러므로 그것은 선한 발이다. 그 발은 벽화에 그려져 있다. 따라서 그것은 양화(陽畵)의 발이다. 이제 나는 음화(陰畵)의 발에 관해서 말하고자 한다.

*

물감을 칠한 손바닥을 동굴 내벽에 눌렀다가 떼면 바위 면에 채색된 손자국이 찍히는데, 선사학자들은 그것을 양화의 손이라고 부른다. 반대로 동굴에 숨겨진 보이지 않은 어둠의 힘과 접촉하기 위해서, 맨손으로 도장 찍듯이 동굴 내벽을 누르고, 벌어진 손가락들 위로 물감을 뿌리면, 손의 형상에만 물감이 묻지 않은 빈 흔적을 남기는데, 선사학자들은 으레 그것을 음화의 손이라고 부른다. 후자의 경우, 손들은 벽 속으로 들어간 것이다. 수만 년이 지난 후에 우리가 그 손들의 흔적에서 보는 것은 기호가 아니라 행동의 자취다. 일단 핏빛 물감으로 칠해진 손은 그 자체가 동굴 내벽에 용해되어, 다른 세계로 침투해들어갔던 것이다.

*

피렌체의 브란카치 예배실 문의 맨 왼쪽에 그려져 있는 아담의 오른발 뒤꿈치는 여전히 천국의 문지방을 딛고 있다. 그를 앞지르고 있는 이브의 몸은 전체가 천국의 바깥에, 현실 속에 있다.

(보다 정확히 말하자면 이렇다: 두 세계로 이루어진 세계 안에 있다. 나체가 색채와 절개의 흔적과 옷가지로 은폐된 세계 속에 있다. 나체를 가리거나 절개하거나 채색할 수 있는 모든 세계는 즉시 두 세계가 된다. 인간이 말을 하는 그 순간부터 말해지지 않는 것과 말해지는 것으로 나뉜다. 인간의 세계는 남자와 여자처럼 둘이다.)

이브의 허리는 아담처럼 날씬하지 않다. 이브의 허리가 이렇게 굵은 것은 아마도 최초의 여자가 에덴을 떠날 때 이미 임신했기 때문일 것이다. 이 그림은 성의 결합이 에덴에 속함을 말해준다. 모든 여자는 임신했을 때만 완전히 여자이다. 모든 여자는 모든 남자에게 그것이야말로 남자들이 결코 알지 못하는 유일한 상태, 유일한 단계임을 다시 보여준다. 임신의 상태와 단계는 남자들이 겪을 수 있는 모든 경험과 그런 상태와 단계를 모방하거나 거기에 도전한다고 주장하는 모든 창조 행위를 퇴색시킨다.

그것의 전수는 전수 불가능한 유일한 것이다.

여자의 오른손은 젖가슴을 가리고 있고, 왼손은 생식기를 가리고 있다. 생식기는 본래 타고난 것이라기보다는 인간적인 것인데, 왜냐하면 음모를 뽑아버렸기 때문이고(적어도 마솔리노의 이브의 생식기에는 털이 제거되어 있다), 특히 그것을 보지 못하도록 시선을 차단했기 때문이다. 그녀는 눈물을 흘리면서, 아담보다 앞서서, 오른발을 앞으로 내밀어 어디로 가는지 보려고도 않는 채, 머리를 하늘로 치켜들고 눈을 감고서 자신을 기다리는 인간 세계를 향하여 울부짖으며 걷는다.

그녀가 기다리는 어린애, 그 어린애를 기다리고 있는 것 앞으로 그녀는 울부짖으면서 걸어간다.

아담으로 말하자면, 이브 뒤에서 유일하게 왼발을, 불길한sinister 왼발만을 앞으로 내밀고서, 그가 떠나는 에덴도 그가 도달할 황량하고 예측 불가능한 현실의 땅도 더 이상 바라보지 않는다. 아담은 알몸을 가리려 하지 않는다. 그는 오른손을 두 눈에 갖다대고, 왼손을 오른손 위에 겹쳐 두 눈을 더욱 세게 내리누른다. 그는 울고 있고, 자신이 들어가고 있는 세계가 자신의 우는 모습을 보기를 원치 않는다.

*

마사초의 명제는 단순하다: 최초의 인간의 형상은 천국의 경계에서 분리되면서도 한 발은 여전히 그곳에 붙잡혀 있고, 그는 두 눈을 감은 채로 여전히 천국을 보고 있다.

*

굽은 등은 머리를 숙였기 때문으로 설명된다.
두 손으로 감싼 채 뚜렷이 앞으로 내밀어진 아담의 머리는 생각에 잠긴 머리다. 그것은 잃어버린 세계를 회상하는 내면의 머리다.
그가 떠나도록 명령받은 세계에 대한 기억을 두 손으로 자신의 시선 속에 새겨넣고 있다. 즉 두 눈을 힘주어 누르고 있는 두 손은, 그가 완전히 인간의 세계로 편입된 후에, 지상의 대기 속에, 원색의 공간 속에, 갈색의 땅에, 푸른 하늘 속으로 완전히 들어간 후에, 그가 보게 될 다른 세계로 향한 시선을 누르고 있는 것이다.
몸 전체가 완전히 드러나서 눈에 띄는 이브는, 임신 중이 아니라면 살이 쪘고, 울부짖고 있으며, 몸집이 크고 창백하다. 그녀는 울부짖음으로써 음향의 세계에서와 마찬가지로 가시적인 세계에서도 뚜렷이 드러나 있다. 그녀의 몸 전체가 천국의 밖인 사막에 있다. 아담의 몸을 비추는 백색 불빛은 단지, 이브의 피부색보다 훨씬 더 짙은 두 엉덩이에, 성기에, 오른쪽 음낭에, 홀쭉한 배에, 배꼽 주변에, 오른쪽 어깨 위에, 오른쪽 팔 위에, 눈을 가리고 있는 두 손과 그 손가락들 위에만 더욱 강렬하게 집중적으로 쏟아져내린다. 이브는 머리를 뒤로 젖히고, 일그러진 얼굴을 이미 에워싸고 있는 이 세계의 현실에 대한 불안으로 인해 울부짖고, 빛과 고통 속에서 그녀가 발견하는 것에 대한 불안으로 인해 울부짖는다. 그것은 게다가 그녀의 몸짓이 보여주는(여자를 구성하는 영혼에서뿐만 아니라 여자의 얼굴에서도 나타나는) 낙원에 대한 향수 어린 추억보다도, 그녀를 뒤따라오는 남자가 알고 있는 것보다도, 훨씬 더 사실적으로 묘사되어 있다. 아담은 출산의 이유 때문에 본래 이브의 뒤를 따라오게 되어 있다. 인간 세계에서도 아담이 언제나 여자의 뒤에 있을 수밖에 없는 이유는 그가 아이를 생산하지 못하며, 변함없이 한 발은 그가 잃어버려 탄식하는 것의 흔적 — 그것은 또한 그가 깨닫지 못하는 직무의 흔적이기도 하다 — 에 묶여 있기 때문이다.

아담이 신에게서 영원히 버림받은 까닭에(기독교인들이 원죄라 부르는 것인데, 거기에는 세 가지 측면이 있다는 점이 강조되어야 한다: 성교는 에덴에서 일어난 행위라는 사실, 원죄 자체가 에덴에 속한다는 사실, 실수lapsus는 본질에 있어 실수 이전이고 노출만이 실수 이후라는 사실) 흐르는 눈물을 감추고 있는 것인지, 혹은 그 잃어버린 세계를 자신의 눈 속에, 눈 뒤편에, 잠자는 동안 꿈이 펼쳐지는 인간의 두개골—힘주어 포개진 두 손의 지배하에 있는—의 어슴푸레한 공동(空洞) 속에 간직하고 있는 것인지, 우리는 더 이상 알지 못한다.

*

그의 오른쪽 발자국이 천국에 찍혀 있다.

자신의 근원에 있는 사람은 아무도 없다. 모든 인간은 울부짖는 여자에게서 울부짖으며 나온다. 우리는 울부짖으며 천국을 떠난다. 우리는 울부짖으며 성적 쾌락을 맛본다. 우리는 쾌락을 느끼면서 세상을 떠난다. 참된 것은 떠난다. 순수한 떠남은 쾌락이다.

*

마사초는 예배실의 문에, 왼쪽에서 바라본, 천국의 문 자체를 원근법을 사용해서 그려넣었다. 천국의 문은 매우 좁고, 매우 가늘어 보인다. 마치 갈라진 틈새처럼 보인다.

고대 중국의 수많은 옛날이야기들에는 벽에 뚫린 구멍에 대한 언급이 나오는데, 남녀가 칠흑 같은 어둠 속에서 이 구멍을 통해 서로 결합한다는 것이다. 이 이야기들 자체가 벽에 난 구멍을 여자 몸의 갈라진 틈새 ― 그것을 통해 남녀의 육체가 결합하는 ― 에 결부시키고 있다.

*

동물들이 대지의 내부를 향하면, 대지는 동굴의 터진 구멍으로 그들을 재흡수한다. 한없는 깊이가 그들을 빨아들인다.

논증. 얼굴 없는 남자, 마사초가 그린 남자는 앞으로 나가지 못한다. 그는 뒤쪽으로 빨려들어간다.

아담, 그가 아마도 누카르이리라.

제40장 음화(陰畵)의 발에 대하여

*

　알몸인 동물들은 때때로 언어보다 더 소중하고 이 세계보다 더 심오한 어떤 것에 가까이 다가간다.
　이 진실은 단순할 뿐 조금도 비천하지 않다. 우리의 모든 감각은 우리의 쾌락이다. 우리의 모든 욕구는 우리의 종교 의례다. 우리의 모든 기능은 우리의 기쁨이다.

*

　브란카치 소예배실 왼쪽 내벽에 그려진 벽화는 내가 보기에 하나의 제시된 증거였다.
　우리들 본인이 직접 흐름을 거슬러서, 뒷걸음질쳐서, 우리 몸에 입혀진 것을 벗어버림으로써, 우리를 나체가 아니라 나체의 노출에 구속시키는 것을 벗어남으로써, 잃어버린 저 세계를 되찾는 것은 가능했다.
　매혹에서가 아니라 욕망 안에서 말이다.
　마사초가 그 사실에 관한 증거를 제시했다. 신이 그 사실을 입증했다.
　왜냐하면 피렌체의 카르미네 성당 내의 브란카치 예배실의 벽화에 그려진 장면은 그 자체로서는 모든 의미를 충분히 확보하지 못하기 때문이다. 그 벽화는 창세기 텍스트의 삽화이다. 벽화가 보여주고 있는 구절들은 구약 텍스트들 중에서도 가장 기이한 것들에 속한다. 토라[6]는 이 순간이 인간의 나체를 발견하는 순간이라고 기록하고 있다. 「창세

---

6 구약 성서의 모세 5경.

기」 3장 7절에는 이렇게 씌어 있다: "남자와 여자의 눈이 밝아져 자신들이 알몸인 것을 알았다." 이 텍스트는 세 가지 시간으로 나뉜다.

"그들의 눈이 밝아졌다," 이것은 매혹이다.

그들은 벌거벗었으며, 그들은 갈망했다, 이것이 두번째 시간이다.

즉시 그들은 몸을 숨겼다, 이것이 세번째 시간이다. 그들이 몸을 숨긴 곳은 1. 의복(즉시 그들이 무화과 나뭇잎을 엮어 허리에 두른) 안과 2. 동산의 나무들 사이다. 성 제롬[7]의 번역은: "이에 그들의 눈이 밝아져 자기들이 알몸인 것을 알고(Et aperti sunt oculi amborum: cumque cognovissent se esse nudos)"라고 되어 있다. 그런 직후에 아담은 신에게 설명하기를, 그가 벌거벗었다고 느끼는 동안 그에게는 나체에 대한 갈망과 함께 두려움과 몸을 숨기려는 욕구가 생겼다고 말한다. 그러자 신이 그에게 묻는다: "네가 알몸이라고 누가 일러주더냐Quis enim indicavit tibi quod nudus esses?" 바로 신의 저주가 내리기 직전의 순간이다. 그리고 저주가 내린 바로 다음 순간에 이 장면이 나타난다: 지상의 낙원에서 추방되었을 때, 최초의 남자와 최초의 여자 사이의 성의 차이가, 존재하기는 하였으되 아직 구분되지는 않았던 곳에, 신의 목소리 앞에서 느끼는 수치심, 혼란, 결핍, 욕망, 두려움과 더불어 생겨났다.

신의 목소리란 무엇인가?

그것은 언어다.

그것은 불안 속에서 들려오는 목소리의 형태로 그들을 추방하는 언어이고, 이 수치심은 인간의 추락에 앞서는 것이지만 추락의 원인이기도 하다. 인간의 나체는 인간의 시간 속으로의 추락이다. 밝아진 눈은 벌거벗었음을 보는 눈이고, '신-언어'의 목소리가 울려올 때 무화과

---

[7] 로마 가톨릭 교회의 교부로서 라틴어역 성서 편찬과 주석에 큰 공헌을 한 인물임 (A.D. 347~420).

잎사귀로 가리고 덤불숲 뒤로 숨는 것을 보는 눈이다.

*

"그들은 자신들이 알몸인 것을 알았다(Cognovissent se esse nudos)." 이 말이 조금이라도 의미를 갖는다면, 무엇을 뜻하는 것일까? 이 말은 그들이 처음으로 자신들에게 이미지image[8]가 없음을 알았다는 의미이다. 발뒤꿈치가 아직도 천국의 문턱에서 떨어지지 않았는데, 아담은 처음으로 자신에게 이미지가 없음을 깨닫고 있는 중이다. 그것이 인간을 그린 회화의 순간이다. 최초의 남자는 알몸을 초라함으로 여겨 두 손으로 두 눈을 내리누른다. 천국의 바깥, 그것은 육체의 노출이 되는데, 그때까지는 단지 나체가 육체였다.

나뭇가지와 잔디밭에서 뛰노는 새들은 알몸이지만, 자신들이 벌거벗었다고 생각하지 않는다. 의자 위에서 팔짝거리며 공처럼 구르는 새끼 고양이들은 알몸이지만, 자신들이 음란하다고 생각하지 않는다. 어항 속에서 헤엄치면서 살이 늘어진 주둥이를 수면 위로 내미는 금붕어들은 자신들이 벌거벗었다고 생각하지 않는다.

연인들이 자신들의 육체에서 발견하는 것은 자신의 육체가 아니라 타인의 나체, 그 특이한 나체이다. 그것은 채워지지 않는 호기심이고, 연인들은 그 호기심을 만족시키지 못하는 감각 기관들이다. 충족시킬

---

[8] 결여된 이미지는 키냐르 작품의 중요한 테마이다. 근원 이미지image-source, 원초적 이미지image originaire라는 수식어가 붙기도 한다. 우리를 수태하게 될 장면(성교)에 그 결과물이 될 우리는 부재했었다. 우리가 볼 수 없었으며 앞으로도 볼 수 없는 이 원초적 장면이 우리에게 결여된 유일한 이미지인데, 이 근원에서 사랑의 매혹이 생겨나고 꿈에서 보는 환영도 생겨난다. 그러나 결여된 이미지로 인해 모천 회귀의 욕망은 충족될 수 없다.

수 없는 호기심인 까닭은 그것이 자신들에게 영원히 타인인 존재에 대한 호기심인 때문이다. 남자와 여자들이 서로 포옹하면서 서로에게서 인간의 나체를 얼핏 볼 수 있을 뿐이다. 수줍어하면서. 재빨리. 수치심을 느끼면서. 특히 쾌락을 맛보면서. 왜냐하면 극도의 성적 쾌락은 욕망을 자극하는 나체의 장면을 눈으로 바라보지 못하게 하는 까닭이다. 성적 쾌감은 아무것도 알기를 원치 않는다. 내가 전에 쾌락이란 금욕적이라는 사실을 논증한 바 있다. 보기를 원치 않는 듯이 두 눈을 감는 이유는 더 강렬하게 즐기기 위해서다. 그래서 두 손으로 눈을 가린 카르미네 성당의 아담의 장면은 보다 더 일반적인 의미를 갖는다. 즉 감각은 눈을 감기를 요구한다는 사실이다. 접촉은 모든 거리와 모든 매개물들이 사라지기를 강력히 요구한다. '두 손으로 눈을 가리고'라고 나는 썼다. 물고기는 지느러미로 눈을 가린다. 새끼 고양이는 오므린 발톱으로 눈을 가린다. 참새는 두 발로 눈을 가린다. 자기가 글을 쓰고 있는 페이지를 결코 보지 못하는 작가와 같다. 왜일까? 그들은 다가오는 세계를 뒤쫓아가기 때문이다.

*

누군가가, 오랜 시간 동안 매혹에 사로잡혀 있던 이탈리아의 한 성당의 소예배실의 포근함으로부터, 거의 서늘함에 가까운 분위기로부터, 그 고요함으로부터 나오고 있다. 그는 어떤 추억에 사로잡혀 그곳에서 무릎을 꿇고 있었다.

처음에는 환한 빛 때문에 아무것도 보이지 않는다. 현기증을 느낀다. 그의 한 발은 아직도 입구를 디디고 있다.

몹시 강렬하고 투명한 세상의 빛 때문에 몇 번이고 눈을 찌푸리지 않을 수 없다.

다시 만난 열기가 너무나 뜨거워서 수없이 눈을 비벼야만 한다.

*

작가란 어둠을 물리치려고 끊임없이 애쓰는 사람이지만, 선지자 엘리야에 관한 성서 이야기에서 말하고 있듯이 자신의 동굴에서 나오는 샤먼과는 달리, 그 어둠에서 완전히 빠져나오지 못한다. 우리는 잘 보이지 않기 때문에 눈을 찌푸린다. 그렇다. 짓눌려서 시력이 사라진 멀어버린 눈은, 시력이 혼자 힘으로 볼 수 있는 것보다 아연실색케 하는 것을 더 잘 보기를 갈망한다. 우리는 태어난다. 태어나면서 곧바로 우리가 삶을 시작하지 못하는 이유는 태어나기 이전에 우리가 이미 살았기 때문인데, 그러나 살아 있기 때문에 그림자로부터 우리는 빛을 발견한다. 또한 보이지 않는 가시 세계가 태어남의 결과인 두 가지 시간이 공존하는 삶, 즉 이중의 삶과 재결합한다. 하나의 문에 달린 두 개의 문짝처럼. 눈을 덮는 눈꺼풀처럼. 우리는 눈을 찌푸린다. 우리는 아무것도 이해하지 못한다. 우리는 앞으로 나가면서 보게 되리라, 이제 보게 될 것을 보게 되리라, 이제 보게 될 것을 곧 보게 되리라, 라고 혼자서 중얼거린다. 그러나 그렇게 지나가버린 장면에 시선을 맞추어주는 것이라곤 아무것도 없다. 과거의 삶이 되풀이되는 그만큼, 그 과거가 과거 자체를 건네주는 그만큼, 우리들 뒤로 아득히 멀어진 저편의 삶에 시선을 맞추어주는 것은 아무것도 없다. 삶이 시작되기도 전에, 하늘의 별들이 반복하는 광경 속에 들어 있는, 근원에 내포된 과거의 삶 자체.

우리를 만들어낸 사람들이 우리로 하여금 우리가 시작한다고 믿게 만드는 바로 그 순간에, 어떤 경우에서건 항상 이미 시작되어버린 우리들 각자의 과거의 삶. 우리를 빛 속으로 내던지는 것은 아마도 끝없는 반복성을 가진 과거 그 자체이리라.

제41장 두 세계

메넬라오스 왕[1]은 7년 동안 헬레네를 전혀 껴안아보지 못했고, 여인의 반신상도 껴안아보지 못했으며, 오직 헬레네의 환영과 동침했을 뿐이라고 에우리피데스[2]는 이야기한다. 그 7년 동안 밤마다 두세 번씩 그는 그림자만큼이나 허망한 아랫배 속에 자신의 정액을 분출시켰을 따름이다. 그렇지만 왕의 육체의 말단 부위는 그 배의 포근함과 부드러움을 흠뻑 느끼는 듯싶었고, 그것은 참으로 불가사의한 일이었다. 이 우화적인 이야기를 읽으면서 우리는 모두 우리 자신을 생각하게 되고, 이렇게 혼자 중얼거린다: "그럴 리가! 놀라운 일이야! 내게 일어났던 일이 메넬라오스에게도 일어났었다니!" 그리고 우리는 덧없는 것을 차지하려고 서로 싸움질을 계속한다.

1977년 1월 나는 어린 시절을 되새기고 그 침묵으로 돌아가야 할 정도로 불행했다. 에스코 강이 범람하여 제방을 넘쳐 앙베르 시[3]의 저지대를 침수시켰을 때, 내가 왜 그곳에 있었는지는 나도 모른다. 우리 모두는 가장 신속하게 플랑탱의 집에서 빠져나와야만 했다. 겨울이었다.

---

[1] 스파르타의 왕. 그의 아내인 왕비 헬레네가 트로이의 왕자 파리스에게 납치됨으로써 트로이 전쟁이 일어났다.
[2] 에우리피데스Euripides(B.C. 480~406): 그리스 비극 시인.
[3] 에스코 강의 하구에 있는 벨기에의 항구 도시.

날이 저물고 있었다. 우리는 쏜살같이 달렸다.
빠른 속도로 밤이 찾아왔다.

*

기차역으로 가는 언덕길을 정신없이 달리면서 뒤를 돌아다보았을 때, 우리 뒤로는 바닷물이 섞여든 강물의 반짝이는 표면이 그 수위를 높여가는 것이 보였다.

*

생후 18개월의 나이에 언어에서 너무 멀리 있었던 탓에, 나는 욕망을 충족시킬 수 없었다. 그것은 나 자신이 이해할 수 없는데도 나를 엄습해오는 두 개의 언어를 결합시킬 시간이 없어서 욕망을 표명할 수 없었기 때문이다.
그런데도 나는 그로 인해 몰리는 짐승의 처지를 느꼈었다.

*

우리가 언어에서 멀어질수록, 더욱 우리는 이 다른 곳으로 들어가게 되는데, 그곳은 전혀 동일한 세계가 아니다. 그곳은 언어가 결함으로부터 해방되는 언어의 공명 상자이다. 굶주림의 환각에 이르기까지. 성적 욕망에 이르기까지. 환영fantasme에 이르기까지. 꿈에 이르기까지.

세계의 다른 끝으로 더 멀리 갈수록, 돌아오는 강기슭은 더욱 난폭해진다. 그러나 이 혹독한 깨어남에 동반되는 강렬한 우수 또한 우리가 사랑할 때 우리에게 전파되는 그 다른 곳이다.

우리는, 우리의 벌거벗은 두 육체는, 떨면서 강기슭에서 서로 껴안고 있었다.

침실들 역시 강기슭이다.

침대들은 극단에 위치한 여러 종류의 제방들이다.

우리는 침묵했다. 우리가 우리 자신에게 침묵을 요구했던 것이 옳은 일이었음을 이제 와서 내가 얼마나 잘 알고 있는지, 내가 그것을 아무리 말해봐야 충분치 못하다. 안과 밖은 여전히 서로를 스치고 있었다. 아직도 침투 가능하여, 다른 세계의 물이 소리 없이 스며드는 인간의 삶에서 나체는 유일한 흔적이다.

*

이곳으로, 이 세계로, 이 빛 속으로 돌아와보니 이곳으로 열리는 것은 오직 시선뿐이다.

침묵이 아니다.

말들이 여행을 허락했던 이 침묵을 깨뜨린다면, 언어가 교환하는 의미들이나 대립들과는 전혀 다른 밀도를 지닌 이 침묵을 파괴한다면, 말들은 우리가 아직도 그 기슭에 알몸으로 서 있는 다른 곳을 소멸시키게 될 것이다. 차츰차츰 그곳은 눈에 보이지 않는 세계의 기슭이 더 이상 아니게 된다. 조금씩 모든 장소가 이 기슭을 침범하여, 모든 장소는 다시금 평범한 방으로 변한다. 서서히 우리의 육체들도 되돌아오지만, 그것들은 아직 둘이 아니고, 아직 완전히 분리되지 않았으며, 아직 완전히 둘로 갈라져서 다시금 각자의 성(性)을 가지지 못했으므로, 우리의 육체들이 완전히 돌아와 있는 게 아니다. 이 돌아옴은 가장 느리게 진행되어야 하며, 그러기 위해서는 가장 말이 없어야 한다. 이 고뇌(갑자기 눈을 떠야 하는, 우리를 더 이상 침묵할 수 없게 하는, 의식의 상실과 여행과 저 세계와 헤어지지 못하는 고뇌, 우리가 빠져 있었던 집중을 잃어버리면서 느껴야 하는 고뇌)는 불행(물 밖으로 던져진 물고기가 질식의 고통으로 펄떡거리는 것처럼)이지만, 또한 경이로움인 까닭은 우리가 맛본 무한한 행복과 투과성을 이 고뇌가 입증하고 있기 때문이다. 우리는 더할 나위 없는 행복이 느껴지는 곳에, 숨결들과 영혼들이 결합하는 곳에, 육체들이 잊혀지는 곳에 있었다. 우리는 그곳에, 두 개의 성이 다시 합쳐지는 (그리고 서로를 바라보지도, 깜짝 놀라게 하지도, 서로에게 성욕을 느끼지도, 자주 나타나지도 않는) 대단히 예외적인 고향에 있었다.

*

왕국은 이 세계에 속하지 않는다. 왕국은 다음에 올 세계 안에 있는 것도 아니며, 엄밀히 말해서 완전히 이 세계 밖에 있는 것도 아니다. 그것은 과거의 형태로 이 세계 안에 존재한다. 이 왕국은 태어남이 우리에게 베풀어주는 하나의 현재이다. 이 현재는 영원히 현재로 머물러 있지만, 과거(어두운 자궁 속의 세계)와 과거의 원인(먼저 행해졌던 primogenus 성교, 마치 음경이 원래 있던 것 primogenus이라 불렸던 것처럼)을 가지는 현재이다. 태어남이 우리에게 주는 것은 혼돈과 침묵과 어둠이 뒤섞여 있는 과거이다. 타보르 산[4] 위에 거소를 정하자고 베드로가 예수에게 권했을 때, 베드로에게 한 예수의 대답은 이런 의미로 이해해야 한다. 베드로가 말했다: "주여, 우리가 여기 있는 것이 참으로 좋겠나이다!(Domine, bonum est nos hic esse!)" 타보르 산도, 하물며 카이사르의 거소도, 분명히 베들레헴의 마구간도, Domine, bonum est nos hic esse!라고 말할 수 있는 장소는 아니다. 아니다. 우리는 여기에 있는 것이 좋지 않다.

*

첫번째 논증. 우리가 어머니의 성기에서 나온 이래로 우리는 더 이상 완전히 여기에 있는 것이 아니다. 왕국이 완전히 이 세계에 있지 않는 이유는, 태생 동물에게 있어서 왕국이 이 세상(대기와 빛의 세계)에서 시작되지 않았기 때문이다. 과거는 이 세계 속에 있지 않으며, 어느 다른 세계에 내재된 것도 아니다. 시간이 작동을 개시한 이후 왕국은 그런 것으로서 나타났다. 어린애가 시야에서 바라보기를 발견하고, 호흡에서 숨결을 발견하는 것은 자궁 속 양수 주머니가 터진 다음의 일이다. 그리고 여기가 그렇게 나타난 것은 시간에 앞서 있었던 것으로서 시간의 작동 개시 이후이다.

나는 인류가 생각해냈던 가장 오래된 신들 — 짐승, 생명, 다산성, 번식, 제물로 바쳐진 어린애를 무릎 위에 안고 있는 어머니 — 을 가장 우위에 놓지 않는다. 태어남이 죽음과 더욱 상반되기 때문에, 내게는 태어남이 삶보다 더 고귀해 보인다. 태어남은 번식과 아무 관계도 없다. 우리가 알지 못하는 빛을 이방인으로서 바라보는 것이 그리 괴로운 일

---

[4] 팔레스타인 북부, 나자렛 남동쪽에 있는 산. 그곳에서 예수의 현성용(顯聖容)이 있었다.

은 아니다: 그것이 바로 태어나는 것이다. 이런 광경이 우리에게 갑자기 숨을 쉬게 만드는 격렬한 두려움의 울음 소리를 점화시킬 때, 나는 거의 살아 있고, 거의 만질 수 있으며, 거의 현실적인 환영—우리를 욕망하는 격한 존재로 만드는—처럼 이 세계의 모습을 바라본다.

거의 presque라는 단어는 태어난다는 현상과 관련된다. 왜냐하면 태생 동물들은 태어나면서 삶을 시작하는 것이 아니기 때문이다.

*

논증 II는 이렇게 생각될 수 있다: 특이하고 현실적인 모든 감각은 버림받음과 태어남에 속하는 어떤 것의 힘을 빌린다. 모든 작품들도 마찬가지다. 태어남은 생명을 구성하는 것이 아니다. 즉 태어남은 자신이 모르는 것을 손에 넣는 것이다. 그것은 자신이 보지 못했던 것에 눈을 뜨는 것이다. 낯설음은 그의 육체이지, 같은 것의 재생산이나 규범의 반복어가 아니다.

*

논증 III.

그런데 만일 이 거의라는 말(시선이 선행되는 이 말이 자신의 명세서와 근원에 선행한다)이 태어나는 현상과 관련된다면, 이 거의 presque는 또한 언어와 관련된 준(準)quasi이라는 말이기도 하다. 오직 말들만이 거의의 감각을 깊이 파고들 수 있지만, 동시에 그 감각에 의해 실질적이고 현실적인 것은 아무것도 제공하지 못한다. 말들은, 자신들이 구분지었고, 거의, 밝혀냈던 것에 대하여 수다를 떨기 시작하기 때문에,

금방 중언부언하게 된다. 언어는, 언어의 주체로서 언어를 만들어낸 인간에게서 오랫동안 생명을 유지하지 못한다. 논증 III은 이렇다: 언어는 태어나는 순간에만 살아 있다. 꿈이 펼쳐지는 밤 자체 같은 꿈에 내가 접합되었다고 느끼는 순간부터, 나는 오직 내 숨결의 바람 소리밖에는 껴안지 못함을 느낀다. 내가 말하는 것은 오직 단어들뿐이다. 나는 넘어야 할 또 다른 경계를, 시작해야 할 또 다른 태어남을 욕망한다. 그래서 나는 내가 알지 못하는 것을 향해서, 나를 이방인으로 만드는 그 무엇을 향해 달려든다. 마치 알지 못하는 고향을 향해서처럼, 혹은 내가 황급히 되돌아옴으로써, 마치 내가 도망치는 밀물의 바다—내가 피해서 달아나는—에 대해 판단을 내리려는 듯이.

*

이 낯선 여행을 수치로 여기는 이 시대는 부끄러운 줄 알아야 한다. 논증 IV는 이렇다: 90만 년 전 이래 처음으로 선행 인류와 인류의 모든 무리들로 하여금 초목이나 채소들이 그렇게 하듯이, 결코 지구상의 한 지점에만 정착하지 못하게 하는 움직임, 절대로 그들의 욕망을 고정시키거나 굶주림이 뿌리내리지 못하게 하는 움직임, 먹이에 만족하듯 원지성(原地性)에 만족하지 못하게 하는 움직임을 억압했던 시대는 수치를 느껴야 한다.

아니다, 우리는 여기에 있는 것이 좋지 않다.

이 논증은 단호하다. 수천 년이 된 원래의 유랑은 인류와 이곳의 관계에 대해 알아야만 하는 모든 것을 말해준다. 나는 어떤 고향에 대한 강론이라는 글을 쓰고 싶고, 그것은 지금은 죽고 없는 사람들에게 눈물을 흘리게 할 것이다.

논증 V.

사랑은 독서, 다른 세계, 글자 등등과 마찬가지로 보편적인 것이다.

내가 여기서 전개하는 논증들은 구어(口語), 시선을 벗어난 죽음, 모방적인 매혹이 인류를 정의한다는 의미에서, 정의를 내리는 특성들이 아니다.

결코 자신의 밖으로 떨어져나오지 못하는 사람은 사랑을 체험하지 못한다.

그런데 자신의 밖으로 떨어져나오는 사람은 다른 세계를 맛본다.

첫눈에 반하기는 육화됨의 밀도에 의해서, 이 세계 안에서 '세계-밖의 세계'를 만나게 한다. 이성(異性)은 환영fantasme의 반대이다. 그것은 현실의 과잉이다.

성은 가장 현실적인 것le réalissime이다. 고대 프랑스어가 결국 la chose,[5] la causa,[6] le cas[7]라고 표현하는 것을, 로망어[8]로는 예전에 la rem[9]이라고 표현했는데, 직역하면 la rien[10]이다.

프랑스어에서 파생어 causa-chose와 파생어 causa-cas는 둘 다 남성 성기(나의 원인)를 지시하게 되었다.

그런 다음에 la rem, 즉 la rien이라는 단어가 생겼다.

프랑스어의 on[11]은 라틴어로 인간homo이다.

---

[5] 사물, 일, 상황의 의미를 가진다.
[6] 이유, 경우, 상황을 뜻하는 라틴어 여성명사.
[7] 경우, 기회, 상황, 원인의 의미를 가진다.
[8] 라틴어에서 파생한 프랑스어, 이탈리아어, 스페인어, 포르투갈어 등을 말한다.
[9] 사물, 원인 등을 뜻하는 주격이 res인 목적격 여성명사.
[10] 무(無), 무용한 것, 사소한 것을 의미한다.
[11] 사람을 가리키는 무특정 주어인 부정대명사.

*

　인간은 두 세계, 즉 살아 있는 자들의 세계와 죽은 자들의 세계를 가진 동물 종이다.

*

　언어가 생긴 이래로 두 세계가 존재한다: 기표와 동시에 기의, 현재와 부재, 긍정과 부정, 봄과 가을 등등이다.
　문제. 만일 언어가 기표와 기의를 결합시키고, 물질과 의미를 떼어내고 연결시켜서 두 세계를 만든다면, 언어는 단번에 산 자와 죽은 자, 세계와 배후 세계, 내부 칸막이와 배후 칸막이, 발굴과 매장, 행위와 저의(의도), 빛과 어둠, 겉모습과 예기치 않은 출현, 얼굴과 혼령을 나란히 놓는다.
　결론. 계보학은 오늘날 우리가 생각하는 것보다 훨씬 민첩했다. 언어의 감염과 전염은 유행병처럼 신속히 퍼졌다.
　나로서는 프랑수아즈 에리티에[12]가 그랬듯이 성의 차이가 가장 중요하다는 주장을 지지할 수 있을지 확신이 서지 않는다(중국에서는 사상사 전체를 통해서 성의 차이에 대해 분명하게 이런 주장을 한다).
　남자들과 여자들 간의 차이에서, 살아 있는 자들과 죽은 자들 간의 차이에서 누가 더 앞섰던가?
　3만 년 전에 새겨진 동굴 벽화들은 그것들에 관해 앙드레 르루아-구랑[13]이나 아네트 라맹 앙프레르[14]가 기술했던 것만큼 그렇게 성적 특

---

12 프랑수아즈 에리티에Françoise Héritier. 프랑스의 인류학자. 레비-스트로스의 후임으로 콜레주 드 프랑스의 교수로 임명되었다.

징들에 관심을 기울이지 않았지만, 벽화들 모두가 두 개의 세계로 분절되어 있다.

밤과 낮 역시 근본적인 하나의 극(極)이었고 금세기까지도 여전히 그랬었다(전기의 공급과 그것이 가능케 한 의도적이고 과도하고 전세계적인 빛의 폭력이 그 극을 파괴시킬 때까지).

그러나 봄은 어디에서나 한결같은 극이었다. 별들의 순환 궤도의 목적지다. 별이 총총한 하늘의 목적지, 다시 말해서 인간의 운명을 주재하고, 식물과 동물과 성의 순환을 주시하는 하늘의 놀라게 하는 존재이다.

봄이라는 첫 시기의 극이 사냥의 극인 것은 사실이다(이 기간 동안 사람들은 사냥을 자제했다).

*

모든 사고는 그 어떤 정신적 구성보다 더욱 오래되고 더욱 매혹적인 양극 간의 관계를 적나라하게 드러낸다. 사고 자체가 매혹되었기 때문이다. 언어는 매혹의 결과에 불과하다. 동물의 유성 생식처럼. (식물계는 눈으로 바라보기에 앞서 빛 속에서 매혹되는 집단이다.) 최초의 편극은 낮과 밤이 교차되는 리듬이다.

---

13 앙드레 르루아—구랑André Leroi-Gourhan(1911~1986): 프랑스의 민족학자, 선사학자.
14 아네트 라맹-앙프레르Annette Laming-Emperaire. 1950년대 프랑스의 유명한 고고학자.

*

논증 VI.

생겨날 수도 없는 사랑이 영혼을 잠식하는 경우도 있다. 왜일까?

왜 그 자체로는 불가능한 사랑(예를 들어 죽은 남자, 죽은 여자, 죽은 신, 죽은 언어, 지나간 시대에 대한 사랑 등등)의 비현실적인 가능성이 인류에게는 이토록 가능한 것일까?

존재하지 않는 육체에 대한 욕망은 추측할 수도 없는데, 왜 죽은 자에 대한 사랑이 존재하는 걸까?

답변. 생길 수 없는 사랑이 모든 사람들의 영혼을 잠식하는 까닭은 그들 각자에게 모든 것이 바로 그와 같이 시작되었기 때문이다.

*

인간의 언어는 매우 제한되어 있다.

언어는 단지 언어 자신의 분열과 동시대의 것에 대해서만 말할 수 있을 뿐이고, 또 그로 말미암아 분열 번식하는 세계들의 분열만을 환기시킬 수 있을 따름이다. (성의 계보학에서처럼 이 세계들은 하나의 뿌리에서 갈라져나온 분기들이다.)

수사학과 사변(思辨)은 동일한 것이다. 라틴어 speculatio는 산 높은 곳에 있는 망루, 즉 결핍된 매혹을 의미한다. 기회를 노리기, 그것은 별자리의 공백을, 즉 적의를 품은 자의 발성되지 않은 형태의 저장고를 뚫어지게 바라보는 일이다. 이 망루는 사냥에서의 매복 장소였다.

진정한 말, 그것은 현존하는 동시에 부재하는 타인이다.

암흑으로 둘러싸인 빛의 패러독스(바라보지 않음을 바라보기). 불

면의 밤의 패러독스(밤이면서 낮). 검은색인 동시에 흰색.[15]

*

하얗게 지새운 밤이란 무엇인가?

진정으로 욕망하는 자는 잠들 수 없으며 이미지를 이용하지 않는다.

잠들어 있는 사람은 자신의 옆구리에 기댄 여자를 사랑하지 않을 뿐만 아니라, 잠을 자면서 이미지들로 타아 alter를 속이느라 삶에 할당된 시간의 절반을 소비한다.

아지자는 아지즈가 꿈꾸기를 원치 않는다. 사랑받는 여자는 연인이 꿈꾸기를 원치 않는다. 결국 아지즈는 피에르 아벨라르처럼 거세되었다. 사랑받는 남자는 연인이 꿈 속으로 빠져드는 것을 원치 않는다. 그녀의 꿈 속에서 그는 그녀의 삶의 수취인이 아니기 때문이다.

사랑은 추억이 되기도 환영이 되기도 원치 않는다. 사랑은 여기 현존하는 유일한 육체일 따름이다.

*

고대 중국에서 한 해의 축제들 중 첫번째는 백야(白夜)의 축제였다. 새해 들어 첫번째 만월을 맞이하려고 군중들이 모두 모여들었다. 겨울은 완전히 끝났다. 중국인들은 흔히 그 축제를 위안샤오지예〔元宵節〕라 불렀다.

사람들 모두가 밤을 낮처럼 환히 밝히려고 등불을 들고 거리로 몰

---

15 '불면의 밤'은 프랑스어로 la nuit blanche(직역하면 '하얀 밤')이다.

려나왔다.

거기에는 황제도 끼여 있었다. 황제가 군중들 틈에 섞이는 경우는 1년에 단 한 번 이때뿐이었다.

거기에는 여자들도 섞여 있었는데, 예전에는 규방 밖으로 나온 여자들의 얼굴이 달처럼 대단히 창백하고 희었다.

*

밀월은 비사회적 격리의 의식(儀式)이다. 백야에 잠은 금지된다. 사랑은 꿈이 아니다. 사랑받는 자는 환영이 아니다. 성이 잠속으로 자취를 감추지 않는다. 사랑하는 것, 그것은 환각도 홀림도 아니다.

*

세 개의 정의.
회로, 그것은 사회적인 것이다.
단락(短絡)은 광기다.
회로 일탈은 사랑이다.

*

세 개의 세계는 천국, 지상, 지옥을 표현하고 있다.
천국은 고요하다. 천국은 동물―주인의 세계다.
백야, 무언의 언어 등등은 인간이 겪는 시련이다. ……도 아니고 ……도 아닌 반(半)언어적이고 반(半)동물적인 것은 모두 천국과 지옥의 중간 지대다.

지하 세계는 캄캄하다. 동굴. 지옥은 지하를 말한다. 매장된 자. 그는 선조의 선조다.

*

쉿! 입 봉하고 있어!Motus et bouche cousue! Motus는 침묵이다. 봉한 입Bouche cousue은 비밀이다.

침묵과 비밀.

*

언어에는 닫혀 있지만 비언어적 의사 소통에는 열려 있는 입.

나체의 어렴풋한 모습을 향하여 열려 있는 감은 눈.

어둠이자 빛인 것, 잠속의 불면, 지각이면서 꿈인 것.

이곳 안에 저곳을 가두고 있으며 현재를 그 흐름의 상류에 투영시키는 내밀한 공간, 말없는 의미, 그들에게 개별 분화의 원인이었던 장면으로부터 태어난 두 존재들의 만남. 그 원인이란 다시 말해서 육체가 태어난 원인, 모체로부터 이탈된 원인, 숨막힘 속에서 언어를 작동시킴과 동시에 무엇보다도 눈부신 빛 — 세계와 시선을 작동시키는 빛, 그때부터는(태어남 이후에는) 흐름의 하류에 불과한 언어와 바라보기를 무효화시키는 빛 — 을 작동시키는 울음 소리의 원인이었다.

그때 비로소 절대적이고 모호하고 말없는 감동의 문이 열리는데, 그것은 태어나는 순간 오관이 뚫릴 때까지 닫혀 있었던 문이다.

사랑은 이런 비상, 말로는 표현할 수 없는 출구, 황홀경ekstasis, 세계의 다른 끝에 접착되는 것이다.

*

밀월로서의 사랑. 밀월은 혼례 기간의 성교를 위해서 사회가 동의한 비사회적 기간이다. 신혼 부부의 나체의 외설적인 결합은 여전히 매우 주술적인 방식으로 장소들을 확실하게 분리(이 동물적인 결합의 장소와 친지들 및 친척들의 거처와의 격리)시킬 목적으로 여행(신혼 여행)을 끌어들였다.

밀월에 관하여 절대 침묵.

세 가지 금기의 기원은 이렇다: 밤, 침묵, 불면.

에스키모인들에게는 곤경에 처한 사냥꾼들이라도, 집단으로부터 멀리 떨어져 그들만의 비사회적 이글루에 틀어박힌 신혼 부부에게는, 도움을 청할 수 없다. 사냥꾼들이 그들의 노정에서 외따로 격리된 신성불가침의 신혼 부부 중의 한 사람을 우연히 마주치게 된다 하더라도 그렇다.

일단 결합unio이 성립되고, 의례적인 시기에 들어서면 성교coire는 집단(낮에, 시간에, 파롤에, 분할된 성sexualité에, 사회적인 거처 정하기에 결부된)과는 사회적으로 격리되는 배타성을 지니게 된다.

사랑과 결혼은 상호 배제적인 것이어서 밀월은 사랑과 관련되지 않는다. 그러나 백야와 밀월, 진정으로 합당치 않은 이 두 가지 표현이 짝을 이룬다. 에니드는 이러한 이유로 에렉[16]이 밤이 아닌 시간에 사회적

---

16 프랑스의 운문 설화 작가인 크레티앵 드 트루아Crétien de Troyes(1135~1183)의 장편소설 『에렉과 에니드 Erec et Enide』의 주인공들이다. 내용은 주인공이 아내에 대한 사랑에 빠져 기사의 길을 잘못 걷다가, 모험 끝에 자신을 되찾는다는 이야기다.

장소 내에서 백야와 비사회적 성교를 추구하는 것을 비난한다.

*

인간은 절대로 혼자가 아니다.

인간은 개별적 존재가 아니다(사회 역시 그렇다). 인간은, 남녀간의 성적인 것을 분리하는 것의 결실이었던 것과 마찬가지로, 자신 안의 사회성을 찢어내는 것과 대립한다. 인간은 그로 인한 우연한 결과물로서 두 세계 사이에 있다.

개체성은 이미 찢어진 사회성이다.

인간은 두 삶을 가진, 두 세계를 가진, 하늘과 땅 사이의, 남자와 여자 사이의, 출생 이전과 죽음 이후 사이의 존재로 정의된다.

*

논증 VII은 개체 발생의 두 세계 및 죽음에 대한 감각의 계보학에 관한 것으로, 실제적인 죽음과 구분되기 이전의 죽음에 대한 감각을 말한다.

요람 속에서 숨이 끊어질 정도로 울었던 기억이 난다고 말하는 사람은 아무도 없다.

요람 속의 갓난아기가, 비록 그 아기가 유년기 내에 항문기와 언어 단계의 끝에 이를 정도로 진전을 보일 용기가 있다 하더라도, 어두운 옛 집인 이곳으로부터 버림받았던 사실을 기억하는 경우는 전혀 없다.

그리하여 모든 인간은 최초의 순간부터 죽음을 경험한다.

최초의 순간에, 죽음이 바로 이 세계인데, 이 세계란 자신의 육체 밖으로 내던지고 유기하는 어머니와 동일시되기 때문이다. 자기 자신의 것으로 여겼던 자궁의 내벽 밖으로. 죽음이 젖먹이에게 보여주는 최초의 얼굴은 그런 것이다: 빛, 추위, 성별을 갖춘 분리된 육체, 숨막힘에 이어지는 울부짖음, 울부짖음에서 나오는 호흡, 호흡에서 자기 몫의 공기를 뽑아내는 목소리, 목소리에 자신을 내맡기기, 자발적이라고 생각되는 자신의 목소리 속의 어떤 목소리에의 복종. 자율적은 아닐망정, 어쨌든 분리되어버린 육체의 버림받은 상태. 옛 육체가 당신을 버렸다 — 당신을 자발적인 소리와 성의 선택에 유기했다. 유기(遺棄)abandon란 프랑크족[17]의 고어로서 추방된 사실을 가리키는 단어다. 어둠, 물, 하나인 몸, 따스함, 모성, 영양 섭취, 목소리도 숨결도 없는 청각, 이 모든 것들로부터 추방되었다는 사실: 태어나다라는 동사가 의미하는 바도 바로 이와 같은 것들이다. 버림받음에 대한 두려움은 본질적인 공포이고, 우리가 그것을 지각할 수 있다는 설명을 할 필요도 없이, 그것은 모든 태생 동물의 세계에서 알아볼 수 있는 것이다. 버림받음에 대한 두려움은 심지어 본능보다도 앞선다.

*

나는 목소리의 태어남을 결별이라는 말로 부르기를 제안한다. 갓난아기를 호흡하게 만드는 울음 소리는 호흡하지 않던 세계에 영원한 결별을 알리는 울음 소리이기도 하다. 그 서약 위반이 최초의 고통이다. 태어남은 집 없음homeless이다. 혹은 실향heimatlosigkeit이다. 첫울음이 그러하듯, 최초의 느낌들의 사라짐은 호흡 및 폐의 새로운 리듬 — 폐

---

[17] 5~6세기경 라인 강 하류로부터 현재의 프랑스로 침입하여 정착하고 동화된 게르만족의 일파. 프랑스라는 이름은 프랑크족에게서 유래한다.

의 리듬에 앞서는 심장의 리듬과 언제까지나 협력해야만 한다—을 작동시킨다. 버림받음은 언제나 기억의 바탕을 이룬다.

결별 자체가 시작이 다른 두 리듬의 비-동시성으로서 음악과 연관된다(두 리듬이 동시적이 아닌 이유는 심장의 리듬이 먼저 시작되어 연속적인continuo 반면, 뒤늦게 시작되어 울부짖는 폐의 리듬은 노래하듯 melos, 언어를 길들이듯 진행되기 때문이다).

*

또 다른 세계 하나가, 바라보기는 하지만 세계를 바라보지는 않는 시선 속에 자리잡고 있다.

얼이 빠진 듯한 시선이 있다. 죽음을 목격한 사람은 누구나 초점을 잃고 막연하고 이상하게 뜨고 시역(視域)을 벗어나고 몰두해 있는, 이 죽어가는 자들의 시선을 알고 있다.

나는 애원하는 한 얼굴이 떠올라, 글을 쓰면서 몸서리를 친다.

더 이상 고정되지 못했던 시선.

바라보는 것 위에 닿지 못했던 시선들도 있었다. 거기서 멎지 못하는 시선.

내가 무엇보다도 사랑했던 여자의 마지막 시선, 내가 그 내부에 있던 공간에서 길을 잃고 헤매던 그녀의 마지막 시선. 그녀는 아직 살아 있었다.

끔찍하게 고통을 겪고 있는 사람들에게서만 볼 수 있는 훨씬 더 내면적인 시선들.

자기 자신이 아닌 다른 것으로 인해 이미 괴로워하고 번민하는 사람들의 시선들.

그들을 불안에 빠뜨리는 것을 피해 언제나 한사코 다른 곳에 머무르려는 시선들.

은밀히 죽음을 보았기에, 이미 죽음의 궤도를 돌고 있는 시선들.

자기 자신 밖으로 삶이 빠져나가 이미 다른 곳에, 영원히 다른 곳에 가 있는 사람들의 시선들.

*

패배는 자신의 내부로부터 온다. 외부 세계에서는 패배가 없다. 자연, 하늘, 밤, 밤의 어둠의 저편, 비, 열대의 숲, 사막, 화산, 바람, 그것들은 오래 걸리는 눈먼 승리에 불과하다.

*

논중 VIII.
나는 눈을 뜨고는 명상하지 못한다.
나는 눈을 뜨고는 음악을 듣지 못한다.
나는 눈을 뜨고는 사랑하지 못한다.

*

가시적인 것의 뒤를 보려는 불안한 동요가 지니는 관능성이 호기심을 정의한다. 인간에게는 가시적인 것이 시선을 차단한다.
이 호기심은 볼 수 없는 장면에서 비롯된다.
벽이 아니라면 옷을 만들어냈기 때문에 보이지 않는.

옷 때문에 보이는 것이 감추는 것처럼 보인다. 드러나는 것이 차단한다. 출생 이전의 청각은 시각에 선행한다. 눈물이 그렇듯이 시각은 시각을 선행하는 세계를 가린다. 음악은 눈에 보이지 않는다. 우리가 눈으로 보는 모든 것과 그 가시성은 무언가를 감추는 것처럼 보인다.

노아의 외투 자락 속에는 무엇이 있을까?

이 여자 Ea의 내벽 뒤에는?

칠흑같이 캄캄한 밤 자체의 뒤편에는?

*

이 세계의 내부에는 또 하나의 다른 세계가 있다. 그 세계의 냄새들이 유혹한다.

향기는 보이지 않는 것의 유혹이다.

*

어린 시절 이래로, 어린 시절부터, 나는 내가 아직 알지 못하는 집들을 눈으로 보지 않고 시험해보고 싶은 간절한 욕망을 느끼곤 했다.

*

모르는 낯선 집에서 더듬거려가며 노는 것은 내게는 혼자 하는 놀이 이상이었다. 그것은 불안이 지배하는 억제할 수 없는 호기심이었다. 한밤중에 낯선 집에서 오줌을 누는 일은 짜릿한 유목 생활이었다.

내가 어둠 속에서 내 삶의 특수성을 탐사하고 싶었던 듯싶다.

그것은 항상 미로처럼 복잡하게 얽혀 있어서 고통스러운 미열이 느껴지는 기도(企圖)였는데, 왜냐하면 예전에는 화장실이 집 안 내부에 있지 않았기 때문이다. 내 두 발에는 영혼이 한 번도 가져본 적이 없는 어렴풋한 감각이 있었다. 발들은 어둠 속에서 마룻바닥, 삐걱거림을 위시한 모든 것을 알고 있었다. 울림이 없기 때문에 즉시 공간 감각이 사라져버리는 푹신한 양탄자 속으로 내 발바닥이 빠져들곤 했다. 갑작스럽게 나타나는 타일 바닥, 정원의 차가운 돌멩이들, 땅의 흙먼지. 두 발과 두 귀가 이러한 인식을 감지하는 두 손이고 두 눈이었다. 올빼미의 울음소리나 나뭇잎들 사이에서 푸드덕거리는 날개 소리. 밝은 달빛, 문득 보이는 구름들—이 세계라는 악보는 이미 나의 변태적인 성적 도착이었다. 화장실 문의 미지근한 구리 손잡이에 닿거나 더 차갑고 더 점착성이 있는 사기 손잡이에 닿는 내 손가락들의 미끈거리는 감촉. 바캉스 때 머물렀던 집이나 새로 이사온 집에서 내가 한밤중에 일어나 헤매고 다니지 않았던 집은 없었다.

글을 쓰는 것, 결별을 고하는 것, 이런 일들은 한밤중에 헤매는 것에 비교할 만하다. 이런 일들은 세계라는 낯선 집에 들어가보는 것과 같은 것이다. 고별도 이와 비슷한 기쁨이다.

*

사랑과 탐색은 서로 닮은 데가 있다. 그것은 알아보고, 접촉하고, 마음에 두고, 비밀과 생식 능력과 어린애와 털어놓은 적나라함을 간직하고, 가장 세심하게 관심을 기울이고, 느끼고, **마음속에 묻어두는 일이**다. 사랑은 집을 바꾸게 한다. 노(老) 카토는 사랑을 이렇게 정의했다: 한 영혼을 그의 육체가 아닌 것 속에 살게 하는 것.

마르쿠스 포르키우스 카토는 사람들에게 어떤 이들의 모습이 다른 이들의 육체 속에 신비와 극도의 불륜으로 자리잡게 되는 것을 조심하라고 경고했다.

사랑과 죽음은 같은 것이다. 둘 다 우리를 다른 집으로 데려간다 (전자는 살아 있는 남편의 집으로, 후자는 죽은 남편의 무덤으로). 두 번의 유괴 혹은 두 번의 강탈이 있는데, 에로스와 타나토스[18]가 그것이다. 그 둘 모두의 근원은 최면 상태에 있다. 인간의 육체를 찾아오지만, 그 몸의 주인이 반기지도 붙들지도 쫓아버리지도 못하는 꿈의 비의지적인 이미지들 때문이다. 그런 이유로 하데스[19]와 에로스는 최면 상태의 두 얼굴이다. 인간에게 있어서 사랑과 죽음의 근원은 야밤의 약탈 raptus 과 동일시된다.

그림자 같은 환영들, 성이 욕망하고 삶이 그리워하고 사람들이 꿈꾸는 그것들은 모두 동일한 것들일 수 있다.

밤은 성 sexualité보다 더 원초적이다. 밤은 진짜 별들이 보이고 별들이 주재하는 하늘의 바탕이며, 우리가 별들을 바라보며 놀라는 내면의 하늘의 바탕인 까닭이다.

지정된 거소는 항상 내면이다(육체 안에, 육체의 내면에 다름아닌 영혼 안에, 자연 안에, 꿈속에. 왜냐하면 그것들은 항상 호주머니, 동굴, 어머니의 배, 무덤이기 때문이다).

지정된 거소가 내면을 추구하는 이유는 최초의 집 domus이 내면 공간, 태생(胎生)의 어두운 내시경, 마치 포식한 것처럼 임신한 불룩한 배 ─ 혹은 더 정확히 말해서 배와 음문 사이의 중간 지점인 이곳이기 때문이다.

---

[18] 타나토스Thanatos. 그리스 신화에 나오는 죽음의 신.
[19] 하데스Hadès. 그리스 신화에 나오는 지옥을 지배하는 사자들의 신.

사랑만큼 생존자들의 마음을 사로잡는 것은 없다.

그러나 이제까지 우리가 사랑을 이해하는 바와는 다른 방식으로 그러하다. 철학자들이 이해하는 방식과도 다르다. 추억으로서가 아니다. 사랑에 관한 지식으로서도 아니다. 회한으로서는 전혀 아니다. 이미지들도 절대 아니다. 전혀 향수가 아니다.

그러나 타인, 사랑하던 바로 그 여인, 사라졌지만 사라지지 않은 타인, 말을 건넬 수 있는 여인으로 남아 있는 타인, 그녀를 위해서 나는 살아간다. 이 세계를 떠났지만 내 영혼 속에 들어와 박힌 채로 남아 있는 타인.

진주의 영롱한 반사광으로 남아 있는 타인. 반사광의 움직임은 대상의 사라짐 너머로 끈질기게 지속되었다.

칸막이 벽 너머의 타인.

기도 너머의 타인.

*

감각들은 수신기들이다. 감각들은 자신에게 기관들, 지느러미와 날개들, 도약의 힘과 턱뼈가 있다고 상상한다. 사랑은 사랑의 껴안는 일을 손(보지도 못하고 말도 못 하는)이 대신 맡는 수신기다.

몰래 숨어서 드리는 in abscondito 기도.

*

다른 세계에서는 무슨 일이 일어나는가? 우리를 만들어낸 포옹이 일어난다. 우리가 결코 볼 수 없는 성적인 장면은 다른 세계에서 일어난다. (놀라운 admirabilis 일: 왜 영화관이 영화보다 먼저 만들어졌을까? 구석기 시대의 장식된 동굴과 어두운 홀 안에서 상영되는 영화: 태생 동물의 두 가지 예술.) 비가시적인 것은 태어남-이전에 있다. 비가시적인 것은 강박적으로 근원에 자리잡고 있으며, 우리를 중단시키는(우리가 폐의 활동과 적극적인 언어 활동을 시작하는 바로 그 지점에서 우리를 중단시키는) 부재하는 고질적인 가시 세계가 죽은 자들의 거소를 둘러싼다. 그 역은 이루어지지 않는다.

정액은 범해(凡海)의 물방울이다. 그 물방울은 항상 바다를 향한다, 즉 항상 삼켜지기를 고집한다.

강물도 마찬가지로 대양에 삼켜지려고 흘러간다. 그것이 강들의 노력이다.

원초적인 것인 정액은 유일하게 동시대적인 실체이다. 그것은 발자취 vestigium다: 흔적과 추억의 차이가 여기에 있다.

발효하면서 근원에서 솟아오르는 assourçante 생명, 태어나는 것, 즉 아직 철 이른 것은 개인의 생존에 대한 상상력을 수천 년이나 앞서간다—혼동과 분리처럼. 그 이유는 간단하다: 명명하기는 사회 집단 내에서 생존의 직접적인 수단이었기 때문이다. 모든 조부는 자신의 손자였고, 손자의 이름은 그의 이름이었다. 최초의 분배가 이루어진 우연에 의해 숫자가 제한된 이름들을 기준으로 하여 집단 자체가 번식을 제한했다(미리 계산된 결과에 의해서가 아니다. 예전의 집단 형성은 고성능 계산기보다 더 훌륭한 계보학자들로 이루어졌던 듯싶다). 언어는 사회의 중요한 도구이다— 우리가 평소 알고 있는 그대로의 사회 자체는, 비록 악화되고 구성원의 숫자가 증가했지만, 여전히 인간의 언어를 고집스럽게 모방하기만 할 뿐이다.

그러나 역설적으로 인간의 정액은 모든 사회 조직보다 더 새롭다.

*

예전에 인간은 자신이 불사의 존재가 될 것을 속으로는 믿지 않았지만 영혼을 위해서는 큰 소리로 이런 운명을 소망했다. 오늘날의 죽음에서는 아무것도 일어나지 않는다. 이어지는 꿈이거나 혹은 자신의 탄식을 메아리로 되받으면서 잦아지는 노래조차도 없다. 다른 세계에 속하는 죽은 자들과의 접속은 공포에 이를 정도로 단절되었다.

더 이상 죽은 자들이 없다면, 살아 있는 자들은 아직 존재하는 것일까? 거의 없다. 도피 중. 혹은 은신 중.

살아 있는 자들, 죽은 자들, 성숙한 여자들, 성숙한 남자들도 이제는 많지 않다. 포옹들, 조상보다도 더 떠받드는 아이들, 그 초상화조차도 간직하지 않는 실종자들이 있을 뿐이다.

*

출생 이전 세계는 없다. 미래 세계도 없다. 그러나 세계가 하나뿐이라는 사고는 현시대에 유일한 상업 시장이 이 사고를 불가피한 것으로 만드는 만큼 더욱 진리에 위배되는 허위이다.

첫째, 두 세계가 있다: 자연 언어가 인간에게 개화되자 말을 하는 사람은 각자 두개골 내부에 공명 상자를 가지게 되었다.

둘째, 일원론을 위한 현실적이지도, 노에시스적이지도, 언어적이지도 않은 가능성이란 없다. 명제 I. 관계들과 편극 현상들이 있을 뿐이다. 명제 II. 기호가 생기자마자 극성(極性), 둘, 변증법, 관계, 성별화가 나타난다.

하나, 단일성, 단성(單性), 비언어는 광기 그 자체다.

*

세계는 둘이다. 연주는 표면과 표면의 닮음이라는 차원에 속하는 것이 아니라 힘의 윤회에 속한다. 힘, 수액, 피, 활력, 그것은 원텍스트의 내벽 뒤에 있으며, 작곡자는 그것을 형상화시키고 연주자는 표현한다. 전자는 직접적인 지배력으로, 후자는 연기되거나 반복되는 지배력으로.

번역하기, 독서하기, 해석하기, 작곡하기, 연주하기, 글쓰기, 이런 것은 언제나 이미 존재하는 어떤 것을 옮기는 일이다. 하여튼 외부와 내부가 섞이고, 그 둘이 만나는 과정에서 차츰차츰 서로 간의 틈새가 메워지고 밀봉되어, 타인이던 것과 자신이던 것이 구별할 수 없게 되었으며, 게다가 마침내는 외부 혹은 내부로 보이지 않게 되었다. 포옹 속에서처럼. 그런 것이 행복이었다: 자연과 자신이 하나가 되어 갑자기 타인 안으로 옮겨갔을 때, 타인과 타인의 동일자가 서로 일치했을 때, 분리시키기 위해 만들어진 상이한 성별의 두 육체가 합쳐졌을 때, 그것이 행복이었다.

프랑수아 쿠프랭[20]은 한 건반 음악서의 서문에 바람직한 연주법에

---

[20] 프랑수아 쿠프랭François Couperin(1668~1733): 프랑스의 작곡가(클라브생 음악과 실내악)이며 연주가. 저서에 『클라브생 연주법』(1716)이 있다.

관한 글을 썼다. 그의 말에 따르면, 그가 작곡한 클라브생[21]을 위한 곡을 연주하기에 가장 적합한 악기는 불행히도 클라브생이 아닌 듯싶다는 것이다.

그러나 그가 원하는 음색과 기교에 정확하게 들어맞을 악기가 무엇인지는 정작 그 자신도 모르고 있었다.

어떤 악기나, 영혼의 현시(現示), 어떤 연주자, 또 하나의 자아 alter ego, 즉 자신이 모르고 있는 자신의 타아alter를 위해 작곡하는 수가 있다.

이 가능성이 글자 그대로 해석되었을 때, 그것이 글쓰기라고 불렸다.

그런 이유로 사람들은 어쩔 수 없이 말없는 세계의 총체를 문학이라고 불렀다.

모든 음악가들은 프랑수아 쿠프랭의 이 말(손가락으로 퉁기는 스타카토 음표들 때문에 음량을 증폭시키지도 감소시킬 수도 없는 클라브생이라는 이 악기에 영혼이 깃들여 있다고 사람들이 믿는 것을 그로서는 거의 참을 수 없노라고 그는 매우 분명하게 언명했다)을 흔히 피아노포르테[22]에 대한 전조로 받아들이곤 한다. 쿠프랭의 우울함은 그 이상이라고 나는 생각한다.

한없이, 한없는 차이를 향하여.

끝나지도 개선될 수도 없는 차이를 향하여.

작곡과 악기 사이에는, 악보와 연주자 사이에는, 저자와 번역자 사이에는, 남자와 여자 사이에는, 그 근원 자체에 있어서도, 모든 도구와

---

21 16~18세기에 사용된 건반과 현으로 이루어진 악기로 피아노의 전신.
22 피아노포르테Piano-forte. 1709년 피렌체의 크리스토포리가 최초로 피아노를 제작하였을 때, 그는 이 악기를 "강약을 줄 수 있는 하프시코드"라고 이름붙였다. 여기에서 피아노포르테 혹은 포르테피아노라는 명칭이 생겨났고, 다시 피아노라 약칭되어 오늘에 이르렀다.

모든 표현의 접촉에서 발생할 수 있는 보다 생생한 어떤 것이 존재한다.

악기가 어떤 것이든 간에 악기를 넘어서는 것. 표현이 어떤 것이든 간에 표현을 넘어서는 것.

쿠프랭은 부재하는—세계를 향하여 생각한다. 그는 제5의 계절의 자리를 마련한다. (최소한 그는 이렇게 생각한다: "나는 내세의 악기가 있다고 생각한다.")

현악기 제조인들이 그렇듯이, 우리는 이 비어 있는 공명을, 이 공명을 상자의 형태로 지니고 있는 침묵의 위치를 영혼이라 부를 수 있다. 두개골이라는 상자의 형태로(그렇기 때문에 언어가 책의 형태로 읽힐 수 있듯이 음악이 악보의 형태로 읽힐 수 있다).

침묵이 공명하도록 하면서.

오선지에 씌어진 음악에서 기보법(記譜法)은 음을 음표 속에 묻는다. 어떤 목소리도 씌어진 글을 읽는다고 주장할 수 없는 문학에서처럼.

연주는 고고학보다 더 깊이가 있다. 물론 고고학은 알아차리지 못했던, 더 오래된, 선행하는, 비밀스런 내용을 밝혀낸다. 땅속에 파묻힌 비밀을. 그렇지만 하나의 악보나 악기의 성화(性化)된 육체의 진짜 의미는 미래 텍스트라는 사실이다. 하나의 텍스트는 그것에 관한 해석보다 잠재적으로 더 많은 것을 내포하고 있다.

가장 옛날 사람들이 옳았다.

그것은 하나의 힘이다.

무엇인가가 전달된다.

*

우리는 우리가 안다고 믿는 것을 사용해서 우리가 모르는 것을 전달한다. 우리는 단순 과거형[23]에 충실하다. 지나간 과거, 마르지 않는 샘이란 그런 것이다. 질문하는 사람은 누구나 자신이 모르는 비밀에 충실한 인간이다.

기독교인들에게 박해를 받은 일단의 유대인들이 포르투갈의 마을들과 산악 지대로 뿔뿔이 흩어졌다. 차츰차츰 세월이 흐르자 그들은 자신들이 누구인지, 조상이 누구였던지를 더 이상 잘 알지 못하게 되었다 —그들이 마음속에 묻어두어야만 했던 위험한 이타성에 대한 의혹을 제외하고. 그들은 자신들의 언어를 잊어버렸다. 언어를 잊었으므로, 그들의 두루말이 경전 volumen은 무용지물이었고, 궤짝 속에 처박히거나 장롱 속으로 물러났다. 그들은 자신들이 무엇을 숨기고 있는지조차 모르게 되었다. 다른 마을 사람들 몰래 겪었던 비참한 처지가 무엇을 의미하는지도 몰랐다. 장롱 문 뒤에 감춘 등잔이 무엇을 의미하는지도 몰랐다.

그렇지만 그들은 그것을 문 뒤에 감추었다.

살아남기 위해서는 감춰야만 한다는 사실만은 그들이 잊지 않았던 것이다.

*

중국 당나라 시대에 시작되어 기원후 7세기 전반에는 황제의 궁정에서까지 인기를 끌었던 복식 패션이 1271년에 키프로스로 전파되었다. 뤼지냥 가(家)[24]의 궁정은 이 패션에 경탄을 금치 못했다. 예루살렘의 위그 왕[25]도 그것을 받아들였다. 지중해 남부 해안의 장인들도 그것

---

23 역사적 사실 같은 확실한 과거를 기술하는 데 사용되는 과거 시제.
24 키프로스를 지배했던(1192~1489) 프랑스 가문.

을 모방했다. 상인들이 이탈리아 북부의 큰 항구 도시들로 그것을 전파했다. 이렇게 해서 에냉 모자[26]와 풀렌 구두,[27] 수세기 전에 금단의 왕도(王都)에서 사라졌으며 욕망과 취향에서 유래되었던 이 이상스런 형태의 패션이 갑자기 1419년 겨울 동안, 몽트로 다리 암살 사건[28] 이후에, 프랑스의 미친 왕 샤를 6세[29]의 궁정에서 폭발적인 인기를 끌었다.

*

예술가들은 자신들이 살고 있는 시대에는 무관심하고, 다른 세계, 즉 언어가 없는 세계, 무한한 세계, 유일한 세계에 대한 추억들만을 내놓는다.

대화를 나누고 눈물을 흘리는 언어가 고안된 것은 포유 동물에게 있어서 생명의 번식이 사멸하는—유성 생식이기 때문이다.

임신이 어두운 내부에서 이루어지는 포유 동물에게 언어로 인해 두 세계가 존재하는 것은 자연이 단일 체계를 구성하고 있기 때문이다.

죽음을 초월하여, 하나의 사랑이 스스로를 완성하려고 애쓴다.

사랑, 죽음, 생명의 벽을 통과해 손을 건네려고 애쓰기, 독서, 질문, 글쓰기, 이런 것들은 이 단계에 이르면 다시 구분되지 않는 것들이 되기 때문이다.

---

25 위그 카페Hugues Capet(941~996) : 프랑스의 공작이었다가 왕이 되었음(987~996).
26 중세 시대 여자용의 원뿔형 모자.
27 중세 시대 끝이 뾰족하게 쳐들린 구두.
28 부르고뉴 공작인 담대한 장 상스 페르가 황태자의 심복인 탕기 드 샤텔에게 살해당한 사건.
29 1368~1442. 그의 재위 42년 중 마지막 20년은 정신병으로 국가가 극도의 혼란 상태에 빠졌음.

*

　　인간은 두 세계로 열리는 존재이다. 인간은 외부와 내부, 정상과 혼돈, 포함된 것과 배제된 것 사이의 칸막이 벽이며 경계이다.

　　인간은 두 세계일 수밖에 없고, 찢겨진 존재일 수밖에 없다. 인간에게 있어서 사고와 육체는 분리되어 있다. 본성과 사회도 구분되어야 한다; 삶과 언어는 서로 어긋나서 둘로 나뉘며, 자신이 동물과 대립되는 존재라고 믿기 위해서는 무슨 짓이든 하는 인간처럼 동물도 불완전해야 한다. 인간은 인간의 약속 이상이 될 수는 없다.

　　우리를 붙잡는 것을 붙잡기. 세계를 지상으로 되돌려보내기. 우리를 집어삼키는 것을 찾아내기. 그것의 목덜미를 움켜쥐기. 이것이 예술이다.

*

　　동굴의 내벽에 손을 집어넣는다. 은신처인 동굴에서 곰이 발톱으로 할퀴면서 인간에게 꿀을 내민다. 오늘날 글을 쓰는 인간은 언제나 동굴 내벽에 손을 집어넣는다. 백색의 페이지는 방해석(方解石)이 희게 만든 동굴 내벽의 잔재이다. 백색 캔버스는 방해석으로 뒤덮인 동굴 내벽의 잔재이다. 악보는 동굴 내벽의 잔재이다. 인간의 얼굴은, 그 얼굴에서 상상되는 벌거벗음 denudatio이 영향을 미치는 만큼, 동굴 내벽의 잔재이다. 무덤은 동굴 내벽의 잔재이다. 수의는 동굴 내벽의 잔재이다. 스크린, 거울 등등도 동굴 내벽의 잔재이다. 어머니 몸의 젖가슴은 동굴 내벽의 기원이다. 밤에 뜨는 둥글고 흰 달은 동굴 내벽에 이름을 붙여준 명조(名祖)이다. 로마에서는 동굴 내벽의 잔재를 백색 서판(書板)album

이라고 불렸다.

도처에 인간을 향해서 내미는 얼굴들(두 세계를 지닌 표면들)이 있었다.

*

먼 곳은 다른 곳의 은신처다. 다른 곳은 어디에서 오는가? 태생 동물에게서.

그것은 출현하는 인류이다.

소설과 옛날이야기들은 작중인물이 집을 떠날 때 시작된다. 주인공은 자신의 정체성을 획득하기 위해 이집 저집을 전전한다.

하나뿐인 집은 나moi이면서 껍질(혹은 그보다는 나와 동일시되는 어머니인 껍질)일 수 있다. 그리고 하나뿐인 내면성은 두개골의 공동(空洞)일 수 있다.

*

침묵은 다른 세계에 내재적인 언어의 공명 상자와 연관된다.

타자 l'Autre의 목소리에 내맡겨진 정신질환자.

예수처럼. 소크라테스처럼. 죽을 때까지 계속해서 복종하는(Obediens usque ad mortem).

신비주의자는 타자의 목소리에 자신을 맡기고, 그 타자를 잊지 못한다.

불가능한 망각. 타자에 대한 찌르는 듯 고통스러운 기억.

*

논증 IX.

공명 상자의 격막은 보이지 않는 내벽이다.

두 눈의 이중의 관찰 행위ambispectio: 1. 두 눈은 지상의 외면성과 사회 조직(흔히 세계라고 부르는 것)을 본다. 2. 꿈의 대상을 만든다. 두 눈은 두 세계로부터 위협받고 있다. 바라보기는 달리기나 잠수하기처럼 외재적인 것을 전문 분야로 삼지 않는다. 의식이란 외재적인 것과 내재적인 것 사이에서 순전히 언어의 경계면 역할을 하는 표면에 불과하다. 의식은 하늘과 땅-밑(지옥) 사이에 있는 지상과도 같다.

*

논증 X. 두 세계가 존재하는 이유는 말을 하는 사람이 모든 것을 거울로서 기능하게 만들기 때문이다

언어는 평등주의자다. 언어가 발음됨으로써 창출되는 모든 극에서 언어는 동일한 것과 역전 가능한 것을 만들어낸다. 자아Ego는 타아Alter이고, 타아는 자아이고, 자아가 타아이고 등등…… 이런 것이 대화의 원리이다. 나는 한 '너'에게 '너'라고 말하는데, 그 하나의 '너'는 '나'라고 말할 수 있는 가능성과 나에게 '너'라고 말할 수 있는 가능성을 갖는다.

성sexualité은 타인을 짊어지는 것이다: 자아는 타아와는 다르다. 타아는 결코 또 하나의 자아alter ego가 될 수 없다. 암컷은 수컷과 같은 몸을 가질 수 없고, 수컷은 암컷과 같은 몸을 가질 수 없으며, 같은 쾌감을 느낄 수도 없고, 같은 생식 능력을 가질 수 없으며, 그 노쇠함

역시 같지 않다. 남자와 여자의 성기들은 서로 말을 나누지 않으며, 그 체위에서도 늘 서로를 알지 못한다.

사랑이란 언어의 타인과 성의 타인이 혼동되는 믿음이다.

'너'가 자아를 짊어지는 자이듯이 여자는 남근을 짊어지는 자가 될 것이다.

그러나 성적 기관들은 언어에서 개인들의 입장이 바뀌듯이, 그렇게 서로 교환되지 못한다. 두 이타성과 두 주체는 같은 근원에 속하지도, 같은 층위에 속하지도 않는다.

그것들은 대칭적이 아니다.

그것들은 동시대적이 아니다.

바로 그런 이유로 언어가 반향시키는 영혼의 공명 상자와만 동시적인 언어의 발명과 비교하여 층위로서의 비-시간, 성의 근원으로서의 시간에 대한 무지가 생겨났다.

그들보다 앞서 존재한 개인들이 노쇠하여 재고품이 될 때 이것을 경질시키는, 동물학적 수준에서의 성의 차이는 돌이킬 수 없는 것이다. 죽음을 벗어날 수 없는 교체 불가능한 것이 생명 유지에 필수적이다. 시간의 기원은 성적인 것이다. 이성애의 불가역성은, 별들과 계절들과 동물들과 꽃들이 알지 못하는 불가역적인 것에 시간을 바침으로써, 육체의 결합 후에 인간의 시간을 만드는 것이다.

*

그들이 어중간하게 듣는 언어는 눈꺼풀을 반쯤만 올리고 보는 것과 동시대적이 아니다.

갈망된 시선은 눈꺼풀을 반쯤 내린다.

*

나는 피에로 델라 프란체스카[30]의 그림들을, 그 놀란 듯한 장중함을 좋아했다. 오직 이곳만을 보고 있지 않은 눈.
베드로는 예수에게 타보르 산에 거소를 정하라고 권유했다.
아니다, 우리는 여기에 있는 것이 좋지 않다.
예전 세계에 중독된 얼굴들. 두 눈으로 바라보는 것과 동시대가 아닌 눈.
반쯤 감은 눈.
포식한 사자의 눈.
M과 함께 우리는 1997년 여름 동안 반쯤 감은 이 놀라운 눈꺼풀들을 조사하러 갔다. 그것들은 마치 보이는 것을 가리기 주저하는 동시에 드러내지도 않으려고 주저하는 베일, 인간의 두꺼운 피부에 씌워진 매끄럽고 희미한 베일들 같았다.
어중간하게 폭로하는revelatio 매끄럽고 희미한 베일들velatio, 노출denudatio의 대상.
채색화가 그려져 있던 그 당시의 훌륭한 성당들은 다른 세계의 용도를 잃어버린 공장들로 변했다.
그러나 이 세계에 맞춰 용도가 변경된 것은 다름아닌 시선들 자체

---

[30] 피에로 델라 프란체스카Piero della Francesca(1416~1492): 이탈리아의 화가.

였다.

이 세계 하나만으로 용도가 전용된 시선들.

반쯤 깨어나고 거의 무기력하고 두 세계의 경계에 있으며 내면으로 빚어지고 아직은 다른 세계가 완전히 빠져나가지 않았으며 잠에 취해 있는 여인의 얼굴: 다른 세계를 비워내고 있는, 그러나 아직도 자신에게로 돌아오지 않은 시선.

내부에 빠져 있는 시선들.

본 것에 대한 망각에 잠겨 있는 시선들.

숲속에서 길을 잃은 연인들에 대해 이졸데Iseut-Essylt가 말했던 바와 같이 이 세계에서 자신들이 느끼는 갑작스런 낯설음에 놀란 존재들.

궁정에 대한 향수는 조금도 남아 있지 않은 시선들.

사회와 시대에 침투하지 못한 상태에서, 때 이르게 마비되어버린 시선들.

사실임직하지 않은 우연에 대한 불안 속에서, 자연의 광대함 가운데서.

빛의 침묵 속에서.

우리는 아레초[31]로 갔다. 우리는 보르고 산 세폴크로[32]로 갔다.

우리는 몬테르키[33]에도 갔다.

---

31 아레초Arezzo. 이탈리아 토스카나 지방의 도시. 성 프란체스코 성당의 피에로 델라 프란체스카의 벽화로 유명하다.
32 보르고 산 세폴크로Borgo san Sepolcro. 이탈리아 토스카나 지방의 마을. 피에로 델라 프란체스카의 고향임.
33 몬테르키Monterchi. 이탈리아 토스카나 지방의 피렌체 남동쪽에 위치한 마을. 피에로 델라 프란체스카의 벽화 「파트로의 마돈나Madona del Parto」로 유명하다.

*

나는 침묵하는 사나움 feritas 을 다시 보았다.

나는 옷의 터진 틈새를 다시 보았다.

나는 균열이 간 산을 다시 보았다.

*

내 눈이 스르르 감기고 있었다.

눈꺼풀들이 자꾸만 내려왔다. 피로가 몰려들었다. 나는 읽던 것을 탁자 위에 내려놓았다.

나는 전구가 두 개 달린 전기 스탠드의 줄을 잡아당겼다. 그것은 아침 식사를 하는 작은 거실에 세워진 전기 스탠드였다.

M은 옆방에서 이미 잠들어 있었다.

나는 어둠 속에서 일어났다. 창밖이 캄캄했다. 세계는 가시적인 것에서 분리되어 있었다. 나 자신도 분간할 수 없었다. 마침내 나는 지쳐버렸다. 드디어 졸음이 느껴졌다. 결국 나는 자러 갈 수 있게 되었다. 내게 남아 있던 흐릿한 불빛들을 나는 마음속으로 하나씩 꺼나갔다. 욕실로 들어갔다. 구두끈을 푸르고, 허리띠를 푸르고, 마지막으로 단추를 끌렀다. 나는 옷들을 내려놓았다. 나는 나 자신의 정체성을 잃어버렸다. 나는 한 불특정한 사람 on이 되어버렸다. 인간 homo이란 불특정한 사람 on이다. 누군가가 on 자신의 옷들을 내려놓았다. 누군가가 on 모든 것을 내려놓았다.

누군가가 이 세계로부터 분리되었다.

일단 알몸이 되자, 그는 잠을 자기 위해 몸을 씻었다. 손을 씻고, 이를 닦고, 얼굴에서 물방울이 뚝뚝 떨어지자, 그는 자꾸만 감기려는 눈꺼풀들을 타월로 문질렀다. 부드럽게, 천천히, 그는 자신의 하루를 지웠다. 그는 이미지와 두려움을 탈색시키고, 소리들, 즉 전염성이 강한 이탈리아 칸초네의 볼륨을 낮추고, 방문을 밀어서 열고, 침대로 가서, M이 잠들어 있는 침대의 시트를 살짝 들추고 들어가, 다시 길게 내뻗은 벌거벗은 팔다리를 부드러운 시트로 감싸고, 그런 다음 몸을 구부리고, 눈을 감고, 시트에 배어 있는 세계의 향긋한 냄새를 맡았다. 하나의 점(點)으로 변해서 그는 다른 세계에 도달했다. 혹은 최초의 세계에 도달했다. 매일매일이 그 최초의 세계를 침묵의 은신처인 양 소리쳐 불러댔다.

제42장 상스[1]에 있는 M

때때로 나는 그녀에게 가까이 다가가는 것처럼 여겨진다. 내 말은 그녀를 껴안는다는 의미가 아니다. 내가 그녀의 곁으로 간다, 그뿐이다. 내가 그녀에게 가까워진다. 욘의 집 정원이 바라다보이는 유리문 앞에 놓인 긴 의자 위, 그녀 곁에 내가 앉는다. 나는 그녀의 손을 잡는다. 그녀의 손에는 군살이 없고, 손끝은 손톱과 손톱의 거스러미를 말끔하게 깎아냈기 때문에 매우 부드럽고 동그랗다. 그러나 내가 '다가가다'라는 동사를 사용해서 정확하게 묘사하고자 하는 것은 이 장면이 아니다. "내가 그녀에게 다가간다"라는 말의 의미는 우리가 서로의 곁에 있다는 뜻이다. 우리는 같은 것을 바라본다. 우리는 같은 것을 느낀다. 우리는 같은 것을 생각한다. 내 얼굴과 그녀의 얼굴이 닮는다. 우리는 둘 다 입을 다물고 있지만 우리가 함께 나누는 것은 전혀 침묵이 아니다. 우리는 같은 것을 공유하고 있다.

---

[1] 상스Sens. 욘 강 지역의 군청 소재지.

제43장

사랑할 때 연인들은 모두 자신들의 그림자를 향해 몸을 돌리지만 서로 껴안으면서 그림자를 뭉개버린다.

제44장

우리는 타르키니아[1]가 내려다보이는 고원에 피아트 승용차를 주차시켰다. 나는 M과 함께 에트루리아 묘지로 내려갔다. 남편과 아내가 죽음 속에서 손을 맞잡고 있었다. M이 구사하는 이탈리아어에 나는 감탄을 금치 못했다. 그녀는 이탈리아어로 밤의 어둠보다 더 진한 검은색 갑오징어 먹물을 주문했다. 로마인들이 카르타고[2]를 완전히 파괴한 것은 아니었다. 예루살렘의 신전을 완전히 무너뜨리지는 못했다. 검은 순수의 조각 하나가 남아 있었다. 스키피오 아에밀리아누스[3]가 카르타고와 코통 연변, 비르사[4] 요새를 휩쓸어 초토화시키기 전에, 폼페이우스가 영광의 자리를 찬탈하기 전에, 솔로몬 왕이 세운 신전에 티투스[5]가 방화하기 전에, 퀸투스 롤리우스가 그곳에 아프리카의 사자와 자칼들을 집어넣기 전에, 이 세계에는 두 눈의 눈동자와 합쳐진 고대의 몫, 절대적인 흔적이 존재했다.

---

1 이탈리아의 도시. B.C. 6~A.D. 1세기의 에트루리아의 공동 묘지와 유적이 남아 있음.
2 북아프리카 튀니스 교외에 있던 고대 도시.
3 스키피오 아에밀리아누스Scipio Aemilianus(B.C. 185~129): 고대 로마 장군이며 정치가. 제3차 포에니 전쟁을 지휘하였다. 집정관이며 로마군 총사령관이 되어 B.C. 146년 카르타고를 함락시켰다.
4 비르사Byrsa. 카르타고의 요새. B.C. 146년 스키피오 아에밀리아누스가 이끄는 로마군에 대항하여 저항했던 마지막 보루.
5 티투스 플라비우스 사비누스 베스파시아누스Titus Flavius Sabinus Vespasianus(A.D. 40 혹은 41~81): 로마 황제.

제45장 노에티카[1]

1997년 3월 23일 전기로 작동하는 블라인드 사이로 새벽빛이 스며들기도 훨씬 전에 나는 잠에서 깨어났다. 우리가 생 말로[2]로 되돌아가 묵었던 오래된 고층 건물의 낯선 호텔에서였다. 나는 조심스럽게 자리에서 일어났다. M은 자고 있었다. 나는 탁자 위에 책들을 놓아둔 옆방으로 갔다. 아직도 어둑한 작은 창문 앞에 몸을 쭉 펴고 누웠다. 만조의 바다, 그 색조는 검다기보다는 회색에 가까웠다.

짙은 회색빛 파도의 물결이 모래 위에 세워진 목책에 부딪치고 있었다.

우윳빛으로 뿌옇던 새벽빛이 완전히 밝아졌다.

바다는 여전히 만조였다. 바다와 하늘이 점점 더 짙어지고, 점점 더 눈부시게 빛을 발했다. 바다는 햇살을 받아 희게 빛나는 거대한 덩어리였다. 내가 기록하는 것은 실제 상황이지만, 내 정신이 얼빠진 듯 몽롱했던 것은 바다 때문도, 그 반짝임 때문도 아니었다. 그날 온종일 이 이상한 사

---

[1] 노에티카 Noetica. 노에시스 Noesis의 중성 복수 형용사형. 미적인 감흥에 반응하는 감성에 속하는 aisthesis에 반대되는 지성, 즉 정신의 적극적인 활동에 의한 인식을 의미한다.
[2] 생 말로 Saint-Malo. 프랑스 브르타뉴 지방의 랑스 강 하구의 도시.

실이 머릿속에서 맴돌며 떠나지 않았고, 내가 그런 생각에서 벗어나지 못하는 것이 우스꽝스럽게 여겨졌지만, 나는 그 사실에 대한 분명한 확인에 사로잡혀 있었다. 나는 인간의 사고가 그렇게 오랫동안 그렇게 많은 사람들에게 전신 감각적일 수 있다는 것을 더 이상 이해할 수 없었다.

그다지도 막연할 수 있다는 것을. 그런 생각을 품고 있는 사람에게는 무엇엔가 그다지 관련되지 않을 수도 있다는 것을.

그다지도 삶을 초췌하게 할 수 있다는 것을. 그다지도 집단적일 수 있다는 것을. 아니, 집단적인 이상으로 그다지도 비개인적일 수 있다는 것을.

그러한 사실이 내게는 갑자기 정말이지 상상할 수도 없는 것처럼 보였다.

거짓말을 하는 사람조차도, 사고하는 사람이 이성(理性)에 열중하는 것보다 더욱, 자신이 꾸며낸 허구에 열중했다.

*

마치 소설과 사변이 갑자기 일치하기라도 했듯이, 동물의 정액, 식물의 수액, 항온 동물의 꿈, 언어를 사용하는 존재의 암호화된 기억, 백일몽, 거짓말, 허구, 매일매일의 생명 유지에 필수적인 태양빛의 포식(捕食), 집요한 사변, 그것들 사이의 구분이 더 이상 불가능하기를 나는 간절히 바랐다.

*

내가 20년 전에 나의 짤막한 소론들을 처음 해보는 퍼즐놀이처럼 서투르게 짜맞추어놓고, 분명한 생각도 없이 시도했던 바를 이제는 확실하게 더욱 끈질기게 밀고 나가야만 했다.

나는 모든 장르를 버려야만 했다. 나는 앞서 표명된 사고의 모든 씨앗들을 하나씩 포기해야 했다. 나는 수사학의 모든 바이러스들을 동원하고, 묶어두고, 섞어서 역마처럼 기진맥진하게 만들어야만 했다. 나는 집약시키고 내재적이며 모든 유(類) 개념을 포괄하고 분열 번식하며 절차 생략적이고 도취적이고 ekstatikos 불굴이며 대담한 furchtlos 하나의 형태에 도달해야만 했다.

*

노에시스 noèsis를 갈망 desiderium으로 만들기.

바다의 조수와도 같은 형태. 모래사장 위에 흔적을 남기는 조수처럼 혹은 황도대(黃道帶)를 따라 잇달아 움직이는 황도 12성좌의 동물들처럼. 운율을 지닌 단 한 번의 물결. 단 한 줄기의 바람 flatus. 단 한 번의 밀물, 단 한 번의 흐름, 단 하나의 운세, 단 한 줄기의 빛.

상승하는 단 한 번의 집중 이동. 그런 것이 욕망이다.

하강은 욕망에 대립되는 쾌감이다.

쾌락 · 관능 · 쾌감 · 환희는 욕망이 갈망하는 것을 다시 놀라게 한다.

*

욕망 orexis에 의해, 물결에 의해, 언어 저 너머의 봄(春)에 의해 자신을 이해하기, 욕망을 소모하지 않기보다는 오히려 강화시키는 무언의 공모를 사랑하기, 기관들을 사용하여 모든 선조들이 그랬듯이, 비가 내리듯이, 돌풍이 몰려오듯이, 눈송이가 떨어지듯이, 꽃이 피듯이, 밀물이 몰려오듯이, 번개가 치듯이 느닷없이 행동하기, 이런 것들이야말로 내게는 밤의 진짜 공동체처럼 보였다. 그것은 빙긋이 열렸다가 활짝 펼쳐지는 꽃잎들처럼, 폭풍우 치는 천둥 번개처럼, 동물의 매혹처럼, 양극 사이의 단락(短絡)처럼, 급류가 되어 쏟아져내리는 원천처럼, 지상에 다른 세계를 세울 수 있는 밤의 공동체를 말한다.

*

나는 마치 고대인들을 난처하게 만들었던 참치와 같다. 참치는 살색이 붉기 때문에 물고기가 아니었다. 참치는 피를 흘리기 때문에 황소와 마찬가지로 신에게 제물로 바쳐질 수 있었다. 그렇지만 그것은 네 발 달린 짐승이 아니었고, 그래서 투우장에서의 모습은 볼 만하지 않았을 것이다. 그것은 뿔도 없었고―물고기가 으레 그렇듯이―, 참치라서 으르렁거릴 목소리도 없었다.

원형 경기장의 모래를 짓밟을 발의 편자도 없었다.

그러나 참치는 피를 흘렸다.

그래서 신들은 그 제물을 받아들였다.

*

신들은 모두가 상어들처럼 예외 없이 피에 매혹된다.

기독교가 가장 작은 상어는 아니다.

교회 정중앙에 있는 십자가, 그 피 흘리는 미끼 역시 인간들이 끊임없이 꿈꾸는 잊을 수 없는 이미지다.

*

꿈이 잠자는 사람 속에 깊이 뿌리박고 있는 만큼이나 생각하는 사람 속에 깊이 뿌리내리고 있는 생각을 나는 찾고 있다.

제46장 성교

인간들의 공동체, 그것은 살에서 태어난 살이다. 시간과 역사의 흐름 중에 인간들을 연결시키는 관계들은 오직 관능적인 것들뿐이며, 그것은 밤에 맺어진다. 인간들을 구별짓는 것은 죽음(영웅들은 죽음에 용감히 맞서고, 죽음은 그들의 이름을 되살아나게 한다)과 새벽(외관을 뚜렷이 가르고 각자에게 고유한 임무를 제거한다)뿐이다.

새벽은 드러낸다. 새벽은 분할한다. 아침은 창백함 속에서 침묵에 싸인 축축한 형태들을 어둠 한가운데서 하나씩 드러나게 만든다. 빛 자체는 색채를 가져오지만, 새벽빛은 일종의 벌거벗음인 창백함을 실어온다. 새벽빛은 희게 만든다. 나무들을 둘러싸는 안개와 구름을 태어나게 한다. 햇빛이 그 안개와 구름을 걷어가버린다.

희끄무레함이 떠오른다. 냄새들이 떠오른다. 향기들이 떠오른다. 색채들이 색조를 띠기 시작한다. 새벽이다.

나체보다 더 벌거벗은 것이 있다. 그것은 불안이다. 갑자기 한 시선을 찢어버리는 불안은, 그것이 돌연히 생겨나 육체에서 떠오를 때, 나체 자체보다 더 외설적인 나체라는 인상을 준다. 왜냐하면 나체는 육체를 드러내는 반면 불안은 정체성을 드러내면서, 정체성의 배후로는 그것이 육체에 뿌리박고 있지 않다는 사실을 폭로한다.

불안은 인류의 외설스러운 유일한 나체이다.

그 나머지는 모두가 노출denudatio이다.

*

성교하다coire는 사랑을 뜻하는 라틴어 동사이다. Ire는 가다이다. Coire는 함께 걸어가다를 의미한다. 논증 Ⅰ: 나는 성교가 시선 밖으로 벗어나는 인간의 유일한 이동이라고 주장한다. 왜냐하면 밤에 꿈을 꿀 때조차도 인간을 비롯한 많은 포유 동물들은 그들을 둘러싼 어둠과 그들이 빠져든 잠에도 불구하고 무언가를 보려는 시선을 고집하기 때문이다.

*

에로틱한 쾌락은 별개의 것들을 함께-있게 만든다. 또 하나의 자아와 분리된 유성 존재들의 같이 있음은 함께 간다. (성sexus이라는 라틴어 단어에 의하면, 성의 분화에 의해 종이 구분된다. 인간homo은 둘로 나뉜다.)

같은 것 idem과 같지 않은 것 non-idem이 맞물려 끼워지지만, 자아 ego와 타아 alter는 함께 간다.

동반 여행, 그것은 공동의—여정, 즉 성교다.

욕망을 야기시키는 것은 나체 상태가 아니라 노출 상태denudatio의 타아이다. 놀라움과 흥분 사이에서(매혹fascinatio과 갈망desideratio 사이에서), 오직 이타성(다른 성[性])만이 그처럼 열정적인 논리적 난점(그런 호기심, 처음에는 놀라게 하다가 나중에는 갈망하게 만드는 그런 존재)이 나타나게 만든다.

인류의 선사 시대에는 주술적 여행이 다른 세계의 차원을 결정하고, 그리고 그 세계가 전제하는 공간으로 이동할 것을 결정한다.

그런데 성교를 통해서 그들은 함께 어디로 가는 것일까? 그것은 아무도 모른다.

*

성교coitus : 타인과 함께하는 여행.
퇴장exitus : 밖으로의 여행. 죽음.
성교와 퇴장은 성과 죽음을 의미한다.
돌연함subit(밑으로 가다sub-ire) : 남의 눈에 띄지 않게 찾아오는 것.

*

두 사람이 사랑할 때, 흔히 하는 말로 "그들이 함께 외출한다Ils sortent ensemble"고 한다. 어떤 쾌락의 순간에 연인이 자신의 여자에게 "잠깐만, 사정할 것 같아!Attention, je vais partir!"라고 말하기도 한다. 사랑하는 관계와 성적 쾌락을 말할 때 가장 흔히 쓰이는 이 두 가지 프랑스어 표현은 활기차게 밖으로 나가려는 동작과 연관되어 있다. 밖으로 나가다. 출발하다.

*

함께 가다co-ire라는 동사는 우선 가다ire에 의해 한정된다.

사랑하다. 이것을 내가 예전에 파리 뤽상부르 공원에 있는 마리 드 메디치 분수의 거무스레한 그늘 속에서 본 적이 있다. 사랑하다는 사랑하는 대상을 귀찮을 정도로 쫓아다니다일 수 있다. 그것은 대상에게서 멀어질 수 없음이다. 그래서 사랑 때문에 성가신 존재, 일을 망치는 존재가 될 수도 있다. 그것은 적나라하게 드러난 끈이다. 이리저리 옮겨다니는 매혹과 관련된다. 꼭 달라붙어 있기. 그와 함께cum eo 있기. 타인의 발자국을 뒤따라 걷는다. 타인의 치마폭에 머물러 있다. 그녀의 손을 잡고 싶다. 그녀를 바라보고, 그녀의 냄새를 맡고 등등을 하지 않고는 살 수가 없다.

*

논증 II. 나는 밖으로 나가다sortir와 출발하다partir를 함께 묶어서 이 두 동사를 좀더 일반적인 동사 issir[1]에 포함시킨다. 이렇게 하면, 사랑의 비사회성 개념을 세울 수 있을 듯싶다.

Issant은 옛날 전사들의 방패에 몸을 반쯤만 내민 모습으로 새겨진 동물들의 문양을 말한다.

Issir(함께 가기co-ire에 앞서 밖으로 나가기ex-ire)는 프랑스어에서 성공하다réussir의 형태로만 남아 있다.

*

나는 이제야 비로소 내가 왜 네미를 잊어야만 했던가를 이해한다.

---

[1] '나가다'라는 뜻의 고대 프랑스어.

그리고 내가 왜 그녀에 대한 추억을 두려워했던가도. 그녀는 나를 죽음으로 유인하고 있었다. 이 놀라운 사랑 속에, 이 놀라운 사랑의 한가운데에 오류가 있었다. 이 오류는 비밀에 관련된 것이다. 그녀는 우상 숭배자였다. 비밀이라는 우상 숭배였다. 그녀는 어떤 이곳을 찾고 있었고, 그것을 감춘다면 이곳의 농도를 높일 수 있으리라 믿고 있었다. 모든 이곳은 죽음이다. 고양이나 꽃이나 구름이나 물결조차도 이곳을 알지 못한 채 앞으로 나아가고, 흐르고, 등을 구부리고, 뛰어오른다. 진정한 비밀은 이 세계와 단절되지 않으며 이 세계의 시선도 판단도 두려워하지 않는다. 진정한 비밀은 경계심을 가질 필요가 없다. 오래 살다 보면, 아무도 남에게 관심을 가지지 않는다는 사실을 알게 된다. 눈에 띄지 않기 위해서 숨을 필요가 없다는 사실을 알게 된다.

*

잘게 재단된 장기판이 기사 랜슬롯[2]에게서 왕비 귀네비어에게로 가는 유일한 표지이다.

*

인도는 나가다라는 개념에 헌신했다.
내가 알기로 인도 사회는 그 사회를 기피하는 사람들(권리 포기자들, 은자들, 탈주자들, 성격 장애자들, 미친 자들)을 박해하지 않는 유일한 사회이다.

---

2 크레티앵 드 트루아의 『랜슬롯 혹은 마차를 탄 기사』에 나오는 원탁의 기사로서, 아서 왕의 왕비 귀네비어를 연모한다.

심지어는 그 때문에 존경받고 숭배되기도 했다.

담마파라[3]는 모든 이들이 각자 부처를 본받아 자기 자신의 주인이 되어야 한다고 말했다.

*

싯다르타 왕자가 자신의 주인된 순간이 불경에 이렇게 기록되어 있다: 왕자는 그때 부부 침실의 어둠 속에 있었다.

그는 소리 없이 일어나서, 왕자의 침상 위로 발을 내밀어, 잠든 왕자비 곁을 지나, 그 품에 안겨 잠들어 있는 어린 아들 위를 성큼 넘어간다. 그는 떠난다.

*

노르망디 지방에서 찾아낸 한 관용구는 인생의 목적이 자손의 번식이나 미덕이나 부에 있지 않다고 단언한다. 연륜의 목표는 자기 자신의 주인이 되는 데 있다는 것이다.

우리는 침묵의 주인이 됨으로써 자신의 주인이 되었었다.

Sire de Se, 이 말은 자신의 주인이거나 자신의 지배자로 번역될 수 있다. 그러나 내게는 노르망디의 이 옛 표현이 더 신비스럽고 강렬하게 느껴진다.

언어와 언어의 효과가 의미의 깃발에 깃들이는 일이란 별로 없다.

---

3 5세기 후반에 나타난 남방상좌부(南方上座部) 마하비하라파의 주석가. 초기 불교 경전의 주석을 썼다. (원문의 'Dhammapada'는 'Dhammapala'의 오류임을 저자로부터 확인하였음.)

영혼을 움직이는 모든 것은 영혼 안에 있는 다른 것을 다른 영혼으로 옮기는 것 안에 있다.

*

자신의 주인이 되려면 자신에게 예속되어서는 안 된다. 개인의 정체성이란 사회적 역할이 따르고 있는 의존 관계보다 더 요원한 것, 육체보다 더 우연한 것이 아닐까 의심해야만 한다.

*

한 육체라는 기표가 되기, 자신의 태어남으로부터 분리되기, 태어난 장소로부터 분리되기, 맨 처음 중얼거렸던 언어로부터 자신을 구분하기, 영원히 태어나고 있는 자처럼 살아가기.

이런저런 언어의 지배를 받기 이전처럼 살아가기. 한밤중에 무언가가 우리를 공격해올 때, 그때 우리가 이해했던 것으로부터 의미가 풀려버리기 이전처럼 살아가기.

*

논증 III. 떠남은 우주의 근본이다. 형이상학은 돌아옴을 선호했다. 귀향은 존재의 근본이다. 호메로스의 작품들에 나오는 주인공들처럼. 떠나기를 거부했던 소크라테스처럼, 되돌아왔던 플라톤처럼, 떠나라는 제안을 거부했던 예수처럼.

헤겔처럼, 니체처럼, 하이데거처럼. 모든 귀향들 nostoi, 모든 돌아옴. 향수병에 감염된 사람들. 귀향병에 걸린 환자들. 오디세우스는 귀향 nostos을 앓고 있는 사람이다.

모두가 연어들이다. (사회적 인간들. 어린애들까지도.)

*

돌아오기, 그것은 매혹으로 모든 다발을 다시 묶는 것이다.
나가기, 그것은 주사위를 갈망에 맡기는 것이다.

*

사랑은 외적인 것, 타인 안의 타인에게서 느끼는 황홀감이다. 그것은 나가기의 출구issue이다.
독서는 오히려 내적인 것, 자기 안의 타인에게서 느끼는 황홀감이다.

*

독서하다. 사랑하다. 사고하다. 독서의 기쁨은 사랑의 기쁨과 마찬가지로 타인의 사고와의 만남이라는 경험에서 오는데, 거기에는 일체의 경쟁 관계나 정신의 기능을 종속시킬 일체의 의도가 배제되어 있다.
타인이 파악한 것을 함께 나눌 뿐이다.
독서는 죽은 자들과 더불어 사고하는 기쁨이다. 독서하다, 죽은 자들과 함께 가다. 삶 이전의 삶과 함께 가기. 그들은 서로 사랑한다 Ils s'aiment라고 말하려 할 때, 프랑스어로는 그들은 함께 있다 Ils sont ensemble로 표현할 것이다. 사랑은 이성(異性)과 더불어 사고하는 기뿐이다. 라틴어라면 함께 있다고 말하지 않고 함께 간다고 말할 것이다. 이성과 더불어 함께 가다 co-ire.

그들은 함께 간다. 그들은 참으로 함께 간다. 그들은 함께 있다.

공존과 사심 없는 상호 교류.

사랑하는 이들의 성교에서, 죽은 자에 대한 언급에서, 출생에 선행하는 눈으로 볼 수 없는 장면에서, 기쁨은 분리(우선 개별적인 분리, 다음으로는 성에 의한 분리, 끝으로 죽음이 갈라놓는 분리에 대한 승리)에 대한 승리에서 발생한다.

우리는 타인과 접촉하게 된다. 의미는 모든 의미에서 둘로 나뉜다. 그것은 분리에서 시작하여 찬탄 admiratio이나 혼란 confusio 이상으로 분리를 넘어서는 융합 fusio이다.

독서는 죽은 자를 죽음에서 발굴한다(다른 세계 Alter에서 타인 alter을 파낸다). 사랑은 신체 기관이 분리된 두 사람을 함께 가게 만든다.

*

여자는 성교에서 무엇을 만나는지 그리고 어디까지 여행하는지 나는 알지 못한다. 남자는 성교에서 자신이 출발했던 장소(출구)를 만난다. 그리고 과거로 들어간다.

성교하다에서는 나가다에서보다 엉겨붙음이 더 분명하다.

우유가 엉겨붙도록 ut coeat lac.

만남은 함께 나눈 새로운 의미로 풍요로워진, 그리고 근원적인 이타성과의 소통으로 풍요로워진 개인의 정체성을 엉겨붙게 만든다.

독서는 형상화할 수 없는 것을 형상화하게 만들고, 읽는 자의 경험을 시간의 피안에 있는 낯선 공동체 안에 재구성한다. 그것은 잊혀졌던

기시감(既視感)이 되돌아오는 듯한 느낌, 자신에게조차 말할 수 없었지만 이미 했던 생각이라는 느낌, 제동 장치가 풀려버린 용수철처럼 팽팽한 힘을 발산해버리는 언어의 느낌이다. 정곡을 찌르는 표현의 느낌. 충격을 주는 말의 느낌. 접속시키는 말의 느낌. 황홀한 말의 느낌. 그러나 한 마디만 해주시면 내 영혼이 치유되겠나이다(Sed tantum dic verbo et sanabitur anima mea). 한 단어가 네가 체험한 것 모두를 붙잡아 응고시킨다. 책을 취하라. 그러면 너의 삶은 곧 고립에서 벗어나고, 구속에서 벗어나고, 삶의 형상이 새롭게 변모되리라. 독서는 청각에 불복한다. 독서와 사랑은 지식을 뒤집는 인식이고, 끌어당기고 생각해야 할 것에 불복하는 일이며, 가족이나 집단의 울타리를 벗어나는 일이다. 그것은 규범을 위반하면서 글을 썼던 사람들의 죽음의 공동체 속으로 침투해들어감으로써 규범과 관련하여 스스로를 비사회적으로 만드는 일이다. 그것은 죽은 자의 도움을 받아 길들여진 교육에서 벗어나는 일이다. 읽으면서 생각하는 사람과 책 속에서 생각하는 사람은 두 사람만의 억압 없는 자유로운 사고의 분출 속에서 서로 만난다. 페이지에서 다음 페이지로 이어지는 사고의 만남, 사고가 누리는 권력에 초연한, 지배하려 하지 않는, 다른 사고에 대한 열정에서 태어난다.

서로 증오하지 않을 때의 어머니와 아이처럼.

인간에게 옷이 생기기 이전에는 초기의 절충된 옷 속에 그들의 몸을 끼워넣었던, 즉 죽은 짐승의 가죽, 죽은 짐승의 깃털, 죽은 짐승의 뿔, 등등을 자신들의 몸에 부착했던 사랑하는 남자와 여자처럼. (동물들의 지배자인 인간의 절충 의복은 사냥꾼이 자신이 희생시킨 짐승과 가진 수간의 결과이다. 만일 사냥꾼이 짐승들의 씨를 말리거나 대량 살육으로 인하여 사냥이 중지되기를 원치 않는다면, 만일 사냥감인 동물들의 삶이 계속되기를 바란다면, 만일 사냥꾼들의 점점 더 열광적이고 영웅

적이 되어가는 인간적인 삶에 종지부를 찍고 싶지 않다면, 그는 수간을 되풀이해야만 한다.)

마찬가지로 사랑에 있어서도 시선을 흐리게 만들고 영혼 속 언어의 공명 상자에 벼락을 내려치는 오르가슴이 반드시 연인들 사이의 완벽한 방수막의 표지가 아니라는 사실을 시인해야만 한다. 그들은 방수되지 않은 이 지점을 통해 성의 차이라는 칸막이, 혹은 죽음이라는 칸막이를 통과한다.

이 균열에서 우리는 나오고, 우리는 태어난다.

책을 파손하지 않으려는 순간 살짝 열린 책의 균열. (프랑스어에서 책을 파손하다 casser un livre는 책의 표지를 훼손하다라는 뜻이다.)[4]

뜻밖의 출현 그리고 영혼 속에서 길을 잃었던 감정의 놀라운 방출. 갑작스럽고 도취적인 ekstatikè 빛. 두 몸이 꼭 끼워 박힌 양성(兩性), 그것은 그때까지 흩어졌거나 밀어내졌던 모든 것들이 자화(磁化)되는 순간이다.

*

누군가가 자신의 밖으로 나갔다. 자신 밖으로의 외출을 그리스어로 ekstasis, 라틴어로는 existentia라고 한다. 함께 나누어 가진 것은 포옹도 개별적인 오르가슴도 다소간 비현실적인 (반드시 알아차리게 되지는 않는) 생식도 아닌 황홀경이다. 황홀경이 쾌락보다 훨씬 더 높은 단계이다.

---

[4] 두꺼운 책일 경우 중간쯤을 펼치면 지면보다 두꺼운 표지 때문에 양면이 편편하지 않으므로 양면이 접해 있는 부분을 보기가 어렵다. 편편해지도록 눌러야 한다. 그러면 표지에 금이 가는 등의 훼손이 생긴다.

이 세계로부터 함께 나간 사람들은 사랑하는 이들이다. 사랑하는 그 두 사람은 함께 나간다. 둘이 함께 나간다. 독자와 저자에 대해서도 같은 말을 할 수 있을 것이다.

*

나가다와 황홀경ekstasis은 같은 단어다. 이 두 단어는 삶의 비밀의 핵심이다.

*

논증 IV. 공모는 비밀(성의 비밀이라는 얼굴을 가진 타인alter의 비밀)의 소통에 의해 빗장이 벗겨진다. 그것은 타인의 나체를 위탁하는 일이다. 긴 역사를 가진 이 위탁은 밖exo(배 앞쪽의 내밀성)과 안endo(눈 뒤쪽의 내밀성)을 분리하지 않는다. 이 비밀들은 둘 다 마술의 주문에 의해 저주를 받을 수 있다(성기능 부진이거나 정신적 무기력).
성교 행위가 그 열쇠다. (육체의 문을 여는 것이 영혼의 문을 연다. 은밀한 속내 이야기는 성교에 연루된다.)
귀결. 나체로 몸을 내맡기지 않는 여자에게 남자는 속내 이야기를 해서는 안 된다. 나체로 몸을 내맡기지 않는 남자에게 여자는 속내 이야기를 해서는 안 된다.

*

이 귀결은 다름아닌 키르케가 오디세우스에게 말한 것이다. 그리고 최종적으로 페넬로페가 오디세우스에게 한 말에 일치한다.

사랑은 수줍음의 희생으로 정의된다. 각자 자신의 성기를 노출하고, 외설스러운 동작을 취하고, 점잖지 못한 봉사에 응한다. 그것은 수줍음의 희생에서 한 걸음 더 나간 것이다. 키르케가 내린 정의에서의 내연 관계란 두 성이 음란함(습관성 음란함)에 맡겨지는 것이다.

사랑은 육체의 순결을 희생시키는 것으로 정의된다.

사랑은 베일, 신분, 유형을 제물로 바친다. 그것은 육체의 비밀이라는 희생물이다. 노출은 결핍을 작동시킨다.

*

사랑하는 이의 육체에 대한 성적 탐색은 거대하고 강렬한 세계를 협력자로 삼는다. 살아 있는 세계를 함께 흥분시키지 않는다면 살아 있는 세계에 흥분은 없다. 단지 시간증이 있는 자들, 거의 시체 같은 자들, 매혹된 자들, 놀라움에 반응하지 않는 자들만이 망연자실하게 응시할 수 있을 뿐이다. 아이들은 일어나서 흉내를 낸다. 꽃들은 누군가가 보아주기를 원한다. 태양은 빛 그 자체에 대한 사랑을 불러일으킬 정도로 눈부시게 빛나기를 좋아한다(광합성은 강렬한 나르시시즘의 한 경우이다). 상추, 유채, 로맨,[5] 시금치와 물냉이는 나르시시즘의 푸토[6]들이다.

---

[5] 상추의 일종.
[6] 이탈리아 회화에서 사랑을 상징하는 벌거숭이 소년.

*

사랑과 성교를 맺어주는 것은 짝짓기와 생식을 연관지어주는 것보다는 덜 모호하다.

사실 말하자면 생식을-목적으로 pro-création란 존재하지 않는다. 수태와 짝짓기 간의 등가가 사랑을 규정할 수는 없다.

성교만이 홀로 시간 속에 있다. 분만에 대한 예감과 선행성은 육체적인 유혹과 충족된 쾌감에 끼어들 수 없는 것이다.

두번째 연관성(출생과 포옹 간의)은 확실하지 않다. 그것은 최근의 관계이다. 수천 년 동안 그 관계는 알려지지 않았을 수도 있다. 알려졌다 하더라도 이해되지 못했을 것이다. 그것은 항상 추론이나 합리화이다. 그것은 임신으로 배가 불러오기에 앞선 그리고 해산하기 전의 일, 즉 항상 전미래[7]의 문제이다.

포옹은, 성교가 끝날 때 생식 능력이 없는 것으로 느껴질 수는 없다. 사산아처럼 체험될 수도 없다.

인간을 포함한 동물들에게 있어서, 그것은 수컷과 암컷으로 하여금 서로 올라타게 만드는 종족 번식이 아니다.

오랫동안 출산과 봄〔春〕은 교미의 결과가 아니었다.

출산과 봄은 시간 자체였다. 시간 중의 최초의 시간. 봄 primus tempus. 유일한 시간.

---

7 영어의 미래완료와 같은 동사 시제.

다섯번째 논증에 근거를 제시하는 것은 바로 봄이다. 성교가 야기하는 것은 1. 음경의 발기(매혹하는 것의 변모), 2. 발기와 동시에 발생하는 주기가 다른 두 가지 리듬(심장과 호흡)의 가속화이다.

음경의 발기와 헐떡임의 가속화는, 같은 주기가 되려고 애쓰면서 아직은 그렇지 않은 상태에 곧 닥쳐올 미래가 소리쳐 부르는 무엇인가를 끌어들인다. 그것은 임박한 쾌감이다. 일치를 추구하는 이러한 움직임, 스스로를 찾으면서 스스로 흥분하는 성행위의 움직임, 우리는 그것을 서두름이라고 부를 수 있다. 서두름에서 부정적인 평판을 제거하는 편이 좋다. 너무 이른 것은 사정(射精)이 아니라 쾌감이기 때문이다. 모든 오르가슴은 불시에 찾아드는 임박함에 속한다. 그리고 관능적 쾌락은 뿌리째 뽑힌다.

일체가—헐떡이는 숨소리, 혈액의 순환, 흐르는 땀, 타액, 뒤얽힌 살과 냄새들, 음문의 수축—조급하게 서로에게 달라붙는다.

이런 발기—가속화는 그 가장 높은 정점에서 단 한 순간에 중단된다.

내게는 모든 갑작스러움을 빚어내는 것처럼 보이는 느닷없는 한순간에. 그것은 고대 그리스 최후의 형이상학자들에게서 유래한 갑자기 Exaiphnès이다. (이 느닷없음은 모든 현재보다 더욱 돌발적이다. 그것은 지금을 기습하는 어떤 것이다.)

그것은 라틴 민족이 사용하는 성교라는 말 특유의 돌연함이다.

*

인간의 함께 가기 co-ire는 갑자기 깨진 도취된 ekstatikos 리듬이다.

(음악을 살펴보면 이 점이 중요함을 알 수 있는데, 음악은 리듬을 그 본래의 야생성, 즉 그 본래의 비인간성으로서 길들인다.)

1. 발기. 2. 인간에게 있어서 비의지적인 두 가지 리듬의 가속화. 3. 성행위의 서두름. 4. 시간 자체의 극소점을 기습하는 갑작스러움. 5. 육체의 부동성으로, 반쯤 깨어 있는 심적 상태로의 (반쯤 깨어 있는 혹은 반쯤 잠든 부동의 휴지 상태로의) 돌연한 추락.

(4번과 5번은 고대 벽화의 비구상 회화를 이해하는 데도 역시 중요하다: 갑작스러움이나 죽음에 앞서 나타난 것, 그것은 추락-직전, 절정 akmè, 꽃이며, 그것은 증가augmentum이며, 그것은 욕망orexsis의 최대치이다.)

*

사랑이 비밀에 관련된다면, 우리의 생명을 분비하는 성의 차이의 수수께끼를 사랑이 모든 비밀에 덧붙이기 때문이다. 그것은 자기 자신의 나르시시즘의 경계 아래로 퇴행하는 것이며, 자신에게 낯설게 되는 것이며, 성적인 자아로부터 밖으로 나가는 것이다. 그것은 인간에게 고유한 출구이다.

벼락보다 번개보다 급류보다 사냥꾼의 화살(에로스)보다 급강하하는 독수리(제우스)보다 더 빠른 소통은 생식의 비밀과 긴밀하게 접속되어 있으며, 생식기의 쾌감과 긴밀한 관련을 가진다. 번식되기 위해서 생식의 비밀이 필연적으로 생식기에 예속되어 있는 것과 마찬가지다.

*

그녀 몸을 얻으려고 사지마다
눈물로 애원하는 내 몸의 음경.

각각의 성은 자신의 성을 규정하는 어떤 것, 자신의 성은 정확히 그 기능을 가지고 있지 않지만 다른 성 역시 모르고 있는 어떤 것을 다른 성에게 떠넘긴다. 그래서 각각의 성은 자신이 가지고 있지 않으며 모르는 어떤 것을 오직 기대 속에서 조작한다.

상징이란 무엇인가? 한 사람이 자신의 친구를 위해서 두 조각으로 쪼갠 금속 패다. 그것은 후일 우정 philia을 알아보기 위한 방법이다.

다시 만날 때, 한 조각은 이것이고 또 한 조각은 그 나머지이기 때문에 그 두 조각은 서로 꼭 들어맞는다.

쪼개졌던 각 조각은 갈라진 금을 따라 완벽하게 서로 끼워맞춰진다. 그러나 성의 차이란 상징적인 것이 아니다.

*

한 손이 다른 한 손을 쥐고 하는 악수는 인간의 놀라운 발명이다.

그것은 상징의 영역에 속하는 발명이다. (거짓말에 속하는 발명.)

모든 봉합, 모든 상징 작용의 근원은 대면 체위(對面體位) 성교의 포옹이다. 상징들 symbola이란 깨진 도기의 들쭉날쭉하게 파인 부분에 꼭 들어맞는 조각들을 가리킨다. 봉합에서는(악수에서처럼) 손바닥과 손바닥의 내면이 그 표면의 모든 지점에서 서로 들어맞는다. 대면 체위가 행해지는 인간의 사랑에서는 성교가 봉합이다.

두 몸을 찰싹 붙여 조이기.

*

대면 체위의 교미를 처음 시작했던 것은 갑각류였다. 그것이 좋은 결정이었는지는 나도 모른다.

*

이 세상에서 인구에 회자된 가장 오래된 시들 중의 하나는 수메르어[8]로 쓰어진 것인데, 인간의 성교를 배가 폭풍 속에서 침몰할 때 난파자들을 사로잡는 광란에 비유하고 있다.
손과 팔들이 난파선의 조각난 잔해들을 움켜잡는다.
태어난 이후 그리움을 느끼지만 그들을 숨막히게 하는 바다와도 같은 결합 속에 삼켜지지 않으려고 그들은 서로에게 꼭 달라붙는다.

*

이탈리아 르네상스의 가장 기적적인 순간은 포지오[9]가 루크레티우스의 필사본 한 권을 발견한 순간인 것으로 보인다.
루크레티우스는 생전에는 알려지지 않은 인물이었다.
사후에도 마찬가지였다.

---

[8] 페르시아 만의 바빌로니아 남부에서 사용되었던 고대 설형 문자.
[9] 르네상스 시대의 이탈리아 작가(1380~1459). 고대 로마의 문학 작품의 발굴에 많은 공을 세웠다.

이런 손실은 문학계에서 드문 일이 아니다. 키케로가 단 한 줄의 문장으로 그를 언급했을 따름이다. 그뿐이었다. 로마 공화국이 그를 무시했으므로, 제정 로마도 그를 알지 못했다. 루크레티우스의 저술이 아무것도 보존되지 않은 점에 대해서 중세가 전혀 애석해하지 않았던 이유는 그가 실존 인물이었음을 의심했기 때문이다.

인간의 성교에 관한 루크레티우스의 묘사는 수메르인들의 것과 공통점이 있다. 묘사의 놀라운 격렬함이 그것이다. 성행위가 절망적인 몸짓으로 묘사되어 있다. 조르다노 브루노[10]는 거기서 영감을 얻어, 성교를 더욱 혐오스러운 관점에서 기술했는데, 그의 동성애가 거기에 청교도적 색채를 덧붙이게 했기 때문이다. 이 기술을 쇼펜하우어가 그의 저서 『의지로서의 세계』[11]에서 이어받고 있다.

레오나르도 다 빈치는 인간의 성행위를 근본적으로 추악한 것으로 그렸고 기술했다. 그에게 미학적 가치가 없어 보이는 성기를 그는 평가 절하했다. 레오나르도 다 빈치의 주장은 다음과 같다: 사용되는 신체 부위와 미학적으로 설득력이 없는 끼워맞추기는 너무나 혐오스럽기 때문에 인간은 절대로 그렇게 생식을 하지 말았어야 했다는 것이다. 레오나르도 다 빈치에 의하면, 인류가 남녀간에 서로 벌거벗는 혐오스러운 짓을 감행할 수 있게 만드는 것들은 다음과 같다: 얼굴의 아름다움, 장식들, 음경의 참을성 없는 비의지적 발기, 젊은 여자의 음문을 끝없이 수축시키는 성욕.

---

10 조르다노 브루노Giordano Bruno(1548~1699): 이탈리아의 철학자.
11 *Le Monde comme volonté*의 정확한 제목은 『의지와 표상으로서의 세계*Le monde comme volonté et comme représentation*』(1818)이다.

*

벌거벗은 구멍 뚫린 피부, 입구를 가진 피부만이 살아 있다. 구멍난 내벽으로 음각의 손들이 들어간다. 손들은 무엇인가를 보고 있음을 자각하지 못한다. 그것은 용해된 고독, 길을 잃은 성(姓)이다. 그것은 바람이 울부짖을 때, 바람 자체가 울부짖음의 원리가 아닌 것과 마찬가지다.

그것이 진짜 성(姓)이다.

*

보아서는 안 되는 것을 보아야만 하는 이유는 우리를 만든 것, 그러나 우리 눈에는 보이지 않는 것을 탐구하는 것이 우리의 운명이기 때문이다.

침묵이 우리의 근원이었으므로 입을 다물어야 한다.

진실을 감춘다고 무슨 소용이 있겠는가? 멜뤼진[12]은 물고기다. 멜뤼진의 몸뚱이는 항상 뤼지냥 씨의 두 손 사이로 미끄러져 들어갈 것이다. 마치 뤼지냥 씨 자신이 어렸을 때, 혼자 있으면 자신의 음경을 움켜쥐고 거기에 침을 발라 발기시키고 쾌감으로 신음하면서 자신의 배에서 그것을 잡아뽑을 듯이 몸부림쳤을 때처럼.

---

12 중세 기사도 소설에 나오는 뱀으로 변신할 수 있는 우화적 인물로서 뤼지냥 가(家)의 선조이다. 네르발은 '멜뤼진 Mélusine'을 '메르 드 뤼진 Mère de Lusine'(뤼진의 어머니)로 읽었다.

제47장

알자스 지방에, 침묵에 잠겨 있는 무르바크 수도원에, 1415년에. 눈이 내렸다.

인간들의 숨결, 짐승들의 숨결이 그들의 입술 위에서 끈질기게 이어지고 있다.

포지오는 수도원의 옛 필경실의 한 책장 속에서 루크레티우스의 『사물의 본성에 관하여 De nataura Rerum』의 육필 원고를 발견한다. 그는 이 원고를 자신의 사냥 망태 속에 집어넣고, 수도원 안마당으로 내려와 나귀 등에 올라타고, 바닥이 평평한 배로 갈아타고, 로마로 돌아와 그것을 읽는다. 그는 니콜로 드 니콜리[1]에게 이 알려지지 않았던 책의 발견을 알린다. 니콜로 드 니콜리가 즉시 그 책을 필사한다. 그래서 그 책을 읽게 된 모든 사람들이 전율하였다. 그 책에 끝없는 찬사를 바친 최초의 문인은, 몽테뉴에 앞서 스칼리제로[2]였다.

---

[1] 니콜로 드 니콜리 Nicolo de Niccoli(1364~1437): 플랑드르의 인문주의자. 고대 유품들을 폭넓게 수집한 개인적인 소장품들과 고대 서적 도서관으로 인하여 고대에 대한 관심 증대에 많은 공헌을 하였다.
[2] 줄리오 체사레 스칼리제로 Giulio Cesare Scaligero(1484~1558): 르네상스 시대 이탈리아의 문헌학자이며 의사였음. 주저로는 『시학』이 있다.

제48장 스칼리제로의 여섯번째 감각에 대하여

스칼리제로의 이 명상록은 사후에 출간된 책이다(『줄리오 체사레 스칼리제로의 공개훈련』제15권, 「미묘함에 대하여」, 프랑크푸르트, 안드레아스 베셸만, 1576, p. 857).

이 위대한 르네상스인은 1558년에 죽었다.

남성이 요도 끝에서 느끼는 성적 쾌락 특유의 근질근질한 쾌감 titillatio을 묘사하려는 의도에서, 스칼리제로는 여섯번째 감각이라는 개념을 제시했다.

라틴어로 페니스 penis는 황소의 꼬리, 또 말의 꼬리, 그리고 화필을 지시하는 단어다.

그것은 감각 기관의 붓이다.

프랑스어 화필 pinceau은 라틴어 peniculus, 즉 작은 페니스에서 파생된 단어다.

스칼리제로의 논지는 다음과 같다: 남자들 복부에 달린 꼬리, 즉 팽팽하게 발기되어 굵어진 음경의 끝에서 느껴지는 근질거리는 관능적 쾌감은 무방비의, 기대를 갖게 하는, 건드릴 수 없는 기쁨에 대한 특별한 예감이다. 마치 살짝 건드리기만 해도 다시 오므라드는, 껍질 밖으로 내민 달팽이의 머리처럼. 마치 등 껍질 밖으로 내민 거북이의 머리처럼.

요도 밖으로 정액이 유출되는 기쁨. 활짝 열리는 순간을 예감하는 창문의 기쁨. 유백색의 뜨듯한 정액이 격류처럼 흐를 갑작스러운 통로가 되기를 요구하면서, 온몸을 뜨겁게 달구고 온몸으로 관류하는 행위로 실현될 미래의 흥분.

*

스칼리제로의 명제는 다음과 같이 요약될 수 있다: 배출의 쾌락과는 분명히 구별되는 임박한 쾌감이 있다.

이 희열, 이 성급함alacritas, 이 욕망orexis, 이 꼿꼿이 선 붉은 화필, 이 팽팽하게 뻗어서 요동치고 애원하는 손, 이 여섯번째 감각 ─ 줄리오 체사레 스칼리제로는 계속해서 말한다 ─ 은 접촉에 의한 어떤 감각 sensus을 구성하지는 않지만 맛과 같은 어떤 것이다. 이 의미를 따른다면, 여섯번째 감각이란 전혀 화필도, 머리도, 손도 아니다. 그 감성은 비어 있는 팽팽함 속에 온통 가득 차 있다. 심지어 그것은, 반대로 자신의 감성을, 자신 본래의 조바심치는 쾌감을 즉시 망가뜨리게 될 접촉이다. 발기한 남성 성기의 끝이 그 눈(길, 도관(導管)meatus, 통로)을 크게 뜨고 질, 입, 항문이나 손과 접촉할 때, 그와 동시에 여섯번째 감각이 발생되지는 않는다. 그것은 반쯤만 열려서, 흥분된 피부(이 팽창된 내벽은 영장류에서는 주로 붉은색으로 성적인 제2의 피부다)를 참을 수 없이 간질이다가 널따랗게 벌어지는 이 안절부절못함 속에 있다.

*

기대하면서 도망치는 입을 벌린 놀라운 감각.

*

스칼리제로의 이러한 묘사는, 서로 껴안고 동시적이 되려고 애쓰면서, 갑작스러움 속으로, 기습당한 시간 속으로 추락하는 심장의 리듬, 호흡의 리듬, 여자와 남자의 리듬에 관하여 내가 기술했던 것과 부분적으로만 일치한다.

성교coitus의 돌연함 subitus 속으로의 추락.

반쯤 깨어 있거나 반쯤 잠든 상태 속으로 갑자기 빠뜨리는 단락(短絡) 속으로 추락하는 욕망orexis이 떠나버린 육체.

스칼리제로의 묘사는 입이 벌어지는 현상에, 그리스적 혼돈에, 즉 우선은 분만시에 그 다음엔 사랑amor의 행위시에, 그리고 젖꼭지와 젖가슴을 빨 때 벌어지는 입에 관심이 쏠려 있다는 점에서, 그의 묘사는 임박함과 시기상조라는 시간에 관한 분석보다 더욱 깊이가 있다.

매혹된 것은 입이다.

시선에 종속된 입.

입을 가득 채우는 형태(젖가슴)를 보기만 해도 저절로 벌어지는 유아의 입.

성기 자체는 하나의 물신, 작은 남자, 즉 동그랗게 몸을 움츠린 앞당겨진 어린애다. 그 어린애의 입이자 눈인 창문은 열려 있고 또 열리는 것을, 앞당기는 것을 좋아한다.

그런 다음에 남성 성기는 아주 작은 어린애가 되어 몸을 일으켜 비틀거리며 일어선다.

*

성적 쾌락venerea voluptas에 관해 스칼리제로가 행한 이미 범상치 않은 분석에서, 가장 비범한 것은 성적 쾌락이 분리되어 둘로 나뉜다는 주장이 아니라, 그가 쾌락이 둘이라고 결론을 내렸다는 사실이다. 이 두 쾌락은 같은 뿌리에서 나오지 않는다는 것이다. 성욕의 활력은 오르가슴의 폭발과는 분명히 구별되어야 한다는 것이다.

남성에게 있어서 정액의 배출은 다음 세 가지 중 하나일 수 있다: 1. 기분이 좋다. 2. 그저 그렇다. 3. 고통스럽다.

격렬한 흔들림, 갑작스러운 사정, 그리고 허공으로의 돌연한 추락 직전의 순간에 느낌이 어떨 것인지를 예측할 수 있는 남자는 아무도 없다.

반면에 이탈리아의 이 위대한 인문주의자가 웅변적으로 묘사한 긴장에서 오는 쾌감, 욕망에서, 입 벌리기에서, 미래에서 오는 쾌감은 육체를 확장시키고, 육체의 밀도를 높이고 응고시켜서 유일한 지점을 향해 육체를 활처럼 휘게 만든다. 즉 선택한다기보다는 혈액과 육체가 충만한 상태에서, 그리고 호흡을 억제한 상태로, 붉은색 화필의 끝을 향해서 휘어지게 한다. 몸 전체가 온통 그 조급함이 또한 쾌감인 이 쾌감을 느끼는 기관으로 변한다. (완성된 회화의 유백색 쾌락에 대비되는 화필의 붉은색 희열.) 몸 전체가 온통 몸을 팽창시키고 떠받치는 붉게 달아오르는 확장된 근육이다.

성적 쾌락은 육체를 비우고, 로마인들이 구토 혹은 혐오감이라고 묘사했던 버림받은 고립감(방치derelictio)에 빠지게 한다.

삶 그 자체에 대해 느끼는 삶에 대한 혐오감. 삶의 권태taedium vitae.

*

    스칼리제로에 의하면 남성의 성행위는 네 시기로 구분된다: 1. 팽창하고, 곤두서고, 발기하고, 활처럼 휘어지는 흥분 상태, 즉 욕망, 2. 규칙적인 리듬으로 움직이는 폭발적인 반사 운동(맥박과 호흡의 리듬이 빨라지고 나서 느껴지는 행복감을 주는 운율의 원인, 연속적으로 3~7회의 수축으로 활력을 얻은 정액의 완벽한 사출, 다소 느려진 그 박자, 이런 것들이 엄밀한 의미에서의 성적 쾌감을 형성한다), 3. 성기의 팽창이 가라앉으면서 진정되고 다시 오므라들면서 느껴지는 쾌락, 4. 성기의 불응기, 반쯤은 고통스럽고 반쯤은 짜증스러운 무력감(자신 앞에 미래도, 임박한 시기에 당도할 미래의 뿌리마저도 남아 있지 않기 때문에 느껴지는 환멸의 시기; 다시 말해서 욕망의 쾌락도 생명의 방출로 인한 쾌락도 없는 시기).

*

    네 시기와 더불어 두 가지 기쁨. 1. 가속으로 인한 기쁨. 2. 카타르시스로 인한 기쁨.
    1. 수태 이전부터 임신 기간 내내 유지holding되는 육체의 긴장과 상승의 기쁨.
    2. 배출로 인한 홀가분함, 리듬의 파괴, 분만의 고통처럼 힘겨운 추락. 굵어지고 곤두섰던 기관이 무너진다. 음경의 형태로 꼿꼿이 서 있던 어린애가 흔들리고 비틀거리다가 너무 이르게 아주 높은 곳에서 추락한다.

*

스칼리제로의 명제를 따른다면, 대립되는 두 개의 주요 표본을 추출하여 그것을 남성의 쾌락의 범주 안에서 결합시키거나 혹은 적어도 병치시킬 수 있다.

1. 내부 endo. 능동적인 매혹. 내부로 들여보내기. 탐식. 몸 안으로 통합시키기, 집어삼키기.

이 영역 안에 구음 fellatio, 먹는 행위 manducatio, 구순성(口脣性), 육식 습성, 포식(捕食) praedatio 등등을 포함시켜야 한다.

2. 외부 exo. 갈망하는 기쁨. 배출하기, 몸 밖으로 밀어내기, 침뱉기, 오줌누기, 오르가슴에 도달하기, 똥누기, 뿜어내기, 나가기. 외부로 내보내기. 외향성. 스칼리제로의 여섯번째 감각. 욕망하기.

로마의 원형 극장의 구조에서 배설장 vomitoria의 문들은 무대 skènè의 반대편에 위치했었다. 밀어내기, 적극적으로 토해내기, 일부러 토하기, 비역질하기, 성기를 빨게 하기 irrumer, 안으로 밀어넣기(음경, 혀, 손가락), 이런 것들이 로마인들의 전형적인 성행위들이다. 그 용기(容器)가 무엇이든 간에 좌우간 정액을 자신의 몸 밖으로 배출하기. 서구 기독교 사회가 구음이라고 부르는 것을 고대 로마인들이 왜 성기를 빨게 하기 irrumatio라 불렀던가를 우리는 이해할 수 있다. 타인의 입에 성기를 강요하는 것은 덕행이지만, 타인의 성기를 내 입에 받아들이는 것은 수치스러운 일인 까닭이다.

라틴어 탐욕 cupiditas, 소유하기를 원하는 어떤 것을 욕망하다의 의미인 cupere는 노획물에 대한 강렬한 욕망을 뜻하는 그리스어 욕망 himeros에 거의 상응한다.

문헌학자들이 무어라 말하든 간에 큐피드는 에로스보다는 히메로스[1]에 더 가깝다. Cupere가 선택하다optare에 대립하는 말인 것은, 본능적이고 천부적이며 자발적인 기질이 사려 깊고 의지적인 소망에 대립되는 것과 마찬가지다.

*

여섯번째 감각에 관한 스칼리제로의 성찰에서 이끌어낼 수 있는 편극을 다음과 같이 더욱 단순화시킬 수 있다.
 1. 안으로. 내부로. 구강 성교의 쾌락. 수동적. 몸 안으로 끌어들이기. 부족분을 채워넣기, 결핍된 것을 섭취하기.
 2. 밖으로. 외부로. 삽입 성교의 쾌락. 능동적. 몸 밖으로 밀어내기, 끼워넣기, 토해내기. 잉여분을 배출하기.

*

스칼리제로의 이론을 따르면, 여섯번째 감각의 회열에 가장 적확한 말은 욕망이라는 단어다. 우리가 고통스럽다고 표현한 긴장감을 이 이탈리아 르네상스의 거장은 지고의 기쁨이라고 부른다. (도가에서도 그렇게 생각했다.)
 무언가를 향해서 입을, 성기를, 손을 내밀기.
 이와 같이 표현되는 세 영역이 있다: 젖가슴을 향해 입을 내미는 어린애처럼, 사랑하는 여자를 향해 성기를 내미는 연인처럼, 종교―사

---

1 히메로스Himeros. 그리스 신화에 나오는 연정의 신. 사랑의 신 에로스와 함께 사랑, 미의 여신인 아프로디테를 섬겼다. 평소에는 우아함의 여신 카리테스와 인간의 지적 활동을 주관하는 무사들과 올림포스 산상에서 살았다.

회를 향해 손을 내미는 인간처럼.

이것이 인생의 세 시기이다.

*

귀결. 욕망이 성적 쾌락에 가장 잘 들어맞는 말이라면, 이 경우에 식욕 부진anorexia은 현대 사회가 그 말에 부여한 전문 지식이 주는 의미보다 훨씬 더 심오한 의미를 지닌 그리스어 명사가 된다. 식욕 부진은 식욕appetitus의 부진만을 의미하지는 않는다.

Oregô란 손을 내밀기, 애원하기, 겨냥하기, 죽이기를 뜻한다.

Anorexia란 죽이기, 탈취하기, 빨기, 간청하기를 거부한다.

Anorexia는 젖가슴을 거부하고, 성기를 밀어내고, 종교를 버리고, 사회와 단절한다.

식욕 부진은 은둔anachorèse 그 자체이다.

제49장 결별의 감정에 대하여

내가 사랑했던 것, 비록 내가 그것을 영원히 잃었다 할지라도, 나는 그것을 영원히 사랑할 것이다. 우리는 한결같은 놀라움과 항상 새로운 꿈을 안겨주며 경관이 썩 좋은 외딴 곳에 거처를 정할 수 있다. 그리고 내게는 그것이 나 혼자만이 있었던 곳, 언어가 온통 침묵에 바쳐졌던 그런 구석진 장소였다.

침묵, 사랑, 글쓰기, 이런 것들은 모든 점에서 결별에 대한 영원한 승리이다.

1997년 1월 26일 일요일 밤, 갑자기 각혈이 심해지더니 마침내 더디게 진행되는 지속적인 출혈로 변했다. M이 나를 생탕투안 병원 응급실로 데려갔다. 빈혈은 아주 감미로운 상태다. 빈혈은 끊임없이 한층 더 마음을 가라앉히는 상태다. 그래서 진하고 단맛이 나는 물질인 피 자체는 미끈거린다. 빈혈은 자기 자신에게서 스스로 떨어져나오는 출발이다. 떠나기에는 이미 빈혈이 참여하고 있다. 그것이 결별이다. 나는 바퀴 달린 침대에 뉘여 추위 속에서 생탕투안 병원의 지하 통로로 운반되었다. 나는 공중에 떠 있었다. 나는 물처럼 흘러가고 있었다. 보이는 것이라곤 거의 복도의 천장과 거기 설치된 굵은 파이프들뿐이었지만, 나는 그것들을 쳐다보지 않았다. 나는 마지막으로 이 세계를 뚫어지게 바라보고 있었다.

(잠이 들면 놓쳐버리게 될 경계목들이거나 대상들에 달라붙어 있으려는 시선의 포착은 또한 잠든 다음에 그리로 되돌아오기 위한 계략이기도 하다.)

경험적인 측면에서 보면 이 마지막 시선은, 그 시선 이후에 잠에서 깨어나는 즉시, 매번 허위로 드러난다.

그것은 결코 진실이 아니다. 그것이 진실이면 그것은 이제 존재하지 않기 때문이다.

그럼에도 내가 옹호하고자 하는 마지막 주장은 다음과 같다: 나는 사랑에 고유한 경험이 결별에 있다고 생각한다. 나는 여러분이 이 점에서도 동의해주기 바란다: 비록 마지막 시선 이후에 살아남는다 하더라도, 우리가 마지막으로 이 세계를 바라볼 수 있다는 주장을 나는 제기한다.

무수히 여러 번.

그것이 바로 진주의 영롱한 반사광이다.

*

이 세계를 마지막으로 바라보기가 어떤 점에서 사랑의 감정과 일치하는가? 결별의 본질이 어떤 점에서 사랑을 매혹과 구분하고, 욕망의 시선 안에서 사랑을 드러내는가?

결별 adieu이 재회 au revoir의 체재 속에 편입된다면, 즉 계절과 연주기(年週期)와 천체의 순환 속에 편입된다면 어떻게 될까?

어떤 점에서 갈망은 재회에 대립하며, 무슨 까닭으로 갈망은 결별을 따르는가?

사랑이 태어나는 자를 타인의 시선에 묶어두는 주술의 최면에서 풀리게 하는 바로 그 힘을 다시 볼 수 없음 non-au-revoir에서, 영원히 다시 볼 수 없음 jamais-revoir에서 길어낼 수 있는 가능성은 무슨 연유인가?

바로 이 순간부터, 미완성인 동시에 돌이킬 수도 없는 개인의 삶을 소유할 수 없는 것과 마찬가지로 타인을 소유할 수도 없다는 깨달음에서, 육체의 속박을 풀어주고 인간의 욕망을 해방시켜줄 시선 안에 이미 들어 있는 죽음이 모습을 드러내는 것이 아니겠는가?

*

우수가 사랑에서 이타성을 지켜본다.

이 주제가 어렵다고 인정되고 이해하기 어려운 것으로 생각될 수 있는 이유는, 내 성찰의 계속되는 맥락이 갑자기 금세기말의 이데올로기적 주장(삶은 긍정적인데, 죽음은 이민족과 같아서 적의에 찬 것으로 간주되고 있음이 틀림없으며, 우수는 보살핌을 필요로 하는 고통스러운 광기이고, 불면은 기쁨이 아니다, 등등)에 위배되기 때문이다. 이 글을 읽는 나의 독자는 내가 진실에 다가가려고 애쓰고 있다는 점을 염두에 두기 바란다. 나는 내가 살고 있는 이 시대의 기호에 비위를 맞추거나, 이 사회의 가장 훌륭한 표본 같은 사람들이 집착하는 보편적 규범을 정착시키는 자들을 유혹하려고 애쓰지도 않는다. 나는 불교도들이 덧없음의 감정이라고 부르는 것을 결별의 느낌이라고 부르고 있다. 금세기말의 실증성에 관한 집단적 가르침들을 강력하게 무시해버리고, 금세기가 만연시킨 받아들일 수 없는 죽음만을 척도로 삼아 이 교훈들을 검토하지 않으면 안 된다.

*

나는 현대인들이 다음과 같이 사고하게 된 이유에 관하여 장시간 심사숙고할 시간적 여유가 없다.

1. 무슨 이유로 고대인들과는 반대로 갈망desiderium이라는 용어보다는 오히려 리비도libido라는 용어를 사용하는가?

2. 음경fascinus보다는 남근phallos(더욱이 불가사의하게도 phallus라고 쓰는)이라는 용어를 선호하는가?

근대인들이 부여한 의미로 사용된 리비도와 남근이라는 이 두 용어에는 라틴어의 원래 의미는 전혀 없으며, 고대적인 어떤 의미도 반향하지 않는다. 그냥 넘어가기로 하자. 이 두 가지 논리적 난제(첫눈에 보기에도 내게는 그 둘이 서로 관련된 것들로 비친다)는 문헌학자의 연구에 맡기기로 하자. (나는 논리 혐오자니까.)

*

명제 I. 행복해지기는 어렵다.

명제 II. 그러나 행복해지기는 행복하다고 믿게 만드는 것이 사회 공동체에 이익이 된다는 사실만큼 어렵지는 않다.

행복이 제기하는 문제의 당혹스러움은 행복을 원하는 사람들이 소수, 극히 소수에 불과하다는 점이다. 사람들은 자신의 기쁨을 내색하지 않고 홀로 기쁨 속에 머무르기보다는, 자신의 불행한 이야기들을 늘어놓고, 그렇게 해서 타인의 관심을 끌기를 훨씬 더 좋아한다.

답변. 사람들은 별이 결핍되기désastreux보다는 별의 영향하에 sidéré 있기를 선호한다. 라틴어로는 기쁨이 별의 결핍을 의미하는데,

이 말에 동의하지 않으면 안 된다. (어쨌든 기쁨은 별이 결핍된 상태 désastrée여서 기쁨이란 별을 갈망하게 désidérée 되는 것이다.)

*

결별에는 슬픔이 없다. 결별은 불시에 발생하는 분리이다; 출생은 모성적인 것과의 결별이고, 봄[春]은 죽음과의 결별이고, 죽음은 생명과의 결별 등등이다. 임박함은 행복한 것도 불행한 것도 아니다. 그것은 황홀한 분리의 지점이며, 열광하는 순간이며, 이것과 저것을 구별할 수 있다고 전제하는 흥분이나 불안이며, 고대 로마인들이 증가물augmentum이라 불렀던 것이며, 앞서가는 순간이며, 미결 상태를 보류시키는 것이다.

*

결별은 재회의 증가물이다. 생명이 생식되는 과정에서 죽음이 증가물인 것처럼.

*

1. 행복이란 두 나뭇가지 사이에 걸쳐진 이슬이 반짝이는 거미줄이라고들 말한다. 새벽에 수줍게 솟아난 가장 작은 빛도 그 거미줄에 걸리고 만다.
2. 거미줄은 작은 날벌레들이 몰려드는 죽음의 함정이다.
행복 역시 욕망에 족쇄를 채우는 함정이다.

그러므로 행복을 경계하지 않으면 안 된다.

결별이 불신하는 행복.

결별이 재회할 수 없는 죽음.

*

내게 활력을 주는 것은 결별의 기쁨이다. 내게 활력을 주는 것이 사회를 떠난다. 자유로울 수 있는 사람들은 노인들뿐이다. 그러나 원초적인 매혹 때문에 항상 불완전한 이탈이 근원에 가까워질 수 없음은 확실하다. 쎄어지는 책마다 그것을 위협하는 심연의 증거를 보여주기를 나는 바라고 있다. 모든 진정한 작품이란 기대된 것이 아닐 뿐만 아니라 그 자의성이 작품 자체에 피해를 줄 정도로 불안스러운 것들이다. 모든 남자나 여자도 각기 마찬가지다. 우리는 아무것도 아닌 것, rem에 애착을 느낀다. 예전에 프랑스어 단어 rien은 로마인들이 음경이라 부르던 것을 의미했다. 언어는, rien이라는 단어에서조차도, 결코 기호의 자의성을 깨닫지 못할 것이다. 내가 극단의 우연성을 드러내려는 환상을 품을 필요조차 없지만, 내 글을 읽는 독자가 내 눈을 들여다보듯이 즉각적으로 그것을 느끼기를 나는 바라고 있다.

*

I. 상상력이 미치는 범위가 오래 전부터 우리를 노예로 만들었다. 환각 활동의 범위가 한 육체 속에 밤마다 펼쳐진다. 그곳에서 우리의 실존을 지배하는 근원의 상황이 죽음의 경탄에 이를 정도로 결정(結晶)된다. 경탄을 자아내는 결별이 이 세계에서 가장 큰 기쁨들 중 하나라는

사실에 동의해야만 한다. 욕망이 매혹되는 곳, 그곳은 정확히 이 세계도 현실도 아니다. 그때 생겨나는 현실 같다는 느낌은 거의 기적적이며 전적으로 부당한 것이다.

*

오랫동안, 수십 년 동안 의기소침했던 나는 장 드 라 퐁텐[1]이 쓴 가장 아름다운 시들 중의 단 한 편도 이해하지 못했다. "나는 놀이를, 사랑을, 책들을, 음악을⋯⋯ 사랑한다"라는 첫 부분의 한마디 한마디만은 알고 있었지만, 그러나 거기에 "우수에 찬 마음의 침울한 기쁨까지도"를 포함시킬 수 있다는 사실을 나는 인정하지 않았다. 불안을 최고의 재산으로 삼는 것이 내게는 겉멋 부린 세련, 허세, 살롱의 풍자시, 궁정의 어법으로 보였다. 게다가 그것은 끔찍할 정도의 자기 만족, 혹은 더욱 진정한 고뇌에 대한 모욕이었다. 오싹할 정도로 갑작스럽고 강한 공포를 즐길 수 있다고는 생각되지 않았다. 심연의 주변을 생기 있게 만들고, 말하자면 마음껏 그 주변에 접근할 수 있다고도 생각되지 않았다. 내게는 금이 가 있었다. 끊임없이 나는 나의 죽음을 재촉하고 싶었다. 나는 이빨들, 송곳니들, 여러 가지 방어 수단들, 야수의 뿔을 날카롭게 다듬었고, 죽음의 발톱들이 점점 더 고통스럽고 날카로워질 때까지 그것들을 뾰족하게 벼렸다. 이제야 나는 이해한다: 아마도 우울은 웃음처럼 갑작스러운 배출이 아니라, 그것이 바로 웃음이라는 사실을. 소리 없는 웃음. 그것은 폭발하는 웃음보다 더 느리게 진행되는 쾌락이다. 그것은 터지지 않은 웃음이다. 그것은 측면의 기쁨이지만 아마도 모든 기쁨

---

[1] 장 드 라 퐁텐Jean de La Fontaine(1621~1695): 프랑스의 고전파 시인. 우화 시인.

들 중에서 가장 넓게 퍼진 기쁨이다.

그것은 원근법의 기쁨이다.

언어의 살해자.

방금 느꼈던 처절한 슬픔에도 불구하고, 거기엔 쾌락이 없는 것은 아니어서, 그는 아직도 한동안 우울에 빠져들었다……

*

II. 재회를 기약하는 작별의 경험과 대립되는 영원한 결별의 경험은, 이 경험이 바라보기 안에서 더 이상 시선의 범주에 속하지 않을 어떤 것을 열매 맺게 해주는 한도 내에서, 다음과 같은 다른 관계에 내재적이다: 다시 볼 수 있는 것의 경험에 대립되는 보이지 않는 것의 경험.

*

III. 명백하다는 느낌은 과거와 관련된다. 파노라마가 플래시백으로 거슬러 올라가며 펼쳐지듯. 꿈이 욕망에서 유래하듯. 명백함evidentia은 전체 전망을 의미한다. 일체의 전망은 지각을 훨씬 넘어선다. 그것은 부분적일 수 없다. 그것은 동물의 매혹, 즉 이미 보았던 것인 조각 자체가 그것을 보고 있는 형태 안에 통째로 끼워맞춰지는 퍼즐 전체다. 그것은 시선으로 돌아가게 만들어서, 전모를 보도록 시선을 완성시키는 흔적이다. (그것은 수동적인 바라봄이지, 관찰도 사냥꾼의 매복도 변태성욕자가 훔쳐보는 장면도 아니다.) 명백함은 과거에 대한 느낌이다. 명백함은 되돌아오는 과거 상황을 포착하는 감각 기관이다. 그것이 떠오르면 환영fantasme은 사라지고, 환각은 녹아버린다. 그것은 옛날 상황이 떠오를 때와 마찬가지로 현실이 떠오르는 순간이다. 그것은 최근에 개인사를 흡수했던 옛 낙원 속으로 개인사 전체가 빠져들어가는 순간이다. (기원이 흔적과 대립되듯이, 예전은 최근과 대립된다.) 그것은 되찾은 삼투압이다. 지각들의 우연성에 대해 다시 낯설게 느끼게 되는 것은 지각들의 부재 ― 그때 거기에는 아직 지각들이 존재하지 않았었다 ― 로 인해서이다. 그것은 다시 용해되어 융합되는 것이다. 그것은 우수 그 자체, 포기하지 않았던 우수, 행복을, 옛날에 느꼈던 쾌락을, 총체적인 쾌감을 포기하지 않았던 인간의 유일한 감정이 우수임을 알고 있는 우수이다.

우수는 이렇게 정의된다: 뜻하지 않은 재회로 인한 기쁨으로 우리가 죽을 수도 있는 기쁨이다.

매혹된 자는 그 재회의 얼굴 속에서 매번 죽는다. 그는 그 얼굴에 자신의 시선을 뒤섞는다.

언어에 선행하는 상황 속에 있게 하는 명백함의 속성은 우리가 그 냄새를 맡고, 보고, 들을 수도 있지만 결코 말로는 표현할 수는 없다는 점이다. 그것은 이 순간이 그 안에 들어가 박히며 체험된 것이지 배워져서 말로 표현되는 것이 아니다. 매혹은 우리가 이미 획득한 것 속으로 유인하지는 않는다: 그것은 매혹이 눌러서 낸 압혼을 소리쳐 부르는 압혼이다. 매혹은 시간을 앞서가므로 시간을 알지 못한다. 매혹이 거리를 허용하지도 분리를 받아들이지도 못하는 이유는 그것이 되돌아가 섞이는 융합이기 때문이다.

*

IV. 결별의 경험을 존재론적 경험으로 교체해서 생각해보면, 그것

은 겨울나기, 헐벗음, 추위, 굶주림, 죽음에 대한 고대론적 경험을 가리
킨다. 이런 의미에서 별이 결여된désidéré은 별과 함께considéré와 대립
된다. 그것은 겨울에 특징적인 결여dé의 경험(별이 결여된 dés-astrée,
désastreuse)이 다시 별과 함께re-considérée나 다시 영향권에 유입된
réinfluée처럼 봄〔春〕의 특징인 다시re의 경험에 대립되는 것과 마찬가
지다.

우리는 별이 없음désidération에서 그리움으로의 이동을, 즉 별과
함께 있음considération에 대한 내면화되고 갈망하고 열정적이며 능동
적인 결핍으로의 이동을 이해한다.

이 단계에서 결별과 재회는 구별되지 않는다.

별이 없음의 경험은 육체가 극복해야 할 겨울의 시련(추위, 퇴색,
죽음에까지 이르는 결핍)에 비견될 수 있다.

죽음까지 계속되는 결핍 Dé-usque ad mortem.

인간의 내부에 죽음이 나타나는 것은 겨울이 도래한 다음이다—
겨울이 원인이 된 죽음. 죽음은 겨울로부터 인간을 보호해줄 동굴 자체
를 찾는 일과도 같다.

이 시련은 재생에, 생존에, 색채의 부활에, 되찾은 활기에, 생명을
다시 불러일으키는 것에 완전히 상반된다.

결핍dé과 다시ré는, 인간의 최초의 언어에 대한 예감에서, 최초로
별과 별이 쓴 문자를 바라보기(한밤중에 점성술에 의한 별점에서)에서,
부정과 긍정의 상류로 흐르는 이 같은 사고를 복제하는 가장 강력한 흐
름들이다.

*

논증 V.

노쇠와 죽음은 기이하게도 상반된다. 노쇠는 생명을 쇠퇴시킨다. 죽음은 생명을 재생시키고, 재순환시킨다.

죽음은 혼합된 것을 뒤섞는다.

귀결. 나는 인간이 경험하는 노쇠가 죽음에 비해 하찮은 경험인지 의심스럽다.

*

VI. 강박적인 이미지들이 다시 몰려들어 다시 급증함을 주체가 느끼며, 다시 떠오르는 대상들을 바라보기를 다시 바라보기를 주체가 체험할 때, 바라보려는 욕망이 깨어난다(강들의 물, 한밤의 별자리sidera, 암들소나 여자들의 어두운 배 밖으로 나온 새끼들, 나무들의 죽어버린 가지 끝에서 싹트는 꽃들). 그때 우리는 의도적인 다시 보기의 쾌락을 성도착 안에서 제어하고, 결코 부활하지 않을 결별을 배경으로 이 다시 보기를 증가시킨다.

결별과 재회의 관계는, 밤(하늘의 후면)이 낮, 별들, 하늘의 전면과 가지는 관계와 같다. 하늘의 전면에는 동물들의 형상들(별자리들은 동굴 벽에 그려진 최초의 형상들, 무의식적으로 그려진 최초의 그림들, 꿈에 본 이미지들을 본딴 최초의 윤곽들이다)이 밤의 내벽 위에 정말로 그어진 최초의 선〔黃道〕을 따라 펼쳐진다.

되풀이는 근원을 향하며 생명을 출산한다. 동일한 것으로의 회귀는 언제나 근원을 솟아나게assourçant 한다.

내가 난로의 재를 긁어내던 시기.

내가 촛불의 빛으로 책을 읽던 시기.

내가 제5계절이라 불렀던 것의 불씨를, 좋아하지도 않으면서 들쑤셔 일으키던 시기.

*

사랑 — 정신에서 정신으로, 감각에서 감각으로, 기관에서 기관으로 전달되는 두 존재의 강렬한 의사 소통 — 은 이 세계를 은폐하고 그 거주지를 변경한 역사와 소통하는 게 아니라 오히려 이 세계 내면 깊숙이의 전언과 소통한다.

다섯번째 계절, 그것은 별의 영향을 받는 sidérant 대림절(待臨節)[2]이다. 이 시기에 가장 먼저 나타나는 것은 우리를 매혹하는 어떤 것인 동시에 우리가 잃어버린 어떤 것이다.

*

실제로 겨울에 속한 것이 아니라면 모든 것의 취약함에 대한 경험은 대체 무엇일까?

그리고 굶주림과 추위와 죽음의 위협을 넘어서는 겨울에 속한 것에 대한 경험이란 무엇일까? 그것은 가시적인 최후의 것이다.

그리고 이 최후의 시선을 표시해주는 시간이란 무엇일까? 최초의 시간의 종말, 봄[春]의 끝.

---

[2] 크리스마스 전 4주 간을 포함하는 시기.

또 봄primus tempus의 끝이란 무엇일까? 그것은 마지막이다. 두번 다시 불가Nevermore 등등이다.

나는 결별의 감정(성적인, 생명의, 연주기의, 포식의 경험을 매혹하기fascinatio나 갈망desideratio으로 편극시켰던 로마인의 사고와는 반대로)을 기초fundamentum, 즉 보편적인 관계(단지 로마적이고 산스크리트적이며 인도적일 뿐만 아니라)로 만들기를 제안한다.

중국인들이 인도로부터 그 관계를 전해받고 환영했던 방식을 참조하기 바란다. 일본인들이 그로 인해 충격을 느꼈던 방식을 참조하고, 앙크티 뒤페롱[3]이 그것을 기록해두었던 방식, 쇼펜하우어가 그것을 되찾았던 방식, 니체가 그것을 이상하게도 그리스 세계의 것으로 간주했던 방식을 참조하기 바란다.

희한하게도 그 관계를 로마에서, 그것도 소설가들(그리스 소설가들과는 반대로)에게서, 두 사상가들(그리스의 모든 철학자들과는 반대로)에게서, 역사가들(헤로도토스[4]와는 반대로 수에토니우스, 투키디데스[5]와는 반대로 타키투스)에게서, 프레스코 벽화가들과 화가들에게서, 잔인한 원형 경기장(그리스인들의 비극적인 연극보다 훨씬 더 피로 물든)에서, 끝으로 로마 제국이 마침내 받아들였던 기독교에서 다시 찾아볼 수 있다. 그것은 죽음 직전의 순간을 보여주는 기법이다. 그것은

---

[3] 앙크티 뒤페롱Anquetil Duperron(1731~1805): 프랑스의 동양학자. 고대 페르시아의 언어와 종교에 매료되어 인도(1755~1758)에 가서 파르시교 공동체와 관계를 가짐. 조로아스터교 경전들을 연구하고 불의 예배에 입문함. 1771년에 『젠드 아베스타 Zend Avesta』를 라틴어로 번역함.

[4] 헤로도토스Hêrodotos(B.C. 484?~B.C. 425?): 그리스 역사가. 키케로 이래로 역사의 아버지라 불린다.

[5] 투키디데스Thoucydides(B.C. 460?~B.C. 400?): 고대 그리스 역사가. 펠로폰네소스 전쟁을 주제로 한 저서 『역사』(전8권)에서 인간 심리에 대한 그의 통찰력이 높이 평가된다.

절박한 것이다. 포옹 · 사형 · 강간 · 제물 · 연극 · 역사 · 회화, 이런 것들이 그들의 망루가 된다. 그것은 다시 보기에서 목격된 것이 아직 여기 없으며 앞으로도 영원히 없을 그런 다시 보기다. 그것이 결별의 순간이다.

*

갈망은 살기를, 바라보기를, 말하기를, 웃기를, 만지기를, 교미하기를, 오르가슴에 이르기를 원한다. 욕망은 집어삼키는 소통을, 과거의 열정을, 예전의 집착을 강요하는 매혹을, 모든 가라앉기를 실현시키는 죽음을 혐오한다.

*

귀결. 갈망된 성으로서의 사랑은 미광(반은 빛이고 반은 어둠인), 속삭임(반은 언어이고 반은 침묵인) 등등이다. 모두가 절반mi인 동시에 모두가 둘ambi이다.

*

VII. 포옹의 순간에, 포옹밖에는 우리가 여자를 붙들 수 있는 다른 방법이 없다. 그런데 그것이 붙잡은 것인가 혹은 꿈인가? 여자들은 자신을 열지만 우리는 여자들이 열어주는 그것에 머무르지 못한다. 태어나면서 우리는 여자들의 성기로부터 내던져진다. 오르가슴을 느끼는 순간 우리는 또다시 내던져진다. 항상 내던지는 성기, 그것이 영원히 열려 있다고 말할 수 있을까?

결별이라는 말이나 어머니라는 말은 같은 것이다.

*

가장 근원적인 비밀은 문이다. 인간의 언어로 들어가는 입구의 문은 하나뿐이다. 즉 어린애가 어머니에게 당치도 않게 매달리는 종속이 그 문이다. 그 문은, 자식은 볼 수 없는 성교에 의해, 임신에 의해, 분만에 의해 만들어진다.

인간의 언어의 출구에는 세 개의 문이 있다: 즉 수면 · 침묵 · 나체다.

(이런 관점에서 보면 죽음은 잠을 완성시킬 뿐이다. 죽음은 타고난 것이 아니다. 적어도 개인의 죽음은 본래적인 것이 아니다. 나는 내면의 죽음, 수면에서 연역된 그리고 심장과 호흡의 두 가지 리듬의 정지에서 연역된 죽음과는 아무런 관련이 없는 다른 사람의 주검의 문제 problèma 를 환기하는 게 아니다.)

삶은 죽음이 아니라 노화와 대립된다. (죽음은 노쇠의 한 결과일 따름이다.)

진정한 침묵(내면의 언술이 없는). 진정한 나체(욕망하는, 표명하는, 그렇기 때문에 주체를 위해서, 원인을 위해서 욕망하는 나체; 그러나 대상을 위해서만, 결과를 위해서만 매혹적인 나체). 진정한 잠(꿈꾸게 하는).

죽음은 인간 공동체에게 죽음의 존재를 알릴 만큼 이야기할 만한 경험을 가지고 있지 못하다.

세 개의 문은 세 개의 결별이다. 언어와의 결별. 옷을 입은 변신과, 문신과, 회화와, 기호와, 유행과, 문화와의 결별. 빛과의 결별.

언어 이전, 그것은 엄밀한 의미로 stricto sensu 요람기였다(말 못하는 자 l'infantia).

의복 이전, 그것은 출생이었다. 어머니라는 껍질을 벗어버리기.

빛 이전, 그것은 출생 이전이었다.

가장 근원적인 비밀은 감옥이다. 비밀에 부치기는 어둠 속에 묻어두기이다. 그것은 감금하기다.

*

인간의 성에는 세 가지 가능성이 제시된다.

야성적이고 기회주의적이며 강간하고 유랑하는 성. 그것은 암시장이다.

결혼, 그것은 사회와 협력하는 어떤 것이다. 그때 영토를 점령하는 자는 집단이다. 그때 육체를 점령하는 자는 언어다.

끝으로 사랑이 있다. 사랑은 저항군이거나 반역자로 보인다. 비의지적인 이끌림, 섬광같이 급격한 애착, 일부일처, 이런 것들은 동물적인 욕망의 결과가 아니며, 사회적 관계에서 유래하는 것은 더욱 아니다.

*

『천일야화』의 왕은 밤에는 깨어 있고 낮에는 잠을 잔다. 마치 자신이 꿈인 것처럼. 달인 것처럼. 그는 야행성 동물이다.

그것은 죽음의 형벌을 각오한 백야이다.

포옹을 피해야 하고, 잠을 피해야 하고, 죽음을 피해야 한다.

이야기는 별이 떠 있는 시간 내내 계속되고 동이 틀 때까지 지속된다. 마치 새벽이 되어도 끝나지 않았으므로 다음 밤을 불러내야 할 책임이 있는 이야기라도 되는 것처럼.

*

VIII. 사회와 성은 양립할 수 없다. 둘 다 필요불가결하고 양립할 수 없는 동물적인 소통에서 비롯된다. 전쟁과 성교는 양립 불능이다.

정말이지 안 된다. 편극 현상이 존재하기 때문이다.

그런데 인간 사회의 시선에 비친 전쟁이 무엇인지를 실토해야 한다. 전쟁은 정의(定義)를 내리는 것이다. 전쟁이란 수성(獸性)에 대립하는 인간성이다. 전쟁은 사냥감이 인간인 사냥이다.

그것은 자신의 결별에 시달리는 인간성이다.

전쟁, 그것은 사슬이 풀린 인간성이다. 그것은 또한 도취의 시간이다.

*

IX. 자살하는 사람들은 죽음이 아니라 추락을 원한다. 그들은 창밖으로 혹은 심연 속으로 몸을 던진다. 아말피 만 남쪽 패스톰 박물관에 있는 석관의 뚜껑에 그려져 있는 다른 세계의 물 속으로 뛰어드는 투신자처럼. 이미, 죽기에 앞서 그는 추락해서, 무덤인 이곳에 합류한다. 사지를 뻗어버리면 사회로부터 고립된다. 추락하는 모든 것이 이곳에 있다.

현기증은 다른 곳이라곤 없는 이곳의 부름이다.

전쟁터에서 쓰러진 사람들, 길에서 차에 치인 사람들, 그것은 사람이 아니라 자기 자신 위에 웅크린 이곳이다. 그것은 이곳에 잠들어 있는 자이다.

*

그림에 그려진 최초의 인간은 쓰러지고 있다. (몽티냐크 상부의 라스코 동굴,[6] 수직으로 깊이 내려간 곳에, 두 번이나 인간의 시선을 피할 수 있었던 동굴 내벽에 그려진 벽화.)

그 최초의 인간은 겨울 내내 집어삼켰던 태양을 분만하고 있는 배가 갈린 암들소 앞에서 쓰러지고 있는 중이다. 그려진 그의 모습은 서 있지도 바닥에 쓰러져 있지도 않다. 그는 기원전 16,000년에 동굴 벽에 그려졌다고 알려진 최초의 인간의 형상이다. 쓰러지는 인간.

마사초가 그린 최초의 인간은 아직도 오른쪽 발을 에덴의 경계를 이루는 칸막이 문턱에 걸치고 있다. 우리는 모든 경계들의 경계에 붙잡혀 있는 육체를 가지고 있다.

즉 삶과 죽음 사이.

즉 언어와 침묵 사이.

즉 결별 속에.

*

X. 우리가 그 결과물로 태어난 환경을 우리 안에 간직할 방법이 없었던 것은?

---

[6] 1940년에 발견된 후기 구석기 시대에 속하는 여러 벽화가 그려진 동굴 유적으로 프랑스 도르도뉴 지방에 있다. 벽화에는 1~5m에 이르는 것까지 있고, 100점 이상의 동물들의 모습이 약동적으로 묘사되어 있다.

우리를 이루고 있는 세포들의 화학적 구성은 원초적 대양의 미세한 부분이다.

우리 육체의 진화는 인간의 역사 자체보다 더 아득히 거슬러 올라가는 이야기지만, 역사는 진화를 잘 깨닫지 못하고 있다.

누구에게 있어서도 본래적인 것이 암시적 간과법으로 말을 한다.

즉 그가 침묵할 때 특히.

*

눈을 들어 하늘을 바라볼 때, 우리는 과거를 응시한다.

*

우리가 사랑하는 사람은 유령이 되는 중이다.

믿기 어려운 유령 이야기들에 속하는 말을 하는 게 아니다. 의미에 대한 한 점 의혹 없이, 눈곱만큼의 가능성도 없이, 한 방울의 심리학도 없이 등등, 자연주의적인 잡다한 사실들을 믿는다는 것은 불가능하다.

사랑 · 무의식 · 본능 · 광기 · 연속 · 꿈들은 같은 것이다.

서로의 품에 안겨서, 서로를 꿈꾸지만, 우리는 단지 같은 꿈일 뿐이다. 때때로 우리는 우리의 두개골 내부에서, 우리 옆에 누워 숨쉬며 잠들어 있는 여자의 꿈을 꾸는 일이 있다. 여자는 자기를 꿈꾸는 남자를 꿈꾸고 있는데. 우리가 연인들의 사랑을 체험했을 때는, 운명이 그들을 갈라놓게 되면, 우리는 연인들의 유령을 믿을 수 있다. 사랑이 타인을 체험하는 것은, 상중(喪中)인 사람이 그를 떠나지 않는 죽은 자를 체험하는 것과 마찬가지다.

*

XI. 맴도는 음, 헐떡이는 소리, 동화와 신화의 황홀한 흑점. 서구 음악에서 가장 훌륭한 본보기는, 내 생각에 하이든의 삼중주에서 찾아볼 수 있다. 우리는 그 곡을 1988년 4월에 연주했다. 나는 그 곡을 노래할 수도 있다. 이 곡은 아다지오로 피아노의 음은 길게 끌면서 서서히 벗어난다. 첼로와 바이올린 파트에서도 힘이 실리지 않은 활을 바이브레이션도 없이 길게 그어내릴 뿐이다. 아마도 그것은 어느 하루의 은총이었을 것이다. 이런 감각은 자신에게서 벗어나면 틀림없이 그러했을 더 운 좋은 한 시간의 상황에 불과했을 뿐일 것이다. 그렇다고 해서 이 나가기 issir의 중요성이 감소되는 것은 아니다. (침묵은 악보에서 나오지만, 그렇다고 우리가 악보에서 침묵을 떼어놓는 것은 아니다. 침묵은 우리가 알지 못하는 그곳으로 인하여 떨린다.)

*

결별 다음에는 어떻게 되는가? 온통 흘러가는 시간으로 변한다. 사랑의 추억은 미래로서의 사랑에 관련된다. 사랑과 결별은 서로 묶여 있다. 그것들이 태어날 때부터 결합되어 있는 것은, 큰 울음 소리를 내면서 어두운 세계에 결별을 고하는 것이 태어남이기 때문이다(벌거벗은 육체를 떠나서 벌거벗은 육체로서 불쑥 나타나기).

마리나 츠베타예바는 이렇게 썼다: "그랬었다, 그랬었다, 그랬었다! 과거는 그토록 생생히 현재보다 더 살아 있다!"

귀결.

음악가는 왼손과 오른손을, 화음과 노래를, 심장의 박동과 호흡을, 공시성과 통시성을 동시에 들려준다. 언어는 파롤parole과 대림절 사이에서 정반대의 일을 한다.

우리가 틀리게 연주하면, 즉시 우리는 그것을 듣고 불만족과 괴로움으로 소리를 지른다.

우리가 틀리게 말하면, 우리는 불협화음을 내는 아무것도 듣지 못한다.

*

우리 주변의 사람들이 어떤 성에 속하든 간에 그들 모두가 우리를 죽인다. 우리가 모든 것을, 우리의 알몸을, 우리의 유년기를, 우리의 약점을 털어놓는 여자들조차도 어느 날 우리를 죽인다. 그것은 여자들이기 때문이 아니라, 우리의 믿음이 그들에게 준 무기들 때문이다. 이 부조리한 믿음이 가장 아름답고—사회 집단 내에서 보자면—가장 위험한—영혼 깊숙이에서 체험한다면—행동을 구성한다.

믿음은 또한 황홀한 순간이기도 하다.

우리의 매혹, 우리의 출생, 우리의 유년기, 우리의 나체, 우리의 약점, 이런 것들이 가장 확실하게 우리를 죽이는 무기들이다. 그래서 우리가 남자들과 여자들을 죽여야만 한다는 사실, 즉 그들이 우리를 죽이기 전에 먼저 재빨리 그들을 습격해서 죽여야만 한다는 사실에 생각이 미칠 때, 그것이 사회적 삶이라는 것이다. (사회적 삶은 정글의 삶과 대립된다. 정글에서는 동족의 죽음이 끊임없이 강박관념으로 따라다니지 않는다는 점에서 그렇다. 정글에는 비명, 사냥감들, 따먹을 열매들, 웃음, 꽃들, 졸음이 있다. 그러나 정글에 전면전은 없다.) 사회에서는 비명 소리에조차도 동족인 인간의 죽음이 끈질기게 따라다닌다(오페라들). 사회에서는 꽃들마저도 동족의 죽음에 사로잡혀 있다(무덤들).

*

사랑은 이 세계에 고하는 하직 인사다.

갈망과 탈사회화는 서로 연관된다.

(고전 주석의 비선별 논증: 철학이 인간의 각 사회에 부과하려 했던 바와는 반대로, 사유와 비연대성은 결속되어 있다.)

*

논증 XII. 모든 것들은 하나의 영혼을 가지고 있다.

언제? 우리가 이사할 때.

이사란 강렬한 마술적 경험이다.

저것을 쓰레기통에 던져버리는 짓을 우리는 할 수 없다는 사실을 우리가 알게 된다. (저것이란 어쨌든 거기 던져넣을 수밖에 없는 끔찍한 것 아무거나를 가리킨다.)

그것이 아닌 어떤 것이 그 사물들에 들러붙어 있다.

오랜 접촉들, 오래된 힘들이 그것들에 서식하고 있다. 그것을 마땅히 영혼이라 불러야 한다. 엄마의 신발은 살아 있었다. 아버지가 입으시던 외투도. 색이 바랬다기보다는 약간 시든 듯한 거의 새것 그대로의 옷이 입혀진 뤼즈의 인형들에는 아직도 내 누이의 목소리, 그녀가 인형에게 말을 걸 때의 그 목소리가 배어 있었다.

옛집을 떠나는 이사는 살인이다.

이사가 부모 살해가 되는 날이 온다.

가톨릭 신자들은 새봄이 올 때마다 이렇게 말하곤 했다: 회양목 가지를 태워야 한다.

(겨울을 견디는 데 쓰였던 행운의 상징kairophore인 질긴 가지를 쓰레기통에 버리지 않도록 주의해야 한다.)

*

행복이란 무엇인가? 자기 자신에게 결별을 고하는 경탄이다.

*

우리들 각자의 중심에서 취약함이 결별과 섞이면, 그때 불행하지도 행복하지도 않으면서 성적인 동시에 죽음을 불러오는 낯선 기쁨에 취한 개괄적인 의혹이 생겨난다.

나는 행복하지 않다. 왜 내가 행복해야 할 것인가? 사회 질서의 명령을 따르기 위해서? 나는 때로는 극단적으로 격렬하게 고통을 느낀다. 나는 때때로 설명할 수 없이 강렬하게 즐거움을 느낀다. 나는 극도로 혜택을 누리고 있다.

나는 화가가 되었거나 근시안이 되었어야 했다. 더 잘 보기 위해서 가까이 다가가야만 하는 사람들이 있다.

누가 어머니의 젖에서 제 국가의 요리를 알아보는가?

국민 자신은 모른다. 개인에게는 이미지image도, 영토도, 특징적인 언어도 없다. 진정한 인간은 제 이미지에서 자신을 알아보지 못한다. 고대인들은 자신들의 이미지에서 스스로를 알아보지 못했을뿐더러, 석회암 동굴 내벽에 그려진 이미지들을 보면서도 그것에 생각이 미치지 못했다. 거기서 그들은 자신들의 꿈을 읽었을 뿐이다.

*

아마도 죽음 안에 그리고 의식 없는 시체 앞에서보다는 사랑 안에 그리고 인간 나체의 낯설음에 대한 감수성 안에, 독서 안에, 음악 안에 다른 세계가 더 많이 깃들여 있을 것이다.

*

XIII. 꿈, 기억, 회한, 죽은 자들의 영상들이 성스러운 것이 된다. 그것은 우리가 붙잡을 수 없는 것이다. 다가오는 멀어진 것이다. 접근할 수 없는 것, 비-일상적인 것, 비-세속적인 것이다. 신성 모독, 그것은 손을 대는 것이다. 만질 수 없는 것은 모두 신성하다. 꿈, 기억, 죽은 자들, 욕망, 이런 것들은 만질 수 없는 실체이다. 칸막이 벽에도 나체에도 손이 스쳐서는 안 된다. 손을 다른 세계로 집어넣든가 아니면 연인이 포기하고 나체를 다시 가리든가 선택해야 한다.

다른 세계는 스쳐 닿을 수 있는 범주에 속하지 않는다. 저 세계는 진정한 분리와 결별의 범주에 속하는 세계다.

*

성인들은 생식 능력에서 어린애들보다 더 큰 쾌감을 경험한다.

그러나 고통은 훨씬 덜 느낀다.

노인들은 또한 조숙한 아이들보다 쾌감의 맛을 잘 느끼지 못한다. 그들의 쾌락은 알아보는 데 있다. 그들은 이제 발견하지 못한다.

귀결. 바로 여기에 쇠퇴의 개념이 뿌리를 내린다: 압흔의 도드라진 부분 la contre-empreinte[7]이 매혹적인 침투에 균형을 잡아준다.

성장이 끝난 사람들 모두가 그들이 지금보다 키가 작았던 때에 비해서 훨씬 품격이 높아 보인다.

경탄스러운 것들 admirabilia. 바로 자신들이 죽음 속으로 삼켜지고 있는데도, 그들은 세계가 심연으로 들어간다고 말한다. 노쇠는 마멸이 아니다. 노쇠란 자신을 사랑하기 시작하는 권태다. 더 이상 놀라지 않고 감탄하지 않는 사람은 늙은 것이다. 노쇠란 죽는 순간까지 경멸해야 할 기능 정지의 상태이다. 이 기능 정지는 고갈되기 훨씬 전부터 시작된다. 우리가 탄식해야 할 것은 고갈뿐이다. 당사자에 대한 집단의 제지는 앞질러 내면화된 이 기능 정지다. 집단적 삶은 우리를 태어남에서 멀어지게 한다. 지나친 사회적 삶은 우리를 너무 일찍 늙어버리게 한다.

*

모든 것을 그 무질서에 버려두고 그 운명을 우연에 맡긴다는 조건이라면 우리는 떠날 수 있다.

---

[7] 화석에서 볼 수 있듯이, 우묵하게 눌린 자국 속의 도드라져 튀어나온 부분을 말한다.

*

XIV. 아바 롱진[8]은, 어디에서든 외국에서 산다는 것은 어디에서나 입을 다무는 것이라고 말한다. 그것은 침묵하는 것이다. 침묵하지 않는다면, 외국인이 아닐 것이다.

자신의 혀를 제어해야 한다.

고국을 떠난 사람이 되는 대로 지껄인다면, 그는 이미 외국인이 아니라 이제 원주민이다.

외국인처럼 살 작정을 한 사람이라면 외국에서처럼 살아야 한다: 즉 아무것도 이해하지 말 것, 다른 사람들에게 이해되지도 말 것, 살고 있는 곳에서 침묵할 것, 몸짓을 하고 곧 몸짓도 하지 말 것, 미소를 짓고 곧 미소도 짓지 말 것. 아바 롱진은 이런 태도를 타향살이xeniteia, 즉 이방인의 이질성 속에서인 것처럼 살아가는 현상이라 불렀다. 성직자에게 타향살이는 평신도가 낯선 곳으로 떠나는 것과도 같다. 그것은 어린애에게 태어남과 흡사한 것이다(즉 언어 습득 이전에 그리고 언어를 습득하기 위해 망각해야만 하는 모든 것을 기억하기 이전에).

---

[8] 아바 롱진Abba Longin: 서기 초에 팔레스타인에 살았던 가톨릭 은자.

제50장

예전에 요새화되었었던 교회의 좁은 창문들을 총안(銃眼)[1]이라 부른다. 이것은 집들의 벽에 다닥다닥 뚫려 있는 구멍인 창문들이 수행하는 기능과 몇몇 포유 동물들이 눈꺼풀을 치켜올릴 때 그 눈의 의도를 말하려는 매우 노골적인 단어다.

내 삶의 혼란스런 한 부분에 관한 이 책은 총안이다.

한 사람이 사랑이란 말이 의미하는 바에 관해 글을 쓴다는 것을 전혀 중요하지 않은 하찮은 일로 여길 사람들도 있을 것이다. 사랑을 어떤 경력이나 무훈에 견주어본다면, 혹은 뻔뻔스럽게 취득한 재산에 대조해본다면, 사랑이란 대체 무엇인가? 그 이상을 훨씬 넘어서는 것이다. 한 인간이 다른 인간의 육체에 자신을 열고서 그 육체에 닿을 수 있다는 것, 그것은 자신의 성의 운명을 넘어서는 일이며, 개인적이고 불가피할 따름인 자신의 죽음 자체보다 더 어려운 일이다. 자기 자신이 아닌 다른 세계와의 접촉은 서서히 그리고 단호하게 축적된 재산보다 더 풍요한 경험을 이룬다. 이 접촉이 마침내 이르게 하는 변모는 한 인간이 사회에서 ─노동이 그를 끌어들였던, 그가 압제자 앞에서 무릎을 꿇었던, 창

---

[1] 총안meurtrière에는 또한 살인자라는 의미가 있다.

녀처럼 대가를 받았던, 그의 마음이 짓눌렸던 사회에서—수행할 수 있었던 역할보다 개인의 정체성을 더욱 심하게 난폭하게 다룬다.

제51장 사랑의 아름다움

이 세상에서 가장 아름다운 것들: 새끼 멧돼지의 털, 벌어진 밤송이 속에서 반짝이는 밤알들, 이글거리는 잉걸불, 장자, 몽테뉴, 겐코,[1] 무질[2]의 책들, 시냇물들의 원천, 말(馬)들의 눈, 새벽.

그러나 이미 사랑하고 있다는 것을 발견하는 순간 소스라쳐 놀라는 남자와 여자, 자신들이 이브와 아담의 후손임을 알지 못하면서, 서로의 이름조차 모르면서, 마주 보고 있는 두 육체의 아름다움과 견줄 수 있는 것은 아무것도 없다.

그들의 표정에 믿을 수 없는 침묵이 흐른다.

반짝이는 땀방울이 온몸을 뒤덮고, 부동성이 그들을 고정시키고, 그 시선은 추종을 불허하는 인접성 안으로 그들을 밀어넣는다. 발광성 물질이 그들을 휩싸고, 그로 인해 그들은 한밤의 별들처럼 사방으로 빛을 발산하기 시작한다.

---

[1] 가네요시 요시다(1283~1350)라는 이름으로 알려진 일본 시인.
[2] 로베르트 폰 무질Robert von Musil(1880~1942): 오스트리아 작가.

*

사랑에 관해 스탕달이 남긴 비범한 성찰 중에서 가장 깊이 있는 것은 아름다움에 대한 것이다.

그는 사랑에 관한 자신의 경이로운 책 첫 문장에서부터, 실행 중인 매혹에는 홀리는 아름다움이 있다고 말한다.

그리고는 그것에 관하여 더 이상 말하지 않는다.

그러나 바로 그런 생각이 그로 하여금 사랑은 아름답다고 쓰게 만든다. 사랑은 육체적 욕망보다 아름답다. 주변의 가족들이나 사회 공동체의 눈에 사랑이 위험하게 비치는 것은 비단 모든 이들의 경멸에 개의치 않고 서로 사랑하는 두 사람의 육체를 결속시키는 관계가 지닌 배타적인 비사회성에서 기인하는 것은 아니다. 그 관계는 공동체 전체에 대한 도전으로서 던져진 아름다움과 관련되어 있다. 사랑에 빠진 사람들은 아름답다. 그들은 구름 위를 걷고 있으며, 그들의 육체는 끊임없이 샘솟는 수액으로 넘쳐나고, 그들의 눈은 광채로 빛나며, 이루 형언할 수 없는 일치감이 한 육체에서 다른 육체로 흐른다. 모든 것들(현실)과 모든 사람들(사회)로부터 분리되는 이 관계만큼 남자들과 여자들에게 질투를 느끼게 하는 것은 없다. 사랑하는 두 사람보다 더 아름다운 것은 이 세상에 아무것도 없다.

그리고 두 사람의 사랑보다 더 이 세상을 경멸하는 것도 없다.

*

스탕달의 논의(거대한 질투 덩어리라고 해야 할 사회의 구성원들 모두와 필적하는 연인들의 믿어지지 않는 아름다움)에 나는 다음과 같은 논의를 덧붙이고 싶다: 치정 살인들이 지닌 매혹적인 광채; 그 이야기를 듣는 사람들에게 불러일으키는 열렬한 관심; 그것을 이야기하는 거의 열성에 가까운 놓칠 수 없는 즐거움, 언어 —즉 사회의 재생산에 관련된 아득히 오래된 집단적 수군거림 —에 끈질기게 붙어다니는 성에 관한 소식을 퍼뜨리는 열성과 즐거움.

I. 마치 성과 죽음의 매듭에 관한 가차없이 냉정한 이야기가 에로틱하고 인식적이며 심지어는 대칭적일 수도 있는(인류 구성원들의 재생산은 성—죽음에 달려 있다) 진짜 긴장을 풀어주기라도 하듯이.

II. 마치 치정 살인이 전성적(前性的)인 본래의 진정한 잡아먹기 dévoration를 충족시키기라도 하듯이.

III. 마치 인간의 이야기(그런 점에서 연극의 줄거리나 꿈의 장면들과 흡사한)의 기본 골격이 사회, 즉 언어 그 자체(언어 자체는 자신이 내린 결론에 사로잡혀 있다. 즉 언어로 인한 인간들의 제휴에 사로잡혀 있다)의 토대가 되는 성의 향유에 대한 극심한 냉대의 언저리에서 돌고 있기라도 하듯이.

IV. 아름다움의 근본을 이루는 것이 결별이다. 이 근본이 빛을 지니고 있다면, 결별 또한 빛을 지니고 있다. 11시의 빛.

제52장

한동안 동공을 비비면서 나는 내가 깨어 있는지 아닌지를 알고자 애썼다 (Defrictis adeo diu pupulis an vigilarem scire quaerebam). 그리고 내 눈에 보이는 것이 한낱 꿈이 아님을 확인하고 싶은 욕망에서, 나는 눈꺼풀을 비비고, 눈을 떠보고, 또다시 눈꺼풀을 문지르며 한참 동안을 그렇게 있었다.

제53장

화가들? 시금치 색깔의 녹색 화판들. 음악가들? 반들거리는 검은색 악기 케이스들. 작가들? 맨손들.

보이지 않는 손들.

자연은 소통한다. 시간은 소통한다. 동물들은 소통한다. 인간들 역시 자기들끼리 특이한 방식으로 소통한다. 그 특이한 방식은 인간들이 말하는 언어이자 각 사회의 고유 질서에 그들을 예속시키는 언어가 제안하는 방식이 아니다. 각각의 사회는 하나의 질서가 아니라, 매혹되었을 뿐만 아니라 육식적(끊임없이 피를 흘리는)이기도 한 반사 작용이다.

여자들과 남자들은 자신들이 함께 나누고 있다고 믿는 점들을 통해 소통하지 않는다. 우리의 괴로움이 우리가 사랑하는 사람들의 괴로움과 완전히 일치하지 않을 수도 있다. 우리의 불행이 타인을 완전히 감동시키지는 못한다. 우리의 고통이 직접 타인에게 가 닿을 수는 없다. 우리의 손은 그렇게 할 수 있다. 그러나 힘은 내벽을 통과하고, 사고는 두개골의 공동(空洞)을, 관능적 쾌감은 음낭을, 눈물은 눈을 통과한다.

옮긴이의 말

『은밀한 생 Vie secrète』은 우리나라에 처음 소개되는 파스칼 키냐르의 작품인 만큼 그의 이름이 우리에게는 생소하기만 하다. 그러나 프랑스 문단에서 키냐르가 차지하고 있는 비중은 그가 2000년도 '아카데미 프랑세즈 소설 대상'을 수상할 당시의 『르 피가로』지 기사만으로도 충분히 짐작할 수 있으리라 생각된다. 그 기사는 "파스칼 키냐르는 문학사에 기록될 만한 프랑스의 현존 주요 작가 서너 명 중의 하나"라고 기록하고 있다. 키냐르는 1980년에 '비평가 상'을, 1998년에는 '문인협회 춘계 대상'을, 2000년에는 '아카데미 프랑세즈 소설 대상'과 더불어 '모나코의 피에르 국왕 상'을 받았다.

주요 저서로는 『뷔르템베르크의 살롱 Le salon du Wurtemberg』(1986)과 『샹보르의 계단 Les escaliers de Chambord』(1989)을 위시한 7권의 소설과 『소론집 Petits Traités』(전부 20권 예정으로 현재 8권이 출간되었음)이 있다.

키냐르는 1948년 프랑스의 노르망디(외르의 베르뇌유-쉬르-아브르)에서 출생, 대대로 풍금 제작에 종사하던 집안의 영향으로 갖가지 악기(피아노, 오르간, 바이올린, 비올라, 첼로)를 배우는 음악적 분위기에서 성장한다. 생후 18개월과 16세 때 자폐증을 앓았고, 1966년에서

1969년까지는 68혁명의 열기와 실존주의 · 구조주의의 물결 속에서 레비나스와 폴 리쾨르와 함께 철학을 공부한다. 그리고 그의 나이 21세 되던 1969년에 『말 더듬는 존재 L'être du balbutiement』를 출간하면서 본격적으로 작가의 길로 들어선다. 또한 뱅센 대학과 사회과학 고등 연구원의 교수로 재직했으며, 프랑수아 미테랑 전 대통령과 함께 '베르사유 바로크 음악 페스티벌'을 창단하고, 조르디 사발과 더불어 '콩세르 데 나시옹Concert des Nations'을 주재했다. 1976년에는 갈리마르 출판사의 원고 심사 위원으로 발탁되고 1990년에는 위원장으로 임명되었으며, 1994년에는 집필 활동에만 전념하기 위해 위원장직을 사임했다. 그는 현재 파리 11구의 한 아파트에서 사랑하는 여인과 은밀하게(그의 집에는 전화도 없다) 살면서 작품을 쓰고 있다.

그 자신이 첼로 연주자이며, 베스트 셀러(긍정적 의미의) 작가이고, 시나리오 작가(몇 년 전에 우리나라에서 상영되었던 영화 「세상의 모든 아침」의 원작자이다), 고대 그리스 시의 번역가, 라틴어와 그리스어에 능통하고 실존주의와 구조주의의 물결을 통과한 철학자인 키냐르에 대해서 말하려면 아마도 그가 누구인가라는 질문보다는 그가 누구들인가라는 질문이 적당할지 모른다. 그러나 정작 키냐르는 자신이 그 누구이기 이전에 독자라고 말한다 : "나는 원래 한 명의 독자이다. 내게는 평생의 열정인 독서가 마법의 양탄자여서 나로 하여금 시간과 공간을 넘나들 수 있게 해준다. 나는 매일 글을 쓰지는 않지만 매일 책을 읽는다. 어떤 것도 내게 독서를 포기하게 만들지는 못한다."

그에게 '독서하다lire'는 '사랑하다aimer'와 '음악을 하다faire de la musique'와 동일어이다.

키냐르는 1996년 1월 『소론집』과 소설을 집필 중이었는데 갑자기

심한 출혈로 응급실에 실려갔다가 죽음의 문턱에서 다시 삶으로 귀환하는 경험을 하게 된다. 그는 그 즉시 모든 일을 중단하고 그때까지와는 다른 어떤 것, 총체적인 모든 것(사상, 소설, 삶, 지식 등)이 포함된 단 하나의 육체와도 같은 책을 쓰고 싶다는 욕망에 사로잡혀 이 작품(1998년 출간)을 썼다고 말한다.

'은밀한 생'이라는 제목은 사회의 사각(死角)지대에서 사회의 중재 없이 살아가는 삶의 한 형태, 전류에 비유하자면 정상적인 흐름에서 단락(短絡)된 상태로 살아가는 방식을 의미한다. 집단의 동의 없이 사랑에 빠진 연인들이 살아가는 방식, 즉 결혼이 아닌, 번식의 목적성이 배제된 철저하게 반사회적인 관계를 유지하면서 은밀하게 살아가는 방식이다.

『은밀한 생』에 대한 평가는 대체적으로 두 갈래로 가닥을 잡아볼 수 있다.

하나는 이 작품을 전통적 장르 개념의 파괴 혹은 독특한 장르의 개척으로 보는 견해이다.

이 작품은 소설도 자서전도 철학 에세이도 심리 분석도 명상록도 이야기도 아니면서 동시에 그 모두이다. 심지어 이 작품을 한 편의 긴 시(詩)로 읽고 키냐르를 위대한 산문 시인이라고 하는 평가도 있다. 장르의 구분이 모호해져서 더 이상 형태상의 문제는 무의미해졌다는 말이 된다. '은밀한 생'이라는 제목이 문학의 새로운 유파의 선언처럼 들린다는 말까지 나올 정도이다. 최근 프랑스 문학의 동향을 첫번째 철학과 문학의 사이, 두번째 시와 산문의 사이, 세번째 연대기, 네번째 자아에 대한 글쓰기, 다섯번째 과거, 여섯번째 일상이라는 여섯 분야로 그 특징을 요약할 수 있다면,[1] 키냐르는 분명 프랑스 현대 소설가의 한 전형에 가

---

[1] 이재룡, 「세기말 프랑스 현대문학의 현장」, 계간 『문학동네』, 1999년 가을호 참조.

깝다. 그런 의미에서 "만일 프랑스의 산문 문학에 관심이 있다면 파스칼 키냐르의 독특한 길과 조우하지 않을 수 없다"는 조지안 사비뇨 Josyane Savigneau의 지적은 적절해 보인다.

또 하나는 이 작품을 근원에 대한 탐색으로 보는 견해이다.

이 작품이 스탕달의 『연애론』 이후 사랑에 대한 가장 독창적인 담론이며, 사랑에 대한 담론을 통해 작가는 산란지로 모천 회귀하는 연어 인간처럼 근원을 향한 탐색을 추구한다는 데 의견이 일치되고 있다. 그의 근원 탐색은 다분히 비극적이다. 출생으로 인해 어머니의 몸에서 분리되는 순간부터 '마치 입과 물 사이에 끼어드는 빨대'와도 같이 분리시키는 언어를 사라지게 하지 못하는 한 근원으로 회귀할 수도 없거니와 자신이 와해되거나 흡수될 위험이 없는 회귀란 없기 때문이다.

결국 이 두 가지는 분리될 수 없는 형식과 내용의 문제로서 긴밀하게 얽혀서 내용이 형식을 부르고 형식이 내용을 반영한다.

형식에서 두드러진 특징은, 장르의 파괴 이외에도, 그가 바로크 고전주의에서 비롯된 단장(斷章) 형식을 취하고 있으며, 어원을 밝히기 위한 목적으로 외래어(특히 라틴어와 그리스어 외에도 산스크리트어, 헤브라이어, 독일어, 이탈리아어, 중국어, 일본어, 에스키모어, 그것도 모자라서 신조어를 만들어 쓴다)를 섞어 쓰고 있으며, 미래 시제를 사용하지 않는다는 점이다.

그의 글은 수없이 많은 형용사와 관계대명사절의 사이사이에 그만큼 많은 쉼표(침묵)를 찍어가면서 현란하고 빠른 리듬으로 계속되다가 느닷없이 끊어지고(단장과 단장 사이의 더 큰 침묵) 다시 시작되므로 마치 바닷가의 파도 같기도 하고, 반복되는 파편들 fragments과 파편들로 이어지므로 마치 수없이 많은 조각들을 맞춰가는 퍼즐놀이와도 같다. 퍼즐이라면 그것은 삶의 비밀을 찾아 기원에 이르기 위한 퍼즐이고,

그렇지만 한 조각이 모자라는 퍼즐이다. 완성시킬 수 없으므로 끝없이 다시 시작해야 한다. 모자라는 한 조각을 키냐르는 '결여된 이미지' '근원 이미지' '원초적 이미지'라고 부른다. 우리를 수태하게 될 장면 (성교)에 그 결과물이 될 우리는 부재했었다. 우리가 볼 수 없었으며 앞으로도 볼 수 없는 이 원초적 장면이 우리의 기원에 공백으로 존재한다. 이 공백은 우리의 꿈 속에 환영의 형태로 나타나고 우리에게 끊임없이 사랑의 매혹을 느끼게 한다.

비교적 성공적으로 퍼즐을 맞추려면 소통 불가능한 것을 가능하게 만드는 '사랑'이라는 열쇠를 사용하되 사랑의 세 가지 금기를 지키지 않으면 안 된다. 세 가지 금기란 잠들지 말 것(『천일야화』의 아지자의 불면의 밤), 말하지 말 것(네미 샤틀레와 클레리아의 침묵), 보지 말 것(프시케와 베르지 부인의 어둠)이다. 잠이 들면 두 연인은 각기 다른 꿈을 꾸게 된다. 언어가 나타나면, 엿보는 자가 나타나고, 사회가 나타나서 두 사람의 결합을 깨뜨린다. 빛은 어둠을 갈라 결합을 사라지게 한다. 그 중에서 가장 지키기 어려운 것이 침묵이다. 언어의 주체(사회적 자아)로서의 우리 자신이기 이전으로, 침묵하는 막연한 존재로 돌아가기 위해서는, 찢어짐의 원인(언어)을 수단으로 찢어짐을 봉합할 수밖에 없는 아이러니에 봉착하기 때문이다. 그러므로 '메아리로 울리는 언어, 자연 언어의 그림자'인 침묵 속에서 이해하도록 노력해야 한다. 네미 샤틀레의 소리나지 않는 피아노 연주, 발성되지 않는 문자 언어(독서 혹은 글쓰기), 밤중에 손가락들로 더듬어 찾는 사랑, 이런 것들만이 언어를 중단시키고 소리라는 질료 없이 단번에 영혼 안에서 한 세계를 강렬하게 솟아오르게 할 수 있다. (키냐르의 텍스트에서 단장들에 제목을 붙이는 이색적인 방식 역시 키냐르의 침묵의 의미와 관련된다. 특별히 어떤 제목들은 목차에서 괄호 속에 묶였다가 막상 본문에서는 제목과

괄호가 모두 삭제된다. 전자는 네미의 소리나지 않는 피아노 연주와도 같은 키냐르의 글쓰기 방식이며, 후자는 이 침묵의 연주를 독자가 머릿속으로 감상하듯 읽어달라는 키냐르의 요청인 것으로 보인다.)

사랑(독서, 음악과 등가인)은 과거이며 '심지어 현재 실행 중인 사랑도 과거의 황홀경에 대한 추억이다.' '죽는다mourir'는 '태어나기 이전으로 돌아가다dénaître'로 정의된다. 그렇기 때문에 키냐르에게는 미래 시제가 없다. 과거만이 어떤 것에서 어떤 것이 흘러나오는 인과의 고리로 현재에 연결되어 사슬의 한쪽을 건드리면 다른 한쪽도 흔들리고 있을 뿐이다. 이 작품에 나오는 서로 닮은 두 여인, 죽은 네미Némie와 살아 있는 M의 유사성도 결코 우연으로 보이지는 않는다. 현재의 여인 안에(혹은 화자의 몸 속에서)서 과거의 여인이 유령처럼 떠돌고 있다. 키냐르는 이렇게 쓰고 있다 : "그것은 폐허가 된 집, 침침한 어떤 밤, 잠 못 드는 어떤 밤이다. 그것은 M이다."

M은 어머니Mère이고, 출생 이전에 어머니 안에 결합되었던 나의 몸이고, 나의 기원 혹은 기원으로 가는 통로이다.

번역에 매달려서 1년 반, 그리고 그만큼의 시간이 또 흘렀다. 텍스트가 어려웠던 만큼 번역을 도와주신 분들이 여러분 계시다. 책이 나오면 책과 함께 고맙다는 인사를 전하리라 마음에 묻어두고 지냈는데 너무 오랜 시간이 흘러버렸다. 이화여대의 정일경 선생님(라틴어), 한국외대의 유재원 선생님(그리스어), 호남대의 박상령 선생님(중국어), 서강정보대의 심재민 선생님(일본어), 프랑스의 『사회사 평론』 편집장 피에르 리굴로Pierre Rigoulot(프랑스어), 번역 초고를 읽어주신 선배, 그리고 옮긴이의 질문에 신속히 답변을 보내준 저자에게 감사의 마음을 전한다. 이 분들에 대한 감사의 마음이 옮긴이의 말에 쓰는 의례적인 인사 이상의 것임을 알아주셨으면 좋겠다.

어려운 텍스트를 앞에 놓고 끝없이 자괴감에 시달리면서도, 문득 문득 나타나는 베껴서 외우고 싶도록 아름다운 문장들을 만나는 순간들이 행복했었다고 기억된다. 문장의 아름다움이 내 영혼을 흔들었던 것일까? 내게는 너무나도 어렵던 이 책의 번역을 차마 포기하지 못했던 것은 그래서였을 것이다.

번역의 텍스트는 *Vie secrète*(Gallimard, 1998)를 사용하였다.

2001년 7월

송의경

작가 연보

1948 4월 23일 프랑스 노르망디 지방의 베르뇌유쉬르아브르(외르)에서 출생했다. 음악가 집안 출신의 아버지와 언어학자 집안 출신의 어머니 사이에서 키냐르는 어릴 때부터 자연스럽게 식탁에서 오가는 여러 언어(프랑스어, 독일어, 영어, 라틴어, 그리스어)를 습득하고, 여러 악기(피아노, 오르간, 바이올린, 비올라, 첼로)를 익히면서 자라난다.

1949 가을, 18개월 된 어린 키냐르는 여러 언어를 사용하는 집안의 분위기에서 기인된 혼란 때문에 자폐증 증세를 보이기 시작하고, 언어 습득과 식사를 거부한다. 우연히도 외삼촌의 기지로 추파춥스 같은 사탕을 빨면서 겨우 자폐증에서 벗어난다.

1950~58 이 기간을 르아브르에서 보내게 된다. 형제자매들과 전혀 어울리지 못하고 늘 혼자 지내기를 즐긴다.

1965 다시 한 번 자폐증을 앓는다. 이를 계기로 그는 작가로서의 소명을 깨닫는다.

1966 세브르 고등학교를 거쳐 낭테르 대학에 진학한다. 그 후 에마뉘엘 레비나스, 폴 리쾨르, 장 프랑수아 리오타르, 앙리 르페브르 등의 강의를 듣고, 레비나스의 권유로「앙리 베르그송의 언어」라는 제목의 논문을 제출하고 1968년 철학석사 학위를 받는다. 1966년에서

1969년까지 실존주의와 구조주의의 물결, 68혁명의 열기 속에서 철학을 공부했지만 그는 이러한 이념들의 정신적 유산을 완강히 부인한다.

1969 결혼을 하고, 뱅센 대학과 사회과학연구원에서 잠시 고대 프랑스어를 가르치며, 첫 작품『말 더듬는 존재』를 출간한다. 이후, 확실한 시기는 알려진 바 없지만, 아버지가 되면서 이혼을 한다.

1976 갈리마르 출판사에서 기획편집자 겸 원고 심사위원직을 맡게 되고, 1989년에는 출간도서 선정 심의위원으로 임명되며, 이듬해인 1990년에는 출판실무 책임자로 승진하여 1994년까지 업무를 계속한다.

1987 1987년부터 1992년까지 베르사유 바로크음악센터 임원으로 활동한다.

1990 단편소설, 에세이 등을 포함하여 20권 예정으로 기획한『소론집』중 제1권에서 제8권까지 총 8권이 마에그트 출판사에서 출간된다.

1991 소설『세상의 모든 아침』을 출간하고, 자신이 직접 시나리오로 각색해 알랭 코르노 감독과 함께 영화로도 만든다. 책은 18만 부가 팔렸으며 영화 또한 대성공을 거둔다.

1992 영화「세상의 모든 아침」에서 생트 콜롱브의 제자인 마랭 마레의 음악 연주를 맡았던 조르디 사발과 더불어 콩세르 데 나시옹을 주재한다.

필립 보상, 프랑수아 미테랑 전 대통령 등과 함께 '베르사유 바로크 예술 페스티벌'을 창설하지만, 1년밖에 지속하지 못한다. 더욱이 이 페스티벌은 베르사유 바로크음악센터와는 별개의 것으로, 음악센터에서 운영하는 베르사유 추계 음악 페스티벌과 경쟁 관계에 놓여 키냐르가 음악센터의 임원직을 사임하는 이유가 된다.

1993 『혀끝에서 맴도는 이름』을 출간한다. 당시 언론에서는 이 작품을 일제히 아구스티나 이스키에르도(Agustina Izquierdo)의 두번째 소설인『순수한 사랑』(첫번째 소설은 1992년에 발표된『별난 기억』)과

나란히 소개하는데, 이스키에르도가 키냐르의 가명일 것이라는 확신에 가까운 추측 때문이었다.

1994 집필에만 열중하기 위해 일체의 모든 공직을 사임하고 세상의 여백으로 물러나 스스로 파리의 은둔자가 된다.

1995 손가락에 이상이 생겨 더 이상 악기 연주가 곤란해진다. 설상가상으로 조부와 부친에게서 물려받은 악기인 스트라디바리우스를 모두 도난당하자 크게 상심하여 연주를 포기한다. 이후 음악을 연주하던 시간이 책읽기와 글쓰기에 바쳐진다.

1996 1월,『소론집』과 장편소설을 집필하던 중 갑자기 심한 출혈로 인해 응급실에 실려갔다가 죽음의 문턱에서 귀환하는 경험을 한다. 이 경험을 전환점으로 그의 글쓰기는 크게 변화된다. 그는 즉시 모든 일을 중단하고 이제까지와는 다른 새로운 글쓰기를 기획한다.
건강을 회복한 후, 일본과 중국으로 여행을 떠난다. 특히 장자의 고향인 중국 허난 성의 상추(商邱)를 방문했던 기억과 고대 중국 철학(도교)의 영향이 집필 중이던『은밀한 생』에 반영된다.

1998 새로운 글쓰기의 첫 결과물인『은밀한 생』이 출간되고, 그해 '프랑스 문인협회 춘계 대상'을 받는다.

2000 1월,『로마의 테라스』가 출간되고, 이 소설로 키냐르는 2000년 '아카데미 프랑세즈 소설 대상'과 '모나코의 피에르 국왕 상'을 동시 수상한다. 이로 인해 2억 4천만 원에 달하는 상금과 함께 출간 즉시 4만 부 이상이 팔려나가는 큰 성공을 거둔다. 이후 1년 6개월 동안 죽음이 우려될 정도로 심한 쇠약 증세에 시달리면서, 연작소설로 기획된『마지막 왕국』의 집필에 들어간다.

2001 부친이 별세한다. 키냐르는 비로소 부친에게서 받은 성(姓)——사회에 편입된 존재라는 표지——으로 인한 부담, 부친의 기대의 시선에서 풀려나 완전히 자유로워졌다고 고백한다.

2002 『마지막 왕국』의 제1, 2, 3권을 동시 출간하고 1권인『떠도는 그림

자들』로 공쿠르 상을 수상한다.

2004 『마지막 왕국』의 제4, 5권을 동시 출간한다. 현재 그는 파리의 아파트와 욘 강변의 전원 주택 사이를 오가며 『마지막 왕국』의 다음 권들을 쓰고 있다. 그는 새벽에 일어나서 아침 여덟 시간을 온전히 독서와 글쓰기에 바치고 있다. 참고로 그는 왼손잡이이며, 자신의 왼손을 그의 가명으로 추정되는 아구스티나 이스키에르도—Izquierdo란 카스티야어로 '왼쪽'의 의미—라는 여자 이름으로 호칭한다.

작품 목록

L'être du balbutiement(Mercure de France, 1969)

Alexandra de Lycophron(Mercure de France, 1971)

La parole de la Délie(Mercure de France, 1974)

Michel Deguy(Seghers, 1975)

Echo, suivi d'Epistolè d'Alexandroy(Le Collet de Buffle, 1975)

Sang(Orange Export Ldt., 1976)

Le lecteur(Gallimard, 1976)

Hiems(Orange Export Ldt., 1977)

Sarx(Maeght, 1977)

Les mots de la terre, de la peur, et du sol(Clivages, 1978)

Inter Aerias Fagos(Orange Export Ldt., 1979)

Sur le défaut de terre(Clivages, 1979)

Carus(Gallimard, 1979)

Le secret du domaine(Éd. de l'Amitié, 1980)

Les tablettes de buis d'Apronenia Avitia(Gallimard, 1984)

Le vœu de silence(Fata Morgana, 1985)

Une gêne technique à l'égard des fragments(Fata Morgana, 1986)

Ethelrude et Wolframm(Claude Blaizot, 1986)

Le salon du Würtemberg(Gallimard, 1986)

La leçon de musique(Hachette, 1987)

Les escaliers de Chambord(Gallimard, 1989)

Albucius(P.O.L, 1990)

Kong Souen-long, sur le doigt qui montre cela(Michel Chandeigne, 1990)

La raison(Le Promeneur, 1990)

Petits traités, tomes I à VIII(Maeght, 1990)

Georges de La Tour(Éd. Flohic, 1991)

Tous les matins du monde(Gallimard, 1991)

La frontière(Éd. Chandeigne, 1992)

Le nom sur le bout de la langue(P.O.L, 1993)

L'Occupation américaine(Seuil, 1994)

Les Septante(Patrice Trigano, 1994)

L'Amour conjugal(Patrice Trigano, 1994)

Le sexe et l'effroi(Gallimard, 1994)

La nuit et le silence(Éd. Flohic, 1995)

Rhétorique spéculative(Calmann-Lévy, 1995)

La haine de la musique(Calmann-Lévy, 1996)

Vie secrète(Gallimard, 1998)

Terrasse à Rome(Gallimard, 2000)

Les Ombres errantes(Grasset, 2002)

Sur le Jadis(Grasset, 2002)

Les Abîmes(Grasset, 2002)

Tondo(Flammarion, 2002)

Les Paradisiaques(Grasset, 2004)

Sordidissimes(Grasset, 2004)

Pour trouver les enfers(Galilée, 2005)

Ecrits de l'éphémère(Galilée, 2005)

Inter Aerias Fagos, avec Valerio Adami(Galilée, 2005)

Villa Amalia(Gallimard, 2006)

L'enfant au visage couleur de la mort(Galilée, 2006)

Le petit Cupidon(Galilée, 2006)

Triomphe du Temps(Galilée, 2006)

키냐르에 관한 단행본 연구서

Revue des sciences Humaines, No. 260, Octobre-Decembre 2000(Lille, 2000)

BLANCKEMAN, Bruno, *Les récits indécidables: Jean ECHENOZ, Hervé GUIBERT, Pascal QUIGNARD*(Paris: Presse Universitaire du Septentrion, 2000)

MARCHETTI, Adriano(sous la direction), *Pascal Quignard: La mise au silence* (Mayenne: Champ Vallon, 2000)

FARASSE, Gérard, *Amour de Lecteur*(Paris: Presse Universitaire du Septentrion, 2000)

BONNEFIS, Philippe, *Pascal Quignard son nom seul*(Paris: Galilée, 2001)

LAPEYRE-DESMAISON, Chantal, *Pascal Quignard le solitaire*(Paris: Éd. Flohic, 2001)

LAPEYRE-DESMAISON, Chantal, *Mémoires de l'origine(Essai sur Pascal Quignard)* (Paris: Éd. Flohic, 2001)

LYOTARD, Dolorès, *Cruauté de l'intime*(Paris: Presse Universitaire du Septentrion, 2003)

Pascal Quignard, figures d'un lettré(Galilée, 2005)